NOTE DE L'AUTEUR

Je voudrais exprimer ici ma plus sincère reconnaissance à Mme J. Wescott pour m'avoir prêté le livre le plus cher à son grand-père, je veux parler de l'ouvrage de George Dickinson Junior sur Allendale et Whitfield, publié en 1884. Le grand-père de Mme Wescott était le Dr Arnison qui, comme son père avant lui, exerça la médecine à Allendale pendant de longues années. J'ai trouvé dans ce petit livre une véritable mine d'informations et jusqu'à l'idée de *La Fille sans nom.*

J'ai pris la liberté de conserver le nom d'Arnison pour le médecin de mon histoire, mais tous les autres patronymes sont imaginaires, tout comme les détails personnels et le village d'Elmholm.

PREMIÈRE PARTIE

LA FILLE
1850

1

Descendue des collines au petit jour,
Toute maigrelette, enveloppée de brume, elle lui
[apparut;
Les cheveux ruisselant sur le front,
Avec des yeux d'agate,
La bouche entrouverte, claquant la langue aux mots
[gelés dans sa tête.
Se glissant à ses pieds,
Elle lui prit la main et dit :
« Venez m'aider, monsieur, ou bien elle mourra. »

Elles avaient mis deux jours pour parcourir les trente-sept kilomètres qui séparaient Newcastle d'Hexham, contraintes à marcher sur le bas-côté herbeux ou en lisière des champs qui bordaient la route, pour éviter de se faire renverser par les diligences, les fardiers ou, plus vraisemblablement encore, par les voyageurs à cheval qui fonçaient sur vous sans crier gare. Hannah, pour sa part, aurait pu, avec l'agilité d'une biche, sauter sur le côté, mais pas sa mère, qui, avant même de quitter Newcastle, traînait déjà les pieds.

Au matin, bien avant le lever du soleil, elles avaient abandonné sans regret la paille fétide d'une grange puis avaient grelotté pendant les six premiers kilomè-

tres de leur voyage. Le quart d'eau bouillante qué-
mandé à un paysan et dans lequel, sur l'ordre de sa
mère, Hannah avait jeté une poignée d'avoine les
avait un peu réchauffées. Mais maintenant qu'elles
étaient arrivées à Hexham et qu'il était 3 heures de
l'après-midi, elles transpiraient, elles avaient chaud,
faim et soif.

Hannah Boyle était très habituée aux grandes villes,
elle était née sur les quais de Newcastle, cette cité
trépidante et surpeuplée, et chaque fois que sa mère
recevait des visiteurs et l'envoyait jouer dehors, elle
s'aventurait seule dans la rue pour voir les grands
immeubles; certains étaient si grands et si magnifiques
qu'ils surpassaient dans son imagination toutes les
histoires qu'avait pu lui raconter l'un ou l'autre des
amis de sa mère, des marins qui avaient pourtant vu
des pays merveilleux au-delà des océans.

Mais cette ville-ci ne ressemblait en rien à Newcastle. Malgré sa fatigue, Hannah ne se lassait pas de
regarder autour d'elle, tant la place du marché qu'elle
qualifia dans sa tête de petit coin bien malicieux, que
les belles boutiques, et les rues si propres.

Mais la voix de sa mère la tira de sa contemplation.

— Tiens, prends ça, dit-elle. (Et, lui tendant deux
pennies, elle ajouta :) Va... va dans cette boulangerie
de l'autre côté de la rue et... et essaie de tirer le maximum de ces quelques sous.

— Oui, maman... ça ira, toi?

— Oui, ça ira. Allez, va.

Tandis que l'enfant traversait la place en courant,
Nancy Boyle s'adossa contre la paroi d'un passage
voûté, et murmura entre ses dents ce qui, aux oreilles
d'un étranger, aurait pu passer pour une prière :

— Bon Dieu! pourvu que j'y arrive.

Quand, tout à coup, elle fut prise d'une violente
quinte de toux. Elle tira un chiffon de sa poche et le
porta à sa bouche; puis elle cracha dedans, le serra

dans sa main, le remit dans sa poche et revint s'adosser au mur; sa respiration, pendant tout ce temps, n'avait été qu'un halètement douloureux.

Puis, en voyant sa fille de huit ans se faufiler entre un cabriolet, un monsieur à cheval et un fardier, elle retint son souffle, et, quand l'enfant l'eut rejointe, elle la regarda un moment avant de pouvoir articuler :

– Je... Je ne sais pas ce qui me retient de te tirer les oreilles. Je t'ai déjà dit de ne pas te faufiler entre les voitures, non?

– Je suis là, maman.

– Oui, un de ces jours... tu n'y seras plus quand... quand tu te seras fait couper en deux... Qu'est-ce que tu nous apportes?

– Je lui ai demandé du pain rassis et, regarde (elle ouvrit le sac), il y a quelques quignons, six ou sept, deux avec du sucre dessus et un gros pain brioché. Elle était gentille, la dame... On va les manger ici?

– Non, non... Bon, d'accord, prends-en un, et puis cherchons un abreuvoir à chevaux pour boire un peu.

Tandis qu'elles s'éloignaient de la place, Hannah, qui avait fourré dans sa bouche le reste du petit pain au lait, demanda :

– Est-ce que c'est encore loin, maman, là-bas?

– Encore quelques kilomètres depuis la dernière fois que nous avons demandé.

– Mais combien?

– Est-ce que je sais, moi? Tu n'as pas bientôt fini de me poser ces questions idiotes! Oh! pardon. Pardon.

La femme hocha la tête. Son visage était zébré de longues traînées de poussière, et l'enfant répondit prestement :

– Ça ne fait rien. Ça ne fait rien, maman. (Puis, comme si sa dernière question ne lui avait pas attiré les foudres de sa mère, elle demanda encore :) Et le monsieur... il sera gentil, maman?

– Il aura intérêt.

Ces derniers mots étaient presque inaudibles.

Elles descendaient maintenant une rue bordée de chaque côté de jolies boutiques et, quand elles parvinrent devant une auberge où deux charretiers déchargeaient leur contingent de tonneaux dans la cave, la femme s'arrêta et demanda à l'un des hommes :

– Pourriez-vous me dire si Elmholm est encore loin d'ici ?

L'homme se redressa, la considéra des pieds à la tête, puis posa son regard sur l'enfant qui se tenait à ses côtés avant de répondre :

– Elmholm ? C'est là-bas, derrière Allendale.

– Et c'est loin, ça ?

– Oh ! je dirais dans les quinze kilomètres. Mais Elmholm, c'est encore un peu plus loin, il faut compter deux, trois kilomètres de plus. Quoique en passant par les collines, ce soit plus court.

– Et c'est par où ?

– Eh bien, suivez cette route-ci pendant environ six kilomètres jusqu'au petit hameau en bordure de rivière, continuez ensuite en terrain plat jusqu'au pied des collines, là, vous aurez droit à une belle petite grimpette, mais vous atteindrez Elmholm bien plus vite que par la route d'Allendale. C'est tout plein de sentiers et, une fois là-haut, vous apercevrez les hameaux à vos pieds. Vous ne pouvez pas rater Elmholm, c'est plutôt grand.

– Merci, merci.

Elle salua l'homme de la tête, celui-ci lui rendit son salut, puis il les regarda s'éloigner, les longues jupes de la mère et de la fille traînant dans la poussière de la chaussée. Il les suivit encore des yeux quand elles parvinrent au bout de la rue et, lorsque son compagnon le héla d'un « Allons ! Un peu de nerf », il se tourna vers lui et dit :

– Elle me demandait la route d'Elmholm ; je voudrais pas mettre ma main au feu qu'elle y arrivera un jour. Ah ! ça, non...

Combien de temps mirent-elles à parcourir les premiers six kilomètres, et combien de temps suivirent-elles la rivière? elles n'en avaient pas la moindre idée, mais elles s'étaient déjà arrêtées pour se reposer quand le conducteur de bestiaux parvint à leur hauteur.

– Elmholm? fit-il. Oh! c'est que vous êtes sur le bon chemin, mais il est grand temps que vous quittiez la rivière et preniez par les collines. Suivez donc cette piste à moutons, dit-il en l'indiquant du doigt, et commencez à grimper.

Il n'était pas loin de 5 heures quand elles atteignirent le sommet de ce qui leur avait paru la dernière colline, tant elles avaient dû s'arrêter pour se reposer; et maintenant, elles faisaient halte une fois de plus et l'enfant, debout devant sa mère, demanda avec anxiété, le doigt pointé vers la vallée :

– Et si je partais en courant, maman, pour voir s'il n'y aurait pas un coin où nous abriter, et que je revenais te chercher après?

– Toi... toi, reste où tu es; ça ira mieux dans une minute. Il a dit que c'était juste derrière ces collines. Derrière cette grande, là.

– Mais tu es morte de fatigue, maman.

– Ne t'en fais pas.

Le ton de la femme était exceptionnellement tendre. Elle tendit la main et attrapa le bras de sa fille.

– Je me suis déjà sentie bien plus mal, et je suis toujours là. Il n'y a que les gens bien qui meurent jeunes, dit-on. (Elle essaya de sourire.) Ça me laisse en dehors du lot, non?

Hannah ne lui rendit pas son sourire. Le visage sérieux, elle lui tendit les bras en disant :

– Allez viens, maman, lève-toi et... et appuie-toi sur moi, parce que ces collines m'ont l'air drôlement raides.

Et elles l'étaient, raides. Nancy Boyle grimpa à quatre pattes celle qui, une fois de plus, leur semblait être la dernière; puis, arrivée au sommet, elle s'écroula face contre terre, sans même tenter de porter son mouchoir à la bouche, tandis que le sang s'en écoulait à flots.

Quand elle se remit sur son séant, Hannah lui essuya le visage avec ce qui semblait être un jupon en lambeaux, tiré du balluchon qu'elle portait sur son épaule; puis elle suggéra :

— Reste allongée, maman, on y est presque. Je vois déjà les maisons, et le chemin sera plus facile maintenant... Il s'appelle comment, le monsieur, maman?

Nancy Boyle ne répondit pas, mais s'assit avec peine, et vint s'adosser lentement contre un rocher.

— Je ne peux pas continuer pour le moment, avoua-t-elle, il faut que nous restions là jusqu'à ce que je retrouve mon souffle.

— Oui, maman. Oui, bien sûr. Et tiens, mange donc ce petit pain avec le sucre dessus, c'est bon pour toi, le sucre.

La femme prit le petit pain, en détacha un morceau qu'elle mit dans sa bouche, et entreprit de le mâcher lentement; et, quand elle eut avalé le petit pain et la moitié de la brioche, Hannah, qui voracement avait fait un sort à deux quignons rassis, déclara gaiement :

— Tu vas te sentir mieux maintenant, maman, avec quelque chose dans le ventre.

— Oui... oui, je ne tarderai pas à me sentir mieux, mais il faut que je reste assise un moment.

Et elles restèrent assises un moment. Mais un long moment, et pendant tout ce temps Hannah ne quitta pas sa mère des yeux. Qu'elle crachât du sang ne l'inquiétait pas outre mesure, il lui semblait même que sa mère crachait du sang depuis toujours, enfin, depuis bien longtemps; ce qui l'inquiétait maintenant, c'étaient la pâleur croissante de son visage et ses yeux qui paraissaient chavirer vers l'arrière de la tête.

Elle frissonna et leva son regard vers le ciel. Le crépuscule descendait lentement, et, malgré cette lenteur, il ferait nuit dans une heure ou deux. Il faudrait bien qu'elles s'acheminent vers ces maisons, car la pauvre Hannah ne voyait pas le moindre abri aux alentours. Le lieu était sauvage; tout, autour d'elle, lui paraissait sauvage et désolé. Curieusement sauvage, voilà ce qu'elle se dit. Le ciel était si haut, pas du tout comme à Newcastle où il restait au ras des toits. Et puis il y avait trop d'espace; c'était partout rempli d'espace. Elle n'aimait pas ça, elle voulait être encadrée, protégée entre quatre murs.

Elle s'agenouilla auprès de sa mère et murmura doucement :

– Est-ce que ça ira maintenant, maman?

– Quoi?

C'était comme si l'on avait tiré la pauvre femme d'un profond sommeil, car elle battit des paupières, regarda autour d'elle, puis articula difficilement :

– Oh! oui... Oh! oui.

Elles n'en étaient qu'à la moitié de la première colline quand elles durent se mettre à quatre pattes et continuer la descente en crabe; lorsqu'elles atteignirent une sorte de corniche dénudée et semée de rochers, la femme, une fois de plus, s'adossa contre une pierre et après un moment, elle demanda, et ses paroles étaient entrecoupées de halètements :

– C'est... encore... loin... tu crois?

Hannah tourna la tête de tous côtés, embrassant le paysage du regard. Des collines, et encore des collines. Rien que des collines. Qui dévalaient en face d'elle vers une vallée d'un gris d'ardoise; d'autres encore, d'un vert sans éclat; et celles qui, à sa gauche et à sa droite, se déroulaient sans fin jusqu'à rencontrer le ciel à l'horizon.

La panique la tenaillait, comme dans un mauvais rêve. Elle se sentit seule, abandonnée, dans cet endroit dont, lui semblait-il, on ne pouvait s'échapper.

Elle se retourna et baissa les yeux vers sa mère; puis, se jetant à ses côtés, elle lui prit la main et, la serrant fortement, la porta à sa poitrine où elle la maintint.

– Qu'y a-t-il? Qu'est-ce que c'est? demanda Nancy Boyle soudain tirée de sa léthargie. Qu'est-ce que tu as vu?... Qu'est-ce que tu as vu là, en bas?

– Rien, maman, rien du tout.

– Comment, rien?

– Eh bien, le village doit se cacher là, je l'ai vu d'en haut, mais il reste encore un bon bout à descendre.

– Bon... ça... ça ne sert à rien... de... de rester ici. Aide-moi à me relever.

Hannah aida sa mère à se mettre debout et elles repartirent, glissant et trébuchant, vers le bas de cette colline abrupte.

Après ce qui leur parut une éternité, elles atteignirent enfin la dernière pente. Elle était, hélas! plantée d'arbres touffus et, avec le jour qui déclinait, les ombres y paraissaient d'un noir de jais; ce fut Hannah, cette fois, qui s'arrêta pour demander :

– Est-ce que nous devons traverser ce bois, maman?

– Ecoute, c'est ça ou le contourner, et je ne nous vois pas le faire, parce que... parce que je suis morte. (Ce fut maintenant la mère qui tendit la main à l'enfant, tout en déclarant :) Allez, viens; il n'avait pas l'air bien profond de là-haut, on en sera vite sorties.

Mais une fois dans le bois, sans le moindre sentier pour diriger ses pas, la femme se mit à errer sans but entre les arbres, dont les branches enchevêtrées, quoique dénudées, arrêtaient les dernières lueurs du jour qui déclinait; elle ne savait pas qu'au lieu de traverser le petit bois dans sa largeur, elles le parcouraient maintenant dans sa longueur.

– Mon Dieu!

– Quoi, maman?

Hannah était pendue au bras de sa mère.

– Rien. Rien.

Elles allaient maintenant d'un arbre à l'autre, à l'aveuglette, et Hannah murmura :

– On est perdues, maman?

14

Sa mère ne répondit pas, alors elle frissonna et se serra contre elle; puis, comme elle scrutait l'obscurité, sa bouche s'arrondit avant qu'elle ne pût crier, au comble de l'excitation :

— Regarde, maman, un abri!

Lâchant le bras de sa mère, elle se précipita en trébuchant vers une construction en bois, qui se révéla être une cabane rudimentaire fermée sur trois côtés, apparemment destinée à protéger sacs et outils du plus gros des intempéries.

— Regarde, maman, on pourrait rester ici jusqu'à demain matin. Il y a des sacs et... Et touche, touche, ils sont même secs.

— Mon Dieu! Mon Dieu!

Nancy Boyle hocha la tête avec désespoir en entrant dans l'abri d'un pas chancelant, puis se plia presque en deux sous l'effet d'une violente quinte de toux.

— Allonge-toi, maman. Regarde, je vais étendre ces trois sacs les uns sur les autres, ce sera un peu plus confortable pour tes hanches.

— Non... le sol est sec... couche-toi contre moi et nous les ramènerons sur nous. Est-ce qu'il reste un peu de pain?

— Oui, il y a encore deux petits pains au lait, maman.

— Eh bien, on ferait mieux de les manger, mais couchons-nous d'abord. Et puis... et puis mange doucement, il te durera plus longtemps. Ça remplit mieux le ventre quand on mange doucement.

Allongées l'une contre l'autre, sous les sacs, elles mastiquèrent lentement les petits pains, mais à peine avaient-elles avalé la dernière bouchée qu'elles s'endormirent d'un lourd sommeil.

La brume les réveilla. La cabane semblait inondée d'une lumière grise. L'enfant s'assit et toussa. Où se trouvait-elle? Que s'était-il passé? Qu'y avait-il autour d'elle? Quand ses dents se mirent à claquer et qu'elle frissonna de tout son corps, elle comprit que ce n'était là que de la brume, comme la vapeur marine qui montait de la rivière et envahissait leur chambre chaque matin. Elle cligna des yeux. L'aube pointait, le jour était revenu. Elles pourraient maintenant se lever et continuer leur route, trouver peut-être un paysan qui leur donnerait un quart d'eau chaude. Oh! elle avait soif. Elle n'avait plus faim, mais tellement soif, et froid, si froid.

Elle se retourna et secoua sa mère en disant :

– Maman! maman! C'est le matin.

Elle la secoua trois fois avant que sa voix ne se transforme en un cri aigu et elle hurla :

– Maman, tu m'entends? Réveille-toi! Réveille-toi!

Quand sa mère émit un grognement, elle fut si soulagée qu'elle s'écroula presque sur elle, et d'une voix redevenue calme elle répéta :

– Maman! C'est le matin, on peut continuer.

– Hann... nah!

– Oui, maman?

– Je ne peux pas continuer. Va cher... chercher... quelqu'un.

– Mais... mais, maman, où ça? Où est-ce que je pourrais bien trouver quelqu'un?

– Ce... ce village... Va.

Quand Hannah se mit en chancelant sur ses pieds, ses membres étaient si raides qu'elle faillit tomber par terre. Elle ne pouvait plus voir le visage de sa mère noyé dans le brouillard, et elle dit en gémissant :

– Mais... mais je ne vais rien voir, maman.

– Allez, va.

Une fois hors de la cahute, en plein bois, elle se mordit les lèvres presque jusqu'au sang, et se planta là, sans savoir quelle direction prendre. Puis, subitement, le brouillard devant elle disparut en tournoyant et plus loin, à quelques dizaines de mètres à peine, le flanc de la colline lui apparut.

Elle prit alors ses jupes à pleines mains et courut en

16

chancelant vers la lumière; comme elle sortait du bois, elle aperçut en face d'elle, juste en face, au flanc d'une colline pentue, une maison, une maison tout à fait bizarre.

Elle s'y précipita mais une nouvelle nappe de brume la déroba à ses yeux. Qu'importe, elle savait maintenant où elle se trouvait, et, sautant et bondissant, elle traversa le rideau humide et poursuivit sa course jusqu'à ce que ses pieds quittent l'herbe et rencontrent un dallage de pierre.

Des claquements de sabots de chevaux et la voix d'un homme la figèrent sur place, un instant seulement, car elle se dirigea bien vite vers l'endroit d'où lui parvenaient ces bruits.

En émergeant du brouillard, elle aperçut, au bout d'une longue cour pavée qui flanquait cette drôle de maison, un jeune homme. Il se tenait au milieu d'un troupeau de chevaux qu'il attachait les uns aux autres, et il s'arrêta net dans sa tâche, la bouche arrondie de surprise et la tête tendue en avant pour mieux voir la silhouette minuscule qui venait vers lui.

Le jeune homme resta immobile et absolument silencieux jusqu'à ce que la frêle apparition arrive jusqu'à lui et lui pose la main sur le bras; puis il prit une profonde inspiration, humecta de la langue ses lèvres charnues, cligna des yeux et s'exclama :

– Mais, grand Dieu! Qui es-tu?

– Je m'appelle Hannah Boyle. Venez, venez m'aider, monsieur, sinon elle va mourir... ma maman.

– Ta maman? (Il se pencha jusqu'à ce que son visage arrive au niveau de celui de la petite fille, et demanda calmement :) Où est ta maman?

– Dans le bois, là, derrière (elle l'indiqua du pouce par-dessus son épaule), dans une cabane. Nous nous sommes perdues hier soir; nous avons dormi dans la cabane.

– Et elle va mal?

– Très mal.

Il se redressa, frotta son menton mal rasé d'une main vigoureuse; puis, serrant la corde qu'il n'avait pas lâchée, il se dirigea vers le mur de pierre qui encadrait la cour et passa l'extrémité de sa longe dans un anneau de fer tout en disant :

– Attendez-moi là, vous tous.

Puis, se tournant vers le poney Galloway déjà sellé, il s'adressa à lui comme à un humain :

– Garde un œil sur eux, Raker, pas de blague, hein!

Et sans plus attendre il traversa la cour à grandes enjambées, Hannah trottant maintenant à ses côtés.

– D'où viens-tu?

– De Newcastle.

– Newcastle? Mais ça fait un sacré bout de chemin. Qu'est-ce qui peut bien vous amener ici? Vous cherchez du travail?

– Non.

Il jeta un coup d'œil vers elle.

– Mais alors quoi?

– Je... je ne sais pas.

Il s'arrêta net et la regarda en grimaçant.

– Tu ne sais pas? reprit-il, en secouant la tête d'un côté puis de l'autre comme pour mieux l'observer.

Elle n'avait pourtant pas l'air d'une imbécile.

Ils avaient presque atteint le bois quand il parla à nouveau. Et cette fois-ci il demanda :

– Qu'est-ce qu'elle a, ta mère?

– La tuberculose.

Elle avait déclaré cela comme un autre aurait dit « un petit rhume ».

Il s'était figé sur place. La tuberculose. Ça s'attrapait, cette maladie-là. Oh! mais lui n'attrapait jamais rien, alors pourquoi s'inquiéter? Mais qu'est-ce qu'il allait bien pouvoir en faire? Les tuberculeux étaient condamnés. Il regarda l'enfant trottinant à ses côtés et pressa le pas.

Quand il atteignit la cabane et put enfin se pencher

sur la femme qui gisait sous les sacs, ses réflexions se confirmèrent. Oui, les tuberculeux étaient condamnés. Et, à l'en croire, celle-ci ne mettrait pas longtemps avant de casser sa pipe.

— Bonjour, madame.

Il parlait très fort, comme à un sourd.

— Je suis malade.

— Oui, c'est bien ce que je vois. Vous pouvez tenir debout?

— Oui... oui... je... ne sais pas.

— On va essayer.

Il se pencha et, tout en détournant la tête, passa son bras sous les aisselles de la femme. Il n'était pas superstitieux, et, selon lui, si l'on devait avoir la poisse on l'avait, mais en même temps il ne voyait pas l'intérêt d'aller au-devant des ennuis, et respirer l'haleine d'une tuberculeuse allait à l'encontre de cette théorie.

— Très bien... la maison n'est pas très loin. Où alliez-vous?

— Au village de... d'Elmholm.

— Ah bon! eh bien, vous êtes presque arrivées... Vous connaissez quelqu'un là-bas? (Il la portait presque maintenant et attendait sa réponse, mais comme on ne lui répondait rien, il s'arrêta et dit :) Je vous ai demandé si vous connaissiez quelqu'un là-bas.

— Oui.

— Moi, je connais tout le monde au village et à des kilomètres à la ronde, je pourrais peut-être vous les amener.

Et comme elle ne lui répondait toujours pas, il tourna la tête et la dévisagea. Paraissant soudain consciente de son regard scrutateur, ce qu'elle lui dit alors lui fit froncer les sourcils au-dessus de son long nez :

— Je veux d'abord voir leur maison.

— Et comment s'appellent-ils?

Il y eut un long silence avant qu'elle n'articule :

– Thornton... je crois.

Cette fois-ci, il ne dit rien mais trébucha de surprise. Thornton, a-t-elle déclaré... je crois. Mais qu'est-ce qu'une femme comme elle pouvait bien vouloir à Matthew Thornton? Tout le monde savait qu'il venait d'une famille modeste, mais pas modeste au point d'avoir des parentes du style de celles qu'il remorquait à l'instant. Et qu'allait dire sa grande dame de femme de se voir infliger, ainsi, à l'improviste, deux invitées comme celles-ci? Oh! Dieu du Ciel! Elle serait prise d'un tel évanouissement qu'elle n'en reviendrait jamais. Ah! si seulement il pouvait assister à la scène. Thornton, a-t-elle dit... je crois. Etrange, ce que la marée et la brume rejetaient sur le rivage.

– Voilà, encore un petit effort, nous y sommes presque. (Ils traversaient maintenant la cour et il ajouta :) Il faudra que vous vous couchiez dans la paille, car vous n'arriverez jamais à grimper à l'échelle.

Hannah suivit sa mère et le jeune homme au delà d'un double porche et entra dans ce qui lui parut, à l'aspect et à l'odeur, une écurie. Les deux murs latéraux étaient occupés par des boxes à chevaux, et contre la troisième paroi s'empilaient des ballots de foin et des sacs rebondis, surmontés de toute une collection de harnachements accrochés à des clous. Au fond de la pièce, une échelle, presque à la verticale, donnait accès à une trappe pratiquée dans le plafond.

Hannah regarda l'homme coucher sa mère sur une litière de paille installée sur une longue plate-forme de bois à quelques centimètres du dallage inégal, puis tirer deux couvertures brunes de derrière une cloison et l'en recouvrir avant de se pencher pour lui demander :

– Ça va mieux comme ça, madame?

Et quand Nancy Boyle eut acquiescé d'un petit hochement de tête, il ajouta :

– Il faut que j'y aille maintenant; j'ai une flopée de

chevaux à livrer. (Il lui fit un petit signe de tête.) Je suis marchand de chevaux, vous savez, mais... mais vous pouvez rester ici tant que vous ne serez pas sur pied. Je vais monter (il désigna l'échelle de la tête) et demander au vieux de descendre. C'est mon grand-père, il s'occupera de vous. Il vous préparera du porridge. Il est sourd comme un pot, mais il a encore toute sa tête. (Il se frappa le front.) Il a presque quatre-vingt-dix ans.

Il hocha de nouveau la tête tandis qu'il se redressait et se dirigeait vers l'échelle.

Hannah grimpa alors sur la plate-forme, s'agenouilla à côté de sa mère et lui sourit en murmurant :

– Tu vas te remettre maintenant, maman. Il est gentil, il est bon, n'est-ce pas ? Est-ce que... est-ce que l'autre homme lui ressemblera ?

– Non.

– Oh !

– Mais, bon Dieu ! Tu devrais déjà être en route. Qu'est-ce que tu dis ? Malade ? Où ?

Hannah leva les yeux vers les deux hommes qui descendaient l'échelle, le jeune glissant de barreau en barreau comme s'il avait de la graisse sous les pieds, et le vieux, au contraire, assurant fermement chaque pas, les mains agrippées aux montants.

Puis il se planta devant elles, bouche bée, et, tandis qu'elle le dévisageait, Hannah faillit éclater de rire en pensant : Il ressemble à un marin, un drôle de vieux marin.

Le crâne du vieil homme était complètement chauve à l'exception de deux touffes de cheveux blancs qui pointaient derrière ses oreilles, mais s'il lui manquait du poil sur la tête il se rattrapait bien avec le visage qui se trouvait presque entièrement envahi d'une barbe de plusieurs jours, épaisse et blanche. Jadis il avait été un homme très grand et, malgré son dos voûté, il donnait encore l'impression d'une forte stature.

Debout à côté de la plate-forme, les yeux d'abord posés sur Hannah puis sur la femme, il semblait terrifiant, et cette impression ne fit que s'accentuer quand il hurla d'une voix rocailleuse et aiguë :

– Eh bien, nous voilà dans de beaux draps! Alors, dites un peu, qu'est-ce qui ne va pas?

Il se sentit alors tiré en arrière, et regarda fixement son petit-fils qui gesticulait et mâchait les mots à son intention. Puis il dit :

– La tuberculose? (Il tourna la tête brusquement et contempla une fois de plus la forme allongée sur la paille avant de s'exclamer :) Hein!

Et de sortir à grandes enjambées dans la cour. Mais sa voix parvint tout de même clairement à Hannah alors qu'il criait à l'adresse de son petit-fils :

– Et si elle casse sa pipe?

Et la réponse, un peu moins forte mais encore audible, lui parvint également :

– Ne t'en fais pas pour ça. Tu n'auras pas à l'enterrer. Elle a des parents au village... les Thornton.

– Qu'est-ce que tu dis?

– Je t'ai dit les Thornton.

– Elle! Ces deux-là, de la famille des Thornton! Laisse-moi rire!

– Oui, c'est bien ce que j'ai pensé aussi; mais c'est là qu'elle va.

– Les Thornton. Eh ben!

Le tout suivi d'un drôle de gloussement.

– Bon, j'y vais.

Hannah sursauta et leva les yeux vers le jeune homme, maintenant debout à côté de la plate-forme. Elle ne l'avait pas entendu entrer.

– Je ne reviendrai pas avant la fin de l'après-midi. Restez aussi longtemps que vous voulez... Jusqu'à ce qu'elle tienne sur ses jambes.

– Oui.

22

– Mangez beaucoup de porridge; le vieux va vous en préparer.

– Oui, répéta-t-elle.

Il la considéra un long moment, pensif, puis sourit et tourna les talons; elle le regarda jusqu'à ce qu'il disparaisse au delà des doubles portes. Puis, de nouveau, elle baissa les yeux sur sa mère.

Son visage avait perdu sa teinte grisâtre et se colorait maintenant de rose; elle devait se réchauffer, car elle transpirait. Elle aurait bien voulu avoir chaud, mais elle frissonnait toujours; et elle se sentait aussi fatiguée que si elle n'avait pas dormi de la nuit.

– Voilà! Avalez-moi ça.

Hannah sursauta, puis cligna des yeux tout en tendant ses mains vers le bol de porridge fumant. Elle avait dû s'assoupir.

– Elle peut manger toute seule?

– Je... je vais l'aider.

– Il faut l'adosser à quelque chose. Aide-la à s'appuyer sur ses coudes et je vais glisser un sac derrière elle.

Le vieillard se dirigea alors vers le mur et empoigna un sac de grains qu'il traîna jusqu'à la plate-forme, puis il le fit basculer derrière les épaules de la femme malade; ensuite il beugla :

– Vous buvez du thé?

Oui, merci, lui répondit Hannah d'un signe de tête.

Il la dévisagea un moment avant de déclarer :

– Oui, je pense bien; ce serait bête de faire la dégoûtée... je me demande d'ailleurs si tu en as jamais bu.

Il tourna les talons et traversa la pièce jusqu'à l'ouverture qui trouait le mur du fond, mais avant de disparaître il brailla :

– Viens le chercher quand tu auras fini ça.

Alors Hannah entreprit de manger le porridge, une cuillerée pour sa mère, une cuillerée pour elle – car le

23

vieil homme n'avait planté qu'une cuiller dans le bol –
mais avant même qu'il ne fût à moitié vide, Nancy le
repoussa et dit :

– Finis-le, toi.

– Tu te sens mieux, maman?

– Oui. Oui.

– Est-ce que tu voudrais boire un peu de thé? Le
vieil homme m'en a proposé.

Nancy parut réfléchir, puis elle secoua la tête lentement et murmura :

– Je vais dormir; je me sentirai mieux après un
somme.

– Oui, maman.

Hannah se mit alors à engloutir le reste de porridge.

Puis, quittant la litière de paille, elle traversa l'écurie et franchit l'ouverture; et là, elle aperçut le vieil
homme assis devant un fourneau ouvert, qui lui
rappela celui de la boulangerie communale de Newcastle, en beaucoup plus petit. Une chaleur intense
s'en dégageait, mais le vieil homme était installé tout
contre. Il mâchait une épaisse tranche de pain accompagnée de lard, et quand il ouvrit la bouche elle put
voir qu'il ne lui restait que trois dents en bas et une
seule en haut.

– Tu veux du thé?

– Oui, s'il vous plaît.

– Comment va-t-elle?

– Elle dort.

Il avait d'abord détourné la tête quand elle parlait et
maintenant, il la regardait à nouveau. Il hurla :

– Je t'ai demandé comment elle allait.

– Elle dort.

Elle articula soigneusement ses mots, puis, se sou-
venant des gestes du jeune homme, elle posa la tête
sur sa main et ferma les yeux. Cette fois-ci, il lui
répondit calmement :

– C'est la meilleure chose à faire. Vraiment la meilleure chose à faire, dormir. Quel âge as-tu?

– Huit ans.

– Quoi?

Elle savait compter jusqu'à dix sur ses doigts, alors elle lui en montra huit et il s'écria :

– Ah! bon, huit ans.

Puis il lui sourit et elle lui rendit son sourire, et tandis qu'elle buvait le thé qu'il lui avait versé, il continua à mâcher son pain et son lard.

Plus tard, se tournant vers elle, il la surprit à contempler la pièce. Cela ressemblait à une cuisine, pensa-t-elle, car il y avait contre le mur une sorte de vaisselier délabré surchargé d'ustensiles bizarres, et sur le sol, dans un coin, une poêle et deux chaudrons; et puis, adossé à un autre mur, se dressait un banc à haut dossier agrémenté d'un coussin de crin. Elle pouvait voir les crins s'échapper de la toile, ici et là. Il y avait aussi une table de cuisine en bois et trois chaises à dossier droit. Et puis, mêlés à tout cela, des lanières de cuir, des longes, des harnais de cuivre et des fers à cheval. Ceux-ci pendaient à des clous plantés entre les larges pierres des murs. Elle n'avait jamais vu d'aussi grosses pierres. Les maisons de Newcastle étaient toutes construites en brique; elles avaient bien vu, tout au long de leur route, des maisons en pierre, mais jamais aussi grosses que celles-ci.

Il la fit sursauter en lui criant tout à coup :

– Tu l'aimes, ma maison Pele, ma tour Pele? (Elle acquiesça.) C'est une belle maison. (Elle acquiesça encore.) Elle a tenu bon malgré le vent et les intempéries, les femmes et les guerres.

Il renversa la tête et se mit à rire; et quand il la regarda à nouveau, elle lui sourit; puis son visage retrouva son sérieux, et se penchant vers elle, d'une voix un peu plus calme, il déclara :

– Je suis né ici, j'y ai été élevé, j'y ai amené trois femmes; j'ai eu deux fils mais ils ne sont plus là maintenant, ils sont morts, saloperie de mine! et qu'est-ce qu'il me reste? Ned, juste Ned. C'est un bon gars, Ned. (Il se pencha encore un peu plus vers elle.) Il est comme moi, c'est bien le petit-fils de son grand-père, il fait ce qu'il lui plaît, il n'a pas de maître, ça, jamais personne ne le commandera, bon Dieu, non! Moi, j'étais pareil. Mais mes gars, ils étaient bizarres, ils ressemblaient à leurs mères, pas de cran, rien. Et le plomb les a eus. Je les avais pourtant prévenus, mais non, ils voulaient gagner de l'argent, et vite. Et pour qui l'ont-ils gagné? Pour cette vieille crapule de Beaumont. Restez donc marchands de chevaux, que je leur disais. Tant qu'il y aura des mines, il leur faudra des mules et des Galloway; mais non, il a fallu qu'ils aillent à la fonderie. Du poison, voilà ce que c'est le plomb, du poison. Tu le sais au moins? C'est du poison.

Il se renfonça dans son fauteuil, empoigna la grosse théière brune qui chauffait sur le fourneau, se versa une grande tasse de thé noir et fumant, avala une bonne gorgée du liquide bouillant, claqua la langue, puis de nouveau se pencha vers elle, qui le fixait avec des yeux ronds, et poursuivit :

– Le plus gros marchand de chevaux de la région, qu'il était, mon père; il vendait les Galloway à la douzaine dans les mines. A l'époque, on sortait le minerai à dos de cheval; et puis, qu'est-ce qu'ils n'ont pas inventé? De construire des saloperies de routes du fond jusqu'à la surface et d'utiliser des wagonnets. On n'a plus voulu autant de Galloway, mais quand même. (Il tendit alors une main crasseuse et lui tapota le genou puis, la mine réjouie, il dit en riant :) Un wagonnet, ça sert à rien s'il n'y a pas un cheval pour le tirer, pas vrai?

Elle hocha la tête, sourit et répondit :

– Non, non.

Elle s'apprêtait à apporter sa contribution à la conversation en faisant remarquer : les chevaux de

Newcastle sont trois fois plus gros que les vôtres, avec des gros sabots poilus, surtout ceux qui tirent les chariots de bière; mais elle se dit bien vite qu'elle serait incapable d'imiter des chevaux aux sabots touffus, et elle continua donc à sourire et à le regarder tandis qu'il poursuivait son histoire.

— Tu sais, quand j'étais jeune, je pouvais gagner plus d'argent en un jour que mes deux gars en un mois à la mine. Une livre par mois, ils touchaient; le reste, c'était pour le salaire. Tu ne me crois pas? C'est aussi vrai que je suis là. Ils appelaient ça les indemnités de subsistance, et, bon Dieu! ils subsistaient pauvrement. Tous ceux qui vont travailler à la mine de plomb sont des sacrés imbéciles, ils y perdent leur âme. Y a qu'à voir ce qui s'est passé l'année dernière quand ils se sont mis en grève. Ils ont arrêté le travail dix-huit semaines, et puis? Licenciés, plus d'une centaine ont été licenciés, et plus de la moitié d'entre eux y ont perdu leur maison, leur toit. Et qu'est-ce qui va leur arriver maintenant? Ils vont s'embarquer pour l'Amérique le mois prochain. Et voilà pour la mine et les mineurs. Les seuls qui en tirent du profit, ce sont les propriétaires et leurs agents. Et Thornton est parmi ceux-là... Pourquoi allez-vous chez Thornton?

Sur cette dernière question, sa voix avait presque retrouvé son ton normal.

— Je ne sais pas.

Et comme elle secouait la tête pour expliciter sa réponse, il la comprit et répéta :

— Tu ne sais pas?

— Non.

— Oh!... Oh! (Il eut deux éclats de rire, très brefs.) Alors, ma jolie, Ned m'a rapporté que tu es venue à pied depuis Newcastle avec ta mère, et toi tu me racontes que tu ne sais pas pourquoi? Eh bien, tout ce que je peux dire c'est que j'ai en face de moi une petite mouflette imbécile ou alors vraiment maligne, et à te voir, je ne pense pas que tu sois idiote! Alors (il hocha la tête à son adresse), garde donc ça pour toi, va, je ne t'en voudrai pas, garde donc ça pour toi. Mais si tu vas là-bas (et il désigna la porte du pouce), chez les Thornton, tu ne tarderas pas à savoir pourquoi, et tout le village aussi.

2

Le village d'Elmholm se trouvait à quatre kilomètres environ au sud d'Allendale. Il se composait de quarante-cinq foyers, en comptant les deux courtes rangées de maisons de mineurs, situées derrière les habitations qui s'élevaient à droite de la place du village quand on allait d'Allendale vers Sinderhope. Elles avaient été bâties quelque cinquante ans plus tôt pour abriter le surcroît de mineurs employés alors dans les mines de plomb et les fonderies. C'étaient des constructions en pierre avec deux pièces de plain-pied et un sol de terre battue, à l'exception de quelques-unes qui étaient dallées; les habitudes d'hygiène de leurs occupants s'étaient d'abord calquées sur celles qui avaient cours dans la ville d'Allendale; les tas d'ordures s'étalaient devant les portes d'entrée, à la grande indignation des artisans du village qui, eux, les reléguaient derrière leur maison, ou mieux encore, au fond de leur jardin. Mais le temps change toute chose, et les tas d'ordures s'élevaient désormais à l'arrière des maisons. Les villageois vivaient en bonne intelligence le plus clair de l'année, sauf bien sûr les jours de foire et le vendredi après la paie. C'était le jour où les mineurs recevaient leur salaire. Ce soir-là, les plus hargneux se battaient, s'assommaient et rossaient leur femme. Pour que tout rentrât dans l'ordre, il fallait attendre la reprise du travail.

Le village proprement dit avait la forme d'une poire; la route d'Allendale y pénétrait entre d'une part l'atelier du maréchal-ferrant Ralph Buckman et d'autre part la maison avec sa cour encombrée de matériaux du maçon Will Rickson. Après une bifurcation pour contourner la place, elle quittait le village où, telle la queue de la poire, elle se rétrécissait et se glissait entre le mur du cimetière et le manoir d'Elmholm.

Les chaumières et les maisons qui composaient le village étaient toutes de tailles et de styles variés. Ted Loam habitait un logement à étage et réservait le rez-de-chaussée à sa boutique de boucher.

Un peu à l'écart vivaient Walter Bynge, le tailleur de pierre, et Thomas Wheatley le grainetier qui, quoique son véritable commerce fût installé à Allendale, utilisait lui aussi le rez-de-chaussée de sa demeure pour vendre de la farine et des légumes secs en cas de nécessité.

Mais la plupart des habitants étaient ouvriers agricoles ou conducteurs de bestiaux et, quoique très respectables pendant la semaine, ce n'étaient plus, tout comme les mineurs, que des bêtes brutes aux mariages, aux enterrements, aux baptêmes, les jours de foire et quelquefois même le samedi.

A Elmholm, on trouvait bien sûr l'église méthodiste et l'auberge, qui semblaient exercer une égale attraction sur les villageois, à en juger par le nombre de ceux qui dirigeaient leurs pas vers l'une ou vers l'autre.

Mais de l'autre côté de la route, en face du cimetière, se dressaient les grilles qui donnaient accès à la courte allée menant au manoir d'Elmholm, le foyer de Matthew Thornton.

On pouvait dire, dans une certaine mesure, que tout le monde, au village, aimait Matthew Thornton, mais personne, non, personne, n'aimait sa femme. Chacun savait que Matthew Thornton venait du bas de l'échelle et il ne s'en cachait jamais. Pas plus qu'il ne cachait que sa famille avait tenu une petite boutique à Haydon Bridge, et qu'il devait toute son éducation à un vieux maître d'école en retraite qui était venu s'installer à côté de chez eux et l'avait pris sous son aile. Le maître d'école ne lui avait pas seulement appris à lire, écrire et compter, mais lui avait aussi inculqué quelques rudiments de latin. C'était cela qui, en quelque sorte, lui donnait le sentiment d'être différent, mais – ce dont il était convaincu depuis le début – ne pouvait être d'aucun secours à un homme qui se destinait au métier d'ingénieur. Toutefois, comme le répétaient toujours les vieux, quand le soir, à l'auberge, la famille faisait les frais de la conversation, elle, cette dame, son épouse, avait dû être fascinée par les résultats de cette éducation, qui avait doté Matthew Thornton d'une belle voix de basse, vibrante à souhait pour l'église, car, pour être francs, disaient-ils, elle venait d'un autre milieu, puisqu'elle était fille d'un avocat de Newcastle. En outre, et comme personne ne pouvait l'ignorer, pas plus le perroquet du pub que le cochon de Frank Pearson, n'était-elle pas apparentée aux Beaumont par sa cousine Marion? le mari de sa cousine Marion n'était-il pas en effet presque cousin avec le vieux Beaumont lui-même? En creusant assez loin, ricanaient-ils, on pourrait remonter jusqu'à Adam et Eve.

Les habitués mâles de l'auberge se gaussaient des prétentions de noblesse de Mme Thornton, tout comme les familiers du temple et de l'église du village – mais jamais autant que leurs femmes, car toutes, sans exception, trouvaient plutôt agaçante la secrète ambition de cette Mme Anne Thornton, qui se voulait la première dame d'Elmholm.

Anne Thornton était une femme de grande taille, ses cheveux blonds et sa peau claire soulignaient la transparence de ses yeux bleus et ronds. Elle avait un petit nez, des lèvres charnues, presque trop charnues, mais bien dessinées. Difficile de parler de sa poitrine ou de ses hanches : elles étaient inexistantes; mais ce qui lui manquait en ces points de son anatomie, elle le remplaçait par du rembourrage. Elle était par ailleurs une bonne maîtresse de maison, et une bonne mère pour ses quatre enfants; quant à savoir si elle était aussi une bonne épouse, seul Matthew Thornton aurait pu répondre à cette question-là.

Si l'on avait demandé à ses deux domestiques, Bella Monkton, qui faisait fonction de cuisinière en chef, et Tessie Skipton, qui était femme de chambre, servante et bonne d'enfants tout à la fois, ce qu'elles pensaient de leur maîtresse, elles auraient échangé un regard, plissé les lèvres, mais pas un mot ne serait sorti de leur bouche. Bella Monkton, à quarante ans, savait que pour elle il n'était plus question de mariage, et, comme les places où l'on avait encore un peu sa liberté étaient difficiles à trouver, elle aurait jugé plus indiqué de garder son opinion pour elle.

Quant à Tessie Skipton, la pauvre enfant savait déjà à onze ans et par expérience que rien ne pouvait être pire que l'hospice d'où l'avait tirée quatre ans auparavant M. Thornton, pour qui, elle le répétait chaque jour, elle était prête à se tuer au travail. Pourtant, ce n'était pas pour lui qu'elle était sommée de se tuer au travail, mais bien pour la patronne. Et qu'en pensait-elle? Elle se taisait. Seule Bella recueillait son opinion, et encore, à mi-voix, dans l'intimité de la soupente qu'elles partageaient, et où l'on avait disposé une méchante paillasse à l'intention de chacune d'elles.

Elles s'entendaient bien, Bella Monkton et Tessie Skipton. Chacune trouvait en l'autre un substitut; pour l'une c'était une fille, pour l'autre une mère, et leur union permettait de bien tenir la maison car elles abattaient à elles deux le travail de quatre servantes.

Il n'y avait qu'un seul autre domestique au manoir, Dandy Smollet, sorti lui aussi de l'hospice. Il avait quatorze ans et s'occupait du jardin et du cheval, aux côtés duquel il dormait à l'écurie.

John Thornton, l'aîné des enfants, était âgé de douze ans. Il était déjà grand; mais bien qu'il ressemblât physiquement à sa mère, il ne paraissait pas, du moins pour le moment, avoir hérité de son caractère.

La plus âgée des filles, Margaret, avait pris tous les traits de son père. Un visage carré, des cheveux châtain clair, des yeux gris et une large bouche. Mais c'était une enfant extrêmement sensible qui s'apitoyait sur le sort de bien des animaux.

Robert, dix ans, ressemblait lui aussi à son père et dépassait déjà Margaret d'une bonne tête. Il avait un caractère obstiné et audacieux, une forte personnalité, qu'il avait héritée, lui disait-on, de son grand-père Thornton.

Béatrice, la plus jeune, que tout le monde appelait Betsy, était la réplique exacte de sa mère, à tous points de vue, mais comme elle n'avait encore que neuf ans on attribuait sa méchanceté à sa position de benjamine, de bébé de la famille : autant dire, d'enfant gâtée.

Ce jour-là, tous les enfants se trouvaient à la maison. John avait quitté l'internat d'Hexham pour les vacances, et Margaret et Robert leur école d'Allendale; Betsy n'allait pas en classe, car on la disait trop fragile, mais cela ne signifiait pas pour autant qu'elle n'étudiait pas. Chaque jour, pendant une heure le matin et une heure et demie l'après-midi, sa mère lui lisait la Bible, lui enseignait la lecture, l'écriture et l'arithmétique, mais aussi la broderie et le piano.

Et c'était au piano qu'Anne Thornton était assise, entourée de John, de Margaret et de Betsy. Ses doigts reposaient sur les touches, son regard était fixé sur la partition, mais elle restait parfaitement immobile; ses paupières ne clignèrent pas, pas plus que ses doigts ne bougèrent quand elle cria d'un ton sévère :

– Robert!

Autour d'elle, les enfants se trémoussèrent. Margaret donna un petit coup de coude à John, qui lui répondit par un sourire, tandis que Betsy, dans ses chaussons, se mettait sur la pointe des pieds et, tournant la tête de droite à gauche, tendait le cou au maximum vers la fenêtre du salon; et soudain, d'une voix pointue, elle s'écria :

– Il est sorti, maman; il descend le chemin.

Anne Thornton quitta le tabouret du piano avec tant de hâte que sa large jupe vint frapper la plus jeune de ses filles, au point de presque la renverser; puis elle fut aussitôt à la fenêtre qu'elle se mit à heurter rageusement. Une seconde plus tard, elle avait fait coulisser la vitre et appelait :

– Robert!

Et c'était là un ordre.

L'enfant se retourna et regarda sa mère quelques instants; puis il rejeta la tête en arrière et balança les épaules avant de reprendre à contrecœur le chemin de la maison.

Il traversa le hall étroit et se dirigea vers la porte du salon où sa mère l'attendait, et avant même qu'elle ne le gronde, il objecta :

– Mais nous sommes en vacances, maman; et il fait beau, je veux aller me promener dans les collines.

– Ce que tu veux faire et ce que tu dois faire, Robert, sont deux choses bien différentes! Je te l'ai déjà dit, et si tu me désobéis encore une fois j'en référerai à ton père.

Cette menace ne parut pas beaucoup impressionner le garçon qui, les mains profondément enfoncées dans les poches de son pantalon, la tête tendue en avant, la démarche insolente, traversa le salon pour rejoindre ses frères et sœurs qui l'observaient en catimini.

Anne Thornton venait à peine de se rasseoir sur le tabouret, d'arranger ses jupes et de poser ses mains sur le clavier quand la voix de son insupportable fils la figea de nouveau sur place.

– Oh non! pas celle-là! Pas « Combien de fois la macabre sorcière a-t-elle hurlé », c'est un chant funèbre, et c'est vraiment lugubre.

La colère semblait vraiment vouloir prendre le pas sur la patience dans la voix de sa mère quand elle lui répondit, à nouveau immobile :

– C'est un des plus beaux cantiques de M. Thomas Moore. Et puis c'est le seul, dans ce recueil, qui soit adapté pour quatre voix; je veux que vous le sachiez parfaitement pour en faire la surprise à votre père.

– Très bien.

John bredouilla et Margaret gloussa bêtement; une fois le calme revenu, les enfants fixèrent leur regard au-delà de leur mère, immobile, raide et silencieuse, pour suivre la partition posée sur le pupitre.

Il y eut un long silence avant qu'Anne Thornton ne déclare :

– Je vais chanter le couplet et chacun de vous sait le moment où il doit faire son entrée dans le chœur. D'abord toi, Margaret, puis toi, Robert, et enfin toi, John. (Ensuite, elle tourna la tête et, regardant son second fils bien en face, elle dit :) Et rappelez-vous bien, tous les trois, ce cantique doit être chanté comme on le dit ici (et son doigt se posa sur la partition) lentement et avec solennité.

Elle pivota alors vers le piano et d'une voix de soprano fluette mais pas désagréable elle se mit à chanter :

Combien de fois la macabre sorcière a-t-elle hurlé,
Combien de fois la mort a-t-elle délié
Les radieux liens que la Gloire avait tissés,
Les tendres attaches tressées par l'amour!

Arrivée là, elle leva la main et battit l'air, c'est alors que Margaret fit son entrée, en chantant :

Paix à toute âme virile qui repose;
Paix à tout œil fidèle qui a pleuré;
Que le juste et le brave longtemps
Soupirent sur cet œil qui a pleuré,
Que le juste et le brave longtemps
Soupirent sur la tombe du héros.

Et de nouveau, leur mère battit l'air pour donner le signal de leur entrée à John et Robert.

Les voix se mêlèrent, respectant les accents du chant funèbre, jusqu'aux derniers mots à reprendre en chœur : « Soupirent sur la tombe du héros ».

Margaret y alla de sa voix flûtée; John donna toute la mesure de sa voix d'alto; même Betsy glapit : « tombe du héros »; mais Robert, décidé à enterrer le héros bien profond, psalmodia : « tombe du héro... o... os ».

C'en était trop pour les enfants; et c'en était trop pour leur mère. Tandis que John, Margaret et Betsy tentaient de ne pas éclater de rire, les mains de leur mère s'abattirent sur les touches avec une telle violence que le son s'arrêta net, comme étouffé. D'une volte, elle attrapa le garnement par l'oreille, le traîna hors du salon, lui fit traverser ainsi le hall jusqu'au pied de l'escalier et là, le secouant par l'oreille jusqu'à ce qu'il parvienne à l'enfouir au creux de son épaule, elle lui cria :

– Va dans ta chambre! Je demanderai à ton père de s'occuper de toi quand il rentrera.

Et comme elle le poussait en avant, il s'écroula sur la première marche; puis, portant la main à son oreille brûlante, il gravit lentement les escaliers, mais s'arrêta juste avant d'atteindre le palier et se retourna, tandis que sa mère hurlait à son adresse :

– Je veillerai à ce qu'il t'interdise d'assister à la fête de M. Beaumont.

Les lèvres du garçon se mirent à trembler et il sembla un instant sur le point d'éclater en sanglots; mais il releva le menton fièrement, tourna les talons et traversa le palier en courant jusqu'à sa chambre.

Mme Thornton fit volte-face et porta son regard vers la porte du salon où se tenaient les trois autres enfants; se dirigeant alors vers eux, et d'une voix retenue, elle s'adressa à Margaret :

– Va chercher *Le manuel de la jeune fille*, Margaret. (Puis portant les yeux sur son fils, elle demanda :) Qu'avais-tu l'intention de faire, John?

– Rien de spécial, maman.

Il ne pouvait décemment pas répondre : « Aller me promener dans les collines, maman. » Mais c'était pourtant ce qu'il aurait aimé dire.

– Très bien. Alors, suis-nous dans la serre. Margaret a lu le chapitre sur les métaux dans *Le manuel de la jeune fille*. Son père sera ravi d'apprendre qu'elle s'intéresse aux minéraux. (Elle se retourna alors en disant :) Te voilà, ma chérie.

Et elle tendit la main pour prendre le livre que lui apportait la fille.

Tandis qu'ils traversaient le hall en direction de la serre, elle l'ouvrit avec amour et lut à haute voix :

– *Un livre pour la jeune fille; un manuel de récréation, d'occupations et d'exercices élégants.*

Souriante, elle laissa errer son regard sur ses enfants, tout en disant :

– Chaque fois que je lis ce titre, je me souviens du plaisir qui m'a envahie quand maman m'a offert ce livre pour mes quatorze ans.

Les deux filles, trottinant de part et d'autre de ses jupes bruissantes, levèrent les yeux sur elle, mais ne soufflèrent mot. Betsy ne demanda pas : « Raconte-nous la fête de tes quatorze ans, maman », car elle l'avait si souvent entendue qu'elle n'y trouvait plus rien d'excitant; quant à Margaret, elle se demandait pourquoi les contes de fées, à la différence des histoires des adultes, n'étaient jamais ennuyeux.

Quand ils furent tous assis dans la serre, parmi les fougères en pots, Margaret commença sa lecture laborieuse du traité des métaux. Lentement, d'un ton monocorde, elle se mit à ânonner des mots qui n'avaient aucun sens pour elle :

– « N'est-il pas surprenant que les minerais soient

parfois si différents des métaux? Nous connaissons nombre de minéraux à l'état presque naturel; mais rares sont ceux qui pourraient reconnaître les minerais des métaux les plus courants, ou dénombrer les opérations diverses nécessaires pour en tirer les objets que nous nommons, par habitude, les plus simples commo... commodités. Y a-t-il quelque chose qui ressemble moins au cuivre que ces magnifiques échantillons verts, arborant de délicates coquilles con... concentriques à la structure en étoile? Ou ce ravissant bleu clair, surpassant les velours les plus riches, grâce à son apparence douce et soyeuse? Et enfin l'hy... drate de cuivre, c'est-à-dire une association de cuivre et d'eau; les verts... »

A ce point, le laborieux soliloque fut heureusement interrompu par l'arrivée brusque de Tessie, qui se précipita dans la serre sans même avoir frappé à la porte ou secoué la poignée, et murmura d'une voix à la fois respectueuse et intimidée :

– Madame! Ned Ridley est à la porte d'entrée avec deux personnes.

– Ned Ridley à la porte d'entrée?

– Oui, madame, avec deux personnes.

Anne Thornton s'était levée et, s'approchant lentement de Tessie, elle se pencha vers elle et demanda :

– Que veux-tu dire, deux personnes? Voyons, explique-toi, ma fille.

– Eh bien, madame, on dirait des clochardes... ou pire, elles sont sales et crottées, il y a une femme et une enfant.

Anne Thornton se redressa, croisa les mains sur son ventre et déclara :

– Dis-leur de se rendre à la porte de derrière, et demande à la cuisinière de se renseigner sur ce qu'elles veulent.

– Oui, madame.

– John, assieds-toi.

Le garçon s'était glissé tout au fond de la pièce d'où, en tendant le cou le plus possible, il pouvait apercevoir les marches du perron.

Quand il eut regagné sa place, sa mère l'imita mais ne demanda pas à Margaret de reprendre sa lecture; non, elle était assise, en fait ils étaient tous assis et attendaient le retour de Tessie. Et Tessie revint si vite qu'ils eurent du mal à croire qu'elle était allée jusqu'à la porte d'entrée. Pourtant, elle en donna la preuve en déclarant d'une voix craintive :

– Il refuse de bouger, madame, Ned... Ned Ridley. Il dit que ces gens sont venus voir Monsieur.

Anne Thornton se leva lentement et, selon son habitude, passa les doigts sous le rembourrage d'un sein, puis sous l'autre, ajusta la boucle de la ceinture qui ornait le devant de sa robe, tapota le col de dentelle blanche qui encerclait son cou et enfin rajusta sa coiffe de lin amidonnée et tuyautée. Elle sortit de la serre d'un pas énergique, traversa le hall et se rendit à la porte d'entrée.

Tessie, qui avait refermé la porte au nez des visiteurs, l'ouvrit de nouveau et, restant accrochée à la poignée, passa la tête dehors pour observer sa maîtresse.

Tandis qu'Anne Thornton examinait les trois personnes qui se tenaient sur le perron, elle arborait son expression la plus froide et la plus guindée. Elle ne pouvait imaginer ce que ces deux personnages crottés pouvaient bien lui vouloir, mais que Ned Ridley ose se présenter à la porte principale, cela la mettait hors d'elle; qu'il ose frapper chez elle était déjà un outrage. Son échec, par le passé, à corriger Ned, petit garçon, de ses habitudes de sauvage avait été humiliant, mais ce n'était rien comparé à l'affront qu'elle avait subi quand elle avait échoué de nouveau avec Ned jeune homme. Le souvenir de leur dernière rencontre l'ulcérait encore. Deux ans auparavant, à Noël, elle s'était rendue dans les collines, emmenant avec elle John et Robert, pour aller offrir un cadeau à Ned et à son peu recommandable grand-père; et les deux hommes lui avaient ri au nez.

– Que voulez-vous en échange, madame? avait demandé le vieillard en débarrassant le morceau de petit salé du papier qui l'entourait. C'est une bien pauvre incitation à nous mettre à genoux, avait-il ajouté. La femme du pasteur nous a apporté des gâteaux régulièrement, mais elle n'a pas pour autant réussi à nous faire passer la porte de l'église.

L'ultime insulte, pourtant, était sortie de la bouche du garçon qui, après les avoir escortés avec une politesse feinte jusqu'à la brèche du mur qui leur servait de portail, lui avait murmuré en se penchant vers elle avec un petit sourire méchant :

– Evidemment, si vous aviez pensé à lui apporter une bouteille de tord-boyaux, madame, vous auriez réussi à le faire descendre et chanter devant votre porte; mais pas vraiment des cantiques...

Oh, ces Ridley!

– Que voulez-vous?

– Bonjour, m'dame. (Le jeune homme ôta sa casquette d'un geste large, puis la tint à deux mains contre sa poitrine en disant :) J'ai simplement accompagné ces braves gens, elles sont sorties du brouillard ce matin. Elles ont dormi dehors toute la nuit, vous savez, pour venir jusque chez vous.

La plus grande stupeur se peignit sur le visage d'Anne Thornton tandis que ses yeux allaient de la femme vers l'enfant, pour revenir se poser sur la femme. Puis elle demanda :

– Pourquoi voulez-vous me voir?

La femme eut deux quintes de toux, courtes et rêches, déglutit, puis répondit :

– Ce n'est pas vous, mais votre homme que je veux voir.

– Mon... mon mari n'est pas à la maison. Je vous prie de me dire ce que vous lui voulez.

La femme se remit à tousser, mais plus longtemps cette fois. Quand enfin elle releva la tête, elle fixa les yeux d'un bleu clair et perçant d'Anne Thornton et répondit :

– C'est mon affaire... et la sienne.

Un instant, Anne Thornton sembla prise de court, puis elle considéra Ned Ridley, raide et solennel, d'une solennité que démentait la moquerie de son regard, et elle lui fit observer :

– Quelles que soient les raisons pour lesquelles ces gens veulent voir mon mari, je suis sûre qu'elles peuvent maintenant se débrouiller sans vous. Veuillez donc vous retirer. Et... et souvenez-vous, à l'avenir, qu'il y a une porte de service.

– Oh oui! m'dame, oui, m'dame, je m'en souviendrai à l'avenir. (Ned enfonça sa casquette sur son crâne, recula de deux pas, puis, se tournant vers la femme et l'enfant, ajouta :) Bonne chance, madame; bonne chance, quelle que soit votre affaire.

Anne Thornton le regarda descendre l'allée d'un pas alerte, ouvrir violemment la grille, se retourner brusquement pour la refermer, puis les saluer d'un geste moqueur en portant la main à sa casquette.

Oh! ce monstre! S'il y avait quelqu'un en ce monde pour la mettre hors d'elle, c'était bien ce garçon. Depuis leur première rencontre, quand il traînait, petit, avec ses fesses nues sortant de ses culottes déchirées, il l'avait agacée, irritée; par la suite, la colère et le dégoût étaient venus s'ajouter à ces premières impressions.

– Je veux voir votre homme.

Ses yeux parurent sauter dans leurs orbites en passant de la silhouette de Ned Ridley à la femme qui se tenait devant elle; et elle questionna encore :

– Qu'avez-vous à voir avec mon mari?

– C'est mon affaire.

– Qui êtes-vous?

— Je m'appelle Nancy Boyle, et voici ma fille, Hannah.

La femme posa une main légère sur l'épaule de l'enfant.

Anne Thornton considéra la fillette avant de répliquer :

— Si vous demandez la charité, ce n'est pas mon mari que vous devez voir, c'est moi. On fait l'aumône aux pauvres à l'église...

— Je ne demande pas l'aumône, madame; c'est votre homme que je veux voir.

— Mon mari est à son travail, vous pouvez me confier ce que vous lui voulez.

La femme fixa le visage pâle et guindé de son interlocutrice un long moment avant de déclarer calmement :

— Vous le saurez bien assez tôt; j'attendrai le moment où il rentrera... viens!

Elle fit pivoter l'enfant et la poussa vers la grille.

Du haut des marches, Anne Thornton les regarda s'éloigner. Les yeux plissés, la bouche légèrement entrouverte, elle réfléchissait avec quelque inquiétude à ce qui pouvait bien lier cette créature misérable à son mari. Ce n'était quand même pas une parente? Elle ne savait que trop qu'il venait du peuple. N'avait-elle pas essayé, depuis des années, d'assumer cette vérité? Mais, de toute façon, quelle que fût la modestie des origines de sa famille, ils n'auraient eu que mépris, chez lui, pour cette femme et son enfant.

Que pouvait-elle bien vouloir à Matthew? Elle tourna les talons et regarda la pendule du grand-père au balancier de cuivre, et à ce moment précis le mécanisme se mit à grincer et sonna lentement 4 heures.

4 heures. Il faudrait encore attendre deux heures avant qu'il ne rentre à la maison. Et si cette créature allait s'asseoir sur le banc, au beau milieu de la place du village, et que, liant conversation avec quelqu'un,

elle lui avoue qu'elle attendait Matthew Thornton!...
Mon Dieu, mon Dieu! Elle aurait dû la garder dans la
cour. Où avait-elle donc disparu?

Au comble de l'agitation, elle tourna les talons et,
prenant ses jupes à pleines mains, traversa le hall d'un
trait, laissant Tessie médusée au spectacle de sa maîtresse qui courait. Puis la bouche de Tessie continua
de s'arrondir en constatant avec quelle célérité Anne
Thornton grimpait les escaliers, et au nombre de pas
qu'elle compta pour la traversée du palier, elle en
déduisit que sa maîtresse était entrée dans la chambre
des garçons; et elle crut comprendre pourquoi.

Robert, lui aussi, s'étonna de la vitesse à laquelle sa
mère traversa la chambre, et il fut presque repoussé au
bas de l'appui de la fenêtre, tandis qu'elle se penchait
et collait son visage à la vitre.

De cette fenêtre, elle avait une vue parfaite de la
route qui menait à la place du village, mais tout ce
qu'elle put découvrir, ce furent les deux filles Bynge,
Alice et Mary, en train de pérorer avec Bill Buckman,
et de se laisser aller à un rire des plus inconvenants, si
l'on pouvait en juger par le mouvement convulsif de
leurs têtes. Et où était leur mère dans tout ça? Tout le
monde savait que Bill Buckman avait une épouse à
Hexham; mais l'on racontait qu'il avait sans doute
aussi une maîtresse au village... Oh! mais pourquoi
s'embarrassait-elle de telles fadaises? Où étaient donc
passées ces deux créatures?

– Qui cherches-tu, maman?

La voix du garçon ne laissait percer aucune rancune,
quoiqu'il fût en punition.

– Personne. Personne.

– Ce ne serait pas les gens qui étaient à la porte tout
à l'heure?

Elle se retourna brusquement et baissa les yeux vers
son fils. Mais oui, il avait dû les voir descendre
l'allée.

– Elles n'ont pas traversé le village, maman, elles

sont parties de l'autre côté. (Il lui indiqua la direction.) Par-delà le mur du cimetière en direction des collines. Regarde! (Il sauta sur l'appui de la fenêtre.) Elles sont en haut de la butte.

Sa mère suivit son doigt tendu; et en effet elles y étaient, la femme assise sur la butte avec l'enfant debout à ses côtés.

La petite colline qui flanquait le mur du cimetière surplombait la route par laquelle son mari rentrerait à cheval de la mine. Cette créature le savait-elle? Ned Ridley l'en avait sans doute informée. Que voulait-elle?

Que voulait-elle?

Elle s'adressa alors à son fils :

– Surveille ces deux personnes, Robert, et si jamais elles quittent la colline, viens vite m'en avertir. C'est compris?

– Oui, maman... Pourquoi voulaient-elles voir papa, maman?

Elle se figea sur place avant d'avoir atteint la porte, mais répondit sans se retourner :

– Je n'en sais rien.

Ce garnement, il avait dû ouvrir la fenêtre et surprendre leur conversation. Mais Tessie aussi, donc Bella, et ce que Bella savait, le village entier ne tarderait pas à le connaître.

Oh! Qu'était-ce donc que toute cette histoire? Si seulement il pouvait être 6 heures!

Matthew Thornton, prêt à enfourcher son cheval avant de quitter la mine, regarda, au delà du chaos organisé, l'endroit où Joe Robson, un mineur d'expérience, enseignait à son fils, Peter, la meilleure méthode pour laver le minerai à l'auge. Tout l'art consistait à manœuvrer le râteau, d'avant en arrière, sur les fragments de minerai jetés sur la grande dalle de pierre fermée sur trois côtés par un cadre de bois, et parcourue par un flot puissant.

Après les avoir observés un moment, Matthew enfourcha son cheval tout en hochant la tête. Le jeune Peter, quoique robuste et déjà âgé de quatorze ans, n'était pas encore assez fort pour laver à l'auge. Mais comme Joe avait demandé que l'on donnât sa chance au garçon, il avait accepté. Car Joe était un brave homme et, à l'encontre de la plupart de ses compagnons, un homme sobre. Quatre de ses fils travaillaient déjà à la mine. Deux d'entre eux, Archie et Hal, qui n'avaient pas encore dix-sept ans, s'employaient à briser les blocs de minerai à la masse, et son plus jeune fils, à douze ans seulement, travaillait déjà au crible. Alors, une fois par mois, la semaine où ils touchaient leurs indemnités de subsistance, Joe en ramassait plus que la plupart des hommes dans cette mine. Ah, s'il pouvait y avoir plus de Joe !

Tout compte fait, la semaine écoulée s'était révélée très bonne. M. Byers était très content des résultats obtenus et, en agent probe et loyal, il faisait toujours part aux hommes de son contentement. Et si ce M. Sopwith à Allenheads avait été aussi franc que M. Byers, Allenheads n'aurait pas connu cette grève désastreuse, l'année dernière.

La veine qu'ils avaient découverte aujourd'hui était riche en minerai, elle en contenait au moins vingt pour cent. Ça n'arrivait pas tous les jours.

Il contourna le réservoir et longea les entrées de puits, coupa ensuite par la colline jusqu'au chemin de terre, et de là jusqu'à la route, assez large en cet endroit pour permettre à un cavalier et à sa monture de croiser une file de poneys sans avoir à monter sur le talus.

Il avait faim, se sentait sale, et avait hâte de se retrouver à la maison, assis en bout de table devant les quatre visages éclatants de ses enfants. Quel bonheur d'avoir John avec eux. Demain, il l'emmènerait avec lui à la mine... enfin, si Anne n'en faisait pas toute une histoire. Et même. Le garçon finirait bien par suivre ses propres penchants, qu'ils le mènent au droit, comme elle le voulait, ou au plomb, comme c'était son désir à lui.

Il mit son cheval au pas au moment de contourner le pied de la colline, et aperçut devant lui la silhouette familière de Ned Ridley monté sur un poney et suivi de deux autres qu'il tirait à la longe; à quelques mètres encore derrière lui, il le héla d'une voix joyeuse :

– Hé, salut, Ned; alors, encore en route pour le cordonnier?

– Oh! oui! oui, monsieur Thornton. (Ned se retourna sur sa selle.) Comme vous dites, encore en route pour le cordonnier... Connaîtriez-vous quelque chose de plus dur que le fer pour chausser ces animaux, hein?

– Hé non, Ned, malheureusement. (Matthew se mit à rire.) Mais je pourrais me renseigner pour toi à la fonderie.

– Pour sûr.

Ils éclatèrent de rire tout en poursuivant leur route.

– Comment va ton grand-père? s'enquit Matthew après un moment de silence. Ça fait un bout de temps que je ne l'ai plus vu descendre en ville les jours de marché.

– C'est vrai, il devient paresseux en vieillissant. Je lui ai pourtant dit que je lui donnerai un coup de pied au cul qui l'enverra jusqu'à Haydon s'il ne vient pas me voir flanquer la raclée à Bill Tiffit, samedi.

– C'est vrai... tu boxes de nouveau contre Tiffit. Vous avez fait match nul la dernière fois.

– Ce ne sera pas le cas cette fois-ci; on finira sur les genoux s'il le faut.

Matthew contempla le profil du jeune gars assis crânement sur son poney et observa d'un ton calme :

– C'est tout de même un jeu stupide, Ned; tu pourrais te retrouver handicapé pour la vie.

– Comment ça?

– C'est tout simple, Bill Tiffit est une vraie armoire

à glace et, à mon avis, il doit peser une bonne dizaine de kilos de plus que toi.

— C'est à mon avantage, monsieur Thornton. Moi, je suis comme un poulain contre un gros cheval de trait.

— Et pourquoi n'emploierais-tu pas plutôt ta force à gagner un salaire régulier, en venant à la mine?

— Ah! monsieur Thornton. (Ned releva le menton et se mit à rire.) Encore une de vos plaisanteries. Je vous l'ai toujours dit : rien à faire pour m'avoir dans votre mine. Je vous fournirai en chevaux, en mules et en Galloway, j'irai même jusqu'à vous trouver un cheval de course accidenté si vous le voulez, mais je ne m'approcherai jamais plus de votre mine. Ce n'est pas que je ne veuille pas travailler pour vous; si je devais avoir un patron, je n'en chercherais pas d'autre que vous, sans mentir.

— Merci, Ned, merci; c'est un compliment qui me va droit au cœur.

Ils se regardèrent de nouveau en riant, ils arrivaient maintenant en vue de la maison et du cimetière, avec sa butte, et quand ils passèrent dessous, quelques minutes plus tard, Ned leva les yeux et aperçut la femme et l'enfant, debout, qui les regardaient. Détournant la tête d'un geste brusque, Ned reporta les yeux sur son compagnon, mais M. Thornton n'avait même pas jeté un regard dans cette direction, il avait les yeux fixés sur son portail, et quand ils l'atteignirent, il dit gaiement :

— Au revoir, Ned, c'est toujours agréable de te rencontrer.

— Vous aussi, monsieur Thornton... vous aussi.

Dandy Smollet attendait dans la cour pour s'occuper du cheval et Matthew lui dit d'un ton brusque :

— Pas question de lésiner sur le bouchonnage ce soir, tu m'entends, Dandy?

Et le garçon, portant la main à sa tête en guise de salut, répondit en toute hâte :

46

– Non, monsieur. Non, monsieur.

Selon son habitude, Matthew pénétra alors dans la maison par la cuisine et, s'asseyant sur le tabouret de bois placé juste à la porte, il défit les boucles de ses guêtres, délaça ses bottes et enfila la paire de pantoufles que lui tendait Tessie, tout en lui disant :

– Il serait temps que je m'en offre une nouvelle paire, non?

La même remarque, un autre soir que celui-ci, et Tessie se serait mise à glousser et aurait déclaré :

– Oh! monsieur, elles sont impeccables.

Mais elle ne prit pas cette liberté et se contenta de le regarder fixement jusqu'à ce qu'il lui demande :

– Alors, Tessie, tu as perdu ta langue?

– Non, monsieur,

– Le chat est mort?

Comme elle n'en disait pas plus, il se tourna vers Bella, penchée au-dessus du four, qui en tirait un grand plat où grésillait un gigot d'agneau; quand elle l'eut porté sur la table à quelques pas de lui, il dit en humant le fumet qui s'en dégageait :

– J'ai attendu ça toute la journée, Bella.

– Eh bien, c'est prêt, monsieur, quand vous voudrez.

Il la fixa du regard un moment. Elle ne souriait pas, quelque chose n'allait pas. Qu'avaient-elles manigancé toutes les deux? Elles avaient dû sans doute agacer Anne et s'être fait réprimander. Bon, il ne lui restait plus qu'à éclaircir tout ça.

Il traversa la cuisine, poussa la lourde porte de chêne et pénétra dans le hall où il aperçut sa femme qui l'attendait. Rien qu'à son attitude, il devina qu'elle était impatiente de le voir arriver, et il pensa soudain qu'il y avait eu d'autres moments précis où il aurait aimé qu'elle l'attendît ainsi avec impatience.

– Viens dans le salon un moment.

– Je ne me suis pas encore débarbouillé.

Avait-elle oublié l'obligation qu'elle lui faisait d'ôter

son manteau et ses bottes dans la cuisine, puis de procéder à ses ablutions dans le cabinet jouxtant le petit salon?

– Plus tard, plus tard; il faut que je te parle.

Tandis qu'il passait lentement devant l'escalier, son attention fut brusquement attirée par l'apparition de son fils Robert, une main sur le dernier montant de la rampe et l'autre appuyée contre le mur. Il hurlait :

– Ma-man! Ma-man! Elles redescendent.

Il sembla alors à Matthew que la remarque de son fils, sans aucun sens pour lui, était pourtant chargée d'une lourde signification pour sa femme, car celle-ci se mit pratiquement à courir vers le salon; perplexe, il la suivit. Elle ferma la porte derrière lui et, se retournant, elle demanda :

– As-tu de la famille à Haydon Bridge, des parents dont tu ne m'aurais pas parlé?

– Des parents à Haydon Bridge? Tu sais bien que non.

– Et à Hexham?

– Pas plus à Hexham qu'à Haydon Bridge. Qu'est-ce que c'est que cette histoire?

– Bon, il va falloir éclaircir tout ça. Il y a deux heures, une créature sale et dépenaillée s'est présentée à la porte d'entrée, accompagnée d'une enfant. Cette horreur de Ned Ridley les a conduites jusqu'ici. (Elle prit une courte inspiration.) La femme n'a pas daigné me dire ce qu'elle voulait, ça te concernait, paraît-il. Tu es bien sûr que tu n'as pas de famille là-bas?

– Tu sais bien que non. Il ne me restait plus que ma grand-mère et elle est morte il y a neuf ans à Newcastle.

Anne Thornton laissa échapper un long soupir, se détourna, traversa la pièce et, s'appuyant des deux mains sur le dossier du sofa, déclara :

– Pour une raison qui lui est personnelle, cette femme veut te voir. Tiens... tiens, écoute! (Elle fit volte-face et désigna la porte du doigt.) La revoilà. Elle t'a attendu assise sur la butte.

– Elle m'attendait assise sur la butte? Bon, on va bientôt savoir de quoi il s'agit.

Il tira alors sur les manches de sa chemise et les remonta jusqu'au coude; puis, desserrant son foulard, il le jeta de côté avant de quitter la pièce et de traverser le hall pour se rendre à la porte.

Anne Thornton se tenait à ses côtés quand il tira le lourd battant, mais, cette fois-ci, elle ne regarda pas la femme et l'enfant debout sur le perron, elle se tourna vers son mari. Elle vit d'abord ses yeux se plisser, puis s'écarquiller, tandis que sa mâchoire tombait, le laissant bouche bée.

– C'est moi, Matthew, Nancy Boyle. Tu te souviens?

Oui. Oui, il se souvenait, à en rester muet de surprise. La femme qu'il avait devant lui, sale et échevelée, c'était bien Nancy Boyle. Mais pas celle qu'il avait connue. Et pourquoi, bon Dieu, venait-elle le relancer ici? Par tous les diables! Comment allait-il justifier sa présence? Comment allait-il l'expliquer à Anne? Oh! il n'en serait jamais capable. Jamais! De toute sa vie.

Tandis qu'il restait là, ahuri, il pouvait déjà entendre s'effondrer, à grand fracas, tout l'édifice de sa vie de famille, et il comprit soudain que désormais et jusqu'au jour de sa mort il lui faudrait souffrir parce que cette femme, pour une raison qu'elle était encore seule à connaître, venait de jaillir des brumes du passé.

Aucun son n'était encore sorti de sa bouche, il n'avait pas fait le moindre signe de reconnaissance, mais il tendit involontairement la main vers la femme quand, prise d'un violent accès de toux, elle se plia en deux et cracha dans un chiffon taché de rouge et de brun.

– Entrez.

– Matthew!

Son seul prénom était chargé de reproche, et il se tourna vers sa femme, murmurant d'un ton féroce :

– Eh bien! Que voudrais-tu? Que je lui demande d'expliquer son affaire sur le pas de la porte? (Quand la femme et l'enfant pénétrèrent dans le hall, il dit d'un ton brusque :) Par ici.

Et il s'apprêtait à les conduire au salon quand sa femme, de nouveau, l'interpella.

– Matthew... je t'en prie! fit-elle; pas dans le salon.

– Et où, alors?

Il avait presque aboyé.

– Dans... dans le petit salon.

C'était elle, maintenant, qui ouvrait la marche, et quand ils furent tous entrés dans le petit salon et que la porte fut fermée, Matthew tira une chaise à dossier droit de sous la table ronde et dit sans même accorder un regard à la femme :

– Asseyez-vous.

Nancy Boyle s'installa, puis se redressa et leva les yeux vers l'homme qu'elle n'avait pas vu depuis presque neuf ans. Il lui semblait être devenu plus grand, plus fort et plus beau, et elle s'étonna qu'en un pareil moment, malgré l'angoisse qui l'étreignait, elle pût ressentir ne fût-ce qu'une lueur de pitié pour lui. Puis il demanda sèchement :

– Que puis-je faire pour vous?

Et sa pitié s'envola tandis qu'elle lui répondait d'un ton brusque :

– Une seule chose, vous occuper de ce qui vous revient.

Et, à ces mots, elle poussa l'enfant vers lui.

Pour toute réponse, Matthew recula d'un pas, aussi vite que s'il avait eu devant lui un cobra royal.

Il avait bien entendu Anne hoqueter et savait qu'elle avait enfoui sa tête dans ses mains, mais il ne lui accorda pas un regard et resta figé, ahuri, à contempler l'enfant, qui elle aussi le regardait, tandis que sa mère parlait, par petites phrases entrecoupées, au rythme de sa respiration haletante, comme si elle était ivre.

– Newton, disait-elle, est assez proche de Thornton... Je suis allée à l'hôtel Temperance... Tu te souviens de l'hôtel Temperance? La vieille m'a soutenu que jamais... jamais elle n'avait eu de client du nom de Newton. Et même si elle t'avait connu par ton vrai nom, elle se serait bien gardée de le dire... elle savait bien ce que je voulais... avec mon ventre rond... c'est drôle, comme j'ai fini par te retrouver. Je t'ai vu entrer dans les bureaux de Grey Street. Un bel immeuble avec un portier, alors je lui ai demandé : « N'est-ce pas M. Matthew Newton qui vient d'entrer à l'instant? – Non; c'est M. Matthew Thornton, m'a-t-il répondu, qui dirige des mines de plomb... », dont c'étaient là les bureaux. J'ai attendu, attendu, mais tu n'es pas ressorti... Je ne savais pas qu'il y avait une autre porte. Et tu vois, comme je sentais que le temps m'était compté, je me suis dit, il faut le retrouver; qui pourra mieux s'occuper d'elle que son père? Et voilà toute l'histoire.

Le fracas le sortit de son cauchemar, et il vit la chaise où s'appuyait Anne s'effondrer sur le sol et son corps chanceler comme si elle allait s'évanouir. Mais quand il passa son bras autour de sa taille, elle ne s'affaissa pas contre lui, au contraire, ce contact sembla la ranimer car elle le repoussa et tituba vers une autre chaise.

– Elle a subi un choc; c'est normal, je suppose.

Il se retourna et jeta un regard assassin à la femme; puis il s'avança vers elle et se pencha jusqu'à mettre son visage au niveau du sien, et fixant ses yeux aux orbites creuses il murmura d'une voix rauque :

– Vous n'avez aucune preuve; je n'étais pas le seul.

– En effet, répondit-elle d'une voix neutre, avant et

après; mais c'est la tienne. Je t'ai prévenu à ta dernière visite, et alors tu as déguerpi comme un malpropre.

Il ferma les yeux, se redressa, se tourna vers la cheminée et, s'agrippant au dessus de marbre, posa sa tête contre le rebord et se mit à grincer des dents.

Mais pourquoi cela devait-il lui arriver à lui? Il eut une vision nette des conséquences multiples qu'il lui faudrait subir toute sa vie. Le village serait en émoi; tout comme les hommes à la mine. On ne parlerait que de ça au marché d'Allendale, et ses chances de devenir agent-chef en seraient peut-être aussi compromises. Pourtant, toutes ces réactions extérieures ne semblaient pas compter. Ce qui comptait, ce qui lui causait la plus terrible des douleurs, c'était que son bonheur familial, il le pressentait, disparaîtrait à jamais.

Il avait connu l'amour et l'adoration de ses quatre enfants, et quoique sa femme ne lui ait plus donné de preuve du premier depuis quelques années, et jamais voué la seconde, elle l'avait pourtant aimé. A sa manière étroite, pieuse et mesquine, il n'en doutait pas; mais elle avait été et était encore une excellente maîtresse de maison et une excellente mère. Tout de même, si l'on avait pu mettre au jour la véritable physionomie de leur vie conjugale, elle aurait dû endosser la responsabilité de tout ce gâchis, car, depuis la naissance de Betsy, elle avait feint des faiblesses qui l'empêchaient de remplir ses devoirs d'épouse. Quand l'enfant eut six mois et que sa vigueur revenue se mit à démentir toute prétendue faiblesse, elle déclara qu'à l'avenir elle ne remplirait son devoir envers lui qu'aux époques compatibles avec son cycle menstruel. Il avait donc souvent souffert des semaines entières sans que son corps puisse trouver le repos.

C'était à peu près à cette époque que M. Byers l'avait chargé, obligation on ne peut plus agréable, de porter quelques échantillons de minerai à l'agent-chef de M. Beaumont, ce qui l'avait amené à faire quatre voyages à Newcastle en quelques mois, et parfois même à attendre les résultats en cette ville. Ces visites pouvaient durer deux à trois jours, et c'est alors qu'il descendait à l'hôtel Temperance.

Et il était tombé sur Nancy Boyle à son premier séjour dans la ville, tout simplement en la tirant vivement sur le trottoir alors qu'elle allait se faire renverser par une calèche découverte conduite par un jeune dandy complètement ivre, pour le plus grand plaisir des amis qui l'accompagnaient.

Nancy, il le vit tout de suite, était jolie, et très ordinaire; mais après avoir fait plus ample connaissance, il découvrit aussi qu'elle était de nature sensuelle et très obligeante.

Quand elle l'avait fait monter pour la première fois dans sa chambre, une mansarde sous les toits d'une pension de famille située derrière les entrepôts du port fluvial, il l'avait trouvée d'une extrême pauvreté mais propre, et elle lui avait expliqué aussitôt qu'il ne lui en fallait pas plus car elle travaillait douze à quatorze heures par jour dans le sous-sol d'une modiste, en ville. Il ne s'était pas intéressé à sa vie passée, pas plus qu'elle à la sienne. Mais il avait tout de même pris la précaution de lui donner un faux nom, car, après tout, il avait une femme et des enfants, allait régulièrement à l'église, et savait que c'était autant à son esprit religieux qu'aux efforts de son épouse qu'il devait son poste à la mine, car M. Byers, l'agent, était très pratiquant et aimait à entendre les beaux chants d'église, et surtout les cantiques.

Il se souvenait maintenant de la vague de panique qui l'avait pris la dernière fois qu'il l'avait vue, quand, désignant son ventre du doigt, elle lui avait déclaré sans ménagement :

— J'ai des ennuis, et c'est de ta faute. Qu'allons-nous faire?

Il pouvait encore s'entendre répéter que tout irait bien.

Mais qu'avait-il fait? Il s'était précipité à l'hôtel Temperance, avait repris son sac et quitté le quartier en toute hâte. Il avait passé cette nuit-là dans une auberge de l'autre côté de la ville; le lendemain, il avait conclu ses affaires et enfourché son cheval pour rentrer chez lui comme si le diable était à ses trousses.

Et maintenant, debout devant lui, se tenait le résultat de cette aventure... Sache que tes péchés te retrouveront.

Quoique sa voix s'élevât avec celle des autres le dimanche à l'église, il avait, depuis quelque temps, en son for intérieur, remis plus ou moins en question la structure de la religion établie, mais jamais il ne doutait de la vérité qui émanait de l'Ancien Testament. Maintes fois, il lui semblait avoir vu ses axiomes se réaliser. Sache que tes péchés te retrouveront.

Il releva la tête lentement, tandis que la femme concluait :

– Eh bien, je m'en vais maintenant. Je me suis acquittée de ma tâche; ça y est; à toi de t'en occuper désormais.

Il se tourna vers elle, mais elle regardait l'enfant et l'enfant la regardait, et il vit la petite fille jeter ses bras autour de la taille de sa mère et crier d'une voix rauque :

– Non, m'man! m'man. Je veux aller avec toi.

– Ecoute. Voilà, c'est le monsieur dont je t'ai parlé. (Elle désigna Matthew du doigt.) Il s'occupera de toi, parce que c'est ton papa. Maintenant, sois une gentille fille et fais ce qu'on te dit, et un de ces jours, je reviendrai te voir. Oui, oui, je reviendrai te voir.

Elle souriait faiblement maintenant, et, quand l'enfant s'accrocha de nouveau à ses jupes, elle tourna les yeux vers la maîtresse des lieux, droite comme un I sur sa chaise, le visage d'un blanc de craie, les yeux exorbités, et elle lui confia :

– C'est une bonne fille, elle ne vous posera pas de problèmes.

Sur ces mots, elle repoussa l'enfant qui s'accrochait toujours à elle, tourna les talons et traversa lentement la pièce, puis le hall, où elle aperçut les quatre enfants. Ils la regardaient tous fixement, la bouche légèrement entrouverte, les yeux ronds, comme émerveillés. Elle s'arrêta un moment à leur hauteur, puis déclara :

– Vous... vous avez une nouvelle sœur. Soyez gentils avec elle.

Puis elle s'en fut vers la porte où se tenait Tessie, la main sur le loquet et, si c'était possible, la bouche et les yeux encore plus arrondis que ceux des enfants.

Tessie resta un moment à regarder la femme descendre l'allée avant de refermer la porte prestement et de se tourner, comme ses jeunes maîtres, vers le petit salon d'où s'élevaient les les voix de leurs parents.

Margaret regarda John qui la regarda à son tour; puis leurs regards se séparèrent vivement. Leurs parents ne se disputaient jamais. Sa mère n'élevait que très rarement la voix. Parfois, quand elle se réveillait en pleine nuit, elle avait entendu des grognements sortir de la chambre de ses parents, mais elle s'imaginait qu'ils devaient s'entretenir des événements de la journée. Or, maintenant, sa mère hurlait presque.

Non, Anne Thornton hurlait vraiment; et voici ce qu'elle hurlait :

– Elle ne restera pas ici! Tu m'entends! Elle ne restera pas ici!

– Du calme, femme!

A son cri, il répondait par un beuglement, et Anne se calma un moment à la vue de cet homme qui semblait à mille lieues de tout repentir. Cette infâme tragédie ne l'avait pas jeté à genoux, il n'y avait aucun remords ni dans sa voix ni dans son attitude, et il osait s'adresser à elle en criant, comme si elle n'avait été qu'une créature pareille à celle qui venait de partir.

– Elle est ici et elle y restera. Pour le meilleur et pour le pire, elle y restera.

Il se tourna et jeta un regard vers l'enfant dont le visage, ruisselant de larmes, semblait aussi blanc que celui de sa mère.

– Ça, jamais! Je ne la garderai pas chez moi; tu peux la mettre à l'hospice.

Matthew se figea sur place, les yeux fixés sur sa femme, les épaules basses.

Puis il hocha la tête lentement et, la voix maintenant calme, bien plus autoritaire que s'il avait encore crié, il déclara :

– La mettre à l'hospice? Non! Non! Jamais!

Anne Thornton se retourna et lança un regard furieux à l'enfant. Puis elle eut une réaction totalement nouvelle. Un instant, cela la rabaissa au niveau des gens parmi lesquels elle vivait, car elle s'entoura de ses bras comme pour essayer de réconforter l'être choqué et bouleversé qui se recroquevillait à l'intérieur, puis elle se berça d'avant en arrière. Eût-elle alors poussé un long gémissement, elle aurait ressemblé aux femmes des mineurs irlandais pleurant la mort de leur mari ou de leur enfant.

Matthew, qui la regardait, comprit alors dans une certaine mesure ce qu'elle pouvait ressentir, et ceci éveilla sa pitié, calma sa colère, et il l'implora doucement :

– Anne, dit-il en s'approchant d'elle, j'ai mal agi et j'en suis désolé, mais si tu voulais me pardonner et faire face nous surmonterions la crise ensemble.

– Surmonter la crise ensemble! (Elle avait cessé de se bercer mais ses mains s'agrippaient toujours à sa taille; elle le foudroya du regard en répétant :) Surmonter la crise ensemble! Comment oses-tu? Tu es infâme, immonde, tu n'es pas digne de... (Elle serra les lèvres pour étouffer ses larmes, puis conclut en bredouillant :) Et... et l'église. Pense à peu à l'église.

– Qu'elle aille au diable, ton église! Et toi avec, car

56

s'il faut s'en prendre à quelqu'un de sa présence (il tendit la main vers le visage effrayé de l'enfant silencieuse), c'est bien à toi! Si tu t'étais comportée en digne épouse, je n'aurais pas eu besoin d'aller voir ailleurs.

– Tu me rendrais responsable de ton infamie?

– Oui. S'il est un péché, comme tu l'appelles, dans toute cette histoire, il te revient... Ah, bon Dieu!

Ils se tenaient maintenant face à face, comme des lutteurs qui ne connaîtront pas de repos avant que l'un ou l'autre ne soit mort. Puis, d'un trait, elle l'acheva, car elle murmura entre ses dents :

– Très bien! Très bien! Si je n'ai pas rempli mon devoir jusqu'ici, je le remplirai encore moins dorénavant, car je ne te laisserai plus jamais poser la main sur moi de toute ma vie.

Le temps sembla s'arrêter tandis qu'ils se défiaient du regard.

– Nous verrons. (Il avait prononcé ces mots sans même desserrer les dents.) Avant de prendre une telle résolution, souviens-toi donc du ménage Scargill, hein! (Il hocha la tête d'un air narquois en la voyant blêmir.) Sa femme, si j'ai bien compris, lui a un jour fait la même sorte de déclaration, et comment a-t-il réagi? Il a engagé trois jeunes filles comme domestiques. L'une d'elles vit toujours chez lui, et sa femme est morte depuis bien longtemps. Ce qu'un homme a fait, un autre peut le faire.

Il sentit de nouveau la pitié monter en lui en la voyant porter les mains à sa gorge et avaler sa salive bruyamment, mais il savait qu'il ne servait à rien de lui faire part de son apitoiement.

– Il est bien entendu, dit-il, que cette enfant reste ici, et je te donne l'occasion d'assurer son bien-être. Si tu ne t'en charges pas, alors je m'en occuperai moi-même. Et tu sais ce que cela signifie, que ton autorité de maîtresse de maison s'en trouvera sapée à la base. A toi de choisir.

Il la vit presque peser les conséquences de ces derniers mots. Elle se tourna lentement vers l'enfant. Puis son dos sembla se raidir encore un peu plus, elle fit volte-face et quitta la pièce rapidement.

Dans l'entrée, les enfants se tenaient en groupe au pied de l'escalier, et la petite servante montait la garde devant la porte de la cuisine. C'est à elle qu'Anne Thornton fit un signe de tête, mais quand Tessie s'avança, elle dut ouvrir la bouche toute grande par deux fois avant de pouvoir lui donner ses directives.

– Emmène la fille à la buanderie, ordonna-t-elle en renversant la tête lentement, et veille à ce qu'elle se lave. Mlle Margaret t'apportera quelques vêtements convenables. Tu brûleras ensuite ses haillons.

– Oui, madame.

Tessie fléchit un genou, puis, tournant les yeux vers l'enfant qui se tenait à côté du maître, à la porte du petit salon, elle tendit la main vers elle en disant :

– Allez, viens. Viens.

Et Hannah, semblant reconnaître quelqu'un de son monde, s'avança et prit la main qu'on lui tendait.

Elles traversaient le hall, étaient déjà passées devant les enfants, quand on frappa soudain bruyamment à la porte. Tessie s'arrêta et tourna les yeux dans cette direction, puis, hésitante, lança un regard interrogateur par-dessus son épaule vers sa maîtresse. Mais ce fut son maître qui déclara d'un ton brusque :

– Va à ton travail, Tessie, je m'en charge.

Quand il ouvrit la porte, il trouva devant lui Maudie, la bonne du pasteur, qui sans autre forme de préliminaires lui annonça en bredouillant :

– Le révérend, il demande que vous veniez tout de suite parce qu'elle est en train de mourir, la femme. Elle vous a demandé.

Matthew, frissonnant, avala une grande goulée d'air, resta immobile un instant en lançant des regards en coin vers Anne, puis jeta les yeux sur ses quatre enfants qui, groupés, le contemplaient bouche bée, et enfin sur Tessie et la fillette qu'elle tenait par la main. Alors, Hannah, comprenant rapidement l'essentiel du message délivré par la bonne, échappa à Tessie et, se précipitant vers la porte, se mit à crier :

– Je veux ma maman! Je veux ma maman!

Matthew la rattrapa et la repoussa vers Tessie en disant :

– Fais ce que t'a demandé ta maîtresse, va la laver.

Puis il sortit en claquant la porte derrière lui et descendit l'allée en toute hâte.

Le révérend Stanley Crewe était un petit homme frêle. Il n'avait rien d'un prédicateur, ne faisait pas de prosélytisme, et ses paroissiens le toléraient plus qu'ils ne l'aimaient; mais il était bon et sincère. Matthew le trouva agenouillé près de la femme qui gisait sur le bas-côté herbeux de l'allée menant au presbytère; le pasteur leva les yeux vers Matthew, hocha la tête, puis dit d'une voix calme :

– La voilà passée, pauvre âme. Je... Je vous ai envoyé chercher, Matthew, parce qu'elle a prononcé votre nom et... et dit quelque chose à propos de sa fille qu'elle vous a confiée. Je n'ai pas bien compris. J'ai... j'ai cru qu'elle divaguait, mais ensuite elle m'a donné ceci. (Il prit alors sur l'herbe une longue enveloppe toute maculée et la brandit devant les yeux de Matthew en disant :) Elle m'a demandé de la garder jusqu'au jour où sa fille se mariera, ainsi qu'il est inscrit sur l'enveloppe, regardez. (Il hocha la tête.) C'est là une très belle écriture.

Matthew se pencha et lut :

– « Au sujet d'Hannah Boyle. Cette lettre doit être confiée à un ministre de Dieu, ou à un homme de loi, et remise à la susnommée le jour de son mariage. »

– Elle est également scellée. (Le prêtre retourna la lettre et montra la grosse tache de cire à cacheter rouge.) Elle m'a semblé attacher une grande importance à cette lettre. (Cette fois-ci, il jeta les yeux sur le corps immobile allongé sur l'herbe.) Elle a parlé d'un... d'un avocat public qui l'aurait écrite.

Matthew se redressa. Rédigée par un avocat public?

C'étaient des greffiers connaissant un peu le droit, qui écrivaient des lettres pour les pauvres. Il regarda à nouveau l'enveloppe. Pourquoi ne la lui avait-elle pas confiée? Mais fallait-il se le demander? Les gens comme Nancy connaissaient tout de la tentation, et aurait-il résisté au désir de l'ouvrir? Non, c'était même sans doute l'une des premières choses qu'il aurait faites, bien qu'ensuite il ne l'aurait pas détruite mais recachetée. Non, Nancy, cette pauvre Nancy avait été prudente, à sa manière. Mais pourquoi pensait-il « pauvre Nancy »? Il devrait plutôt la maudire. Et toute une partie de lui-même la maudissait, car elle était entrée dans sa vie comme une charge d'explosif, avec le même effet dévastateur. Il ne parvenait toujours pas à se représenter l'étendue de la catastrophe déclenchée par son apparition; et non seulement par son apparition, qui après tout avait été fort brève, mais surtout par ce qu'elle lui avait mis sur les bras... l'enfant.

Pourquoi l'avait-il acceptée sans plus de preuves de sa paternité? Pourquoi?

Parce qu'il n'avait pu oublier comment il l'avait fuie, cette nuit-là, tel un chat échaudé.

— Il va falloir que je contacte l'hospice.

— Quoi!

Il reporta toute son attention sur le pasteur.

— Il va falloir l'enterrer.

— Oh! oui, oui, bien sûr. Mais... mais je m'en occuperai.

— Vous? (Le pasteur fronça légèrement les sourcils, puis laissa échapper un petit rire tout en disant :) Eh bien, puisque vous la connaissiez. Etait-ce une parente, Matthew?

Matthew baissa les yeux sur le corps immobile et le

visage livide qui, étrangement, ressemblait maintenant
à la Nancy qu'il avait connue et déclara :

– Peut-être bien, d'une certaine façon.

3

Pendant des jours le village avait été en émoi, tout
comme la ville d'Allendale. Mais pourquoi, protes-
taient certains, avait-il fallu que l'affaire Thornton
éclate en plein moment de liesse, au risque d'éclipser
le grand événement du 11 avril, jour où le jeune
M. Beaumont entrait en possession de son bien. Nom de
Dieu ! Un jour et une demi-journée comme on n'en avait
jamais vu ; et qui resteraient gravés dans les mémoi-
res. Deux cents ouvriers des fonderies d'Allen suivant
au pas l'harmonie de la ville d'Allendale jusqu'à
l'auberge de King's Head, pour y festoyer et y boire.
C'était un fameux spectacle. On alla même jusqu'à
tirer le canon en l'honneur du jeune maître, et à
illuminer toute la ville la nuit, ce qui rehaussa encore
la beauté des décorations florales et des guirlandes de
branches. Et tout cela sans parler des feux de joie qui
avaient flamboyé sur les collines alentour. Dans chaque vallée, mineurs et fondeurs avaient banqueté et
s'étaient réjouis à leur manière : huit cent soixante-dix
à East Allendale, un peu plus de cinq cents à West
Allendale. Et à Weardale ? Plus de mille. Près de trois
mille en tout, en comptant les enfants, profitèrent, ce
jour-là, des largesses de M. Beaumont.

Et quand les verres eurent été vidés un grand
nombre de fois et que l'heure fut aux rires et aux
plaisanteries, quelle histoire faisait donc postillonner
les hommes dans leur chope et glousser les femmes
derrière leurs mains ? Mais le scandale qui secouait la
maison Thornton, voyons ! Non que l'on eût dit quoi

que ce soit devant Matthew, car il était respecté et aimé. En fait, la nouvelle venue au manoir d'Elmholm avait ajouté un fleuron à sa couronne. Non, c'était de sa femme que l'on se gaussait, cette grande dame qui regardait de haut les honnêtes travailleurs et s'accrochait à la petite noblesse à s'en user les muscles des bras.

Toutefois, tous s'accordaient pour saluer son aplomb à essayer de faire passer la petite pour la nièce de Matthew. La nièce de Matthew, quelle bonne blague! Est-ce qu'un homme comme Matthew Thornton aurait laissé sa sœur mourir au bord d'une route? Et puis tout le monde savait que son unique sœur vivait aux antipodes, en Australie. Qui donc Mme Thornton croyait-elle berner?

De toute façon, le fin mot de l'histoire, c'était que la femme morte dans l'allée du presbytère avait été autrefois la bonne amie de Matthew. Et, sentant sa mort prochaine, sans personne à qui confier son enfant, qu'avait-elle donc résolu de faire? Elle s'était rendue tout droit chez lui. Ce n'était pas plus compliqué que cela.

Oui, voilà qui était simple, mais quant à la vie qui attendait l'enfant, c'était autre chose! La jeune Tessie racontait qu'on la faisait manger à la cuisine, et qu'on lui avait préparé un lit de bric et de broc dans la mansarde du fond; c'était parfait en été, là-haut, mais l'hiver il y faisait un froid de canard. Et la petite était tout ce qu'il y avait de plus futée, assurait Tessie; elle s'appelait Hannah, mais la maîtresse la nommait toujours *La Fille*.

Il serait intéressant de voir comment les choses allaient tourner, disaient les villageois. Pour sûr!

Trois semaines déjà qu'Hannah menait sa nouvelle vie. Il lui semblait parfois qu'elle avait toujours vécu dans cette maison, à deux exceptions près. D'abord, sa mère lui manquait; et, ensuite, elle n'aimait pas la dame, elle en avait peur. Chaque fois que la dame la regardait, elle s'attendait à ce qu'elle la frappe. Elle pourrait sans doute aimer le monsieur, se disait-elle, mais il ne lui parlait guère, bien qu'il la regardât souvent, lui aussi. Mais pas de la même façon que la dame. Par contre, elle aimait les enfants de tout son cœur, enfin tous, sauf Betsy. Betsy était une horrible garce. Elle ressemblait à Annie Nesbit, qui vivait en face de chez elles à Newcastle, et s'amusait à bourrer leur serrure de cafards, lesquels craquaient quand sa maman tournait la clé.

Elle aimait Tessie et Bella; oh! ça oui, elles étaient douces et gentilles avec elle. Elle leva alors les yeux sur Bella, debout devant la table, qui de ses bras musclés pétrissait la pâte dans un grand plat de terre, tout en discutant avec Tessie qui graissait des moules à l'autre bout. Elles parlaient d'elle. Elles parlaient toujours d'elle. Cela ne l'ennuyait pas, bien au contraire. Cela lui donnait l'impression... Elle ne pouvait s'expliquer quelle impression cela lui donnait, si ce n'est qu'elle ne se sentait pas tout à fait perdue.

– Quelle honte! (Bella battit la pâte de son poing.) On la traite comme la dernière des dernières. Eh bien, moi, si on me traitait de la sorte, je ne ferais pas long feu ici, bon Dieu, non! (Elle se pencha alors au-dessus de son plat, vers Tessie et, dans un murmure, elle ajouta :) Tu m'as bien dit qu'elle leur a ordonné de ne pas lui parler?

– Oui, c'est ça, Bella, sauf en cas de nécessité. Voilà ce qu'elle a dit, en cas d'absolue nécessité. Et Mlle Margaret a protesté, elle a dit quelque chose que je n'ai pas entendu. Et M. Robert aussi. Mais elle les a grondés. Oh là là! (Tessie se mit à rire.) Tu te souviens quand elle me reprochait de parler fort? Eh bien, ma parole! Sa voix, maintenant, on croirait la corne d'un marchand de bonbons.

Toutes deux se retournèrent alors pour regarder Hannah, qui leur rendit leur sourire et déclara :

– J'aime bien éplucher les patates. Avec ma

maman, on en pelait toute la journée dans une auberge. Ma maman disait que si on les avait toutes mises en tas elles auraient rempli à ras bord la cale d'un bateau, mais on les avait à peine terminées qu'ils les emportaient.

Elle se remit à rire, et Tessie l'imita. Mais pas Bella; Bella hocha la tête tristement et dit :

– C'est bien vrai ça, une moitié du monde ne sait même pas comment vit l'autre. Moi, je me souviens du temps où je mourais tellement de faim que j'aurais pu manger sur la tête d'un pouilleux.

Puis elle continua à pétrir sa pâte avec une vigueur renouvelée, comme pour rendre grâce de son sort privilégié.

Ce fut au moment où, avec un gros plop, elle soulevait la boule de pâte pour la reposer sur la planche farinée que la porte de la cuisine s'ouvrit et que la maîtresse apparut. Elle était habillée comme pour sortir, d'une robe de toile à ramages roses et d'un court manteau d'alpaga fauve dont le dos pointait comme un éventail sur la jupe bouffante de la robe. Elle portait sur la tête un petit chapeau de paille, tout chargé sur l'avant de rubans de velours bleu. Au total elle avait l'air d'une dame, d'une dame bien mise.

Tout en tirant sur ses courts gants de soie grise, elle dit à Bella :

– Je vais en ville, j'emmène Betsy chez le Dr Arnison; elle a mal aux dents.

– Oui, madame.

Bella fléchit le genou au minimum.

– Je vous ai donné les ordres pour le dîner?

– Oui, madame.

Elle fléchit de nouveau le genou.

– J'ai laissé votre thé de la semaine sur la petite table du salon. Faites-le durer cette fois-ci, je vous interdis de vous servir dans la théière de la maison, ce n'est que de la gloutonnerie.

– ... Oui, madame.

Elle s'appliqua à finir de boutonner son gant tout en déclarant :

– Et veillez à ce que *La Fille* ne quitte pas la maison.

– ... Oui, madame.

Anne Thornton n'avait pas jeté un regard vers Hannah. Elle tourna alors les talons et, sa jupe et ses jupons bruissant comme du vieux parchemin, sortit de la cuisine d'un air digne.

Bella assena un dernier coup à sa pâte en s'écriant :

– *La Fille!* Même le chat a un nom. Et ne prenez plus de feuilles de thé. Ah! De toute façon, ce qu'elle verse de la théière du salon, on jurerait de l'eau tellement c'est transparent, et j'espère qu'ils vont lui arracher toutes les dents à la petite... cette mijaurée.

Les enfants se tenaient tous dans l'entrée et entouraient Betsy qui, au bord des larmes, gémissait :

– Il va me faire mal. Il va me mettre des grandes pinces dans la bouche comme sur l'image du livre de contes.

– Ne sois pas idiote!

Robert lui donna une vraie bourrade dans l'épaule.

– Ils n'ont plus de pinces maintenant; ils vont t'attacher sur une table et Ralphy Buckman arrivera avec son marteau de maréchal-ferrant et bang! bang! bang!

Il lui montra comment, en projetant ses mains jointes d'un côté et de l'autre.

Betsy venait à peine de laisser échapper un cri aigu quand sa mère entra dans le hall en demandant :

– Qu'y a-t-il? Arrête ce tapage, Betsy! Mais qu'est-ce qui se passe?

– Rob... Robert dit qu'ils vont me la sortir avec un marteau et...

Anne Thornton enveloppa alors sa plus jeune enfant d'un bras protecteur et dit à Robert en le foudroyant du regard :

– Tu es cruel. Je t'ai pourtant défendu d'effrayer ta petite sœur, il me semble, non? Dès que ton père rentrera...

Elle s'arrêta net, et les trois enfants la regardèrent fixement. Cela faisait des années qu'à la moindre incartade elle les menaçait des punitions terribles que ne manquerait pas de leur infliger leur père, ce qui ne les effrayait pas le moins du monde; mais ces dernières semaines elle n'avait pas une seule fois mentionné son nom.

Aussi, après un silence qu'elle mit à profit pour se pincer les lèvres, elle conclut :

– Il s'occupera de toi. (Elle repoussa Betsy qui s'accrochait toujours à elle, et lui dit d'un ton sec :) Arrête de pleurnicher! Essuie tes larmes et remets ton chapeau correctement. (Puis, jetant un coup d'œil sur les pieds de l'enfant, elle remarqua :) Tes chaussures n'ont pas été cirées.

– Tessie a dit qu'elle les avait faites ce matin, maman.

Anne Thornton claqua alors la langue et secoua la tête imperceptiblement; puis, se tournant vers les autres enfants, elle ordonna :

– Et vous, tenez-vous bien jusqu'à mon retour. Toi, John, tu ferais aussi bien de réviser tes leçons puisque tu retournes à l'école demain, et tu ne tiens pas à y arriver sans préparation, je suppose... Et toi, Margaret, tu liras le chapitre sur la calligraphie dans le *Manuel de la jeune fille*. Ton écriture laisse beaucoup à désirer. (Elle sourit d'un air vague à sa fille en ajoutant :) Rappelle-toi donc le titre : « De gribouillages négligents il ne convient pas de se glorifier »; Fair Russel écrivait, tout comme il parlait, avec bon sens.

– Et toi, Robert. (Elle prit une grande bouffée d'air.) Si je me souviens bien, tu parlais il y a quelque temps avec ton père de l'ouvrage de M. Forster, de ce livre qu'il a écrit sur *Les Strates*. Tu liras simplement le passage qui traite des mines de plomb et je t'interrogerai en rentrant. Et (elle le piqua du doigt) ne crois pas pouvoir me berner car je me suis personnellement intéressée à ce chapitre... Viens, Betsy.

Elle poussa sa fille devant elle, passa la porte que John lui tenait ouverte, puis descendit l'allée du jardin; les trois enfants restèrent sur le perron pour la regarder jusqu'à ce qu'elle ait refermé le portail et disparu derrière la haie.

Après avoir repoussé la porte doucement, John se tourna vers les deux autres, mais alors qu'il allait parler, Robert lui lança :

– Toi, tu as de la chance, tu retournes à l'école demain.

John ne répondit pas mais releva la tête comme si cette perspective lui souriait, et, quand Margaret articula : « Calligraphie! » d'une voix chargée de mépris, il rit et répéta : « Calligraphie ».

– Attends! (Robert se pencha vers John.) Et si on allait voir Hannah?

John et Margaret se regardèrent, indécis, puis cette dernière dit dans un murmure :

– Elle ne nous a pas empêchés d'aller la voir, elle a seulement insisté pour qu'on ne lui parle qu'en cas de nécessité.

Comme ils se dirigeaient vers la cuisine, John les arrêta en demandant :

– Est-ce qu'il ne vaudrait pas mieux s'assurer qu'elles sont bien parties?

– Oui, oui, tu as raison.

Robert se précipita cette fois vers l'escalier, les deux autres sur ses talons, et sans plus de cérémonie ils entrèrent dans sa chambre et se collèrent à la vitre.

Ce fut John qui sauta sur l'appui de la fenêtre. Puis, après avoir inspecté le village et avoir attendu un moment, il s'écria :

– Oui, oui, les voilà, elles ont déjà dépassé la cour de chez Rickson. Parfait, allons-y.

Il sauta à terre. Ils repartirent en courant, jusqu'au bas des escaliers, et traversèrent le hall en toute hâte. Mais, à la porte de la cuisine, ils s'arrêtèrent net pour échanger un sourire malicieux; puis, Margaret ayant ouvert la porte, ils entrèrent dans la cuisine à la queue leu leu, d'un air digne, et se rangèrent autour de la table.

Bella avait terminé la préparation du pain, et Tessie venait de disposer les moules recouverts d'un linge tiède le long de la cuisinière. Elle tourna son visage rougeoyant vers eux et s'écria :

– Bonjour, mademoiselle Margaret.

– Bonjour, Tessie.

C'était comme si tous ne s'étaient pas vus depuis une semaine, mais chacun savait ce que l'autre venait chercher; sauf Hannah, qui avait arrêté d'éplucher les pommes de terre et regardait maintenant les enfants qui s'étaient approchés du bout de la table et se tenaient à quelques pas d'elle seulement.

Ce fut Robert qui prit la parole le premier. Son visage était sérieux et sa question exprimait une inquiétude qui le tourmentait depuis des jours.

– Tu vas bien? demanda-t-il.

– Oh oui! je vais bien.

Puis ce fut au tour de Margaret de demander :

– C'est dur de peler des pommes de terre?

– Non, non. (Hannah secoua la tête.) J'aime bien éplucher les patates. Hein, Tessie?

Tessie se joignit au groupe. Excepté son costume et sa voix, elle aurait pu passer pour leur sœur; et elle répondit :

– C'est ce qu'elle assure, mademoiselle. Et elle raconte qu'elle en épluchait toute la journée, là où elle habitait, dans la grande ville, à Newcastle. C'est bien ça?

– Oui. (Hannah acquiesça, radieuse.) Mais un jour on ne m'a rien donné, parce que j'avais enlevé trop de peau... rien qu'un peu de ragoût, c'est tout ce que j'ai eu.

Elle détaillait John. Il avait presque une tête de plus que les autres, et ses cheveux paraissaient être d'or pur. Il lui rappelait vaguement quelqu'un qu'elle avait vu et qui lui ressemblait, tout comme lui, beau, magnifique. Et comme elle le fixait, la mémoire lui revint. C'était dans cette église où elle s'était glissée pour entendre chanter. Il y avait une image sur une fenêtre que le soleil illuminait... Il était beau comme le garçon que l'on appelait John. Elle aimait bien regarder les gens beaux. Sa maman disait souvent qu'elle aussi était jolie. Sa maman lui manquait. Elle aurait aimé pouvoir aller tous les jours dans le coin du cimetière où elle était enterrée, mais elle devait se contenter d'y jeter un coup d'œil furtif le dimanche, quand elle suivait la famille à l'église. Elle n'aimait pas l'église; elle avait toujours envie de s'y endormir, et il flottait une drôle d'odeur là-dedans, une odeur de moisi, comme dans la cave humide sous la maison de Newcastle.

– Raconte-nous ce que tu faisais à Newcastle. Est-ce que tu allais en classe?

Margaret était maintenant penchée vers elle et leurs visages se trouvaient à la même hauteur; alors Hannah sourit aux yeux tendres qui la regardaient et répondit :

– A l'école? Non, non, je ne suis jamais allée à l'école. Mais je sais compter, je sais compter jusqu'à dix. Tiens.

Hannah leva alors ses petites mains sales et mouillées et l'un après l'autre elle replia les doigts. Quand elle eut terminé, Margaret se redressa lentement et lança d'abord un coup d'œil à Robert, puis à John.

Le regard fixé sur le visage d'Hannah, John se disait qu'elle avait des yeux magnifiques. Il n'avait jamais rencontré personne qui eût des yeux pareils; ils attiraient l'attention, on voulait les regarder sans arrêt. Il avait ressenti cette impression dès la première fois; il avait alors pensé que c'étaient sa saleté et ses haillons qui le fascinaient, mais il savait maintenant que c'étaient ses yeux qui l'envoûtaient ainsi.

Sa contemplation fut soudain interrompue par une proposition de Bella.

— Et pourquoi n'emmèneriez-vous pas la petite un moment dans la nursery? disait-elle.

Ils la regardèrent tous avec des yeux ronds; puis ils s'interrogèrent silencieusement.

— Madame en aura bien pour deux heures aller et retour d'ici à la ville, et puis, Dieu sait combien de temps elle restera chez le Dr Arnison. Il se pourrait même qu'elle attende; s'il est sorti, parti dans les collines ou je ne sais où, tel que je le connais!

— D'accord!

L'exclamation sortait de la bouche de Robert. Faisant volte-face, il empoigna Hannah par la main et la tira vers lui. Mais aussitôt Tessie s'écria :

— Hé! monsieur Robert, une petite seconde; laissez-moi ôter la boue qu'elle a sur les mains, elle va vous salir.

Et tandis que Tessie essuyait les mains d'Hannah avec une serviette rêche, elles rirent toutes deux comme si elles avaient fait une bonne blague; puis Tessie la poussa vers Margaret, qui la prit cette fois par la main et tous s'élancèrent hors de la cuisine, laissant Bella et Tessie échanger des regards ravis, le visage rayonnant.

Alors, tout en essuyant la table avec un torchon, Bella s'exclama d'une voix rien de moins que claironnante :

— Cela m'a fait autant de bien qu'une augmentation. Ce n'est pas souvent qu'on peut en soutirer une à Madame, hein, ma petite?

Et Tessie lui fit écho :

— Non, tu as raison, Bella, ce n'est pas souvent

qu'on peut en soutirer une à Madame. Nom de nom!

Jamais Hannah ne s'était sentie aussi heureuse, et jamais elle n'avait autant ri. John l'avait hissée sur le cheval à bascule de la nursery et ils l'avaient tous balancée d'avant en arrière avec tant de vigueur qu'elle en était presque tombée, ce qui les avait fait tous mourir de rire. Puis Margaret l'avait laissée bercer ses poupées, et Robert lui avait montré comment remonter la grue mécanique qu'il avait construite et au bout de laquelle se balançait un panier; mais le plus extraordinaire, ce fut encore quand John lui dit de fermer un œil et de regarder dans une lentille de verre et qu'elle avait vu des couleurs comme elle n'en avait jamais imaginé.

Mais tout ce plaisir fut brusquement interrompu quand Margaret, jetant un coup d'œil sur l'horloge peinte de la nursery, porta la main à sa bouche et s'exclama :

– Regardez l'heure! Et je n'ai pas commencé ma lecture!

Les trois enfants se regardèrent, puis tournèrent les yeux vers Hannah, et ce fut John qui lui dit alors gentiment :

– Il vaudrait mieux que tu redescendes, Hannah, nous devons travailler avant le retour de maman.

– Oui, très bien.

Elle s'éloigna.

– Nous jouerons encore une autre fois.

Elle fit un signe de tête à Margaret, toujours en reculant.

– Je t'emmènerai dans les collines, un jour.

Elle se tourna vers Robert :

– Oh oui! oh oui!

Elle fit volte-face et ouvrit la porte, mais, sur le point de partir, elle les regarda une dernière fois et répéta :

– Oui.

Ils échangèrent tous un petit regard et se mirent à rire; puis très fort ils lui répondirent, chacun à son tour :

– Oui!

D'un petit bond elle fut sur le palier, et, tirant la porte derrière elle, elle resta un moment à écouter leurs rires, son visage maintenant illuminé d'un sourire plus large encore.

Puis elle dévala les marches raides et traversa un nouveau palier en direction de l'escalier principal. Pour l'atteindre, elle devait longer un bon nombre de portes, mais, l'une d'elles étant restée entrouverte, elle ralentit le pas et s'en approcha; puis elle s'arrêta un moment avant de se risquer à l'ouvrir un peu plus.

Mon Dieu! Quelle belle chambre! Il y avait un lit recouvert d'une jolie couverture rose, et la fenêtre était garnie de rideaux de dentelle avec des volants. Elle pouvait apercevoir le coin d'une coiffeuse surchargée de boîtes de toutes les couleurs et d'objets brillants. Oh! c'était une belle chambre.

Doucement, elle poussa encore un peu plus la porte, puis resta appuyée au bouton de porcelaine blanche tout en regardant autour d'elle avec stupeur. C'était bien une chambre, mais il y avait aussi des chaises et un divan, et des images au mur. Elle avait déjà, quelque temps auparavant, jeté un coup d'œil aux chambres des enfants, mais elles n'avaient rien à voir avec celle-ci.

Ils avaient des lits de bois, celui-ci était en cuivre, étincelant, en cuivre doré.

Sur la pointe des pieds, elle entra dans la chambre et referma la porte derrière elle; arrivée au beau milieu de la pièce, elle tourna lentement sur elle-même. Eh! Si sa mère avait eu une chambre pareille, elle n'aurait jamais toussé, ça, c'était sûr! Et toutes ces belles boîtes sur la coiffeuse! Elle s'avança et s'assit sur le tabouret en forme de berceau sans paroi. Elle tendit alors la main et prit avec mille précautions une boîte émaillée de bleu, en souleva le couvercle et contempla avec ravissement les broches disposées sur le coussinet de velours rose. Ce qu'elle aimerait avoir toutes ces broches! Une, deux, trois... elle en compta huit.

Dans la boîte suivante, elle trouva trois bagues; l'une sertie de pierres blanches, et les deux autres de pierres rouges. Les rouges lui plaisaient beaucoup, elles étaient chaudes et scintillantes.

Puis elle découvrit la boîte des perles, des colliers et encore des colliers de perles.

Oh! Elle adorerait avoir un de ces colliers de perles, le bleu surtout. Elle avait vu sa mère chiper des perles et des babioles aux comptoirs des marchands. Et des mouchoirs aussi, des mouchoirs de dentelle. Oh! elle était très forte, sa mère, pour chiper les mouchoirs de dentelle. Sa maman disait qu'ils en avaient tant dans les boutiques que ça ne les gênait pas le moins du monde, mais, une fois, elles avaient couru quand le boutiquier avait essayé d'attraper sa maman. Bon Dieu! Qu'est-ce qu'elles avaient couru!

Il y avait tant de colifichets ici que ça ne gênerait personne s'il en disparaissait un ou deux, certainement pas. Elle reprit son inspection au début et ouvrit la boîte des broches puis, après en avoir choisi une, elle la fourra dans la poche de sa robe. Au tour des bagues maintenant. Elle aimait la rouge. Elle la passa à son doigt. Elle était bien trop grande mais son doigt grossirait. Elle vint rejoindre la broche dans sa poche. Et les perles. Elle aimerait bien un collier de perles. Elle n'en prendrait qu'un seul... Oh! Mais elle n'avait pas remarqué celui-ci. Elle repoussa les colliers de perles et découvrit une chaîne en or agrémentée d'un médaillon en forme de cœur. Oh! que c'était joli, non? Le plus joli de tous. Et puis, il y avait une pierre au beau milieu du médaillon. Ah! elle aimerait bien celui-ci. Oh oui, alors! Mais il vaudrait mieux qu'elle ne les porte pas ici, surtout pas, mais plutôt qu'elle les cache comme le faisait sa mère. Sa mère avait découpé un petit trou dans son matelas et c'était là qu'elle fourrait ses babioles, les petites, bien cachées dans les plumes... Oh! comme ce médaillon était joli! Elle prit la chaîne et essaya de la passer par la tête, mais c'était trop petit. Elle rit de sa bêtise. Mais bien sûr, il y avait un fermoir. Il suffisait d'ouvrir ce fermoir.

Elle dut traficoter un bon moment avant de pouvoir défaire la boucle du médaillon, mais elle finit par y réussir. Puis elle mit la chaîne autour de son cou et, pour l'accrocher convenablement, elle ramena le fermoir sur sa poitrine et loucha dessus. Mais elle n'eut pas le loisir de finir sa besogne, car elle entendit soudain un violent hoquet derrière son dos. Elle pivota sur le tabouret pour découvrir, debout dans l'encadrement de la porte, la maîtresse de maison.

... Anne Thornton avait eu une matinée éprouvante. Elle et sa fille avaient cheminé jusqu'à Allendale dans la chaleur et la poussière. Betsy avait grinché sans arrêt, et le Dr Arnison l'avait fait attendre interminablement. Il avait même pris Mlle Cisson avant elles, alors qu'elles étaient entrées dans sa salle d'attente en même temps. Et puis il l'avait encore fait attendre pour soigner un ouvrier agricole qui s'était bêtement transpercé le pied avec une fourche. Mais ces affronts ne comptaient pas, ou presque pas, comparés aux regards que lui avaient lancés les gens de la ville. Jusqu'à M. Hunting, l'épicier, lui qui s'était toujours montré respectueux envers elle, qui l'avait servie cette fois-ci avec un petit sourire narquois. En fait, elle avait même cru un instant avec horreur qu'il allait déléguer son commis pour la servir.

Et puis il y avait le village. Oh! le village. Elle n'oublierait pas ce qu'ils lui avaient fait subir le jour de la fête de M. Beaumont. Même ceux qui, par le passé, lui faisaient la révérence l'avaient regardée en pleine figure et l'avaient croisée sans même la saluer.

Tout comme ce matin. Et tout ça à cause des appétits d'un homme.

Elle haïssait Matthew, au plus profond de son cœur, et ne lui pardonnerait jamais la disgrâce qu'il lui avait infligée. Et le pire, le plus injuste, c'était que lui n'avait pas à souffrir de sa faute; bien au contraire, on le saluait plus jovialement encore qu'auparavant. Voilà qui la dépassait. « Comment ça va, monsieur Thornton? » lui criaient-ils d'un côté de la rue à l'autre. « Belle journée, monsieur Thornton. » « J'espère que vous allez bien, monsieur Thornton. » Cela l'avait fait tellement enrager, le soir des réjouissances, qu'à s'imaginer en train de les frapper et de les abattre les uns après les autres sous ses coups redoublés, elle s'était effrayée elle-même. Elle les avait vus gisant en tas, à l'agonie, mourant tous de ses coups forcenés. A cette seule idée, elle s'était mise à transpirer abondamment.

... Et voilà maintenant que la cause de tous ses malheurs avait osé entrer dans sa chambre et jouer avec ses bijoux.

– Lève-toi de là, fille.

Hannah se glissa au au bas du siège et, tremblante, regarda la femme s'avancer vers elle. Et comme celle-ci lui arrachait le médaillon avec violence elle en eut la paume tout écorchée, puis elle reçut une gifle en pleine figure et tomba par terre sur le flanc; dans sa chute, la bague et la broche tombèrent de sa poche et vinrent rouler aux pieds d'Anne Thornton.

– Voleuse! Sale petite voleuse!

La femme se pencha pour ramasser la broche et la bague, puis les considéra un moment au creux de sa main; ensuite elle regarda l'enfant toujours à terre.

Hannah ne pleurait pas. Sa mère l'avait giflée plus d'une fois et le coup qu'elle venait de recevoir ne lui semblait pas si terrible. Mais si elle ne pleurait pas, c'était surtout qu'elle avait peur, très peur, car après l'avoir giflée sa mère la prenait tendrement dans ses bras, tandis que le visage de cette femme était terrifiant. Elle se glissa furtivement sur le côté, pensant aller se réfugier sous le lit, mais les mains descendirent vers elle et l'empoignèrent.

– John! Margaret! (Tout en appelant ses enfants à grands cris, Anne Thornton secouait Hannah de toutes ses forces; puis, la tirant vers la porte ouverte, elle cria de nouveau :) John! Margaret!

En un instant, les quatre enfants apparurent sur le palier et découvrirent, stupéfaits, leur mère à l'entrée de sa chambre, tenant Hannah par les épaules.

– Apporte-moi le fouet qui est au portemanteau, John.

– Maman!

– Tu as entendu, apporte-moi le fouet.

Le garçon fit aller son regard de sa mère au visage pétrifié de la petite fille et secoua la tête deux fois avant de déclarer :

– Il ne faut pas, maman. Il ne faut pas.

– Fais ce que je te dis, mon garçon!

– Non, maman, il ne faut pas.

– Margaret!

Pour toute réponse, Margaret recula jusqu'au mur du fond et s'y tint, les paumes plaquées contre la paroi.

Leur mère regarda alors Robert, et les enfants purent presque suivre sa pensée : si John et Margaret refusaient de lui obéir, elle n'avait aucune chance avec Robert.

– Betsy! Cours dans l'entrée, monte sur une chaise et apporte-moi la cravache décorative.

Betsy considéra sa mère un instant, jeta un regard à ses deux frères; puis, en pleurnichant, elle tourna les talons et dévala l'escalier.

Pendant que Betsy allait chercher le fouet, Anne Thornton, d'une voix entrecoupée de hoquets, expliqua à ses enfants le pourquoi de sa conduite.

– Elle volait, ma bague et ma broche étaient déjà au

fond de sa poche et elle s'apprêtait à prendre mon médaillon, le médaillon de ma mère dans lequel est enfermée une mèche de cheveux de mon père. Elle est méchante et doit être punie. Je ne tolérerai pas de voleuse dans cette maison.

– Papa n'agirait pas ainsi.

Elle foudroya Robert du regard.

– Ah non? Il vous a déjà fouettés, John et toi, avec cette cravache.

– Une fois seulement. (La bouche de Robert tremblait.) Et... et parce que nous avions fait quelque chose de mal. Nous avions lâché le chien au milieu des moutons et... et il a dû l'abattre; c'était... c'était mal.

Et comme Betsy se précipitait maintenant sur le palier, le bras tendu, avec au poing un fouet à manche court, John se remit à protester :

– Maman, ne fais pas ça. Je t'en prie, ne fais pas ça.

Et, soudain, la voix d'Hannah vint se joindre à la sienne, elle hurlait :

– Non, non! Ne me fouettez pas. Je... je ne le referai plus. Ne me fouettez pas.

Ce fut comme si la voix de l'enfant avait mué la colère d'Anne Thornton en folie car, arrachant le fouet des mains de Betsy et soulevant Hannah de terre, elle rentra dans sa chambre, repoussa la porte avec ses fesses et, là, tint l'enfant à bout de bras et abattit le fouet sur ses pieds. Mais Hannah, agile comme un singe, fit un bond et la mèche du fouet vint simplement s'enrouler autour de sa longue jupe, et seul le bout lui caressa les chevilles. Mais la douleur fut tout de même si cuisante qu'elle en devint enragée et se mit à se débattre, à donner des coups de pied dans les jambes d'Anne Thornton, à tenter de griffer la main qui serrait la cravache.

Elle se débattait toujours comme un beau diable quand elle se sentit soulevée et jetée sur le lit; puis elle eut l'impression d'étouffer tandis que sa jupe et ses jupons étaient rabattus au-dessus de sa tête et son visage enfoncé dans le matelas de plume.

Elle ne portait pas de bas de laine, ni de longues culottes à volants comme Betsy, ni même de petite chemise de corps; elle n'était vêtue que de deux longs jupons, d'une jupe et d'un tablier; aussi, quand le fouet s'abattit sur son petit corps nu, elle hurla et bondit comme si on l'avait posée sur un gril brûlant.

A chaque coup qu'elle donnait, Anne Thornton frappait une personne du village : les deux fils de Ralph Buckman, Bill et Stan, qui avaient osé lui rire au nez quand elle était passée devant la forge; cette petite mégère de Daisy Loam, la femme du boucher, qui avait osé lui demander la semaine précédente :

– Qu'est-ce que je vais vous mettre, madame, je pense qu'il vous faudra un morceau supplémentaire avec une bouche de plus à nourrir?

Et puis Mlle Cisson, qui ce matin même dans la salle d'attente du docteur avait osé s'enquérir si elle voulait faire tailler un costume pour la nouvelle petite demoiselle; il y avait les mineurs et leurs épouses qui avaient maintenant l'audace de s'approcher d'elle sans en avoir d'abord été priés; et Susanna Crewe, son amie, soi-disant, qui essayait de se montrer plus pieuse encore que son pasteur de mari en osant lui suggérer certains passages de la Bible sur le pardon... Et puis il y avait *lui, lui, lui.*

Elle aurait sans doute battu l'enfant jusqu'à ce que mort s'ensuive si John et Robert n'avaient pas fait irruption dans la chambre pour l'arrêter.

Le visage des garçons devint d'un blanc de craie tandis que leurs yeux allaient de leur mère au pauvre petit corps presque nu gémissant faiblement sur le lit. Le dos était couvert de zébrures entrecroisées, d'où suintaient par endroits des gouttelettes de sang. Un petit bruit sourd ramena soudain leur attention vers leur mère. Elle s'était effondrée sur le tabouret de la coiffeuse; après une minute de stupeur elle baissa la tête et enfouit son visage dans ses mains. John, s'avançant vers la porte ouverte, chuchota à l'adresse de Margaret qui se tenait toujours contre le mur :

– Descends et demande à Bella de venir s'occuper de maman.

Anne Thornton se releva et, se massant la gorge comme pour en faire sortir les mots, déclara :

– Non, non! Je vais très bien. Reste où tu es.

Margaret ne bougea pas, mais elle baissa les yeux vers le palier où se tenaient Bella et Tessie. Elles avaient entendu les paroles de leur maîtresse, aussi ne s'aventurèrent-elles pas plus haut; mais elles attendirent pour se retirer que M. John sortît de la chambre, portant Hannah dans ses bras, accompagné de Robert qui soutenait les pieds de la petite fille. Elles les regardèrent gagner leur chambre en chancelant sous le poids, tandis que Mlle Margaret et Mlle Betsy les suivaient en trottinant; puis elles entendirent la porte de Mme Thornton se refermer.

Elles échangèrent un regard, puis descendirent lentement l'escalier. Ce ne fut qu'une fois dans la cuisine que Bella déclara :

– Il faut fouetter les enfants, d'accord, mais il y a une différence entre fouetter et battre comme plâtre. Et, de toute façon, qu'avait-elle bien pu faire pour recevoir un tel traitement? Attends un peu que Monsieur rentre, je parie qu'il y aura du grabuge. Il ne tolérera pas qu'on l'ait rossée, tel que je le connais.

4

Anne Thornton avait bien réfléchi à la conduite à suivre. Elle devait être la première à expliquer à

Matthew ce qui s'était passé et pourquoi. Elle s'était lavée jusqu'à la taille à l'eau froide, avait changé de robe et peigné ses cheveux; elle s'était forcée à descendre à la cuisine pour s'assurer que le dîner serait prêt à temps. Pourtant, elle n'avait pas osé affronter ses enfants.

Elle avait aperçu Robert dans le jardin du fond. Il semblait chercher quelque chose. Il avait dû emprunter l'escalier de service, car elle ne l'avait pas entendu traverser le palier. A un certain moment, elle les avait tous entendus aller et venir au-dessus de sa tête dans la nursery.

Essayant tant bien que mal d'assurer sa démarche elle quitta le salon, et descendit l'allée du jardin jusqu'à la grand-route. Arrivée là, elle tourna le dos au village, longea la haie d'aubépines qui bordait leur terrain et, l'ayant dépassée, attendit.

Cinq minutes plus tard, Matthew apparut et la stupeur se peignit sur son visage quand il la vit debout au milieu de la route. Avant même de l'atteindre, il cria :

— Quelque chose ne va pas? Il est arrivé un malheur? (Il mit pied à terre en toute hâte et, tenant son cheval par la bride, s'avança vers elle en demandant encore :) Qu'y a-t-il?

— J'ai... j'ai quelque chose à te dire.

— Ne tourne pas autour du pot, femme, est-ce qu'il est arrivé quelque chose aux enfants?

— Non, non... pas à mes enfants.

Elle vit son visage se figer.

— Qu'as-tu fait à la petite?

Il parlait lentement d'une voix profonde.

— C'est... c'est ce que je suis venue te dire. J'étais allée chez le Dr Arnison et, à mon retour, je l'ai trouvée dans ma chambre. Elle volait mes bijoux. Je lui ai donné une bonne correction.

— Tu lui as donné une bonne correction?

Il laissa échapper un long soupir, l'ombre d'un

sourire passa même furtivement sur son visage. Il avait cru un instant qu'elle allait lui avouer avoir tué l'enfant, tant il connaissait sa haine pour la pauvre petite. Bien sûr, c'était compréhensible, dans une certaine mesure; il avait espéré que le charme naturel de la fillette et le temps aussi viendraient à bout de son hostilité.

– C'est tout?

Elle avala sa salive un grand coup.

– Oui, c'est tout, répondit-elle.

Il avançait lentement, menant le cheval par la bride, et dit :

– Tu sais, elle a dû mener une vie plutôt dure, et je ne pense pas qu'elle considère le vol comme un crime. (Il se tourna vers elle.) Est-ce qu'elle ne jouait pas tout simplement avec?

– Elle les avait fourrés dans sa poche, une bague, une broche... et... et le médaillon de ma mère.

Oh! Mon Dieu, le médaillon de sa mère! A l'entendre, elle y attachait autant d'importance qu'aux joyaux de la Couronne. Si l'enfant devait voler quelque chose, elle était bien mal tombée, la pauvre!

– Eh bien, je suppose que ce n'est pas la première fois qu'elle reçoit une volée, ni la dernière, il faut bien qu'elle apprenne à reconnaître le bien et le mal. Que faisais-tu chez le Dr Arnison?

Il sourit tout en lui posant cette question. Il lui semblait qu'ils avaient retrouvé le ton de leurs anciennes relations. Peut-être qu'en punissant l'enfant elle s'était aussi punie de son attitude de ces dernières semaines?

– Betsy avait mal aux dents, elle souffrait beaucoup ces temps-ci. J'ai... j'ai pensé qu'il fallait s'en occuper.

– Oh oui! oui, c'est vrai, elle pleurait la nuit dernière. Est-ce qu'il lui a arraché une dent?

– Non, il a dit qu'elle n'était pas abîmée. Qu'elle

avait l'air en parfait état. Je ne crois pas qu'il s'y connaisse beaucoup en dentisterie.

– Ah bon? A mon avis, il en a oublié plus que n'en savent la plupart des médecins.

Ils remontaient l'allée maintenant, mais parvenus à la grande porte d'entrée, ils se séparèrent; elle entra dans la maison et Matthew poursuivit son chemin jusqu'à la cour où Dandy Smollet attendait son cheval. Le garçon ne lui sourit pas, et quand sans un mot il emmena l'animal, Matthew le suivit des yeux un moment avant d'entrer dans la cuisine.

Comme à l'ordinaire Bella et Tessie préparaient le dîner. Bella écrasait des pommes de terre dans la poêle de fer avec un pilon de bois et son « Bonsoir, monsieur » lui parut étrange.

– Bonsoir, Bella, répondit-il. Tout va bien?

– Ça dépend de ce que l'on entend par là, monsieur; ce qui paraît bien à certains ne l'est pas toujours pour les autres.

Après lui avoir lancé un regard pénétrant, il s'assit pour changer de chaussures, ôta son manteau, puis quitta la cuisine, en observant que Tessie n'avait pas ouvert la bouche.

Il fit sa toilette, puis se rendit à la salle à manger. Comme il entrait, il entendit sa femme demander à Tessie qui disposait les plats de légumes sur la table :

– Est-ce que tu as fait ce que je t'ai ordonné et prévenu les enfants?

– Oui, madame, je le leur ai dit deux fois.

– De quoi s'agit-il?

Ses yeux passèrent de la silhouette de Tessie qui s'éloignait à sa femme, et il vit son cou se gonfler et ses lèvres se serrer. Puis elle dit :

– Ils n'ont pas approuvé que je punisse *La Fille*.

Il la regarda fixement, le visage sans expression, puis fit volte-face et sortit. Il monta les escaliers quatre à quatre et une fois sur le palier, il hurla :

– John! Robert!

Il grimpa jusqu'au grenier et ouvrit violemment la porte de la nursery, où il les trouva rassemblés face à lui – John, Margaret et Robert –, excepté Betsy qui se précipita dans ses jambes en criant :

– Papa! Papa! Ils ne veulent pas que j'aille avec eux.

– Qu'est-ce que c'est que toute cette histoire? (Il se dépêtra des mains de Betsy et s'avança vers les autres, puis répéta :) Allez, racontez-moi ce qui se passe.

Et, bien qu'il eût les yeux posés sur John, ce fut Robert qui répondit :

– C'est elle, maman, elle a fouetté Hannah.

Matthew vit alors les larmes jaillir des yeux de son fils cadet et entendit les mots s'étouffer dans sa bouche tandis qu'il hoquetait.

– Elle... elle a pris des coups de fouet, le fouet de l'entrée... et... et elle était toute zébrée et sanguinolente, elle criait.

Puis sa voix s'étrangla au point qu'il baissa la tête et porta la main à sa bouche.

Margaret pleurait, elle aussi. Seul John gardait les yeux secs et ce fut à lui que Matthew demanda :

– Où est-elle?

– Je... je... nous... nous ne savons pas, papa.

– Qu'est-ce que ça veut dire, tu ne sais pas?

Il était clair que John, lui aussi, était au bord des larmes, et Matthew lui hurla :

– Dis-moi ce que cela signifie, tu ne sais pas!

– Voilà, après l'avoir transportée de chez maman dans... dans notre chambre, nous lui avons lavé le dos, et Margaret (il désigna sa sœur à travers ses larmes) l'a... l'a massée avec du beurre, et... cela l'a calmée et nous l'avons laissée se reposer. Nous... nous pensions qu'elle dormait et... nous sommes montés ici et... et nous en avons discuté parce que... parce que c'était affreux, papa. Et quand nous sommes redescendus, elle avait disparu.

– Disparu?

– Oui, papa. Nous avons fouillé le jardin, et les alentours, mais nous ne l'avons pas trouvée.

Matthew porta la main à son front. Elle était venue à sa rencontre sur la route et lui avait raconté qu'elle avait donné une bonne correction à l'enfant, et lui, il avait compris que par correction elle voulait dire fessée. Il l'avait imaginée couchant l'enfant sur ses genoux, lui baissant la culotte pour lui administrer ladite fessée. Mais il aurait dû se douter que jamais elle n'aurait approché l'enfant de son propre corps. Elle n'avait pas fait le moindre geste vers elle depuis son arrivée dans la maison, alors, quand elle avait avoué avoir corrigé l'enfant, voilà ce qu'elle voulait dire. Elle l'avait rossée avec une cravache et à un point tel que ses propres enfants en avaient été choqués. Est-ce qu'elle devenait folle? Et pourtant sur la route elle avait paru plutôt calme, calme et contenue. Mais où était la petite?

Il baissa les yeux vers ses enfants et dit :

– Margaret, conduis Betsy à la salle à manger. Et vous, John et Robert, venez avec moi. (Il tourna les talons et se dirigea vers la porte, mais il s'arrêta soudain pour demander :) Quelle heure était-il, quand vous l'avez vue pour la dernière fois?

– Cela fait... cela fait environ trois heures, papa.

Trois heures! Elle pouvait être loin maintenant, dans la lande ou sur les collines, et si elle y passait toute la nuit, dans son état, elle pourrait bien en mourir, car il gelait encore. De toute façon, même l'été, l'aurore était glaciale à ces hauteurs.

Ils ne virent pas trace d'Anne en passant dans l'entrée, et une fois dehors il leur donna des ordres :

– Toi, John, cherche donc autour du potager et de la serre, et toi, Robert, descends vers la rivière. Moi, je vais partir par-derrière, vers les bois. Si vous la trouvez, sifflez; dans le cas contraire, rentrez ici.

Moins d'un quart d'heure après, quand il revint vers

l'allée, les garçons l'attendaient déjà. Il ne perdit pas de temps à les questionner et déclara :

– Allons dans les collines; elle a dû descendre l'escalier de service et sortir par la petite porte de derrière. Partez tous les deux vers le village en direction de la ville; restez à portée de voix l'un de l'autre. Je vais voir vers le cimetière. Oui, oui (il hocha la tête), il est bien possible qu'elle soit partie par là. Mais surtout ne vous laissez pas surprendre par la nuit. C'est compris?

– Oui, papa.

– Oui, papa.

– En route, maintenant.

Les deux garçons tournèrent alors les talons et entreprirent de longer la maison en courant, tandis que Matthew redescendait l'allée à grandes enjambées, traversait la route, entrait au cimetière, et s'acheminant entre les pierres tombales, atteignait la butte encore dénudée. Mais il n'y avait pas trace de l'enfant. Alors, franchissant le mur d'un bond, il se dirigea vers les collines.

Une fois loin du village, il commença à appeler, doucement d'abord :

– Hannah! Hannah!

La route était bordée de grosses pierres et de ravines qui auraient pu la dissimuler à ses yeux.

Arrivé au sommet d'une colline, il aperçut, de l'autre côté de la vallée, Ned Ridley qui montait à la maison Pele, tirant derrière lui une colonne de chevaux, et comme il le regardait disparaître derrière la haute construction il lui vint une idée qui l'amena à se frotter lentement le menton. C'était la seule autre maison où elle était entrée; Ned et son vieux grand-père étaient les seules personnes qu'elle connût en dehors des Thornton; mais avait-elle pu aller jusque là-bas? Il descendit en courant, et quand il arriva enfin à portée de voix de la maison, il vit Ned Ridley en contourner l'arrière et se planter là à l'attendre, comme s'il attendait sa venue.

Il s'arrêta de courir à quelques pas de Ned, et il était bien trop essoufflé pour parler ou même pour lui répondre quand celui-ci lui demanda :

– Vous cherchez quelqu'un?

– Oui. Oui, Ned, en effet.

– C'est bien ce que je me disais.

Il fixa le visage dur du jeune homme qui ajouta :

– Je viens de rentrer. J'ai pensé que c'était vous que j'avais aperçu dans les collines et je me demandais bien pourquoi, il y a encore quelques minutes. Vous savez, monsieur Thornton, il y a deux genres de personnes que je déteste, ceux qui posent des pièges, et les femmes qui prennent un fouet pour corriger les enfants.

Et comme ils se regardaient dans le blanc des yeux, leurs mâchoires se crispèrent en un même rictus.

– Peut-être voudriez-vous entrer pour voir l'œuvre de votre femme, hein?

Dans d'autres circonstances, Matthew lui aurait rétorqué : « Comment oses-tu me parler sur ce ton! », mais là, il ne put que le regarder fixement, puis le suivre le long de la maison jusqu'aux marches abruptes du perron qui menaient à une porte au premier étage dans l'écurie.

Il faisait sombre à l'intérieur, et la lampe était déjà allumée. Ned pointa le doigt vers le coin où elle pendait à un crochet fixé dans le mur, sa lumière diffuse tombant sur Hannah et le vieil homme assis à son chevet.

A la vue de Matthew, le vieux Ridley se leva lourdement et s'avança vers lui comme s'il allait le provoquer au combat puis, d'une voix aiguë et fêlée, il cria :

– Votre maudite femme mériterait d'être pendue, monsieur. Si je la tenais, je lui montrerais ce que c'est qu'une rossée. Je lui enroulerais ce fouet autour du ventre. (Il désigna une longue cravache posée contre une stalle.) Ce doit être une sacrée folle. Venez voir un peu.

Matthew s'avança à petits pas jusqu'au bord de la plate-forme où l'enfant reposait sur un lit de paille. Elle avait les yeux ouverts et le regardait fixement, immobile; mais quand il s'accroupit et tendit la main dans sa direction elle se recroquevilla, ce qui dut la faire souffrir, car elle grimaça de douleur.

– C'est rien, ma petite, c'est rien.

Le vieil homme soulevait maintenant la couverture tout en expliquant :

– Je lui ai retiré ses vêtements parce qu'ils lui collaient à la peau par endroits. Tourne-toi, mon petit. Doucement, allez, tout doucement.

Et, tout en l'aidant à se retourner, il détacha le drap de coton dans lequel elle était enveloppée. Alors, Matthew vit son dos et ses jambes. Du haut de sa petite taille jusqu'à ses talons, ce n'était plus qu'une masse de zébrures bleuâtres; certaines avaient même dû saigner abondamment, à en juger par le sang qui maculait le drap et les caillots desséchés qui piquetaient sa peau. Une sensation de nausée l'envahit, non seulement à la vue du pauvre petit corps blessé, mais à l'idée que sa femme avait infligé une telle punition à une enfant, une petite enfant sans défense.

– Alors, qu'en pensez-vous?

Il leva les yeux et regarda Ned sans souffler mot. Qu'aurait-il pu répondre? Ce qui ajoutait encore à son désespoir, c'était que l'enfant semblait maintenant le craindre.

– Hannah! (Il amena son visage tout près de celui de l'enfant.) Ecoute-moi, ma chérie. Ecoute-moi. Je suis désolé. Tu comprends? Je suis tellement, tellement triste de ce qui est arrivé. Cela ne se reproduira jamais plus. (Il ne tourna pas la tête quand un « Oh! » puissant résonna derrière ses oreilles, mais poursuivit :) Je veillerai à ce que cela ne t'arrive plus jamais.

Et personne, jamais, ne lèvera la main sur toi. Tu comprends?

Hannah avala sa salive, repoussa un fétu de paille collé à sa joue et murmura :

— Elle l'a fait avec un fouet.

Il ferma les yeux très fort un moment, se mordit les lèvres violemment, puis, la regardant de nouveau, il dit :

— Je vais te ramener à la maison.

— Non, non! (Elle se recroquevilla loin de lui.) Je veux rester ici. Ça me plaît ici; je veux rester ici.

— Tu ne peux pas rester ici, Hannah. Et je te promets, écoute-moi. (Il lui posa alors la main sur le front et lui caressa les cheveux.) Je te promets, ma chérie, que ta vie va changer à partir d'aujourd'hui, personne ne touchera plus à toi tant que je vivrai. Tu m'as bien compris?

— A votre place, je ne la transporterais pas cette nuit.

Il leva les yeux vers Ned.

— Tâtez donc son front. (Ned la désigna d'un mouvement de tête.) Si je ne me trompe, elle a la fièvre.

Quand il reposa la main sur le front d'Hannah, il se rendit compte qu'elle était vraiment brûlante et avait sans doute attrapé la fièvre. Elle ne risquait rien à passer la nuit ici. Il se pencha vers elle et murmura :

— Je reviendrai te chercher demain matin, Hannah, quand tu te sentiras mieux. Et souviens-toi, personne ne te frappera plus. Tout va changer maintenant. C'est promis.

Il lui caressa tendrement la joue; puis il se releva et la laissa aux soins du vieil homme qui remonta la couverture sur elle; il se dirigea ensuite vers la porte de l'écurie et, le cœur ulcéré, regarda la nuit qui descendait.

— Nous ne vous accusons pas.

Il se tourna vers Ned et répondit d'un ton dur :

– Eh bien, vous devriez, car elle est venue au monde par ma faute.

– Ouais, c'est ce qu'on dit à l'église, monsieur Thornton, mais si chaque homme devait se sentir coupable de ce qu'il a semé en chemin, il y en aurait peu dans ces collines qui marcheraient la tête haute. Ce sont des choses qui arrivent, c'est naturel, et qui donc peut nier la nature quand elle lui vient? Certainement pas moi, je n'accuserai pas un homme d'avoir engendré un enfant, surtout pas moi.

Matthew tourna tout à fait la tête et regarda le jeune gars bien en face. Il avait entendu parler des exploits amoureux de Ned, mais ne les avait pas toujours pris pour argent comptant. Les gens faisaient une montagne d'une taupinière et se noyaient dans un verre d'eau, et pourtant il ne doutait pas qu'il n'y eût un fond de vérité dans ces histoires; le plus dur, c'était encore qu'un garçon comme Ned se sortît sans dommage de ses escapades tandis que lui, qui n'avait jamais quitté le droit chemin qu'une fois, s'était vu traqué jusque dans sa demeure, et le résultat de son faux pas gisait, roué de coups, sur la paille derrière lui.

Enfin, maintenant il savait ce qu'il lui restait à faire, ce qu'il lui fallait faire pour être juste. Il n'avait jamais eu un tempérament violent, mais il sentait la fureur monter en lui. Il n'avait jamais cru au châtiment, mais il savait maintenant que, tel Dieu, il allait châtier sans merci. C'était comme s'il pensait depuis des semaines à ce qu'il devait accomplir cette nuit et le lendemain. Mais, pour commencer, il devait prier Ned de se taire.

– Je voudrais te demander quelque chose, Ned.

– Oui, allez-y, monsieur Thornton.

– Crois-tu pouvoir tenir ta langue, ne raconter à personne la mésaventure de l'enfant?

– Tenir ma langue, moi? Eh bien, je n'ai jamais trouvé cela très difficile dans la plupart des cas, mais pourquoi devrais-je me taire après une histoire pareille?

– Parce que je te le demande expressément.

– Et les autres, alors? il y aura les commérages de Bella et Tessie, sans parler du jeune Dandy. Ils doivent bien savoir ce qui s'est passé, car elle a dû crier comme un cochon qu'on égorge.

– Je m'occuperai d'eux aussi, comme je m'occuperai de celle qui l'a battue de la sorte.

Ils échangèrent un regard sombre et profond, puis Ned déclara :

– Très bien, s'il en est ainsi, vous avez ma parole, je me tairai.

– Et ton grand-père?

Matthew rejeta la tête en arrière.

– Oh! il ne dira rien du tout si je le lui demande, mais il le fera avec meilleure grâce encore s'il sait que vous allez prendre des mesures pour châtier la coupable. Oui, avec bien meilleure grâce.

– Merci, Ned. Je viendrai la chercher demain matin.

– Oui, d'accord, je serai là; on ne m'attend pas avant midi à Allenheads.

Sans ajouter un mot, Matthew tourna brusquement les talons, traversa la cour et descendit le flanc de la colline en direction du village et de sa maison.

La nuit était presque tombée quand il l'atteignit, mais les garçons l'attendaient encore à la grille. Il répondit à leurs questions par ces mots :

– Je l'ai trouvée, elle est là-haut, à la maison Pele avec Ned Ridley. Elle y restera jusqu'à demain matin.

– Et elle va bien, papa?

Il regarda Robert un moment avant de répondre :

– Ça ira mieux. Ça ira mieux. (Puis il se tourna vers John et demanda :) Avez-vous dîné?

– Non, papa.

– Alors je vous demande de rentrer et de manger quelque chose, mais n'y passez pas trop de temps.

90

Après, vous monterez bien vite dans votre chambre... j'ai à vous parler. (Il les regarda tour à tour.) Quoi que vous entendiez, vous ne devez pas quitter votre chambre, c'est compris?

Quand ils eurent acquiescé, il reprit :

– Je vous ai bien dit de ne pas quitter votre chambre quoi que vous entendiez. Et vous ferez la commission aux filles de ma part. C'est bien compris?

– Oui... oui, papa.

– Oui, papa.

Ils hochèrent la tête.

– Allez, en route.

Il les regarda remonter l'allée et entrer dans la maison, mais il demeura un bon moment au bout du jardin avant de regagner la maison à son tour.

Il n'entra pas par la porte principale, mais contourna le bâtiment et pénétra dans la cuisine.

Bella était assise d'un côté de la cheminée, Tessie de l'autre, et Dandy Smollet se trouvait entre elles deux. Ils se levèrent promptement à son arrivée.

Ce fut Bella qui demanda :

– Vous l'avez trouvée, monsieur?

– Oui, oui, je l'ai trouvée, Bella. Asseyez-vous. (D'un geste de la main, il les renvoya tous à leurs sièges. Puis, allant de l'un à l'autre, il demanda :) Vous êtes-vous rendus au village depuis cet après-midi?

Ils secouèrent tous la tête, et ce fut de nouveau Bella qui prit la parole.

– Non, personne n'a quitté la maison, monsieur, répondit-elle.

– Personne n'est venu, non plus?

– Non, non, seulement le charbonnier, mais c'était ce matin; pour l'épicerie, ce ne sera pas avant demain.

– Donc, vous n'avez raconté à personne ce qui s'est passé cet après-midi?

Il y eut un silence, puis Bella répondit :

– Non, monsieur, à personne, personne.

— Très bien. (Il les regarda tour à tour.) Je veux que vous me promettiez de ne jamais parler de ce qui est arrivé cet après-midi, ou de ce qui peut se passer ce soir... jamais. Si je découvre que mes affaires familiales font le tour du village, Bella, alors je vous renverrai, et toi aussi Tessie. Tout comme toi, Dandy, tu retourneras à l'hospice.

— Non, monsieur, non, je ne dirai rien. Non, monsieur, je vous assure. Je ferais n'importe quoi pour ne pas retourner à l'hospice.

— Parfait. Quant à vous, Bella, et toi, Tessie, je crois que je peux également vous faire confiance, non?

— Oh oui! monsieur.

Bella hocha la tête lentement, et Tessie l'imita, en disant :

— Oh oui! Oui, monsieur, je saurai tenir ma langue.

— Parfait, parfait. Voilà maintenant ce que j'attends de vous. Je veux que vous alliez tous vous coucher et que vous restiez au lit jusqu'à demain matin à l'heure habituelle. Quoi que vous entendiez, ne sortez pas de vos chambres. C'est compris?

Ils le regardèrent tous d'un air ébahi, la bouche légèrement entrouverte, les yeux ronds, le visage terrifié, et une fois de plus ce fut Bella qui répondit, mais sa voix n'était pas plus forte qu'un murmure quand elle déclara :

— Oui, monsieur, nous resterons dans nos chambres, si c'est ce que vous voulez.

— C'est ce que je veux. Maintenant, si vous en avez fini pour ce soir, je me sauve. Bonne nuit. Bonne nuit à tous.

— Bonne nuit, monsieur.

Seul un murmure étouffé le salua et l'accompagna jusqu'à la porte.

Alors il se rendit dans la salle à manger où les garçons engloutissaient une tourte froide, et il leur ordonna d'un ton brusque :

– Emportez ce que vous voulez là-haut.

– Oui, papa. Oui, papa.

Ils dégringolèrent de leurs chaises, attrapèrent des morceaux de tourte dans le plat de service et prirent chacun un carré de fromage sur la planche; puis ils se précipitèrent dans leur chambre, la tête basse, comme s'ils se sauvaient après avoir volé cette nourriture.

Matthew resta dans la salle à manger jusqu'à ce qu'il les ait entendus traverser le palier, puis il sortit et se dirigea vers la porte du salon. Il l'ouvrit violemment mais n'entra qu'après s'être assuré que la pièce était vide. En s'approchant de la cheminée, il remarqua que les coussins avaient été disposés en ligne régulière contre le dossier du divan, un coin pointant vers le plafond, que le feu avait été recouvert et le paravent placé devant l'âtre, toutes choses qui signifiaient qu'elle s'était retirée pour la nuit; d'une certaine façon, cela simplifierait tout.

Quelle heure était-il? 9 h 30. Il attendrait encore un peu.

Il s'apprêtait à s'asseoir sur le divan, quand la disposition des coussins l'arrêta à mi-course. Elle n'aimait pas que l'on dérangeât la pièce quand elle l'avait ordonnée pour la nuit. Au diable le salon, et elle avec, que l'enfer les engloutisse! Il tendit la main et repoussa les quatre coussins en tas dans un coin du divan, puis retomba avec un bruit mat sur le fauteuil de crin. Il lui sembla alors que toute sa vie était soumise à une routine, une routine qui tenait de la discipline militaire. Pendant les premiers mois de leur mariage, sa bonne tenue du ménage lui avait plu; en fait, il y avait vu l'une de ses qualités majeures. Mais cela avait commencé à l'irriter avant même la venue du premier enfant, quoiqu'il s'y fût soumis de nouveau après la naissance de John, car il savait trop bien à quel point les enfants pouvaient perturber un ménage. Et puis, il avait dû s'avouer qu'il appréciait de pouvoir manger à l'heure et d'être tranquille le soir pour travailler à ses dossiers, un travail d'absolue nécessité s'il voulait un jour arriver au poste d'agent-chef de la mine.

Mais aujourd'hui, treize ans plus tard, il était encore bien loin de détenir ce poste et n'était pas plus avancé qu'au premier jour où il avait lu *Les Strates* de Forster. Il savait qu'il était même peu probable qu'il se hissât jamais au niveau de M. Sopwith, ou même à celui des agents en second, William et John Curry à Allenheads. Mais il se demanda alors quelle importance cela pouvait bien avoir. La seule chose qui comptait, c'était l'attitude à adopter dans la demi-heure suivante, car ensuite sa colère risquait de s'évanouir, bien qu'il en doutât car il faudrait longtemps avant qu'il puisse regarder sa femme sans voir sur son visage, en surimpression, le dos zébré de l'enfant.

Il resta assis à regarder rougeoyer le feu jusqu'à ce que l'horloge, dans l'entrée, sonnât 10 heures; alors il se leva, marcha d'un pas décidé vers la porte, prit la cravache dans le hall, empoigna la lampe posée sur le guéridon et monta les escaliers.

Arrivé au premier, il plaça la lampe sur une étagère et baissa la mèche, puis il ouvrit la porte de la chambre et entra.

La pièce était à peine éclairée. Anne était allongée dans son lit, la tête sur l'oreiller; mais elle ne dormait pas, car elle tourna les yeux vers lui quand il approcha. Il vit qu'elle avait, comme à son habitude, lu un passage de la Bible avant de se coucher, le volume était encore ouvert à la page où elle l'avait abandonné. Il s'en empara et plissa les yeux. Elle avait lu le psaume d'action de grâces de David.

Il parcourut la page des yeux. Certains versets étaient cochés, mais pas le numéro vingt qui disait :

« Le Seigneur m'a récompensé de ma droiture; il a vu que mes mains étaient blanches et il m'a récompensé. »

Il baissa les yeux sur sa femme, maintenant appuyée

sur un coude, le regard rivé non pas sur le livre qu'il tenait dans la main gauche, mais sur la cravache qu'il serrait dans la main droite, et les mots qu'il prononça la remirent sur son séant car il lui donna lecture du verset :

« Il a vu que mes mains étaient blanches et il m'a récompensé. »

Et d'un geste large, il lança le livre à l'autre bout de la pièce, puis, d'une voix grondante, il demanda :

– As-tu lu ces lignes avant ou après avoir battu l'enfant?

A présent, elle était adossée aux barreaux de cuivre du lit et, d'une voix tremblante, elle répondit :

– Elle volait; je t'ai dit que je l'avais punie.

– Ouais! Punie! Quand tu m'as raconté que tu l'avais corrigée, j'ai pensé que tu l'avais fessée avec la main, mais non, non, tu as pris ceci.

Il fit claquer le fouet et la lanière vint siffler à moins d'un centimètre de son visage. Elle eut un hoquet.

– Ah! ça te fait sursauter, hein? Je ne t'ai même pas touchée et ça t'a fait sursauter. Alors, à ton avis, qu'est-ce que cette pauvre enfant a pu ressentir quand tu l'as fouettée à mort ou presque. Oui, presque à mort, parce que, si elle n'était pas montée chez les Ridley où le vieil homme s'est occupé d'elle, elle se serait enfuie dans les collines et la nuit aurait eu raison d'elle. Et que serait-il arrivé, selon toi, quand on l'aurait découverte, hein? Tu y serais passée; tu y aurais laissé ta tête. Et moi je t'aurais regardée partir sans lever le petit doigt. Tu m'entends?

Il la regardait de tout près maintenant et ses lèvres se retroussèrent de dégoût comme s'il jetait les yeux sur un objet répugnant; sa voix exprima le même sentiment alors qu'il poursuivait :

– Tu sais ce que tu es... une horrible mégère cruelle et vindicative! Tu n'es rien, tu m'entends? Tu n'as jamais été qu'une prétentieuse imbécile. Tu es la risée du village et de la ville depuis des années. Evidemment, il ne t'est jamais passé par le cerveau que c'est à cause de ta vanité à te croire quelqu'un, quelqu'un de différent du commun des mortels. Eh bien, il y a des femmes au village qui, si elles apprenaient ce que tu as infligé à cette enfant, te cracheraient à la figure. Elles te bombarderaient de crottin de cheval, te plongeraient le nez dedans.

– Comment... comment oses-tu me pa... parler de la sorte...

– Boucle-la! Et n'emploie plus jamais ces mots avec moi. Comment j'ose? Je te parlerai comme il me plaira! Et maintenant tu sais ce que je vais faire? je vais te parler dans ton langage; mais, avant de commencer, je vais te dire quelque chose car, une fois que j'en aurai fini avec toi, tu ne seras plus en état de me comprendre, du moins pas clairement. Alors, écoute-moi. Demain matin, je t'indiquerai quelques règles qui seront désormais en vigueur dans cette maison, et tu t'y soumettras ou bien tu partiras, à toi de choisir. Voilà!

D'un preste mouvement de la main, il rabattit les couvertures jusqu'au pied du lit et avant qu'elle ait pu se sauver le fouet vint s'enrouler autour de ses mollets; et tandis qu'elle hurlait et se tordait sur le lit, sa chemise de nuit découvrit le bas de ses cuisses; quand le fouet les cingla, elle laissa échapper un cri perçant. Ensuite, l'attrapant par l'épaule, il la retourna comme un sac de charbon, lui plaqua le cou contre le matelas d'une main ferme, et releva sa chemise de nuit pour lui dénuder les fesses et le bas du dos. Puis il abattit le fouet sur elle une bonne dizaine de fois, et chaque fois que la lanière entra en contact avec sa peau, elle hurla.

Quand enfin il recula, elle gisait, sanglotante et gémissante, les mains agrippées au matelas de plumes. Il respira à fond, lentement, et il sentit son estomac chavirer, ses épaules se voûter. Il dut faire un effort pour s'éloigner du lit, et quand enfin il y parvint ce fut d'un pas lourd et pesant.

Sur le palier, il ferma les yeux avant de se diriger vers l'escalier.

Il remit le fouet au portemanteau avant d'entrer dans le petit bureau attenant à la salle à manger. Là, il ouvrit un placard placé sous la bibliothèque et en sortit un plateau chargé d'une demi-bouteille de whisky. Il posa ensuite le plateau sur le bureau et se versa une grande rasade d'alcool. Après avoir presque vidé son verre, il s'assit au bureau et laissa tomber sa tête entre ses bras croisés.

Le lendemain matin, avant d'envoyer Dandy Smollet avec le cheval prévenir M. Byers, à la mine, qu'il serait un peu en retard, il le retint par le pantalon et, les yeux levés vers lui, demanda :

– Tu te souviens de ce dont nous sommes convenus hier soir, Dandy?

Et le garçon répondit :

– Oui, monsieur.

– Très bien; alors, tu peux y aller.

Ceci fait, il se rendit à la cuisine où Bella et Tessie le regardèrent entrer silencieusement, quoique leurs yeux en dissent long, et, s'adressant à Tessie, il ordonna :

– Va faire le lit dans la chambre d'ami, Tessie; j'y dormirai pour l'instant. Ensuite, tu installeras la paillasse de la petite mansarde dans le débarras attenant. Je m'occuperai de trouver un lit aussi vite que possible. Ce sera la chambre de ma fille... Hannah. C'est compris?

Son regard alla de la jeune servante à Bella, et toutes deux hochèrent la tête et répondirent en chœur :

– Oui, monsieur.

– Encore une chose. (Il s'adressait maintenant à Bella.) Elle ne vous aidera plus à la cuisine.

Il y eut un silence, tandis que Bella et lui se

dévisageaient. Puis avec un aplomb naturel, Bella répondit :

— Selon moi, il ne devrait pas en être autrement, monsieur.

— Alors nous sommes d'accord, Bella. Je la ramènerai de chez Ridley très bientôt, il faudra peut-être la soigner. Je vous serais reconnaissant si vous vous en chargiez.

— Je ferai tout ce que je pourrai pour elle, monsieur; Tessie et moi, nous aimons cette enfant.

— Merci.

Il les salua toutes les deux d'un signe de tête, puis sortit, poursuivi par la voix de Bella qui lui criait :

— Vous ne prenez pas de petit déjeuner, monsieur?

Il répondit :

— Pas avant d'être revenu.

Le brouillard était toujours épais dehors, et, bien que le chemin montât à flanc de colline, il s'épaississait encore avec l'altitude, et quand il sentit qu'il s'infiltrait sous ses vêtements au point de le faire frissonner, Matthew pensa à nouveau à ce qu'il serait advenu de la fillette si elle était restée dehors toute la nuit, en si piètre état.

Quand il ouvrit la porte de l'écurie, Ned Ridley et son grand-père tournèrent le dos à la plate-forme pour le regarder entrer, et à l'expression de leurs yeux il crut un moment que l'enfant était morte.

— Elle a la fièvre. (Ned s'était levé.) Elle a passé une mauvaise nuit.

Matthew se pencha au-dessus de la litière et regarda Hannah. Elle était réveillée et il lui dit tendrement :

— Comment te sens-tu, ma chérie?

— J'ai mal, monsieur.

— Tu te sentiras mieux demain.

— Je transpire.

Il posa sa main sur le front de l'enfant, et quand il la

retira toute moite il interrogea Ned du regard, mais ce fut le vieil homme qui répondit :

— Elle a une fièvre terrible; vous ne pouvez pas la redescendre dans cet état.

Matthew se mordit la lèvre, réfléchit un moment, puis dit :

— Est-ce que j'appelle le docteur?

— Qu'est-ce qu'il raconte?

Le vieil homme se tourna vers Ned, et Ned, tout en articulant et en gesticulant, lui cria :

— Il demande s'il doit aller chercher le docteur.

Le vieux Ridley tourna la tête vivement vers Matthew et répondit :

— Le docteur! Et qu'est-ce qu'il fera de plus que moi? J'ai soigné plus de maux qu'il n'en a vu dans toute sa vie, moi. Je lui ai donné de l'ipéca, cela lui arrangera les intestins, et fera tomber la fièvre. Et elle a pris aussi quelques gouttes de laudanum.

— Du laudanum?

Matthew fronça les sourcils, et à voir son expression, tout autant qu'au mouvement de ses lèvres, le vieil homme comprit sa question et répéta :

— Oui, du laudanum. Il fallait quelque chose pour lui calmer les nerfs, après une histoire pareille. Mais ne l'emmenez pas aujourd'hui, à moins que vous ne vouliez en finir avec elle.

Matthew se tourna alors vers Ned et dit d'une voix calme :

— C'est très gentil à vous de vous donner toute cette peine.

— Oh! de la peine! (Ned haussa les épaules.) Nous le faisons bien pour les chiens, les chevaux et les animaux perdus; et je crois que je peux la ranger dans la dernière catégorie.

— Ce n'est pas un animal perdu, Ned.

— Ah bon? Je peux bien me tromper, monsieur Thornton. Oui, c'est bien possible, je peux me tromper, car je ne répète que ce que j'ai entendu, mais les animaux errants doivent toujours travailler pour vivre, gagner leur pitance pour ainsi dire. Bien sûr, comme je vous l'ai dit, on n'en sait jamais plus que ce que l'on veut bien vous raconter. Mais même en n'y croyant qu'à moitié, je parierais que, dans son cas, elle a travaillé pour subsister.

Les yeux de Ned n'avaient pas quitté un instant le visage de Matthew. Et Matthew n'avait pas cillé une seule fois. En d'autres circonstances, un discours aussi insolent lui aurait donné envie de fustiger le garçon, du moins verbalement, car il ne pouvait espérer le battre avec ses poings, pas Ned Ridley; mais il avait appris avec les années que le jeune Ned était bien plus sensible à un mot acerbe qu'à un coup de poing. Pourtant, il n'eut pas recours à cette dernière possibilité, au contraire, d'une voix lente et d'un ton ferme, il déclara :

– C'est ma fille et elle sera, à l'avenir, reconnue comme telle.

– Je suis content de vous l'entendre dire, monsieur Thornton. Pour ça, oui. Mais, bien sûr, là, vous parlez pour vous; croyez-vous que vous pourrez obtenir des autres qu'ils fassent comme vous?

Il y eut un long silence avant que Matthew ne réplique :

– Oui, les autres se comporteront comme moi vis-à-vis d'elle, ou ils auront affaire à moi.

Ned ne répondit rien, et Matthew se retourna encore une fois vers Hannah. Le vieil homme essuyait, avec un chiffon imbibé d'eau fraîche, la sueur qui perlait au front de la fillette; alors il se pencha vers elle, lui prit tendrement le menton et ramena le visage de l'enfant vers lui, puis il parla d'un ton calme et ferme :

– Je reviendrai plus tard pour te ramener à la maison, ou ce soir, ou demain matin, suivant ton état. J'ai fait préparer une chambre pour toi, à côté de la mienne. Tu dormiras tout près de moi, tu m'entends?

Elle hocha imperceptiblement la tête, ses yeux, grands ouverts, étaient plongés dans les siens.

– Tout va changer, tu seras heureuse. Oui, oui (il lui caressa la joue tendrement), tu seras heureuse.

Il se redressa, tourna les talons et s'éloigna de la plate-forme. Ned le raccompagna jusqu'à la porte, où ils se tinrent, côte à côte, silencieux, les yeux perdus dans le brouillard du petit matin.

La brume était encore épaisse et ensevelissait tout. Pas un bruit ne parvenait du dehors, et pourtant il entendait, derrière lui, claquer les sabots et souffler, autant de signes d'une chaude activité. Il n'avait pas encore remarqué que les stalles étaient toutes occupées. Il devait y avoir huit à dix chevaux, là-dedans; et peut-être même y avait-il toujours eu, depuis que la maison était construite, quelques chevaux en permanence dans les stalles du rez-de-chaussée.

Il jeta alors un regard sur le garçon au visage taillé à la serpe, aux cheveux noirs ébouriffés, aux épaules larges, qui se tenait à ses côtés. Le jeune Ned ressemblait comme deux gouttes d'eau à son père, et son ossature se retrouvait dans le visage de son grand-père. La famille Ridley était de vieille souche, mais il n'y avait pas de quoi s'enorgueillir, car ils n'étaient devenus des marchands de chevaux de confiance que depuis quelques années. L'un des ancêtres avait été pendu, au siècle précédent, pour vol de chevaux, deux autres s'étaient retrouvés aux galères et le vieux Ridley avait fait de la prison, et encore était-ce un moindre mal. Seul le fait d'avoir fourni un ou deux bons chevaux à Lord Buckly lui avait permis de sauver sa tête.

Tous les mâles de la famille Ridley avaient été des personnages : francs, indépendants, mais buveurs, batailleurs, querelleurs, surtout les jours de foires et de fêtes... Et pourtant, à part eux, qui se serait ainsi occupé de l'enfant sans courir au village pour répandre la nouvelle de sa mésaventure? Et dans la situation présente il était doublement important que Ned gardât le silence sur toute cette affaire, car Matthew ne connaissait que trop le peu d'estime et de respect que Ned portait à Anne, elle qui le considérait comme un voyou et ne manquait jamais de le lui faire savoir quand ils se croisaient.

– J'emmène deux poneys à Hexham, aujourd'hui. (Ned rejeta la tête en arrière.) Je traite avec un particulier, alors il sera peut-être tard quand je rentrerai, mais elle sera très bien avec le vieux, n'ayez crainte. Il m'a fait passer la fièvre plus d'une fois. Il est très doué pour ça et connaît bien les herbes.

– Je ferai un saut à l'heure du déjeuner.

– Bon, si cela peut vous tranquilliser, mais, comme je vous l'ai dit, elle sera très bien avec lui. Et il adore les petits.

Matthew passa la porte pour s'enfoncer dans le brouillard, puis il se retourna et dit d'un ton laconique :

– Merci.

Alors, sur le même ton, Ned répondit :

– Il n'y a pas de quoi...

Et ils se quittèrent sur ces mots.

Quand Matthew atteignit la maison, le brouillard s'était levé. La cour était baignée de rose. Il jeta un coup d'œil vers l'écurie. Dandy n'était pas encore revenu. Il se dirigea vers la cuisine et la porte s'ouvrit sur Tessie qui l'accueillit en remarquant :

– Mais vous êtes trempé, monsieur.

– Le brouillard est encore épais là-haut. Il fait très humide.

– Votre petit déjeuner vous attend dans la salle à manger, monsieur.

Il se tourna vers Bella et dit :

– Merci. (Puis il demanda :) Est-ce que les enfants sont déjà levés?

– Non, je ne les ai pas encore entendus, monsieur.

Il ne prit pas la peine de poser la même question à propos de leur maîtresse, et sans même ôter ses bottes ni son manteau, il traversa la cuisine, puis l'entrée, et pénétra enfin dans la salle à manger; ce nouveau comportement n'échappa ni à Bella ni à Tessie.

Ce fut Tessie qui, en se tapotant les lèvres, perplexe, dit d'un ton plein d'effroi :

– Tu as vu ça, Bella? Tu as vu ça? Il n'a même pas enlevé ses bottes et son manteau.

Dans la salle à manger, Matthew attendit que Tessie apportât le porridge; puis il s'assit à la table et plongea quatre fois sa cuiller dans le bol qu'elle lui présentait. Mais comme ce n'était là qu'un tiers de sa portion habituelle, elle demanda :

– C'est tout ce que vous mangez, monsieur?

Il lui répondit :

– Oui, Tessie, je n'ai pas beaucoup d'appétit ce matin. Est-ce que tu as préparé le thé?

– Non, monsieur. Madame n'est pas encore descendue ouvrir la boîte.

Il prit une clé sur un anneau qu'il sortit de sa poche, en disant :

– Voilà, je crois qu'elle conviendra. Et demande à Bella de le faire très fort.

– Oui, monsieur, oui. Oh! oui, oui.

Elle partit à toute vitesse, stupéfaite de la tournure que prenaient les événements...

Il en était à sa troisième tasse de thé quand la porte s'ouvrit, livrant passage aux enfants. John entra le premier, suivi de Margaret qui poussait Béatrice devant elle; Robert fermait la marche et poussa la porte derrière lui; puis ils s'avancèrent vers la table, mais sans un mot.

Matthew reposa sa tasse et leur dit d'une voix calme :

– Bonjour, les enfants.

Ils lui répondirent en chœur :

– Bonjour, papa.

– Tu retournes à l'école aujourd'hui, John?

– Oui, papa.

– Et toi, Robert?

– Moi aussi, papa.

– Bon, il faut que je vous parle. Je... je suis content de pouvoir profiter de cette occasion avant votre départ. Je veux d'abord que vous sachiez que certains changements vont intervenir dans cette maison.

Ils se regardèrent les uns les autres un instant.

– Et je vous dirai de quel ordre dans un petit moment. (Il s'essuya alors vigoureusement la bouche avec une serviette avant d'ajouter :) Quand j'en aurai d'abord fait part à votre maman, mais écoutez déjà ceci. Hannah est ma fille, et donc votre demi-sœur, aussi la traiterez-vous à l'avenir comme l'un d'entre vous. Et maintenant (il se leva de table), je veux que vous preniez votre petit déjeuner et que vous attendiez mon retour sans quitter la pièce, car je pourrai alors vous parler des changements que j'ai mentionnés tout à l'heure.

Ils ne soufflèrent mot, et il quitta la table, leur jeta un regard qui ressemblait à un sourire, puis sortit de la pièce et monta l'escalier.

Il s'attendait à ce que la porte de la chambre fût fermée à clé, mais elle ne l'était pas. Il s'attendait aussi à ce qu'Anne fût allongée sur son lit, le visage enfoui dans ses oreillers, mais là aussi il se trompait.

Elle était assise dans son lit, et s'était déjà levée puisque les persiennes étaient ouvertes. La vue de son visage lui donna un coup au cœur, car il était rigide et blême; à ses paupières gonflées, l'on voyait clairement qu'elle avait beaucoup pleuré, mais son expression était celle qu'il pressentait. Il n'avança pas vers le lit mais se tint au milieu de la pièce, presque incapable de parler. Puis, quand il y parvint, ce fut sur un ton si formel qu'il eut l'impression de donner lecture d'un document officiel.

– Anne, je suis venu t'informer des changements qui

doivent intervenir dans le ménage; désormais, l'enfant sera reconnue comme ma fille. J'ai déjà donné l'ordre qu'on lui prépare une chambre à cet étage. Elle mangera avec nous à table et n'aidera plus à la cuisine.

Il se tut un moment en la voyant qui essayait de se redresser dans son lit. Au même instant, elle ouvrit la bouche pour parler, et il reprit :

– Attends! Je n'ai pas fini. Pour ce qui est des enfants, j'ai décidé d'envoyer Margaret et Betsy à l'école privée d'Hexham. Hannah ira aussi. Elles seront pensionnaires, et tu pourras jouir de leur compagnie toutes les fins de semaine, toutes les trois... ou aucune.

Elle ouvrit de nouveau la bouche.

– Quant à Robert, il rejoindra John ce...

– Tu ne peux pas faire une chose pareille. Tu ne le feras pas!

Sa voix était étrange, son ton nasillard et haut perché avait disparu; ses paroles avaient maintenant une sonorité discordante, presque vulgaire.

– Je pensais que tu trouverais l'idée très bonne. Tu m'as toujours dit que ces responsabilités scolaires te prenaient tellement de temps que tu ne pouvais plus travailler pour toi, à ton piano, à ta broderie, à toutes ces choses si importantes. (Il eut un accent railleur en concluant :) Ce que tu appelais les petits raffinements de la vie.

– Toi! Tu ne me feras pas une chose pareille. Tu m'entends? (Elle s'était redressée, et ce mouvement avait dû lui faire mal car elle grimaça et avala sa salive avant d'ajouter :) Je prendrai des mesures contre toi. J'irai voir monsieur Beaumont, en personne. Tu... tu ne dois ton poste qu'à mon influence. Je... je te ferai renvoyer. Oui! Oui!

– Essaie donc. Oh oui! essaie un peu, pour voir. Va voir M. Beaumont, et moi aussi, j'irai le voir. J'emmènerai Hannah avec moi, et je lui montrerai son dos et ses jambes. Les marques du fouet sont si profondes qu'elle en portera la trace jusqu'au jour de sa mort. Vas-y; va voir M. Beaumont; mais, par une telle démarche, tu gâcheras tout ce que j'ai déjà arrangé pour te sauver de la honte, car j'ai fait jurer le silence aux trois de la cuisine; tout comme à Ned Ridley et à son grand-père.

Elle se tenait sur un coude et porta soudain son autre main à sa bouche. Il hocha la tête en répétant :

– Oui, les Ridley. Tu te souviens que je t'ai dit, hier soir, que sans eux tu ne t'en serais pas sortie avec une simple rossée. Et c'est vrai, ce n'est que trop vrai. Bon. (Il tira sa grosse montre de gousset de la poche de son gilet et la consulta, puis il la replaça en disant :) C'est tout pour ce matin, je crois. Ah si! encore une chose, et la plus importante peut-être. Cela fait des années que tu remplis ton devoir conjugal de mauvaise grâce, et encore, si tu veux bien t'en souvenir, à intervalles très espacés; je l'ai supporté parce que j'étais heureux en famille et voulais avoir la paix. Je peux te jurer que je n'ai pas eu d'autre femme depuis mon aventure avec Nancy Boyle, mais tout cela va changer. Comme tu me l'as dit, il n'est plus question désormais que je pose la main sur toi; ce qui évidemment m'en ôte toute envie; j'ai donc décidé, dès que l'occasion s'en présentera, d'aller satisfaire mes besoins ailleurs. Je pense qu'il est juste de t'en parler. Mais tu resteras bien sûr la maîtresse de maison, et rien ne semblera avoir changé; ainsi, tu sauveras la face au village, et en ville.

– Tu es un monstre, un abominable monstre. Tu ne me feras pas une chose pareille, tu n'en as pas le droit.

– Quelle autre solution proposes-tu? Est-ce que tu m'accepteras dans ton lit ce soir? (Il avança de deux pas et son ton léger se mua en grognement alors qu'il se penchait sur elle en répétant :) Alors, oui? D'accord, je te propose ceci. Je viendrai ce soir et chaque fois que j'en ressentirai le besoin. Je n'irai pas chercher mon plaisir ailleurs. Qu'en dis-tu?

Elle leva les yeux sur lui, toujours appuyée sur un coude. Sa respiration était haletante, elle semblait incapable de parler. Mais elle y parvint, et voici ce qu'elle dit :

– Je voudrais que Dieu te foudroie sur place.

Il resta penché sur elle tandis qu'ils se défiaient du regard; puis il tourna les talons et sortit de la chambre presque en courant, traversa le palier, entra dans la pièce où il avait dormi la nuit précédente et, fermant la porte à toute volée, il plaqua son visage contre le montant, les mains jointes au-dessus de sa tête, les paumes collées au bois.

Et, planté là, ce n'était pas à Hannah qu'il pensait, ni à l'avenir et à la liberté qu'il allait enfin s'octroyer. Non, il se remémorait les événements de la veille au soir, et tel un spectateur, il se vit brandir le fouet sur la chair nue de sa femme, il l'entendit crier à chaque fois que son bras s'abattait, et il comprit qu'en la fouettant il avait simplement donné libre cours à un besoin resté sous-jacent depuis des années dans sa tête. Hannah n'avait été que le catalyseur de la situation. Il en serait arrivé là à un moment ou à un autre, il aurait fallu qu'il exprime enfin son aversion pour elle, parce que c'était bien ce qu'il ressentait à son égard, et depuis des années maintenant, de l'aversion, ni amour ni haine, mais tout simplement de l'aversion. Même au temps où il l'aimait, il avait éprouvé de l'aversion pour elle.

DEUXIÈME PARTIE

LA FILLE GRANDIT
1858

5

Matthew prit pied sur les planches nues qui lui parurent glacées, s'empara de ses vêtements; tout en s'habillant, il garda les yeux fixés sur la femme couchée dans le lit.

En se levant, il avait repoussé les couvertures, et elle était maintenant étendue sur le côté, nue jusqu'au-dessus du genou; elle se gratta gentiment une cuisse tout en répondant à l'une de ses questions :

— Pourquoi est-ce que je te mentirais? Ce n'est rien du tout. Ils ne se sont même pas embrassés, mais c'étaient les regards qu'ils échangeaient, leurs mains enlacées...

— Et quand?

— Oh! cet été.

— Les avais-tu déjà vus, je veux dire, là-haut, dans les collines?

— Oui, maintenant que tu m'en parles, oui.

— Avec les autres ou tout seuls?

— Tout seuls, tous les deux, ils se promenaient en riant. Mais pourquoi t'inquiéter? Ils connaissent bien leur situation, puisqu'ils sont parents; rien ne peut en sortir. Quoique... (Elle se remit sur le dos, s'étira, les mains au-dessus de la tête, et s'accrocha aux barreaux de cuivre du lit avant de poursuivre :) Je dis ça, mais il y a bien Peg Docherty qui vit au pied de la colline, elle en a eu un de son père et deux de son frère, à ce qu'on raconte. Enfin, ils étaient bien de quelqu'un puisque son homme était parti en mer. Par ici, on attend toujours son retour pour savoir lequel des deux il va démolir cette fois-ci.

— Veux-tu te taire, Sally!

Au ton de voix sévère de Matthew, la jeune femme tourna la tête vivement et l'amusement se peignit sur son visage tandis qu'elle observait :

— Je ne te racontais pas ça pour t'inquiéter, je me demandais simplement si tu étais au courant.

Et comme il continuait de boutonner son gilet sans même lui répondre, elle sortit du lit d'un bond, et passa ses jupons, sa jupe, et enfin son corsage; à peine avait-elle terminé de se vêtir qu'il était déjà prêt, le manteau sur le dos et le chapeau à la main; quand elle s'avança et vint se planter devant lui, il dit comme à son habitude :

— Merci, Sally.

Et elle, comme toujours, secoua la tête en répondant :

— De rien. De rien.

De temps à autre, il s'étonnait de voir qu'ils se quittaient toujours selon le même rituel :

— Merci, Sally...

— De rien. De rien.

Et quand il porta la main à sa poche, elle lui toucha le bras en disant :

— Non, pas cette fois-ci. De toute façon, je ne sais plus où le cacher; il a les yeux partout. Et à quoi cela peut-il me servir si je ne peux pas le dépenser? La seule qui en profite, c'est ma sœur. Et, mon Dieu! pour ça, elle m'attend, elle m'attend, poursuivit-elle en riant.

— On ne sait jamais, cela pourrait te rendre service un jour, tu devrais en garder un peu.

— Bon, si l'occasion se présente et que j'aie besoin de quelque chose, j'espère que tu seras là.

– Je serai là, Sally.

Elle leva alors la main et lui caressa la joue puis, s'appuyant de tout son corps contre lui, elle demanda :

– Est-ce que je te rends heureux, Matthew?

– Plus heureux que je ne l'ai jamais été de toute ma vie, Sally.

– Alors, il faut que je remercie Dieu de ce bonheur qu'il nous donne. (Elle s'écarta et ajouta tendrement :) Il pourrait bien se passer une autre quinzaine avant qu'il ne reparte, mais tu n'auras qu'à observer la disposition des pierres. Je m'en occuperai.

Il lui pinça alors la joue gentiment, l'embrassa tout aussi gentiment, la salua d'un signe de tête et, relevant le col de son manteau, traversa la petite pièce de la chaumière, passa par l'arrière-cuisine dallée et s'enfonça dans la nuit sombre.

Son cheval était attaché à l'abri de quelques buissons, il dénoua la bride mais ne sauta pas en selle; non, il conduisit sa monture sur un étroit sentier qui serpentait lentement jusqu'au sommet de la colline, puis redescendait avec autant de tours et de détours. Il marchait d'un pas alerte, car il en était venu à connaître le chemin par cœur dans le noir, et ce ne fut qu'une bonne dizaine de minutes plus tard, quand il parvint à la grand-route, qu'il s'arrêta pour allumer la lanterne qui pendait à son pommeau, puis il enfourcha son cheval pour rentrer chez lui.

La nuit était glaciale; une odeur de neige flottait dans l'air. L'haleine du cheval s'élevait comme une brume grise dans la lumière vacillante. Il hennit bruyamment, pour faire savoir à son maître qu'il avait à la fois froid et faim, mais au lieu de le pousser au trot, Matthew le maintint au pas; il avait beaucoup à réfléchir avant d'arriver chez lui. John et Hannah. Non! Non! Le garçon ne pouvait pas être fou à ce point. Et pourtant, il était en plein bouillonnement de l'adolescence, et une fille comme Hannah suffisait à tourner les sangs de n'importe quel homme; que dire alors de ceux d'un jeune homme? Il fallait qu'il lui parle. Mais comment? Que pouvait-il lui dire? Pourquoi ne pas l'entretenir, pour commencer, de Mlle Pansy Everton? John avait chevauché à ses côtés à la partie de chasse, et ils avaient suivi les chiens à la course au lièvre. Evidemment, ce n'était pas le genre de fille qu'il aurait choisie pour son fils, s'il avait eu voix au chapitre, mais ce serait une bru qui plairait certainement à Anne. C'était une fille de fermiers, peut-être, mais de riches fermiers, et, à l'encontre de la plupart de ses semblables, elle n'avait pas aidé à la ferme dans son jeune âge mais avait été envoyée à l'école, celle-là même qu'Hannah et Margaret fréquentaient. Enfant unique, elle hériterait sans doute aussi de toutes les possessions de ses parents, et il fallait admettre que la ferme de Mulberry constituait un magnifique héritage situé dans un paysage superbe du côté de Riding Mill. Non, financièrement parlant, Mlle Pansy Everton ne représentait pas le pire des partis pour John, et, si ce que racontait Sally était vrai, plus vite ce serait réglé, mieux ce serait. Mais le problème restait entier : comment présenter cela au garçon?

Le cheval se remit à hennir et Matthew frissonna. Puis il sentit tout à coup la douce caresse des premiers flocons de neige sur son visage.

Bon, bon, rien de surprenant finalement, on était déjà à la mi-novembre. Tout, dans la nature, prédisait un hiver rigoureux; certains soutenaient même qu'il ressemblerait à celui de 53. On n'avait jamais revu de tempêtes de neige aussi violentes et, bien qu'elles aient causé la mort d'un jeune tailleur de pierre à Kilhope Head, c'était à elles que lui, Matthew, devait d'avoir trouvé le réconfort physique de ces cinq dernières années.

Il rentrait de la mine par une nuit glaciale, quand il avait entendu appeler au secours du côté de la rivière.

Le temps s'était radouci depuis plusieurs jours, et les eaux avaient dégelé; pourtant, le jour même, la glace avait commencé à se reformer. Avant même d'atteindre la berge de la rivière, il avait compris ce qui se passait. Quelqu'un avait essayé imprudemment de traverser à gué, au lieu de remonter jusqu'au pont, et avait glissé dans l'eau. L'accident venait sans doute tout juste de se produire, car après quelques instants passés dans cette eau, personne n'aurait été en mesure de crier ainsi.

Dans le crépuscule hivernal, il avait vu que la victime était une jeune femme. A moitié plongée dans les flots, elle s'accrochait à l'une des pierres du gué.

Prudemment, il s'était avancé vers elle, puis lui avait pris les mains et l'avait relevée d'un coup de reins; quand ils avaient rejoint la rive, les dents de la jeune femme claquaient si fort qu'elle n'avait même pas pu le remercier.

– Où allez-vous? lui avait-il demandé.

Et, toujours incapable de parler, elle avait pointé son doigt vers Sinderhope, puis, un moment après, avait bégayé :

– L... Lode Cottage, sur la route de Sinderhope.

Sinderhope se trouvait à trois bons kilomètres de là, quel que soit le chemin qu'elle empruntât; il avait traversé ce village de temps à autre mais ne se rappelait pas l'y avoir aperçue.

– Est-ce que c'est loin du village? lui avait-il alors demandé.

Elle avait hoché la tête puis répondu :

– Assez.

– Venez.

Il l'avait prise par le bras et menée vivement de l'autre côté du champ où le cheval piaffait d'impatience sur la route, puis il l'avait installée devant lui sur la selle et ils étaient partis au grand trot. Il lui avait crié :

– Il faudra que vous m'indiquiez le chemin car la nuit tombe.

Elle le lui avait indiqué, et quand ils avaient atteint la chaumière, perdue en pleine campagne, lui semblat-il, la jeune femme était tellement raidie par le froid qu'elle ne put descendre toute seule du cheval. Il l'avait alors prise dans ses bras pour la déposer sur le sol, puis l'avait conduite jusqu'à la porte, où elle s'était penchée pour tirer une lourde clé de fer de dessous la pierre qui soutenait le gratte-pieds. A l'intérieur, il avait vu que la maison était petite, mais propre et confortable. D'après la forme extérieure du bâtiment, il avait deviné que la maison ne comportait rien de plus que les deux pièces du bas et un grenier sous la pointe du toit. Quand il avait aperçu le feu couvert de cendres, il avait pris un soufflet posé contre le mur et avait ranimé les braises; puis il s'était tourné vers elle et l'avait vue qui tremblait de tous ses membres comme si elle avait la fièvre, à tel point qu'elle ne parvenait pas à défaire la boucle de son manteau.

Tandis qu'il se chargeait de la débarrasser de son vêtement, il lui avait demandé :

– Votre mari, où est-il? Est-ce un mineur?

Elle avait secoué la tête, puis balbutié :

– Con... con... conducteur de bestiaux. Il est... parti pour... pour le marché de Newcastle.

– A Newcastle? (Il avait fait un petit signe de tête.) C'est bougrement loin, Newcastle.

Elle avait acquiescé d'un geste et il avait ajouté :

– Vous feriez mieux de vous mettre au lit, à mon avis.

Cette fois-ci elle n'avait pas cherché à lui répondre, mais ses yeux s'étaient fermés tout seuls et elle s'était effondrée sur le sol.

Alors il s'était précipité dans la pièce voisine, avait ôté du lit la courtepointe de patchwork et une couverture de laine brune, et s'était mis en mesure de lui retirer ses vêtements mouillés. Elle était vêtue d'une

113

jupe de serge grossière, d'un corsage à rayures, de deux jupons de laine et d'un troisième imprimé; sous son corsage, elle portait une petite chemise, puis une camisole de coton, mais pas de pantalons. Pour faire tenir ses bas noirs, elle en tortillait la lisière pour former un nœud qu'elle glissait ensuite entre la peau et l'extrémité roulée du bas.

Elle avait repris connaissance alors qu'il lui enlevait sa chemise, mais ses mains n'avaient pas protesté, elle était restée à le regarder quand il l'avait roulée dans la couverture puis dans la courtepointe, et, sa tâche une fois terminée, il l'avait considérée un moment avant de demander :

– Ça ne va pas mieux comme ça?

– Si, si.

Elle parlait d'une voix basse qu'il trouva agréable à l'oreille, tout comme la vue de son corps l'avait été pour ses sens.

Il avait ôté son gros manteau et l'avait alors ramassé pour y chercher, dans la poche arrière, un flacon de whisky qu'il avait pris l'habitude, ces deux dernières années, de toujours transporter sur lui. Il s'était emparé d'une grande tasse qu'il avait aperçue sur une étagère à côté de la cheminée, y avait versé une mesure de whisky, puis, inclinant la grosse bouilloire de fer posée contre la plaque, il l'avait remplie à ras bord. Ensuite, penché sur la jeune femme, il lui avait soulevé la tête d'une main en disant :

– Buvez ceci.

Et, sans un murmure, elle avait avalé le liquide brûlant.

Puis il s'était préparé la même boisson et s'était accroupi à côté d'elle; tout en buvant à petites gorgées, il avait demandé :

– Comment vous appelez-vous?

– Sally Warrington, lui avait-elle répondu.

– Je ne vous ai jamais vue auparavant, ni au marché, ni ailleurs.

Alors, elle lui avait expliqué :

– Je prends rarement ce chemin. Bill se charge de nos commissions.

– A quelle heure rentrera-t-il?

– Il ne rentrera pas cette nuit; peut-être demain dans l'après-midi.

– Oh!

Ensuite, ils avaient continué à se regarder.

– Quel âge avez-vous? lui avait-il demandé.

– Bientôt vingt-huit ans.

– Pas d'enfants?

Il avait jeté un regard circulaire, et elle avait secoué la tête.

– Vous êtes mariée depuis longtemps?

– Depuis l'âge de seize ans.

– Depuis l'âge de seize ans, avait-il répété.

Elle n'avait pas l'air beaucoup plus vieille, ainsi allongée près de lui, avec son corps toujours ferme et potelé. Il avait eu quelques femmes pendant ces trois dernières années, mais des femmes souvent réservées à l'usage qu'il en faisait lui-même. C'était la lie des rues mal famées d'Hexham.

Il avait quarante ans et une agitation fébrile le tenaillait. Il avait fini par comprendre ces hommes qui faisaient leur valise et partaient, partaient, tout simplement. Ici un jour, disparus le lendemain, des hommes qui sortaient de chez eux un matin et que l'on ne revoyait plus.

Il s'était levé en disant :

– Il faudrait bien que je parte; ça va aller, maintenant?

Elle n'avait pas répondu, s'était contentée de le regarder.

– Vous n'avez pas peur de rester seule?

– Non. (Elle avait secoué la tête imperceptiblement.) J'ai l'habitude. Je suis seule la plupart du temps. Il conduit des bestiaux par tout le pays. Il les descend d'Ecosse, les bêtes, ou les ramène là-bas, ou encore à Hexham ou Newcastle, partout où il y a une bonne foire. Ils sont nombreux, les conducteurs, ils aiment bien se retrouver, ça fait de la compagnie.

– Et vous ne vous sentez pas abandonnée?

– Si. Si, ça m'arrive.

Elle avait encore frissonné et il avait ajouté vivement :

– Je vais chercher une autre couverture. (Quand il l'avait enroulée dedans, son visage penché sur celui de la jeune femme, il avait demandé doucement :) Voulez-vous que je reste encore un peu?

Et elle avait répondu avec simplicité :

– Cela me ferait plaisir, si vous le voulez bien.

Voilà comment leur histoire avait commencé; et depuis cinq ans, maintenant, ils se faisaient plaisir mutuellement sans que personne le sût.

Plus loin sur la route s'élevait un portail démantibulé. Il tenait tout de travers contre la brèche pratiquée dans d'épais murs de pierre. Et sur l'un d'eux, à droite du portail, traînaient quelques gros cailloux. Leur disposition apprenait à Matthew s'il ne risquait rien à quitter la route un peu plus bas ou s'il valait mieux qu'il passât son chemin.

Tout cela avait été fort simple, car il n'était plus question qu'Anne lui demandât de rendre compte de ses allées et venues; elle n'avait plus aucune autorité sur lui, maintenant; elle était dorénavant une sorte de ménagère non rétribuée travaillant pour gagner le gîte et le couvert, deux robes et deux coiffes par an, et le voyage gratuit pour Hexham chaque fois qu'elle désirait y faire quelques emplettes.

Et si elle lui parlait poliment quand ils étaient en compagnie, c'était, il le savait, qu'elle n'aurait pu supporter que leur situation soit rendue publique au village ou à la ville. Il pensait pourtant que, dans ce cas précis, elle se berçait d'illusions, car la nouvelle qu'ils faisaient chambre à part depuis des années avait bien dû finir par transpirer.

Bella, Tessie et Dandy, si loyaux fussent-ils, n'auraient pas été vraiment humains s'ils n'avaient parlé de l'atmosphère particulière de la maison, surtout quand les enfants rentraient de l'école, et qu'Hannah pouvait vagabonder sans entrave tandis que les autres restaient sous la stricte surveillance de leur mère à lire ou à exercer leurs talents.

Mais maintenant John avait vingt ans et devant lui un bel avenir d'ingénieur, et Robert, à dix-huit ans, travaillait déjà depuis un an aux bureaux de la mine à Allenheads; on ne pouvait plus les traiter comme des écoliers. Pas plus que Margaret, une jeune femme de dix-neuf ans, ne pouvait être retenue à la maison sous prétexte d'améliorer ses capacités.

Margaret était d'une nature indépendante et le montrait clairement ces temps-ci, elle qui avait déclaré sans vergogne vouloir épouser un employé de banque d'Hexham. Ah! tout le monde savait ce que gagnait un employé de banque, à peine de quoi ne pas mourir de faim, mais en bon père, Matthew avait répondu honnêtement à Margaret que si le jeune homme voulait venir lui exposer son cas il y accorderait toute son attention.

Et puis il y avait Béatrice. Béatrice, Matthew en avait peur, était la moins aimée de ses enfants, du moins en ce qui le concernait, car elle ressemblait trop à sa mère; sous tous les aspects, paroles, pensées, actes, elles faisaient la paire. Mais elle aussi avait quitté l'école l'année précédente. Seule Hannah y était encore.

Normalement, Hannah aurait dû à son tour quitter l'école à la fin du troisième trimestre, mais il n'y avait pas de cours normal des choses avec Hannah, et, à la pensée qu'il lui aurait fallu rester toute la journée à la maison avec Anne, Matthew s'était arrangé pour qu'elle pût suivre l'école encore une année. Elle était très douée pour le piano, lui avait-on dit, et sa voix était mélodieuse, mais, curieusement, il ne l'avait jamais entendue chanter à la maison, et ne l'avait vue s'installer au piano qu'une seule fois.

Quant à l'attitude d'Anne à l'égard d'Hannah, elle dépassait tout ce qu'on pouvait imaginer. Si elles se trouvaient toutes deux dans la même pièce, Anne était capable d'ignorer totalement la jeune fille, à ses yeux, elle n'était pas plus consistante qu'une traînée de vapeur. Matthew n'avait jamais vu Anne s'adresser à Hannah directement; quand il lui fallait parler d'elle, c'était toujours comme d'une tierce personne, et elle ne disait jamais que *La Fille*... « Dites à *La Fille*, ordonnait-elle à Tessie, de se préparer pour telle ou telle heure. » « Dis à *La Fille,* demandait-elle à Margaret, de ne pas bavarder quand elle marche derrière moi. »

– Je t'interdis de suivre *La Fille* dans les collines, avait-elle répété un nombre incalculable de fois à Robert, et ce garçon étrange et décidé s'était parfois contenté de la regarder droit dans les yeux, et d'autres fois lui avait répondu :

– Très bien, maman.

Mais il se précipitait hors de la maison pour rattraper Hannah et courir dans les collines avec elle.

Matthew n'avait vu qu'une seule fois Anne perdre son sang-froid. C'était le jour où elle avait poussé John vers la porte en lui criant :

– *Cette fille* est encore sortie. Va lui dire qu'il lui est interdit d'aller vers chez Ridley.

Comment pouvait-on nourrir une haine aussi tenace pendant d'aussi longues années, Matthew ne le comprenait pas, et surtout envers une personne aussi chaleureuse qu'Hannah, aussi reconnaissante pour la moindre gentillesse, aussi expansive dans sa façon d'exprimer sa gratitude. Comme Bella le lui avait dit un jour :

– Elle est du genre à vous donner tout ce qu'elle possède si elle pense que cela peut vous aider.

Mais il s'était demandé si la pauvre Hannah aurait

donné tout ce qu'elle possédait à la femme qui l'avait ignorée depuis le jour où elle avait abattu le fouet sur elle. Que pouvait-elle donc penser d'Anne, la jeune Hannah? Il l'ignorait, mais, vu sa nature généreuse, il était encore possible qu'elle ne ressentît que de l'aversion pour la dame, ainsi qu'elle continuait à la nommer. Et curieusement, elle continuait aussi d'utiliser la même formule à son égard; elle ne l'appelait jamais que « monsieur ». Mais elle pouvait mettre plus de sentiment, plus de tendresse dans ce seul mot, que n'importe lequel de ses enfants avec leurs « cher papa ».

Qu'allait-il faire d'Hannah? Eh bien! – il dirigea le cheval vers le portail puis remonta l'allée – la première chose, c'était de lui prouver qu'il ne pouvait exister, entre John et elle, d'autre sentiment qu'une tendresse fraternelle. Ils étaient fous tous les deux de croire le contraire, et surtout John, lui qui était son aîné de quatre ans.

Ils avaient maintenant trois chevaux à la maison, et quand Matthew pénétra dans la cour les hennissements qui s'élevèrent des boxes lui apprirent que John et Robert étaient déjà rentrés.

Quelques minutes plus tard, il entra dans la maison par la cuisine, comme à son habitude, et après avoir ôté ses bottes et son manteau et s'être lavé les mains – il avait vite repris cette routine car, tout bien pesé, il préférait être propre pour manger – il se rendit tout droit à la salle à manger où la famille était déjà rassemblée, et salua tout le monde :

– Bonjour, je suis un peu en retard.

– Es-tu frigorifié, papa?

Il se tourna vers sa grande fille au visage un peu ingrat et répondit à son gentil sourire en déclarant :

– Absolument gelé, en surface comme en profondeur.

Il se frotta les mains tout en s'avançant vers le feu

qui crépitait. Il n'avait pas parlé directement à Anne, ni elle non plus, mais après un moment, il dit :

— Eh bien, asseyons-nous.

Il prit place en haut de la table, et elle au bas bout, tandis que John et Robert s'installaient d'un côté et Margaret et Betsy de l'autre.

Betsy, comme sa mère, parlait peu pendant les repas. En fait, ce soir-là, elle ne souffla mot, et pourtant ses yeux perçants allaient d'un interlocuteur à l'autre comme si elle se préparait à les contredire, ou au moins à leur répondre. Mais elle s'en abstint.

— Il faut que j'emmène Prince chez le maréchal-ferrant demain, papa.

— Mais il a été ferré tout récemment.

— Je sais, mais il ne cesse de ruer. Je suis sûr qu'il aime voir les étincelles scintiller sous ses sabots.

— Tu devrais le faire ferrer par M. Buckman lui-même. Ses garçons se fichent bien de leur travail.

— Oh, maman! (Robert rejeta la tête avec mépris.) On les y a entraînés depuis qu'ils tiennent debout; s'ils ne savent pas ferrer un cheval maintenant, ils ne le sauront jamais.

— Personne ne saurait travailler convenablement en étant à moitié ivre.

— Est-ce que je peux avoir encore un peu de pommes de terre, maman?

John tendit son assiette à sa mère et elle le servit, et comme il la lui reprenait des mains, il regarda son père et déclara :

— A mon avis, nous aurons de la neige avant demain matin.

— C'est déjà fait; elle a commencé à tomber quand j'arrivais.

— J'espère qu'il y en aura à Noël et qu'elle restera assez dure pour faire de la luge.

Margaret sourit à son frère.

— Tu te souviens l'année dernière sur la butte,

quand j'ai percuté le fossé et que je me suis retrouvée de l'autre côté de la route?

Et comme les garçons éclataient de rire, Anne intervint :

— Très excitant tout ça, mais ne pensez-vous jamais que vous pourriez vous rompre les os et finir infirmes?

— Peuh! Quelle sottise! (Robert agita la main.) Avec des congères de deux mètres cinquante de haut de chaque côté?

Matthew piqua du nez dans son assiette et s'absorba dans sa nourriture. Si Anne et lui avaient encore vécu comme mari et femme, il aurait tout de suite puni Robert et lui aurait demandé de ne pas parler sur ce ton à sa mère; mais il lui avait donné le soin d'éduquer les enfants, et ceux-ci la traitaient maintenant selon les résultats de son éducation, ou de son manque d'éducation, pensa-t-il. Robert était un révolté, et avait toujours été un enfant difficile; en outre, le garçon et sa mère n'avaient jamais semblé éprouver beaucoup de tendresse l'un pour l'autre.

L'attitude de John était différente. John était soumis et docile, il était prêt à tout pour avoir la paix. Sa façon de redemander quelques pommes de terre à sa mère, un instant auparavant, en était un exemple. Quant à Margaret, elle tenait un peu des deux. Elle voulait la paix, mais pas à n'importe quel prix. Margaret était capable de se battre pour ses idées.

Betsy, pour sa part, était tout le portrait de sa mère, purement et simplement. Cette expression, s'était-il toujours dit, ne pouvait être prise au pied de la lettre, et encore moins quand il s'agissait de sa femme, car Anne n'était ni pure ni simple, mais son manque de pureté semblait plutôt moral que physique.

Le dîner terminé, Matthew se leva de table en disant :

— Je voudrais te parler, John.

— Oui, papa.

Cela aussi. Il aurait préféré s'entendre appeler père; papa, sortant de la bouche de ce grand jeune homme blond, lui semblait plutôt déplacé. Mais il était très probablement le seul à le penser, car tous y étaient tellement habitués qu'ils n'y accordaient certainement plus aucune attention.

Dans son bureau, il s'assit derrière sa table de travail, John s'installa dans le fauteuil qui lui faisait face, et ils échangèrent de silencieux regards de satisfaction; puis Matthew déclara :

— Tu as vingt ans. Mon Dieu! Mon Dieu! Je n'arrive pas à le croire, je me sens un vieil homme, du coup.

— Mais tu n'en as pas du tout l'air, papa; tu portes très bien ton âge.

La réplique qui se voulait rassurante fit baisser la tête à Matthew, un petit sourire apparut au coin de ses lèvres. Alors John ajouta vivement :

— Ce que je voulais dire, c'était...

— Je sais ce que tu voulais dire, John, mais il est inutile d'essayer de se leurrer. J'ai quarante-cinq ans et une fois arrivé à cet âge, en un bond, on se retrouve à cinquante, un pas ensuite, et on a soixante ans, puis on trébuche une dernière fois pour atteindre les soixante-dix.

— Oh, papa!

— C'est vrai... c'est vrai, mon garçon, la vie se met à galoper dès que l'on a atteint quarante ans. Je suppose qu'elle se dit : « Eh bien! tu as rempli ta tâche, tu t'es marié, tu as eu des enfants, à quoi voudrais-tu employer ton temps, maintenant? » Voilà qui m'amène à parler de la famille, des enfants. (Il s'humecta les lèvres, appuya ses avant-bras sur le bureau, se pencha légèrement en avant et demanda d'un ton paisible :) Est-ce que tu penses au mariage, John?

— Au mariage, papa?

Matthew vit le sang monter aux joues blondes de son fils; il lui sembla même entrevoir un rougeoiement dans ses cheveux, ou n'était-ce qu'un effet de l'éclairage?

— C'est bien ce que j'ai dit. Tu sais ce que c'est?

Il fit une grimace à son fils.

— Oui, oui, je sais ce que c'est. (John se mit à frotter les phalanges de sa main droite contre la paume de sa main gauche, puis ajouta lentement :) Je... je n'y ai pas encore beaucoup pensé.

— Ah bon? Et Mlle Pansy Everton, alors? Tu l'as vue bien souvent l'année dernière, non?

— Nous nous sommes rencontrés de temps à autre.

— Est-ce qu'elle te plaît?

— Oh oui! elle me plaît, c'est une fille très agréable.

— ... Mais.

— Quoi?... Qu'est-ce que tu as dit, papa?

— J'ai dit mais... mais n'avais-tu aucun projet de mariage quand tu allais lui faire ta cour?

— Lui faire la cour, papa! Je... je n'ai jamais...

— John. John, nous savons tous les deux que, lorsqu'un jeune homme se rend chez la même jeune fille un certain nombre de fois pour la voir, c'est une forme de cour. Et si tu veux mon avis, tu pourrais faire bien pire que de courtiser Mlle Pansy Everton. Bien sûr, au bout du compte, il n'y a que toi que cela regarde. J'ai simplement voulu t'en dire un mot pour voir d'où soufflait le vent, et savoir si l'un de vous contenterait sa mère dans son choix d'un conjoint, car c'est loin d'être le cas de Margaret. Quant à Robert, nous savons tous qu'il suivra son idée, qu'il choisisse une servante d'auberge ou la fille d'un baron. Ne restent plus alors que Betsy et Hannah. Betsy, j'en suis sûr, se pliera au choix de sa mère... et Hannah... Eh bien! (Il secoua la tête lentement.) Il faudra que je m'en occupe. Et j'ai quelqu'un en tête. Il a une bonne situation dans la magistrature. Un peu plus âgé qu'elle, mais je pense que c'est une bonne chose.

Matthew sentit une vague de pitié l'envahir en

regardant son fils. Sa peau blonde était devenue terreuse. Ses yeux gris s'étaient assombris, ses lèvres bien ourlées, plus féminines que masculines, avait-il souvent pensé, étaient sèches et se pinçaient comme pour s'humecter. Il se força à ajouter :

– Tu ne sembles pas ravi de ce qui attend ta sœur. J'aurais pensé que cela te réjouirait qu'elle fasse un si beau mariage.

– Tu... tu dois parler de M. Walters, je suppose. Je... je ne trouve pas que ce soit un beau mariage. Il est deux fois plus âgé qu'elle. Et puis, il a déjà été marié. Sa femme est morte très récemment.

– Je sais tout ça, John, mais permets-moi de décider de ce qui convient le mieux dans le cas d'Hannah. Je n'ai pas besoin de te décrire ce que serait sa vie si elle devait la passer dans cette maison, n'est-ce pas? La situation n'appelle aucune explication, il me semble. Donc, pour son bonheur, plus vite elle sera mariée, mieux ce sera, et je n'aurai de repos qu'une fois qu'elle sera casée. De toute façon, je voulais simplement te dire que je serais ravi d'avoir Mlle Everton pour belle-fille, et que tu ferais bien de te dépêcher avant qu'un autre ne reconnaisse sa valeur, car c'est une jeune fille très séduisante.

John ne répondit pas, il se contenta de regarder son père un moment et, sans un mot de congé, il se leva, ouvrit la porte et quitta précipitamment la pièce.

Matthew passa un doigt dans son col de chemise. Sally avait raison, en fin de compte. Mon Dieu! Quelle situation! Il fallait maintenant qu'il règle le problème, et rapidement, en se chargeant de marier l'un ou l'autre, le plus tôt serait le mieux.

John, pour le moment, était son meilleur espoir. En parlant d'Arthur Walters, il n'avait fait que prendre ses désirs pour des réalités fondées sur les quelques rencontres de l'avocat et d'Hannah. La dernière avait eu lieu en été dans le square d'Hexham. John et lui-même attendaient, dans le cabriolet, qu'Hannah sorte de la mercerie, où elle était entrée en compagnie de Margaret pour faire emplette des rubans et des colifichets que les femmes achètent dans ce genre de boutiques. Tandis qu'ils attendaient, Walters était passé par là et s'était arrêté un instant, et comme ils discutaient, les filles étaient sorties du magasin et Matthew avait observé une vive lueur d'admiration dans le regard que Walters avait posé sur Hannah.

Mais la plupart des hommes regardaient Hannah avec une vive admiration, alors pourquoi avait-il choisi Walters? Parce que, se dit-il, Walters serait très bien pour Hannah. C'était un jeune homme bien bâti; et n'avait-il pas demandé des nouvelles de la jeune fille pas plus tard que la semaine précédente, et encore une fois en présence de John.

De toute façon, si ce n'était pas Walters, il faudrait que ce soit un autre, et rapidement. Sinon les ennuis ne manqueraient pas d'arriver, et des ennuis qui dépasseraient tous ceux qu'ils avaient vécus auparavant. Il fallait pourtant, se dit-il, qu'il se félicitât d'une chose. Depuis que Margaret avait quitté l'école, Hannah n'était rentrée à la maison que pour les vacances, aussi, cette histoire d'amour entre elle et John, si histoire d'amour il y avait, n'avait pu faire de grands progrès.

L'idée de laisser Hannah à l'école lui avait été suggérée à mots couverts par Anne, et il s'y était conformé, non pas pour contenter sa femme, mais parce que cela lui évitait les allers et retours hebdomadaires à Hexham par tous les temps.

6

— Au revoir, mademoiselle Barrington.
— Au revoir, mademoiselle Rowntree.

– Au revoir, mademoiselle Emily.

– Au revoir, ma chère.

– Au revoir, Hannah.

– Au revoir, mon enfant.

Mlle Emily Barrington s'avança jusqu'à la voiture et arrangea la couverture sur les genoux d'Hannah en disant :

– Ne prenez pas froid, et faites toutes nos amitiés à Margaret et à toute la famille.

– Comptez sur moi, mademoiselle Emily, je n'oublierai pas. Joyeux Noël.

Le cri du cocher força Mlle Emily à reculer vivement, ce qui permit au garçon d'auberge de remonter le marchepied et de fermer la portière. Puis la voiture partit, et Hannah s'adossa au siège en souriant. Elle sourit aux cinq autres occupants qui lui rendirent son sourire; puis elle ferma les yeux.

N'était-ce pas gentil de leur part, aux deux demoiselles, d'être venues l'accompagner? Elle aurait presque aimé fêter Noël avec elles. Oh oui! cela lui aurait beaucoup plu, comme lui avait plu chaque jour qu'elle avait passé dans leur institution. Elle savait que Mlle Barrington et Mlle Rowntree s'émerveillaient de son amour de l'école et de son désir d'apprendre, même si certaines matières, comme les mathématiques supérieures ou les bases de la biologie, lui restaient obscures. Elle n'était pas non plus très douée en français; mais elle avait compensé ces faiblesses par son goût de la broderie et du piano, et avait avancé à pas de géant l'année précédente en éducation ménagère, grâce à Mlle Emily.

Et pourtant, aucune de ses chères maîtresses n'avait deviné que son amour de leur école tenait à son soulagement de ne pas avoir à vivre continuellement dans la maison de son père. Non pas qu'elle détestât son père. Oh non! loin de là. Elle le trouvait merveilleux. Et elle pensait « père », même si elle l'appelait « monsieur ». C'était avec la dame, son épouse, qu'elle ne supportait pas de vivre, cette femme qui ne lui avait pas adressé un mot depuis son arrivée au manoir et qui aurait accordé plus d'attention à un fantôme.

Elle n'avait cessé de la craindre que ces deux dernières années, et il lui arrivait souvent, depuis, de prier pour que cette crainte ne soit pas remplacée par de la haine, car pas plus tard que l'été dernier elle avait, une fois, ressenti l'abominable envie de se précipiter sur cette femme, de la tirer par les bras et de lui hurler en pleine face : « Je n'ai pas demandé à venir chez vous! On m'y a amenée. Et, après tout, il est mon père, et je suis sa fille; j'ai le droit d'être traitée comme un être humain. »

Quand bien même eût-elle osé satisfaire cette envie et l'eût-elle jetée à terre, elle savait qu'Anne Thornton se serait relevée, aurait lissé sa jupe, puis serait partie sans souffler mot, sans même la regarder.

Comment pouvait-on être aussi cruel? Elle aurait pu lui pardonner la correction au fouet, mais pas ce silence interminable. Qu'arriverait-il au printemps, si elle quittait l'école définitivement? L'idée de passer sa vie à l'ombre de cette femme lui donnait des cauchemars la nuit.

Il ne lui restait plus que le mariage. Mais elle ne se marierait jamais. Non; jamais, jamais. Une immense porte lui bouchait cette échappatoire.

Oh! John! John!

Quand avait-elle compris pour la première fois qu'ils s'aimaient? Au printemps, quand ils s'étaient promenés ensemble dans les collines? Le jour, l'an dernier, où elle avait glissé de la berge et avait fini dans un buisson et où il l'en avait tirée; quand elle s'était appuyée contre lui en riant aux éclats, et que soudain les bras du garçon s'étaient refermés sur elle et que leurs regards s'étaient rencontrés? Non, non, bien avant tout cela. Elle savait depuis des années qu'elle l'aimait. Petite fille déjà, quand elle revenait à la maison en fin de semaine, elle pensait avant tout : Je vais revoir John.

Non pas qu'elle n'éprouvât pas une grande tendresse pour Robert. Oh! elle adorait Robert... et Robert était toujours tellement gentil avec elle! Il la défendait bien plus souvent que John. John ne l'avait jamais défendue ouvertement, n'avait jamais osé défier sa mère en face; mais John était de nature affectueuse et détestait blesser quiconque, fût-ce sa mère, quoiqu'elle sentît bien qu'il ne pouvait s'empêcher de la considérer comme une méchante femme.

Qu'arriverait-il entre elle et John? Elle ne le savait pas, mais elle était sûre que s'il ne l'embrassait pas bientôt, elle mourrait. Elle rêvait de ce baiser. Ce jour-là, près de la meule de foin, il l'avait presque embrassée, mais une femme était apparue sur la colline et avait tout gâché. Pourtant, si cette neige pouvait tenir et leur permettre de sortir la luge, alors peut-être se déciderait-il. Oui, peut-être.

Elle ouvrit les yeux et regarda par la vitre embuée. La voiture avait quitté la ville mais elle devina, à la lenteur du voyage, que les chevaux devaient peiner.

C'était bien l'opinion des autres passagers, car ils en étaient à se demander s'ils parviendraient même à atteindre Haltwhistle. Un voyageur encore plus pessimiste alla jusqu'à parier qu'ils ne dépasseraient pas Haydon Bridge.

Et les événements lui donnèrent raison. La voiture avait déjà plus d'une demi-heure de retard quand ils arrivèrent enfin à Haydon Bridge, et le coche qui permettait de poursuivre le voyage par Langley, puis Catton et Allendale, n'était toujours pas en vue; certainement pris dans une congère au bord d'un fossé, assurèrent certains. Mais quelqu'un d'autre proposa d'entrer à l'auberge pour se réchauffer en attendant de voir ce qu'il ressortirait de tout cela.

L'arrière-salle de l'auberge était pleine à craquer, et Hannah s'assit sur le banc de bois à haut dossier placé près de la fenêtre, sa valise à ses pieds. Quand l'un des voyageurs de la diligence lui proposa de lui rapporter un grog bien chaud, elle refusa poliment en ces termes :

– Non, merci; j'ai pris une boisson chaude juste avant de partir. Je vous remercie bien.

C'était là un détail étrange de son éducation, et Mlle Barrington lui en avait parlé ouvertement, certaines formes familières demeuraient dans sa façon de parler. Cette fois-ci, Mlle Barrington aurait objecté :

« Vous avez déjà remercié une fois, ma chère, il était inutile d'ajouter "je vous remercie bien". »

Une demi-heure plus tard, le cocher entra et déclara qu'il allait tenter d'atteindre Bardon Mill, mais qu'il ne faudrait pas lui en vouloir s'ils finissaient tous au fond de la rivière.

Bien réchauffés, les voyageurs se préparèrent à partir, en souhaitant à Hannah un « joyeux Noël » et un rapide retour à la maison.

Après un nouveau quart d'heure passé sur son banc, Hannah commença à sentir le froid s'infiltrer sous sa pèlerine brune, et regretta d'avoir refusé la boisson chaude qu'on lui avait proposée. Elle pourrait, se dit-elle, aller au comptoir, mais que demanderait-elle? Peut-être l'aubergiste aurait-il l'amabilité de la conseiller?

Elle posa sa valise sur le siège, dans son dos, puis se fraya un chemin parmi la foule qui la séparait du bar. Arrivée là, elle attendit de pouvoir attirer l'attention du serveur, et quand elle y parvint elle se pencha légèrement vers lui et lui demanda presque dans un murmure :

– Que me conseillez-vous comme boisson chaude?

– Comme boisson chaude, mademoiselle? Eh bien, voilà, voilà. Qu'est-ce qui vous plairait?

– Je... je vous fais confiance.

– Alors dans ce cas (il eut un large sourire) je vais

vous préparer quelque chose qui vous réchauffera le cœur.

– Merci... Oh!

Elle eut un hoquet de surprise, car on venait de la faire pivoter sur elle-même tandis qu'une voix s'écriait :

– Mais, bon Dieu! Qu'est-ce que tu fabriques ici?

– Bonjour, Ned. Je suis tellement contente de te voir. (Elle souriait de toutes ses dents.) Je me commande quelque chose à boire.

– Quelque chose à boire? Qu'est-ce que tu fais là?

Lui ne souriait pas.

– Eh bien, je viens de te le dire, Ned. (Elle se moquait de lui maintenant.) J'ai commandé une boisson chaude.

Ned la regarda, puis posa les yeux sur le serveur, et ce dernier lui fit un signe de tête, puis lui désigna le verre maintenant à moitié plein d'eau chaude, et à ce geste Ned répondit :

– Vas-y doucement.

– Oui. Oui, Ned.

– Raconte-moi un peu, qu'est-ce que tu fais ici?

– Eh bien, en sortant de l'école j'ai pris la diligence jusqu'ici, et maintenant j'attends le coche.

– Alors, tu peux attendre longtemps.

– Pourquoi?

Son visage redevint sérieux.

– Il a versé dans un fossé la nuit dernière et brisé un essieu; et par-dessus le marché le cheval est blessé.

– Oh! mon Dieu! Comment irai-je jusqu'à la ville?

– Tu n'iras pas, pas par le coche, pas aujourd'hui.

– Oh! mais je dois rentrer à la maison, Ned, il le faut, ils vont s'inquiéter.

– Eh bien, s'il n'y a pas de coche en service, ils comprendront bien pourquoi tu ne peux pas rentrer. Mais, d'un autre côté, je peux te ramener si tu sais monter à cheval.

– Oh oui! oui. Je sais monter à cheval. Tu te souviens bien.

– Et sur une moitié.

– Une moitié? Qu'est-ce que tu veux dire, Ned?

– Je n'ai que Cavaleur avec moi, cette fois-ci; je te prendrai devant moi.

– Oh! (Elle se mordit les lèvres, puis se mit à rire et déclara :) Si le cheval le supporte, moi aussi.

– Voilà, mademoiselle, avalez-moi ça.

Elle se retourna et remercia le serveur, mais quand elle eut pris une gorgée de grog brûlant elle grimaça, avala une bonne goulée, puis se mit à tousser en crachotant. Le serveur éclata de rire, puis se tourna vers Ned en disant :

– Ce n'était pas fort, Ned. Ce n'était pas fort, je le jure.

– Je veux bien te croire. (Ned regarda le serveur droit dans les yeux un moment, puis ajouta :) Sers-m'en un fort, tout de suite, un double.

– Oui, Ned.

Quand le serveur eut poussé devant lui un double whisky, Ned s'en empara, prit le bras d'Hannah et la mena vers un siège; mais avant de s'asseoir, elle dit :

– J'étais assise là-bas, où il y a ma valise.

Il la poussa devant lui parmi la foule des clients, et tandis qu'ils prenaient place sur le banc, il observa :

– Ce n'est pas bien sérieux, de laisser ta valise se surveiller toute seule. (Puis, après un silence, il demanda :) Ça te plaît?

– Ça réchauffe bien.

– Je te crois; c'est ce qui aide les marins à sortir en mer.

– Vraiment! Oh! (Elle se leva d'un bond.) J'ai oublié de payer l'aubergiste.

– Assieds-toi, c'est fait... Est-ce que tu as faim?

– Oui, en y pensant, Ned, j'ai un peu faim.

– Est-ce que tu voudrais un petit pâté? Froid ou chaud?

– Un chaud, s'il te plaît.

Elle le regarda se diriger vers le comptoir et remarqua que certains hommes allaient jusqu'à lui céder le passage; en fait, tous semblaient le reconnaître d'une façon ou d'une autre, et elle se félicita de la chance qu'elle avait eue de le rencontrer.

C'était étrange, à propos, cette façon qu'avait Ned d'apparaître quand elle avait le plus besoin de lui. Et ce n'était pas la première fois que cette idée lui traversait l'esprit. Ce premier matin où elle l'avait rencontré dans la brume, elle en avait un souvenir aussi clair aujourd'hui qu'alors, plus clair même, car à l'époque elle n'avait pu distinguer nettement son visage. Cela remontait-il vraiment à huit ans et demi?... Et de nouveau, quand elle avait été fouettée. Sans compter d'autres occasions depuis. Le jour où elle avait glissé dans le bourbier, et où elle aurait pu se noyer parce que Margaret n'avait pas assez de force pour la tirer de là. Ned rentrait alors chez lui, à pied, cette fois-ci, en zigzaguant. Il était vraiment ivre, mais, ivre ou pas, il s'était avancé à l'extrême bord de la tourbière, au point presque de glisser lui aussi, et il avait réussi à la sauver. Il les avait ramenées toutes les deux, Margaret et elle, jusqu'à la maison Pele, où il lui avait ôté ses vêtements pour la rouler dans une couverture et avait envoyé Margaret demander en secret à Bella des habits de rechange.

Elle avait aimé son grand-père aussi. Et sa mort, l'année précédente, l'avait beaucoup attristée. Pendant les vacances, elle était montée le dire à Ned, et il s'était montré très rude avec elle; il lui avait déclaré en bougonnant qu'il ne tenait pas à en parler. Elle avait alors compris que le vieil homme manquait beaucoup à Ned, car il lui fallait maintenant vivre seul. Tout ce qui lui restait, c'étaient ses deux chiens et les chevaux. Mais les chevaux n'étaient jamais les mêmes.

Des années auparavant, la dame avait interdit à John, Robert et Margaret de s'approcher de la maison Pele ou de parler à Ned Ridley. Elle n'avait pas eu besoin de l'interdire aussi à Betsy, car cette dernière faisait la dégoûtée à la moindre odeur d'écurie. Mais ces interdictions ne la concernaient pas, et cela faisait des années qu'elle passait de longs moments à parler avec Ned Ridley. Elle l'aimait bien, elle l'aimait même beaucoup, quoique de l'avis de Betsy ce fût un homme peu recommandable : non seulement il boxait et organisait des combats de coqs, mais il lui arrivait aussi de se soûler, sans parler de ce qui était irracontable et qu'on ne pouvait exprimer que par de profonds hochements de tête entendus. Peut-être, mais elle l'aimait bien; et elle était vraiment ravie de l'avoir à ses côtés à l'instant même

Elle le regarda revenir vers elle. Son épaisse chevelure noire semblait rebondir sur sa tête à chaque pas, et ses yeux d'un brun profond étincelaient de gaieté. Il avait forci ces huit dernières années, et, à vingt-six ans, il avait perdu un peu de sa sveltesse. Il était toujours mince, le ventre plat, mais on ne le traitait plus comme le jeune garçon batailleur, aux poings nus, qu'il avait été à dix-huit ans. Et pourtant, elle avait entendu Robert dire qu'il boxait encore mieux, plus calmement, maintenant qu'il calculait ses interventions au lieu de se jeter aveuglément à la tête de son adversaire. Robert aimait assister aux matches de boxe, mais pas John.

L'année précédente, il avait été question que Ned épouse une fille de Sinderhope; et puis, pour une raison ou pour une autre, le mariage avait été annulé. Apparemment, Ned en portait la responsabilité, car les deux frères de la jeune fille l'avaient assailli une nuit et, bien qu'il eût réussi à les repousser et les eût laissés en sang, il ne s'en était pas sorti sans mal et n'avait pu boxer pendant plusieurs mois après cette mésaventure.

Elle comprenait aisément la séduction qu'il pouvait exercer sur les filles, car, outre ses prouesses de boxeur, il avait beaucoup de charme. Elle ne pouvait l'analyser, ce charme. Il ne s'agissait pas de beauté, bien qu'il eût de l'allure dans sa rudesse. Cela tenait à son regard, se disait-elle, à sa façon de vous regarder, parfois rieur, d'autres fois plein de mépris, d'autres fois encore avec gentillesse... Elle était si heureuse de l'avoir rencontré aujourd'hui.

Après qu'ils eurent mangé les petits pâtés chauds que Ned arrosa pour sa part d'un deuxième double whisky suivi d'une pinte de bière, il lui sourit et dit :

— Eh bien, qu'en pensez-vous, madame? Si vous voulez arriver au château avant la nuit, il nous faut presser nos montures.

Elle s'étouffa avec sa dernière bouchée de pâté et lui, déjà debout, ajouta :

— C'est ça, continue, étouffe-toi.

Et à ces mots il lui tapa dans le dos, ce qui la fit rire d'autant plus.

Et comme ils quittaient l'auberge le patron les héla :

— Hé! au revoir, Ned. Vas-y doucement.

— Oui, Sandy. Ne t'en fais pas, je laisserai la bête choisir son allure.

Dans la cour, il attacha le sac d'Hannah derrière la selle; puis la prenant sous les aisselles, il cria : « Hop, là! » et la posa sur le cheval. L'instant d'après, il se trouvait derrière elle. Les bras passés autour de la taille de la jeune fille, il prit les rênes et fit sortir le cheval de la cour en le dirigeant vers la route enneigée.

— C'est une bonne chose qu'il ait le dos large. Ça va?

— Oui, Ned.

— Tu aimes ça?

— Oui, oui, beaucoup.

— Parfait. Allez, Cavaleur.

134

Il fit claquer les rênes, et le cheval accéléra le pas mais sans trotter. Ils poursuivirent leur route à cette allure, silencieux pendant un bon moment, puis tout à coup Ned demanda :

— Tu vas quitter l'école l'année prochaine, c'est bien ça?

— Oui, Ned, au printemps.

— Et que vas-tu faire ensuite?

— Je... je ne sais pas, Ned.

Il y eut un nouveau silence. Alors Ned reprit :

— Tu vas sans doute te marier.

— Oh! (Elle eut un petit rire.) Je ne crois pas.

— Tu ne crois pas? Mais qu'est-ce que tu racontes? Bien sûr que tu vas te marier, une belle fille comme toi. (Et comme elle ne lui répondait pas, il demanda d'un ton rude :) Qu'est-ce que c'est que cette histoire, alors, tu ne penses jamais au mariage? C'est normal, pourtant, surtout pour quelqu'un qui a ce que tu as... Tu sais que tu es jolie, non?

— Je te remercie de ton compliment, Ned.

Elle avait parlé d'une voix basse et contenue.

— Hé! ne fais pas la timide, cela ne te ressemble pas. Tu sais très bien que tu es plus que jolie, tu es belle. Tu es la plus belle de toutes ces collines, tu le sais. Tu le sais parfaitement bien.

— Mais non, je t'assure que non, Ned.

Il la sentit se hérisser entre ses bras.

— Eh bien, si tu ne le sais pas, tu devrais. Il n'y a donc pas de miroir dans cette maison, ou à l'école? Et puis, de toute façon, belle ou pas, te marier, c'est bien la meilleure chose qu'il te reste à faire. Que se passera-t-il quand tu auras terminé tes études? Tu veux peut-être passer ta vie avec elle?

— Non, Ned, surtout pas.

— C'est bien mon avis. Il devrait y avoir des lois contre des gens comme elle, on devrait les supprimer, les noyer à la naissance, dans un seau d'eau, comme les petits chats. La seule vue de cette femme me rend malade. Tu sais?

– Quoi, Ned?

– Eh bien, je vais te raconter quelque chose, parce qu'elle ne te l'avouera jamais. (Il se mit à rire.) Je crache toujours quand je la croise. Je le fais exprès, je crache dans le caniveau. Je me racle la gorge bruyamment et je crache.

– Oh! Ned, tu ne devrais pas.

– Et pourquoi pas? C'est une méchante femme, Hannah, vraiment. Et dangereuse avec ça. Tu sais qu'elle a une drôle d'odeur? Je m'y connais en odeurs de femmes. Je suis sûr que le diable sent comme elle.

Et elle s'exclama de nouveau :

– Oh! Ned.

Il continua, comme pour lui-même :

– Cela me rend fou de penser que des gens comme elle me regardent de haut, quand j'y pense. Et elle racontait à qui voulait l'entendre, même quand j'étais gosse, que je n'étais qu'un garnement. Si les gens ne l'avaient pas tant détestée, ils auraient fini par la croire. Tu ne penses pas de mal de moi, toi, Hannah?

Et il pencha sa tête vers elle. Quand elle sentit sur sa joue les effluves de son haleine chargée d'alcool, elle ne s'en offusqua point, mais se mit à rire gentiment et répondit :

– Toi, un méchant homme? Bien sûr que non, Ned. Pour moi, tu es un homme très bien. Je l'ai toujours pensé.

– Sûr, que je suis un homme très bien.

Il hurlait maintenant, comme devant un auditoire, et quand il se mit brusquement à chanter, elle se laissa aller contre lui, secouée de rire, tandis qu'il chantait à pleins poumons :

> *Je suis ce que je suis,*
> *Regardez-moi,*
> *Car je suis, que vous le croyiez ou pas,*
> *Je suis vous.*
> *Ni bon ni mauvais,*
> *Ni même moyen,*
> *Nous sommes, vous et moi,*
> *Comme le reste.*

Et toujours plus fort, il poursuivit :
– Tous en chœur!

> *Que Dieu vous aide,*
> *Que Dieu m'aide,*
> *Que Dieu nous aide tous;*
> *Nous sommes tous à peu près convenables*
> *Avant la chute.*

Quand il fut arrivé au bout de sa chanson, ils rirent tellement fort qu'ils faillirent glisser de la selle.

Le visage mouillé de larmes, elle lui cria :
– Oh! Ned, ce que tu es drôle.
– Voilà que je suis drôle, maintenant.
– Mais oui; tu es l'homme le plus drôle que je connaisse. Et (elle se tourna à demi vers lui) le plus gentil.

Leurs regards se croisèrent, longuement, celui de la jeune fille, ouvert, plein de reconnaissance, et celui de Ned, empli de dureté et de tristesse, lourd d'une frustration désespérée.
– Tiens-toi droite, dit-il, ou tu vas tomber.
– Excuse-moi, Ned.

Et comme le voyage se poursuivait elle commença à se demander si elle ne l'avait pas offensé, car tout son entrain semblait avoir disparu et il ne répondait plus à ses questions que par un vague grognement.

Quand ils finirent par atteindre le portail et qu'il

l'eut fait descendre après avoir détaché son sac, elle le regarda droit dans les yeux et dit tout simplement :

– Merci, Ned. Je me rends compte que bien souvent dans ma vie il me faut dire « Merci, Ned ».

Il restait là, la regardant sans répondre, aussi demanda-t-elle doucement :

– Est-ce que j'ai dit quelque chose qui t'ait vexé?

– Qui m'ait vexé? (Il criait presque.) Que pourrais-tu dire pour me vexer? Tu ne t'en es peut-être pas rendu compte, mais je suis à moitié soûl.

– Oh! (Elle se mit à rire et ajouta :) Non, je ne m'en étais pas rendu compte; peut-être parce que j'étais dans le même état; cette boisson était vraiment très forte.

– Oui, c'est vrai; mais elle l'aurait été plus encore si je n'étais pas arrivé à temps.

– Tu crois?

– Sûr.

Il lui sourit.

– Eh bien, cela confirme ce que je disais, Ned, tu arrives toujours au bon moment dans ma vie.

– Oui, oui. (Il se détourna et rassembla les rênes dans sa main gauche en disant :) J'espère que tu as remarqué, je t'ai ramenée à la maison par l'arrière, pour ainsi dire, car les langues des commères y seraient allées bon train en te voyant en selle devant moi, moi qui suis ivre, par-dessus le marché, hein? Et tu devrais n'en rien dire à Madame, car elle te ferait désinfecter comme si tu avais la peste. (Il la considéra un moment avant d'ajouter :) Je te souhaite un joyeux Noël.

– A toi aussi, Ned. Mais je te verrai peut-être avant. Nous irons faire de la luge sur les pentes si la neige tient.

– Oui, c'est bien possible, c'est bien possible.

Il remonta sur son cheval, prit la direction opposée, puis porta son index à son front en guise de salut avant de s'éloigner.

Elle le regarda un moment tandis qu'il poussait son cheval sur le talus glissant qui menait à la route en longeant le mur du cimetière, et elle eut envie de lui crier : « Je monterai te voir le jour de Noël », car le jour de Noël il serait seul, et personne ne devrait être seul ce jour-là. Mais elle se retint, ouvrit le portail et remonta vivement l'allée enneigée, et à chaque pas dans la neige crissante les battements de son cœur s'accéléraient, car dans quelques minutes seulement elle verrait John, il lui prendrait la main, et la pression de ses doigts lui révélerait ce qu'il ressentait pour elle.

7

– Qu'est-ce qui ne va pas, Margaret?

Hannah et Margaret descendaient précautionneusement le chemin verglacé qui menait à la place du village, et Margaret, après un moment, ne répondit qu'à une moitié de la question d'Hannah :

– C'est maman; elle m'a interdit de parler de M. Hathaway, mais je l'ai prévenue que si je ne l'épousais pas je ne me marierais jamais. Il a fait tout le voyage hier, et maman a refusé de le recevoir. Ensuite, il n'a pas pu aller voir papa à la mine parce qu'il devait rentrer, il n'avait qu'un jour de congé et les moyens de transport sont tellement hypothétiques, en ce moment.

– C'est pour ça que tu es allée à pied jusqu'à Allendale hier? J'étais contrariée qu'elle ne me laisse pas t'accompagner. Oh! Margaret (Elle lui prit gentiment le bras.) Pourquoi ne m'as-tu rien dit?

– A quoi cela m'aurait-il avancé? Maman m'a interdit d'en parler, et je n'ai même pas pu en toucher un mot à papa hier soir, il est rentré si tard à la maison.

– Tout le monde a l'air chamboulé.

– Tu trouves aussi?

Elles échangèrent un regard.

– Margaret.

– Oui, Hannah?

– John. Ne... ne semble pas dans son assiette.

– Côté santé, si, mais tu n'es peut-être pas au courant. (La voix de Margaret se fit plus sourde qu'un murmure tandis que la jeune fille semblait s'appliquer à regarder où elle mettait les pieds. Elle poursuivit :) On parle d'un éventuel mariage avec Mlle Everton. Tu te souviens certainement de Mlle Everton, elle était à l'école, mais dans une classe au-dessus. A mon avis, elle a vingt et un ans maintenant; de toute façon, tu l'as vue à la partie de chasse cet été, non?

Hannah ne répondit pas. Elle aussi regardait où elle mettait les pieds, et Margaret ajouta :

– C'est une fille charmante, quoique pétulante. En tout cas, maman est pour à cent pour cent, et papa aussi, il me semble. Robert l'assure, toutefois. Oh! fais attention.

Elle rattrapa Hannah par un pan de son manteau.

– C'est tellement glissant. Ça va?

Il y eut un long silence avant qu'Hannah ne réponde.

– Oui, c'est... c'est toute cette glace.

– Tu es très attachée à John, n'est-ce pas, Hannah?

Il y eut encore un silence, puis Hannah répondit :

– Oui, Margaret, je suis très attachée à John.

– C'est bien normal, c'est ton frère, ou du moins, ton demi-frère, vous êtes du même père.

Elles échangèrent un regard furtif, comme si la honte s'était glissée entre elles, puis elles se détournèrent et poursuivirent leur chemin sans plus souffler mot jusqu'à leur destination, la boucherie de Fred Loam.

Elles grattèrent la glace accumulée sous leurs bottes avant d'entrer, après avoir grimpé deux marches, dans la boutique au sol couvert de sciure et meublée d'un seul petit comptoir et d'un billot de boucher.

Fred Loam, qui avait hérité de l'affaire à la mort de son père, deux ans auparavant, se tenait derrière le billot. Il était de taille moyenne mais semblait plus grand à cause de sa largeur d'épaules. Elles étaient si larges, ses épaules, que son dos en paraissait presque voûté; ses mains aussi étaient larges, et son visage avait la couleur des tranches de bœuf qu'il découpait, mais son sourire était sympathique. C'était un jeune homme sympathique, tout compte fait.

Il n'y avait qu'une cliente dans la boutique. Quand il eut fini de la servir, Fred se tourna vers les jeunes filles et s'écria gaiement :

– Oh! vous voilà, et quel plaisir de vous voir toutes les deux. Mon Dieu! Hannah, je n'en crois pas mes yeux; comme tu as grandi depuis la dernière fois!

– Pas tant que ça, Fred, n'exagérons rien.

– Si, si, tu embellis de jour en jour.

Comme Hannah baissait les yeux sans répondre, Fred se tourna vers Margaret et, adoptant alors une attitude professionnelle, il demanda d'un ton poli :

– Et que puis-je faire pour vous ce matin, mademoiselle Margaret?

Qu'il se fût adressé à Margaret en l'appelant « mademoiselle », tandis qu'il avait omis ce titre dans le cas d'Hannah, n'avait rien que de très normal, il en avait toujours été ainsi. Mme Anne Thornton avait toujours dit, en parlant de ses enfants, monsieur John et monsieur Robert, mademoiselle Margaret et mademoiselle Betsy, mais comme, et tout le monde le savait, elle n'avait jamais reconnu la bâtarde de Matthew Thornton, les villageois n'avaient pas pris sur eux d'élever l'enfant au même niveau que ses demi-sœurs. Petite, ils l'avaient appelée la jeune Hannah, et maintenant ils s'en tenaient à son seul prénom.

Margaret répondit au jeune boucher :

— Mère voudrait une longe de bœuf et un jambonneau, s'il vous plaît.

— Ce sera tout ? Pas de volaille, aujourd'hui ?

— On nous en a envoyé une.

— Ah !

Margaret comprit que la nouvelle ne plaisait pas à M. Fred Loam et elle ajouta vivement :

— C'était un cadeau de la cousine de ma mère.

— Ah bon, un cadeau ? Eh bien, j'espère qu'elle sera tendre. Comme on dit, à cheval donné on ne regarde pas les dents. (Il rit à l'intention de Margaret, puis se tourna de nouveau vers Hannah en disant :) Tu ne retourneras plus à l'école, maintenant, c'est fini ?

— J'y resterai jusqu'à Pâques.

— Eh bien ! Tu en sortiras tellement savante que tu vas bientôt ne plus nous parler.

— Cela m'étonnerait, Fred. (Elle se força à lui sourire et ajouta :) Comme vous le dites si bien, la tête d'un mouton est autrement plus pleine que la mienne.

— Mais non. Mais non. (Il semblait indigné.) Je ne dirais pas une chose pareille à ton sujet. Mon Dieu, non ! Mais on entendra bientôt parler (il se pencha alors vers elle) de mariage, non ? Personne en vue ?

Hannah n'eut pas besoin de répondre, car au même moment la porte de la boutique s'ouvrit et Margaret en profita pour annoncer :

— Merci, Fred. Il faut que nous rentrions maintenant.

— Joyeux Noël, toutes les deux.

— Joyeux Noël, Fred, répondirent-elles en chœur.

Comme elles atteignaient la porte, il ajouta :

— Il y a un grand bal pour le nouvel an en ville, est-ce qu'on vous y verra ?

— Je... je ne pense pas, Fred.

– Ce sera une belle fête, on y viendra de tout le comté. Autre chose que vos réunions de club, croyez-moi; quoique je n'aie rien contre, si vous voulez faire un gueuleton pour rien une fois dans l'année... Ce sera une belle occasion.

– Je n'en doute pas, au revoir.

Margaret referma la porte, mais la voix de Fred leur parvint, aussi forte que s'il avait dû les héler depuis l'autre côté de la place :

– Et toi, Hannah? Je suis sûr que tu sais danser.

Margaret ne laissa pas le temps de répondre à Hannah, car elle claqua la porte si violemment que le son des clochettes les accompagna un bon moment.

– Il en prend trop à son aise, ce Fred Loam.

Hannah jeta un regard à Margaret. L'espace d'un instant, elle avait cru entendre Anne Thornton, et elle dit calmement :

– Il n'a pas de mauvaises intentions.

– Je ne sais pas, il se comporte bien trop familièrement avec toi. Dommage que sa mère ne le tienne pas avec la même poigne que feu son mari et tous ceux qui croisent son chemin.

Hannah ne répondit rien, songeant qu'il était excellent que Fred tînt tête à sa mère. Mme Loam était une mégère. Elle ne mesurait pas plus d'un mètre cinquante, mais on l'avait souvent entendue, les lendemains de beuverie, poursuivre son gros bonhomme de mari avec un bâton dans les pièces du haut. Ses manières avaient souvent fait rire tout le village sous cape, surtout à la période des marchés, car elle avait une façon très personnelle de s'occuper de son époux quand il rentrait ivre mort. Elle le déshabillait, le mettait au lit, et ne lui rendait ses vêtements, le lendemain matin, qu'après lui avoir tanné le cuir. Mais personne, au village, n'avait jamais osé se moquer d'elle en face, car elle savait faire marcher sa langue aussi bien que ses mains. D'une certaine façon, Hannah plaignait le pauvre Fred, tout comme elle avait plaint son père, son père qui avait toujours eu un mot gentil pour elle et qui, petite fille, lui avait déjà dit combien elle était jolie.

– Je serais contente de quitter le village.

– Qu'est-ce que tu dis, Margaret?

– Tu es dans la lune ce matin, Hannah. J'ai dit que je serais vraiment contente de quitter le village.

– Je croyais que tu aimais les collines et toute la campagne alentoùr.

– C'est vrai, mais les collines, ce n'est pas le village; ce sont les gens qui font le village, et ils sont si étroits d'esprit. Ils pensent et agissent autrement que les habitants des grandes villes. Ils s'accrochent à leurs anciennes coutumes. Regarde ce qui se passe à Allendale aux louées avec tous ces marchands ambulants, et les servantes qui traînent dans la ville, sans vergogne, en attendant de faire des rencontres. C'est presque moyenâgeux. Et il y a toujours les violoneux dans les auberges qui mènent la danse toute la nuit. Oh! et puis toutes ces traditions dont on se passerait aussi bien.

– Mais je croyais que tu aimais danser, Margaret?

Hannah s'étonnait de l'attitude de Margaret, qu'elle avait toujours crue si libérale.

– C'est vrai; mais il y a danser et danser, et les comportements diffèrent tellement ici de ceux de la grande ville. Tu as bien dû t'en rendre compte. Hexham est un autre monde. Tu ne crois pas?

– Oui, sans doute, mais simplement à cause des bâtiments, je... je n'ai pas trouvé les gens si différents. Ils sont bons ou méchants, agréables ou désagréables, là-bas aussi. Tu te souviens de Mlle Ormaston. C'était une horrible créature, si cruelle avec certaines élèves que celles-ci n'osaient rien dire tant elles la craignaient. Il y avait Brown, tu te souviens de Brown, qui battait tellement sa femme qu'on l'a conduit au tribunal. Je pense que les gens sont les mêmes partout, Margaret, certains sont généreux, d'autres mesquins, et tout le reste se place plus ou moins dans la moyenne.

C'est comme pour les traditions, moi j'aime toutes ces vieilles traditions...

– Eh bien! Ma parole! (Margaret se mit à rire doucement et, revenant à son attitude habituelle, d'un ton agréable, elle ajouta :) On philosophe, ce matin, dis donc! Mais je crois que tu as raison. C'est simplement que... enfin (et elle conclut dans un murmure) mon cœur est en ville. Il est si différent de tous ceux que j'ai rencontrés jusqu'ici. Ce doit être pour cela que je voudrais tant être là-bas, je suis si impatiente de partir que je vois tout ici sous un jour différent.

– Je suis désolée, Margaret. (Hannah passa alors son bras sous celui de Margaret et ajouta avec mélancolie :) Tu te souviens de Mlle Barrington? Au début de chaque trimestre elle commençait son cours par ces mots : « Evitez les clichés »; moi, je pense que certains clichés sont très vrais et s'appliquent à la vie, comme celui-ci : « Le chemin de l'amour n'est jamais sans encombre. »

– Oui, tu as raison. (Margaret hocha la tête et sourit.) S'il est une chose dont je sois sûre, Hannah, c'est qu'une fois que j'aurai quitté la maison pour m'installer en ville, tu me manqueras beaucoup.

– Et toi donc, Margaret, parce que (elle se tut et ses paupières s'abaissèrent sur ses yeux) tu as toujours été d'un grand réconfort pour moi depuis le jour de mon arrivée chez vous.

Pour la première fois, Hannah faisait allusion à son statut dans la famille, et les mots « chez vous » exprimaient ses sentiments à l'égard des années qu'elle avait passées au manoir d'Elmholm, qui n'avait jamais été son foyer.

Silencieusement, Margaret pressa les doigts gantés qui reposaient sur son bras et elles remontèrent ensemble l'allée qui menait à la maison.

Noël arriva, qu'ils fêtèrent sans grande gaieté, tout comme la nouvelle année. Pendant les vacances, ils avaient passé un certain nombre de soirs à jouer aux cartes, mais, en dépit de l'absence habituelle d'Anne Thornton en de telles occasions, l'atmosphère restait tendue entre eux. Hannah n'avait pas pu voir John une seule fois en tête-à-tête, et comme son retour à l'école approchait, elle dut finir par s'avouer qu'il l'évitait délibérément.

On était le 4 janvier. Tous les hommes étaient retournés au travail. Margaret était assise au salon à écrire une lettre, tandis que Betsy et sa mère brodaient, toutes deux installées dans le divan face au feu.

Hannah évitait toujours cette pièce quand Madame et Betsy s'y trouvaient.

Ce jour-là, elle était restée à la cuisine à parler longuement avec Bella et Tessie. Elle aimait discuter avec elles, elle se sentait chez elle à la cuisine. Mais elle ne pouvait y rester éternellement, aussi avait-elle regagné sa chambre. Elle s'était recroquevillée sous sa courtepointe, et le froid ajoutait encore à sa tristesse.

Il restait une bonne partie de la journée à occuper. Le soleil brillait. Elle n'avait pas envie de lire. Elle pourrait peut-être s'emmitoufler et partir pour une promenade. Oui, c'était une idée. Et peut-être pourrait-elle aussi monter jusqu'à la maison Pele pour voir Ned. Elle lui avait promis de lui faire une visite pendant les vacances, mais ne s'y était pas encore décidée, car elle n'avait pas voulu s'éloigner de John, ne fût-ce que pour une heure.

Elle n'avait besoin de prévenir personne qu'elle partait en promenade, cela faisait des années qu'elle allait et venait à sa guise; aussi, après avoir enfilé une veste de laine par-dessus sa robe et s'être jeté une cape sur les épaules, elle noua les brides de son chapeau et prit le nouveau manchon de fourrure que lui avait offert M. Thornton à Noël, descendit silencieusement l'escalier de service, longea le couloir et prit pied dans la cour.

En passant devant l'écurie, elle salua Dandy Smollet qui lui cria :

– Enfin, un peu de soleil, mademoiselle Hannah.

A quoi elle répondit :

– Oui, Dandy.

Puis elle passa le portail, traversa la route, escalada l'échalier du mur du cimetière, puis retomba dans une neige qui lui arrivait presque aux genoux.

Il était clair que personne n'avait pris cette direction depuis des jours, car le chemin était presque effacé, et elle ne le devinait que par la différence de niveau avec les talus.

Tandis qu'elle avançait avec peine, elle se dit qu'elle avait été idiote de prendre par cette direction, elle aurait mieux fait d'aller par la grand-route où le vent avait balayé presque toute la neige, édifiant de grosses congères qui découvraient la terre par plaques, très glissantes, mais bien plus faciles à franchir que ces paquets de neige qui la freinaient.

Quand elle eut grimpé pendant quelques minutes, elle secoua la neige de ses jupes et de son manteau et regarda un moment autour d'elle. Les collines baignaient dans une pâle lumière rose qui, par taches, tournait au rose vif et au mauve, pour s'évanouir ensuite dans des teintes lilas, et finir au-delà de l'horizon en un gris tendre et duveteux.

Le monde était magnifique. Elle aurait aimé être heureuse pour en profiter. Qu'allait-il advenir d'elle, maintenant? L'avenir l'angoissait de plus en plus. Si au moins elle avait été aussi intelligente que Margaret, elle aurait pu devenir maîtresse d'école. Et pourtant cela ne la tentait pas. Elle pourrait devenir bonne d'enfants. Oui, sans doute. Mais elle n'avait aucune expérience des bébés, puisqu'elle avait été la plus jeune de la maisonnée.

Elle poursuivit sa route en dérapant; une fois, même, elle glissa sur les fesses et resta assise un moment à rire avant de se relever pour repartir. Puis elle vit la maison de Ned se dresser devant elle; la construction semblait vouloir sortir de la colline enneigée sur laquelle elle était perchée.

Elle aimait la maison de Ned, et surtout les pièces du premier. Elles étaient encombrées d'objets étranges, tous fabriqués par le père de Ned, son grand-père, ou par son arrière-grand-père : des chaises, des tables, des armoires, des étagères, des porte-pipes, jusqu'à un lit de bois. Oh, le lit de bois était un chef-d'œuvre. Aux quatre coins, à la place des boules de bois, il y avait des oiseaux sculptés. Et tout était si propre. Elle s'étonnait toujours de la propreté des pièces du haut, comparée au désordre de la cuisine, et à la foule d'objets dépareillés qui jonchaient les coins et pendaient aux murs de la salle de ferme.

Elle passa la brèche sans portail qui s'ouvrait dans les murs, traversa la cour, puis frappa à la grosse porte de chêne; au même instant, elle porta les yeux sur le verrou. La chaîne était passée dans l'anneau et accrochée au cadenas.

Elle sentit la déception et un grand vide l'envahir comme si, soudain, le monde entier l'avait abandonnée. Elle contourna la maison et grimpa la pente jusqu'au petit bois, qui toujours lui ramenait à l'esprit de vieux souvenirs... Elle se revit frissonnante, courant dans le brouillard vers la maison et distinguant la silhouette de l'homme entouré de chevaux.

Elle longea le bois et se dirigea vers les collines qui le surplombaient, mais quand elle les atteignit elle n'essaya pas de les gravir, car par endroits elles brillaient comme des feuilles d'argent, c'est dire combien elles étaient verglacées; elle tourna donc sur sa gauche et continua en droite ligne, ce qui devait la mener vers la route.

Une demi-heure après environ, tandis qu'elle marchait sur la crête du talus dans une neige profonde, et qu'elle cherchait un accès facile pour rejoindre la route, elle vit un cavalier s'approcher et son cœur bondit, puis se mit à battre la chamade.

John l'avait aperçue de loin et reconnue lui aussi, et quand il parvint à sa hauteur il arrêta son cheval et la regarda un moment avant de lui demander :

– Mais qu'est-ce que tu fais là?

– Je me promène. Je... je cherchais un endroit pour redescendre.

Il ne dit rien de plus, mais mit pied à terre; puis, abandonnant son cheval, il tourna la tête à droite et à gauche avant de tendre l'index et de déclarer :

– Je crois qu'il y a un passage par là.

Et il fit demi-tour sur la route, tandis qu'elle le suivait sur la crête du talus. Quand ils parvinrent à une légère déclivité, il s'avança sur ce qui, par temps sec, aurait été le bas-côté et lui tendit les deux mains.

Elle se pencha en avant et s'y accrocha; il lui commanda de sauter et il la rattrapa; puis, comme il l'avait déjà fait une fois, il la serra contre lui, mais pas autant qu'en cette autre occasion. Puis ils se regardèrent, à quelques pas l'un de l'autre.

– Tu n'as cessé de m'éviter, John.

– Mais non. Je t'assure.

Il secoua la tête.

– Si. N'essaie pas de le nier.

Sa tête s'affaissa alors sur sa poitrine et elle vit ses mâchoires remuer avant qu'il ne finisse par articuler :

– Il doit en être ainsi, Hannah.

– Oui, oui, je sais, mais... mais tu n'avais pas besoin de m'éviter.

– Je pensais que cela valait mieux.

– Tu... tu vas bientôt te marier.

Il releva la tête lentement et, les yeux pleins de tristesse, dit :

– Je pense.

– Mlle Everton?

Il fit un geste imperceptible avec ses deux mains qu'il tenait serrées devant lui. Comme s'il avait essayé de les détacher l'une de l'autre.

– J'es... J'espère que tu seras très heureux, John.

– Hannah! (Il avait presque les larmes aux yeux maintenant.) Si seulement tout avait été, nous... nous aurions pu être ensemble. Oui, oui. Je me serais enfui avec toi, je t'aurais emmenée loin de la maison et de ma mère, je t'aurais emmenée à l'autre bout du monde.

Tout cela semblait bien extravagant, mais mit tout de même du baume au cœur d'Hannah. Elle lui tendit la main et il s'y accrocha, puis elle dit gentiment :

– Je... je suis heureuse de tes paroles, John, car moi aussi, avec toi, je serais allée au bout du monde, oui, je t'y aurais suivi. Mais c'est impossible.

– Oui. (Il secoua la tête.) C'est impossible, Hannah. Mais il nous reste un réconfort, un très beau souvenir à préserver jusqu'au jour de notre mort. Je ne t'oublierai jamais, Hannah.

– Moi non plus, John.

Il lui lâcha la main, inspira profondément et recula en disant :

– Il... il faut que je parte.

– Où vas-tu?

La voix d'Hannah n'était plus qu'un murmure plaintif, et il lui répondit :

– Je retourne à la mine. J'étais allé à Allenheads porter un message pour M. Sopwith. Adieu, chère Hannah.

– Adieu, John.

Ils restèrent les yeux dans les yeux un moment; puis il fit volte-face et se dirigea vivement vers son cheval qui rongeait son frein et piaffait d'impatience. Elle resta immobile à le regarder jusqu'à ce qu'il eût disparu; puis, le visage ruisselant de larmes, la tête basse, elle fit les trois kilomètres qui la séparaient de la maison avec la lenteur d'un escargot, et à chaque pas elle se répétait et dégustait les mots qu'il avait prononcés, car elle sentait qu'elle devait les graver dans son souvenir pour qu'ils durent toute sa vie.

150

Le même soir, Matthew s'arrangea pour se retrouver en tête-à-tête avec sa femme, comme à chaque fois qu'il voulait lui imposer quelque chose sans souffrir d'opposition et ne pas l'humilier plus encore devant toute la famille. Il avait chargé Tessie d'un message lui demandant de le rejoindre dans la salle à manger. Il était debout quand elle arriva, et sans même se donner la peine de la faire asseoir, il entra tout de suite dans le vif du sujet.

– Je tiens à ce que tu saches, déclara-t-il, que j'ai l'intention d'emmener Margaret et Hannah au bal qui aura lieu vendredi prochain à Hexham. John et Mlle Everton s'y rendront aussi très probablement. J'espère que le prétendant de Margaret ne manquera pas de s'y montrer, que je puisse juger de ses mérites. Cela me permettra également de m'assurer de la véritable nature des sentiments de M. Arthur Walters à l'égard d'Hannah. Comme tu dois le savoir, c'est un avocat de renom qui a la trentaine; il a perdu sa femme l'année dernière; je crois qu'il cherche à la remplacer aussi vite que possible.

Anne Thornton braqua son regard sur cet homme qu'elle haïssait avec presque autant de force que *La Fille,* et qui venait de lui déclarer calmement qu'il se proposait de marier sa bâtarde à un avocat tandis que sa propre fille devrait se contenter d'un employé de banque misérable, car tous les employés de banque étaient misérables et ne pouvaient que le rester toute leur vie.

L'injustice de la situation dépassait l'entendement. Il y avait des jours où elle pensait ne pas pouvoir supporter une minute de plus de vivre sous le même toit que cet homme, mais elle arrivait à se calmer en s'assurant que son heure viendrait. Si Dieu était juste, son heure viendrait, et tout au fond d'elle-même, elle en était intimement persuadée. Dieu dans Sa justice et Sa miséricorde ne laisserait pas le mal triompher.

Cela faisait huit ans maintenant qu'elle vivait sous le coup d'un profond outrage, d'une offense personnelle. Son mari, l'homme qui aurait dû la protéger des sarcasmes et du ridicule, l'y avait exposée. Non seulement les villageois mais aussi les habitants de la ville en riaient encore. Nul doute qu'ils se délectaient de chacune de ses nouvelles amours, car il avait mis à exécution sa menace d'aller satisfaire ses désirs ailleurs, elle le savait; mais personne n'avait encore osé lui souffler le nom des bénéficiaires.

En ville, elle marchait la tête haute et ne parlait que pour communiquer ses commandes aux commerçants. Elle se sentait parfois si seule que le désespoir l'envahissait. Il ne lui restait qu'une seule amie au monde, la femme du pasteur, Susanna Crewe. Même ses enfants ne lui étaient pas tous fidèles. Sauf Betsy; Betsy était la seule qui l'aimât vraiment. Et John, lui aussi; John l'estimait. Mais pas Robert, ni Margaret. Elle n'avait jamais cru à leur affection; ils ressemblaient trop à leur père pour l'apprécier. Ceci étant, au sujet de Margaret, elle n'aurait pas eu à s'inquiéter du choix de son prétendant, et cela ne l'aurait d'ailleurs pas effleurée, si Matthew n'avait placé *cette fille* au-dessus de sa chair et de son sang légitimes.

— Il leur faudrait de nouvelles robes. C'est un peu tard, bien sûr, mais je suppose qu'elles pourraient trouver quelque chose en prêt-à-porter à Hexham?

— Et l'argent, alors, d'où viendra l'argent? (Sa voix était coupante et froide, ses lèvres remuaient à peine quand elle parlait, et les mots en sortaient laminés comme des plaques de fer.) Le mois dernier, tu m'as informée des économies à appliquer au train de maison.

— C'est juste; et il m'a semblé bon de t'en avertir en voyant une commande de confitures françaises adressée à la crémerie d'Hexham.

— C'était un cadeau de Noël pour Mlle Everton, je te l'ai déjà dit.

– Très bien, et comme je te l'ai déjà dit aussi, tu aurais pu trouver quelque chose de plus intéressant que cette boîte de fruits confits à seize shillings. J'avais cru comprendre que tu lui réservais une de tes broderies pour Noël.

Les lèvres pleines d'Anne Thornton se mirent à trembler, tandis que son visage s'obscurcissait sous l'effet d'une sombre colère. Puis, détournant la tête à demi, mais les yeux toujours braqués sur lui, elle cracha :

– Je ne supporterai pas d'être traitée ainsi beaucoup plus longtemps; je te préviens.

– Tu me préviens? Et de quoi?

– Tu paieras pour ta cruauté envers moi.

– Ma cruauté? Drôle d'accusation dans ta bouche, tu peux donc accuser quelqu'un d'un sentiment où tu es passée maîtresse!

– Tu es responsable des cruautés que j'ai pu perpétrer.

– Non, non, Anne. Non, non. Je n'ai pas cela sur la conscience. Je peux t'énumérer tous tes actes de cruauté depuis notre première année de mariage, tous dirigés contre moi. Sadique, oui, je crois que c'est le terme correct pour qualifier ton attitude. Sadique. Souviens-toi de l'aiguille à repriser que tu m'as enfoncée dans la main... par accident? Pourquoi te fallait-il une aiguille à repriser sur ta table de nuit? Je sais, elle avait glissé de ton panier à ouvrage, mais quand même, pourquoi fallait-il que tu me blesses avec? J'ai perdu beaucoup de sang, cette nuit-là; l'aiguille avait transpercé une veine. Regarde. (Il tendit la main.) Tu vois, ça m'a laissé cette petite marque. Si jamais ma conscience me chatouille à ton sujet, je n'ai qu'à lever la main et contempler cette petite cicatrice.

Elle parla entre ses dents serrées et lui fit observer d'un ton rogue :

– Qui donc pourrait conserver un reste de dignité

avec un homme comme toi? Un animal aurait mieux su se retenir.

– Mon Dieu! (Il baissa la tête et la fit aller de droite et de gauche, puis avec un rire triste il ajouta :) C'est inutile! C'est inutile! Si au moins tu avais pu épouser certains hommes de ma connaissance. Oh là là! (Il la dévisageait maintenant, toujours souriant.) Mais tu m'as épousé. D'ailleurs, à y bien repenser, je ne t'ai pas choisie, tu m'as choisi. Comme tu l'as dit un jour, pour faire quelque chose de moi; et rendons à César ce qui est à César, tu y es parvenue; tu m'as poussé à acheter cette belle maison; tu m'as poussé à travailler du lundi matin à l'aube jusqu'au samedi soir au crépuscule. Oh, oui, tu as fait de moi quelqu'un. Et maintenant (le sourire disparut), tu profites des résultats de ton effort. Eh bien (il lui tourna le dos), je ne vois pas la nécessité de poursuivre cette discussion. Je t'ai fait part de mes plans, et ne cherche pas à me mettre des bâtons dans les roues, ce serait inutile.

Après qu'il eut quitté la pièce en fermant la porte derrière lui sans douceur, elle se tint un moment les yeux fermés, les mains jointes et plaquées si fort dans le creux de son cou, contre l'encolure de son corsage, que le bouton qui le fermait lui entra dans la peau et qu'elle finit par étouffer; et comme elle se tenait ainsi elle se remit à supplier :

– Oh, Dieu, soyez juste et permettez-moi de prendre ma revanche.

8

Aucun des projets de Matthew ne se réalisa comme il l'avait désiré. John et Mlle Everton n'assistèrent pas au bal, car celle-ci avait déjà accepté une invitation pour eux deux ce même soir. Ensuite, Robert n'était venu que contraint et forcé, car il n'aimait pas danser. Mais ce n'étaient là que de légers désagréments; il y avait eu plus grave; d'abord, le prétendant de Margaret n'avait pas cru bon de se montrer, ensuite, ses projets d'avenir pour Hannah s'étaient effondrés, car dès leur arrivée ils avaient rencontré M. Arthur Walters, accompagné d'une jeune femme qu'il leur avait présentée fièrement comme sa fiancée.

Si cela avait été possible, Matthew les aurait tous fourrés à nouveau dans la voiture de louage qui devait les ramener à l'hôtel pour la nuit, mais ladite voiture ne devait revenir qu'à 11 h 30. Il dut donc passer la plus grande partie de la soirée assis dans un coin, car il ne dansait pas, lui non plus. Il fit un effort pour Margaret qui n'avait aucun nom sur son carnet de bal et ne pouvait compter que sur lui et Robert, tous deux aussi impotents l'un que l'autre. Mais Margaret n'y attachait pas grande importance, car elle était bien malheureuse.

Hannah, de son côté, avait cinq noms sur son carnet de bal, ce qui était magnifique, puisque la plupart des hommes étaient venus accompagnés.

Tout en la regardant tournoyer autour de la salle de bal, Matthew pensa qu'elle était de loin la plus jolie jeune femme de l'assemblée. Et ce qui lui semblait étrange, c'était bien son allure de jeune femme; alors qu'elle n'avait même pas dix-sept ans, elle en faisait déjà dix-neuf. Il se sentit fier d'elle; il se sentit même plus fier d'elle que de Margaret, et il s'en voulut.

Il ne doutait pas que son épouse ne se réjouît de l'échec de ses plans. Et bien qu'il ne lui ait rien dit, et Margaret non plus – il en était sûr –, son intuition était telle qu'elle avait dû sentir immédiatement que tout n'avait pas été pour le mieux ce soir-là...

Et au fil des semaines, Matthew commença à s'inquiéter de bon nombre de choses. John l'inquiétait, et Margaret, et Hannah. Oh oui! Hannah.

Et puis, il y avait l'angoisse croissante de l'argent.

Trois chevaux à l'écurie à nourrir et ferrer. Il était vrai que John et Robert participaient aux dépenses de leur entretien, mais cela ne faisait pas beaucoup de différence. Des enfants qui deviennent adultes mangent plus, et leurs vêtements sont aussi plus coûteux. Quant à leurs frais de scolarité, ils avaient mis ses revenus à rude épreuve ces dernières années.

Vu la situation, il allait peut-être falloir qu'il se résigne à prendre une hypothèque sur la maison. Cela n'avait rien de déshonorant, bien sûr, mais il s'était toujours enorgueilli de ne pas connaître les dettes.

Il avait besoin de réconfort. Il fit un vœu pour que les pierres fussent dans la bonne position quand il passerait devant, ce matin-là, ce qui lui permettrait de se rendre chez Sally le soir même. Cela ne faisait qu'une semaine qu'il ne l'avait pas vue, mais il la lui fallait plus qu'une fois par semaine, oh oui! ne fût-ce que pour s'allonger près d'elle et écouter ses douces paroles...

Tandis qu'il chevauchait en ce matin de mars, l'aube pointait à peine et le paysage tout entier, aussi loin que s'étendait la vue, se teintait d'argent. Il avait un peu neigé durant la nuit, puis il avait gelé, et maintenant que la lumière augmentait, cette éclatante blancheur lui blessait les yeux; mais il pensa : Le monde a l'air si pur, ce matin, sans la moindre souillure, comme un nouveau-né.

Il dépassa ensuite plusieurs petits groupes de mineurs qui le saluèrent tous chaleureusement.

– Quelle matinée magnifique, monsieur Thornton.

– Oui, Joe, magnifique, vraiment magnifique.

Joe Robson était un brave homme, très croyant, non pas au sens clérical, mais dans le bon sens du terme, un homme loyal et sage. Et pourtant, l'aîné de ses six enfants purgeait présentement six mois de prison pour avoir rossé un policier d'Hexham.

Il parvint à la hauteur d'un nouveau groupe qui

marchait pesamment, précédé du nuage de buée qui leur sortait des narines.

– Bonjour, monsieur Thornton. Il fait frisquet, non?

– Oui, Bill, frisquet, mais beau.

– Vous pouvez garder la beauté pour vous, monsieur Thornton, et me renvoyer à mon feu et à mon lit.

Matthew riait encore de la remarque de Jack Heslop, lorsque Bill Nicholson cria à son camarade :

– Ce n'est pas du feu que tu veux dans ton lit, mon vieux, c'est ta femme.

Et leurs rires résonnèrent dans les collines, poursuivant Matthew au long de sa route. Il se répétait : « Ce n'est pas du feu que tu veux dans ton lit, mon vieux, c'est ta femme. »

Le tournant de la route l'amenait en vue du portail démantibulé où se dressaient les pierres. Soudain, il vit deux de ses ouvriers démarrer en trombe du pied du mur pour se précipiter vers les collines. Il en reconnut un, Frank Pearman, mais ne put mettre un nom sur la silhouette du second, jusqu'à ce que l'homme finisse par se retourner pour regarder dans sa direction; c'était Tom Shields. Il hocha la tête d'un air entendu. Ces deux-là, quelle paire de blagueurs, de vrais enfants. Pas plus tard qu'hier, il avait dû les reprendre. Ils travaillaient au nouveau puits de la mine, et la richesse du filon leur était montée à la tête.

Quelques semaines auparavant, ce qui était l'usage quand ils entamaient une nouvelle couche, les hommes avaient formé les équipes de leur choix; certains par quatre, d'autres par six, d'autres encore par huit, mais ces deux-là ne se quittaient pas, décidés encore une fois à se débrouiller tout seuls.

Ils s'étaient tous mis d'accord sur le tarif, et les filons sur lesquels ils étaient tombés n'étaient pas si mauvais que ça, avec plus de dix pour cent de minerai une fois que la pierre, la terre et les spaths eurent été tirés du dépôt. Mais ces deux-là, Tom Shields et Frank Pearman, s'étaient mis à discuter pour savoir qui se taillerait la part du lion. C'étaient surtout des blagueurs, bien sûr, mais ils pouvaient rapidement se muer en agitateurs, et les agitateurs, aujourd'hui, n'étaient que des imbéciles à la mémoire courte. Ils feraient mieux de se souvenir de la grève de 49 et de ses résultats catastrophiques. Mais il y aurait toujours des hommes comme Shields et Pearman, moitié clowns, moitié coquins... Mais pourquoi empruntaient-ils cette route ? Bien sûr, par temps normal, cela faisait gagner un bon kilomètre, mais passer par les collines ce matin revenait à faire deux pas en avant pour un pas en arrière. Cachaient-ils un alambic par là-haut ? Rien ne l'étonnerait de la part de ces deux lascars.

Il passa devant les pierres et sourit doucement en constatant leur position. Brave Sally. Chère Sally. Réconfortante Sally. Elle avait dû descendre tôt le matin même, avant le lever du jour, ou bien la veille au soir.

La journée lui sembla interminable et épuisante. John, qui poursuivait son apprentissage avec l'agent-chef et l'ingénieur d'Allenheads, avait fait une halte pour lui dire quelques mots en vitesse, et lui avait déclaré sans ménagement :

— Je me sens incapable de te parler à la maison, papa, alors autant te dire que Pansy a consenti à m'épouser et que nous annoncerons nos fiançailles à Pâques.

— Très bien. Très bien. (Il avait tendu la main pour serrer le bras de son fils.) Je suis heureux pour toi ; ce sera une bonne épouse. Qu'en disent ses parents ?

— Ils paraissent contents.

— Eh bien, cela ne m'étonne pas. (Il eut un large sourire.) Ils vont avoir pour gendre un jeune homme beau et intelligent et qui fera son chemin dans le monde, si je ne me trompe.

John avait souri à son tour, assez heureux de la flatterie de son père, puis avait ajouté :

– Je dois y aller.

Au moment où il s'apprêtait à partir, Matthew lui avait demandé d'une voix douce :

– Ta mère est-elle au courant ?

– Je pense le lui apprendre ce soir.

– Elle sera ravie.

Ils s'étaient regardés bien en face avant que John, le visage solennel, n'ait hoché la tête en disant :

– Oui, je pense.

Tandis qu'il regardait son fils s'éloigner, Matthew avait pensé qu'une fois fiancé John quitterait vite la maison, car il ne serait pas question de fiançailles de trois ou quatre ans. Et Margaret elle aussi pourrait partir quand elle le voudrait, par compassion pour son prétendant, si ce n'était par amour, car la jeune fille était rongée par ces deux sentiments. Apparemment, le jeune homme ne s'était pas montré au bal parce qu'il ne pouvait s'offrir de costume convenable pour une telle occasion. Peu après cette triste soirée, elle avait reçu une lettre qui aurait dû lui parvenir avant leur départ pour Hexham. Le jeune homme s'excusait en ces termes de ne pouvoir l'escorter au bal. Il semblait franc du moins, ce pauvre employé de banque.

Puis ce serait le tour d'Hannah. Quelqu'un s'en emparerait bientôt, cela ne faisait pas de doute. Mais qui ? Voilà ce qui le tourmentait.

Tout cela l'amènerait à se retrouver à la maison, seul avec Betsy et Anne. Et qu'adviendrait-il le jour où même Betsy se serait enfin persuadée de la quitter ? Que se passerait-il alors ? Il n'avait même pas compté Robert, car il ne serait pas surpris le moins du monde de trouver un jour un mot de celui-ci disant qu'il était parti en mer, ou s'était rallié à une expédition quelconque.

159

Il s'éloigna de la mine dans le crépuscule, saluant les uns et les autres, pensant qu'il serait tellement merveilleux, tellement facile et agréable de rentrer maintenant auprès de Sally, même dans cette modeste chaumière où le feu crépitait toujours joyeusement, où la table de la cuisine était toujours briquée, et le dallage tenu si propre que, comme elle se plaisait souvent à le répéter, on aurait pu y manger.

Avant d'atteindre le mur de pierre, il avait pris un sentier qui grimpait dans les collines. Il s'assurait toujours, avant de quitter la route, que personne ne venait à sa rencontre ou ne le suivait.

Quand il approchait de la chaumière, il sentait toujours l'excitation lui chatouiller l'estomac. Ce soir-là, la lampe qui brillait à la fenêtre augmenta encore son impatience.

Il mit son cheval à l'abri d'une petite avancée que soutenait un mur de pierre, déroula une couverture sur le dos de l'animal, lui flatta la croupe et se dirigea vers la lumière.

Il souleva le loquet de la porte et entra en appelant d'une voix douce :

– Sally! (Puis, de nouveau :) Sally!

C'est alors qu'il la vit. Elle se tenait près de la porte qui menait à la petite chambre; les deux mains sur sa bouche, elle le dévisageait en murmurant :

– Mon Dieu!

Puis on la poussa et un homme entra dans la pièce. Il était de taille moyenne, mais lourdement charpenté. Ses cheveux étaient coupés court et tenaient droit sur sa tête comme si chaque mèche était un morceau de fil de fer. Sa moustache semblait tout aussi raide. Il dévisagea Matthew, puis se tourna pour considérer sa femme; ensuite, s'avançant lentement vers Matthew, il demanda :

– Oui, oui! Et que puis-je faire pour vous, monsieur?

– Oh, je... je ne faisais que passer. Ma... ma femme

m'a demandé de venir voir si... si Mme Warrington...
(il s'inclina vers elle tout en avalant sa salive) si... si
jamais elle pouvait venir l'aider.

Dans un coin de sa tête, il s'étonnait de sa facilité
d'adaptation à la situation. Mais l'homme reprit :

– Pour l'aider? Votre femme vous a envoyé demander à la mienne de l'aider? (L'homme considéra
Matthew de ses petits yeux plissés et il avança la
mâchoire pour ajouter :) Et vous entrez chez moi sans
même frapper, à votre guise, et appelez ma femme
Sally comme si ce n'était pas la première fois, et
autant que je sache, monsieur, ma femme n'a jamais
travaillé pour personne, ni pour le beau monde ni
pour le reste. J'ai épousé une femme qui puisse être là
quand je rentre, pas une bonniche, alors (il se mit à
beugler) qui croyez-vous tromper avec vos histoires?
Mais qu'est-ce qui s'est donc passé ici?

Il rejeta la tête en arrière et regarda Sally, qui se
tenait, frémissante, les deux mains agrippées à son
corsage. Puis, sa voix se muant en un cri hystérique, il
hurla :

– Merde alors! Je comprends tout, maintenant. Oui,
oui. Je comprends tout. Putain! Tu n'avais rien à me
donner, parce que tu étais satisfaite. Bon Dieu de bois!
Je te tuerai, oui, je te tuerai.

Et comme Matthew s'apprêtait à intervenir, Sally se
reprit et se mit à son tour à hurler à l'adresse de son
mari :

– Mais qu'est-ce que tu imagines, Bill Warrington,
dans ta sale petite tête? La vérité, c'est que M. Thornton m'a sauvée de la noyade autrefois. Je ne te l'ai pas
raconté car tu t'en fiches. Et depuis il passe prendre de
mes nouvelles de temps en temps, c'est tout. Et tu oses
lui parler sur ce ton!

L'homme braqua alors ses yeux sur elle, indécis, ne
sachant pas s'il convenait de la croire ou non, et elle
poursuivit :

– Tu devrais avoir honte. Nous avons si peu de

visites par ici, et quand quelqu'un vient tu l'insultes. Un homme comme M. Thornton!

Elle se tourna alors vers Matthew et dit :

– Je suis désolée, monsieur Thornton. Partez donc, maintenant, et ne revenez plus, après une telle réception.

Alors, levant les yeux vers elle et comprenant le signal à son regard triste et effarouché, Matthew conclut :

– Oui, je m'en vais. Excusez-moi de m'être imposé. Au revoir, Sally.

Et dans l'émotion du moment elle oublia son rôle et, d'une voix sourde, répondit :

– Au revoir, Matthew.

A peine la porte se refermait-elle sur Matthew que Bill Warrington se tournait vers elle. Il ne criait plus, mais il semblait cracher les mots entre les poils ébouriffés de sa moustache :

– Ah! Matthew! Au revoir, Matthew! Tu as perdu, sale menteuse!... Il est venu te demander d'aider sa femme? Je sais bien ce qu'il est venu te demander. J'avais raison.

Et avant qu'elle ne pût protester de quelque façon que ce fût, son poing gauche, puis le droit, l'atteignirent en pleine figure.

Il ne prit même pas la peine de se pencher sur elle quand elle s'effondra, mais il s'empara du tisonnier, marcha vers la porte, l'ouvrit violemment et se précipita dans la nuit vers l'endroit d'où lui parvenaient le tintement du harnais et le souffle rauque du cheval.

Quand Matthew reprit conscience pour la première fois, il se crut mort et tombé dans les entrailles de l'enfer, sauf qu'il avait toujours pris l'enfer pour une fournaise, et que la chaleur n'était pas le propre de l'endroit où il se trouvait, car son corps était si engourdi qu'il le sentait à peine; en fait, il crut d'abord que sa tête avait été arrachée du reste de son corps. Il n'avait pas la moindre idée du lieu où il pouvait être et il ne douta pas un seul instant que le claquement des sabots qui résonnait au-dessus de lui n'était qu'une part de son horrible cauchemar.

La seconde fois où il revint à lui, il ouvrit les yeux et vit les étoiles briller d'un vif éclat dans le ciel sombre. Il tendit alors les mains et tâtonna autour de lui; mais quand il essaya de se relever, la douleur qui le prit à la tête fut si forte qu'il retomba le dos à terre et se tint immobile.

Il dut faire toutes sortes d'efforts pour se mettre à quatre pattes, et quand il parvint, en s'accrochant aux mottes de terre, à se remettre sur ses pieds chancelants, il trouva la route à la hauteur de son menton. Il était tombé dans un fossé.

Il ne sut pas combien de temps il resta ainsi dressé à fixer la terre noire et gelée, mais il lui fallut un bon moment pour rassembler ses forces et se hisser sur la route.

Une fois là, il comprit que seul, il était incapable de tenir debout.

De nouveau à quatre pattes, il regarda autour de lui. Il se dit qu'il devait être sur la grand-route, mais à quel endroit et à quelle distance de chez lui, il l'ignorait; pas plus qu'il ne savait quelle direction prendre pour y arriver.

Et ce fut dans cette position qu'il entendit de nouveau le claquement des sabots des chevaux, et il voulut crier : « Au secours! »

Mais il ne sortit qu'un coassement rauque de sa gorge, et la peur le prit.

Il lui sembla qu'il se trouvait droit devant les pieds de l'animal et il leva une main comme pour se protéger, essaya de nouveau de crier, mais l'effort était trop grand pour lui et il roula sur le côté.

Puis il eut l'impression d'être hissé sur ses pieds, et il entendit les voix de Robert et de Fred Loam qui s'exclamaient de surprise, puis Robert qui s'écriait :

– Papa! papa! Mon Dieu!

Fred, au parler plus rude, cria d'une voix forte :

– Quel travail! On l'a passé à tabac, ma parole! Levez la lampe, monsieur Robert. C'est la seconde fois en quelques jours. Il s'est passé la même chose près de Catton, la semaine dernière, mais là, ils ont pris le cheval, c'est ce qu'ils voulaient... Il ne tient pas assis; il va falloir l'installer en travers de la selle...

Quand Matthew revint à lui, il avait chaud, il était même brûlant, suant. Il n'ouvrit pas tout de suite les yeux mais se sentit en sécurité, enfin dans son lit, mais sa tête lui faisait si mal, la douleur lui semblait tellement intolérable, qu'il aurait voulu reperdre conscience.

– Papa, tu es réveillé?

Il fit un effort pour soulever ses paupières et regarder Margaret.

– Comment te sens-tu, papa?

Il ne répondit pas mais passa ses lèvres sèches l'une sur l'autre, et quand il sentit le rebord de la tasse il le suça. Puis, après un moment, il demanda :

– L'heure? Quelle heure est-il?

– 11 heures... du matin. Oh! Papa! (Elle se pencha sur lui, le visage ruisselant de larmes.) Je suis si heureuse... que... que tu sois ici. Oh, reste tranquille, ne bouge surtout pas. (Elle posa la main sur son épaule.) Le Dr Arnison doit arriver d'une minute à l'autre.

Elle s'assit à son chevet et lui prit la main.

– Nous étions tellement angoissés quand Bob est revenu tout seul au galop; tout le monde mourait d'angoisse, tous les villageois. Les hommes sont tous partis dans la nuit... et les mineurs aussi, ils te tiennent en si haute estime, papa.

Les larmes étouffèrent sa voix et il lui tapota tendrement la main; puis, après un moment, il demanda :

– Où... où m'ont-ils trouvé?

– Sur la grand-route, près du ruisseau. Tu avais dû tomber dans le fossé car John et M. Wheatley étaient déjà passés deux fois par là sans te trouver, cette nuit.

– Cette nuit?

– Oui. (Elle hocha la tête.) Ils ne t'ont trouvé qu'à 2 heures du matin.

2 heures du matin. Son esprit fonctionnait lentement. Combien de temps était-il resté dans le fossé? Elle avait parlé du ruisseau. Mais que faisait-il dans le fossé près du ruisseau?

Une image commença de se former lentement dans sa tête, et il vit Sally debout dans l'embrasure de la porte, et l'homme derrière elle. Mais n'avait-il pas quitté la chaumière sain et sauf? L'image se précisa. Il avait déjà le pied à l'étrier quand il avait senti l'homme arriver derrière lui; il n'avait pas eu le temps de se retourner, ensuite, il ne se souvenait plus de rien, sauf du claquement des sabots des chevaux et de sa peur d'être piétiné.

Mais que faisait-il chez lui, Bill Warrington? Sally n'avait jamais commis la moindre erreur depuis toutes ces années qu'ils se fréquentaient. Elle avait noté les allées et venues de son mari avec précision, et il avait déchiffré ses signaux avec tout autant de précision. Hier matin, le signal montrait bien que la voie était libre. Derrière ses paupières baissées, il revit le mur et la disposition des pierres. Puis une nouvelle image vint s'interposer et il revit les silhouettes des deux mineurs escaladant la colline, la colline verglacée, un chemin qui leur demanderait deux fois plus de temps pour se rendre à la mine que leur route habituelle. Qui étaient-ils, ces deux-là? Son esprit se mit à chercher dans le brouillard de ses pensées. Il les connaissait, il avait même réfléchi à leur cas en les regardant disparaître. Oui, oui, bien sûr, Shields et Pearman, les blagueurs, les méchants blagueurs. Se rendaient-ils compte de la portée de leur action? Avaient-ils pensé aux conséquences de leur vilaine plaisanterie? S'étaient-ils imaginé un seul instant que Bill Warrington porterait la main à son front et déclarerait : « Je vous en prie, monsieur. Contentez-vous. »

Pourquoi les gens agissaient-ils ainsi? Pourquoi? Pourquoi? Quelle question idiote; avait-il besoin de se la poser? Ils se vengeaient à leur manière d'avoir été réprimandés pour leur tempérament d'agitateurs. Mais alors, ils étaient donc au courant pour lui et Sally. Bon Dieu! Lui qui s'était cru si malin.

Sa tête bourdonnait; il était brûlant; son corps lui semblait en feu et son crâne deux fois, trois fois au-dessus de sa taille normale, si gros qu'il lui paraissait s'étaler sur les oreillers...

Dans une dernière minute de lucidité il pensa : Attendez un peu que je sois remis sur pied, et je les aurai ces deux-là. Bon Dieu! Ça, je les aurai, même si c'est la dernière chose que je devrais faire de mon vivant.

J'aurais pu mourir. J'aurais pu mourir. J'aurais pu mourir. Pourquoi ne cessait-il de se répéter cette phrase obsédante? Il était brûlant, il avait si soif, et sa tête le faisait tant souffrir.

J'aurais pu mourir. J'aurais pu mourir. J'aurais pu mourir. La lampe était allumée, c'était la nuit. Où était passé le jour?

– Est-ce que je suis en train de mourir, John?

– Non, papa, bien sûr que non. Tu as pris froid.

Le jour et la nuit ne semblaient plus faire qu'un. Le jour pointait à peine qu'ils allumaient déjà la lampe. Mais sa tête ne lui faisait plus mal; il se sentait simplement brûlant, la gorge lui piquait et il respirait avec difficulté. Mais il était heureux de ne plus sentir sa tête, car cette douleur avait été infernale.

– Crois-tu que je me remettrai, Robert?

– Oui, oui, bien sûr, papa. Tu dois te remettre, papa. Absolument.

– Bonjour, Hannah.

– ... Bonjour, monsieur.

– Allons, allons, Hannah, ne... ne pleure pas.

– D'accord, je ne pleurerai pas si vous me promettez de rester silencieux.

– Ça... ça n'a pas d'importance, Hannah, que je parle ou non, cela ne fait pas de différence, maintenant. Quelle heure est-il?

– 3 heures.

– Du matin?

– Oui, du matin.

– Où sont les autres?

– John et Margaret viennent de descendre à l'instant pour préparer quelque chose à boire. Robert se repose dans sa chambre.

Elle désigna la porte de communication de la tête.

– Ma... ma femme?

– ... La dame se repose dans sa chambre. Elle... elle est très fatiguée.

– Très fatiguée. Très fatiguée... Hannah.

– Oui, monsieur.

– Hannah, appelle-moi père...

– ... père.

– Allons, allons, ma chérie, ne... ne pleure pas. Tu sais? Je... je me sens bien mieux, plus fort.

Un moment, elle ne put rien dire; puis d'une voix presque aussi éraillée que celle de Matthew, elle répondit :

– Oh... oh! mais c'est merveilleux.

– Voudrais-tu me rendre un service, Hannah?

– Oui, monsieur... père, tout ce que vous voudrez.

Il remua comme s'il voulait se tourner sur le côté, mais il dut abandonner et retomba pantelant sur le dos avant de pouvoir poursuivre.

– Pourrais... pourrais-tu porter un message à une femme, une amie? Elle s'appelle Sally, Sally Warrington. Elle habite Lode Cottage. Tu sais, ce chemin...

entre le ruisseau et la mine... au... au fond de la penderie (il éleva légèrement la main au-dessus du couvre-lit et désigna la grande armoire hollandaise qui occupait presque toute une paroi de la chambre) sous... sous la dernière planche tu.. tu trouveras une bourse. Vingt... vingt souverains... dedans. Je veux que tu lui portes. Cela... pourrait l'aider... à se sauver, et...

Une quinte de toux lui déchira la poitrine et stoppa net son discours, mais, levant la main très haut cette fois au-dessus du couvre-lit il pointa son doigt vers la penderie et Hannah s'avança vers elle vivement, en ouvrit la porte, poussa les vêtements qui pendaient à l'intérieur d'un côté, puis elle se pencha et tâta les planches. Elles semblaient toutes solidement clouées, mais ses doigts finirent par atteindre l'extrémité de la dernière. Elle la souleva et glissa ses doigts dessous, tâtonna un instant, puis sentit sous sa main une petite bourse en cuir.

Elle revint au chevet du lit, et tendit la main pour lui montrer le sac, il hocha alors la tête et très lentement expliqua :

– Cache-le jusqu'à ce que... tu... tu trouves l'occasion d'aller là-bas. Dis-lui que... que j'ai pensé à elle. Tu feras ça pour moi, n'est-ce pas, Hannah ?

– Oui, oui, bien sûr. Tout ce que vous voudrez.

– C'était une bonne amie... tu comprends ce que je veux dire ?

Elle le considéra un moment avant de hocher la tête lentement. Oui, elle comprenait. Cette femme avait été pour lui le même genre d'amie que sa mère autrefois. Elle ne l'en blâmait pas. Non, non, pas du tout. Avec une épouse comme la sienne, il fallait bien qu'il trouve un réconfort quelconque.

Quand elle entendit des pas monter l'escalier, elle glissa dans son corsage la bourse qui vint se loger entre ses seins.

Lorsque John et Margaret entrèrent dans la pièce, elle s'effaça, et John, après avoir jeté un regard à son père, se tourna prestement vers Margaret et murmura :

– Va chercher maman.

Et comme Margaret se précipitait hors de la chambre, Hannah vint se placer de l'autre côté du lit et, se penchant au-dessus de Matthew, elle prit sa main toute faible entre les siennes et, la portant à son visage, elle la frotta tendrement contre sa joue. Elle ne pouvait le voir car ses yeux étaient inondés de larmes, et lui ne pouvait pas la voir non plus car il avait baissé les paupières; mais il respirait encore.

Elle se tenait loin derrière la table de toilette quand Anne Thornton pénétra dans la pièce, suivie de Margaret et de Robert. Elle ne resta pas pour assister aux adieux du mari et de la femme, mais se sauva prestement dans sa chambre.

Le monsieur était en train de mourir. Son père était en train de mourir. L'homme qui avait bouleversé son mariage, et jusqu'à sa vie de famille pour la garder, était en train de mourir. Elle avait envers lui une dette dont elle ne pourrait jamais s'acquitter. Depuis des années, déjà, elle avait voulu s'en acquitter à force d'amour, mais elle avait dû s'en abstenir, non seulement à cause de son épouse, mais aussi à cause de sa plus jeune fille. Les autres, eux, auraient compris et accepté l'affection qu'elle avait tant désiré lui témoigner.

Elle alluma la bougie sur la petite table, puis s'assit au bord de son lit. Il aurait fallu prier, se dit-elle, mais elle n'y arrivait pas, elle ne trouvait pas les mots pour dire son désespoir au Dieu qui décidait de la vie et de la mort.

Elle resta assise, immobile, pendant un long, très long moment, combien de temps, elle ne le savait pas, mais elle était consciente du temps qui passait, puis elle s'effondra sur le lit et étouffa ses sanglots dans son oreiller.

Ce ne fut que bien plus tard qu'elle se releva et, les yeux fixés devant elle, elle murmura dans le silence :

– Oh! Monsieur. Monsieur. Qu'adviendra-t-il de moi maintenant, maintenant que vous êtes parti?

TROISIÈME PARTIE

LA FILLE SE MARIE
1859

9

– Maman.

– Oui, ma chérie?

– Je l'ai vue qui parlait de nouveau à Fred Loam; au beau milieu de la place. Cela doit faire la troisième fois en une semaine.

Anne Thornton ramena lentement son petit tambour de brodeuse sur ses genoux drapés de noir, et après avoir piqué son aiguille dans le canevas elle leva les mains, presque entièrement dissimulées dans des mitaines au crochet noires, puis, les passant l'une sur l'autre, les porta à sa poitrine tout en considérant sa fille en silence.

Elles étaient toutes les deux vêtues de noir des pieds à la tête. La coiffe noire de Betsy était une réplique exacte de celle de sa mère, tout comme ses mitaines; seule sa robe était légèrement différente.

Anne Thornton demanda alors d'une voix étouffée :

– As-tu réussi à amener Margaret à te raconter ce qui s'était passé au bal?

– Pas tout à fait, maman, tu connais Margaret, elle m'a sévèrement reproché de parler de bal, alors que papa vient à peine de mourir.

Anne Thornton détourna la tête lentement, son regard se perdit dans la lumière triste de la pièce aux stores à moitié tirés, et de ses doigts elle se mit à pianoter nerveusement d'une main sur l'autre. Elle savait que tout ne s'était pas passé comme son mari l'avait voulu, à ce fameux bal. Mais elle se demandait encore si sa déception avait été due à l'absence cruelle du prétendant de Margaret – c'était tout ce qu'elle avait pu tirer de Robert – ou au désintérêt soudain de M. Walters pour Hannah. Ce qui la contrariait donc, c'était l'idée que cet avocat, informé de la mort de son mari, pût se présenter chez elle à tout moment et demander la main de cette créature. Ils avaient pu se rencontrer pendant son dernier trimestre de scolarité; comment pouvait-elle le savoir!

Que la bâtarde de son mari pût devenir un jour l'épouse d'un avocat d'Hexham, tandis que sa propre fille risquait, si elle n'y mettait pas le holà, de se marier à un simple employé, était impensable. Il n'en était même pas question.

Elle se leva brusquement, renversant le tambour de brodeuse, et Betsy se baissa vivement pour le ramasser. Elles se trouvèrent face à face.

– Je veux que tu descendes à la boucherie et... et que tu dises à monsieur Loam que je souhaiterais le voir. S'il te demande pourquoi, réponds-lui que c'est personnel.

– Oui, maman.

Le visage de Betsy était rayonnant.

– Vas-y tout de suite; tu as des chances de le trouver avant qu'il ne parte à l'abattoir d'Allendale, on est lundi.

– Oui, maman.

Anne Thornton regarda sa fille se précipiter hors de la pièce. Elle savait que Betsy serait aussi heureuse qu'elle de voir partir *La Fille*. Mais heureuse était un terme bien inadéquat pour exprimer ses sentiments; elle ne voulait pas vraiment voir partir *La Fille*, elle voulait être au meilleur poste d'observation pour jouir de son humiliation, et ce qu'elle avait en tête devait sans doute la satisfaire pleinement.

Fred Loam, réfléchit-elle, était un jeune homme fruste et lourdaud, et son épouse, quelle qu'elle soit, n'aurait pas seulement affaire à lui, mais aussi à sa mère... Oh! sa mère! S'il y avait une seule mégère au monde, c'était bien Mme Loam; et elle avait toujours plaint celle qui serait condamnée à devenir sa bru... à une exception près.

Elle s'imaginait déjà le bonheur qu'elle trouverait à voir *La Fille* souffrir sous la domination de cette abominable virago braillarde, sans parler de ce qu'elle endurerait, au sens strict du terme, entre les mains de Fred Loam.

Comme elle avait pu haïr cette fille, car c'était elle qui avait détruit sa vie, c'était elle qui avait fait naître dans son cœur cette haine dévastatrice pour son mari; car elle l'avait haï, haï jusqu'à la fin quand, les yeux grands ouverts, il l'avait regardée en rendant son dernier soupir. Elle espérait – et priait de toute son âme – que le Créateur saurait le juger pour ses méfaits. Ainsi elle pourrait l'imaginer souffrant pour l'éternité, comme elle avait souffert elle-même pendant des années. Seigneur bien-aimé, quelles terribles souffrances elle avait endurées seule dans cette chambre, privée de la compagnie qu'une femme est en droit d'attendre de son mari; une compagnie qui n'a rien à voir avec les exigences du corps.

Elle se disait maintenant qu'avant l'arrivée de *La Fille* une grande complicité intellectuelle les avait liés. Elle se répétait qu'ils avaient pu ne pas toujours être d'accord sur certains points, mais sans plus : dans son souvenir, tout n'avait été qu'harmonie pendant les treize premières années de son mariage.

Mais il n'était plus, et si elle l'avait haï vivant, elle le haïssait encore plus violemment mort, car il les avait laissés sans un sou. Il n'avait pas fait de testament, ou du moins on n'avait pas encore réussi à le découvrir.

De toute façon, il ne lui restait que la maison, qui de droit aurait dû revenir à John; mais John, dans sa générosité, avait promis à sa mère de lui en faire don légalement, car une fois marié il irait vivre chez sa femme, du moins pour un temps. La ferme était grande et ses futurs beaux-parents semblaient souhaiter qu'il vînt y vivre avec eux.

Elle possédait donc la maison; mais comment en assurerait-elle le maintien? La semaine précédente, elle avait appris de M. Beaumont qu'il lui allouait une pension d'une guinée par semaine, somme qu'elle estimait très mesquine. Comment allait-elle vivre quand John et Robert l'auraient quittée? Elle aurait préféré que Robert se mariât, car John, elle en était sûre, lui aurait dit : « Ne t'inquiète pas, maman, je subviendrai à tes besoins. »

Mais Robert, jamais. Robert et elle n'avaient jamais vu les choses de la même façon; en fait, elle avait de l'aversion pour lui, et ne doutait pas qu'il n'en ressentît aussi pour elle.

Mais il fallait procéder par ordre; et se débarrasser en tout premier lieu de cette *Fille*. Si elle n'avait pas craint les protestations de ses fils et de Margaret, elle l'aurait jetée à la rue le jour même des obsèques.

Ses pensées la conduisirent alors à la cuisine. Elle ne contrôlait toujours pas les allées et venues de *La Fille*, mais voulait savoir où elle se trouvait, et quand elle rentrait de ses promenades, c'était toujours par la cuisine.

Elle n'y trouva que Bella, et passa sans lui adresser la parole, ce qui était assez courant, traversa la cour et s'approcha des écuries comme si elle cherchait Dandy. Et tandis qu'elle s'apprêtait à retourner à la cuisine, elle vit Betsy qui se hâtait vers la porte principale.

Betsy aperçut sa mère, et vint la rejoindre dans la cour où elle lui murmura d'un ton excité :

– Je l'ai intercepté juste comme il partait. Il va

venir, maman; il devrait arriver d'une minute à l'autre.

Anne Thornton toussota, jeta un regard à la porte de la cuisine, derrière son dos, puis remonta l'allée, en disant d'une voix douce :

– Attends-le sur le perron, puis conduis-le directement dans le salon.

– Oui, maman.

Il lui sembla qu'elle venait à peine de s'installer dans un fauteuil, à contre-jour, d'arranger ses jupes autour d'elle, et de reprendre sa broderie, quand la porte du salon s'ouvrit, laissant passer Betsy qui lui murmura en aparté :

– Monsieur Loam vient te rendre visite, maman.

– Entrez, Fred.

– Bonjour, m'dame.

– Bonjour, Fred.

Il se tenait gauchement au beau milieu de la pièce, la casquette à la main, et elle ne le pria pas de s'asseoir mais, ajoutant un point à sa broderie, elle garda les yeux baissés sur son travail tout en demandant :

– Puis-je vous poser une question personnelle, Fred?

– Une question personnelle, m'dame? Demandez-moi ce que vous voudrez et je vous répondrai.

– Avez-vous jamais pensé à vous marier?

Son silence lui fit relever la tête. Il la regardait bouche bée, et quand elle comprit dans quel sens il avait pris sa question, elle faillit bondir sur ses pieds en hurlant : « Comment osez-vous! Penser que je puisse vous suggérer une chose pareille, surtout à vous, vous devez être fou! »

Mais elle dit d'un ton vif et froid :

– Je me demandais si vous n'aviez pas ce genre d'idée à propos de ma (comment pouvait-elle qualifier *La Fille*? elle trouva le terme le moins compromettant) pupille?

– Vous... vous voulez dire Hannah, madame?

Elle vit ses épaules s'effondrer tandis qu'il parlait.

– Oui.

– Vous voulez dire si j'ai jamais pensé à l'épouser?

– Oui.

– Ah, voilà! Enfin. (Il tournait sa casquette dans ses mains à toute allure tandis qu'il hochait la tête, et son visage s'illumina d'un sourire qui sembla envahir son cou épais; puis sa tête redevint immobile, il la regarda dans les yeux et demanda :) Vous me le permettriez?

– Oui, je le permettrais.

– Ah! Eh bien!... Eh bien, si j'ai votre permission. Oh! vous savez, madame. J'y ai pensé, et plutôt deux fois qu'une, mais je n'aurais jamais cru. Enfin, je pensais que vous aviez d'autres projets pour elle. Même vu les circonstances, en sachant que vous vous fichez...

Il se tut brusquement et sa tête s'affaissa une fois de plus, mais elle se releva avec une soudaineté étonnante quand elle lui déclara :

– Je vous donne la permission de l'épouser quand il vous semblera bon. Ne vous inquiétez pas des convenances pour ce qui est de la mort de son père. Je dois procéder à des changements dans cette maison, et son mariage sera le premier de tous.

– Lui avez-vous parlé? Est-elle au courant?

Elle braqua ses yeux sur lui et répondit :

– Elle fera ce qu'on lui dira et n'aura qu'à en être reconnaissante.

Le visage maintenant empreint de solennité, il déclara :

– Eh bien, tout ce que je peux faire c'est vous remercier, madame, et espérer qu'elle voie les choses comme vous.

– Au revoir, Fred. A vous de jouer, maintenant.

– Merci, madame.

Il resta planté au milieu de la pièce encore un instant avant de tourner les talons et de sortir d'un pas raide.

10

C'était une journée magnifique, une journée pour se promener. Le soleil était éclatant, mais pas trop chaud; le sommet des collines se nimbait de mauve pâle, mais, en levant la tête vers le ciel, les yeux se perdaient dans une blancheur sans fin qui laissait transparaître la place des étoiles.

Ces trois dernières semaines, elle avait déjà essayé par deux fois d'aller porter le dernier message de Matthew Thornton à la femme de la chaumière. La première fois, elle s'était trompée de route et avait erré pendant des heures; c'était encore un miracle qu'elle eût réussi à rentrer à la maison avant la nuit. La seconde fois, elle avait été surprise par une averse de grêle. Mais ce jour-là elle était enfin sur la bonne route.

La veille, elle avait demandé à Ned où se trouvait cette chaumière. Il lui avait décrit l'endroit où elle devait quitter la grand-route pour la trouver et avait ajouté :

– Mais pourquoi veux-*tu* rendre visite à Sally Warrington ?

Elle avait répondu évasivement :

– Sans raison particulière. (Mais comme il insistait, elle avait marmotté :) J'ai... j'ai un message pour elle. Tu... tu ne le diras à personne, n'est-ce pas, Ned ?

Et il avait répondu, toujours bourru :

– Le dire à personne ? Est-ce que ça me regarde ?

Et maintenant elle apercevait la chaumière, une femme se tenait devant, un seau à la main; elle l'avait vue, elle aussi, et l'attendait.

Hannah s'arrêta au portail et la femme se tint de l'autre côté, elles se dévisagèrent.

– Etes-vous madame Warrington?

– Oui, oui, c'est moi.

– Puis-je vous parler un instant?

Hannah remarqua que la femme semblait hésiter, puis elle répondit d'un ton brusque :

– Entrez.

Hannah la suivit dans la maison et, quand la femme lui désigna une chaise et s'installa sur celle qui lui faisait face, elle essaya de ne pas trop la regarder, car son visage était blafard. Elle avait les yeux cernés de violet et l'on voyait sur sa lèvre supérieure la cicatrice d'une coupure récente : une moitié de son visage semblait aussi plus grosse que l'autre.

– Que vouliez-vous me dire?

– Je vous apporte un message de la part de... de mon père.

C'était la première fois qu'elle prononçait ces mots à haute voix et elle frissonna comme si elle venait de recevoir une douche froide.

La femme baissa la tête et se tut un long moment; puis, d'une voix faible, elle demanda :

– Qu'a-t-il dit?

– Il... il m'a prié de vous donner ceci.

Elle ouvrit alors son manteau, plongea la main dans son corsage et en sortit la petite bourse en cuir qu'elle tendit à la femme.

Sally considéra l'objet un moment avant de le prendre en demandant :

– Qu'est-ce que c'est?

– C'est... c'est de l'argent. Il a pensé que vous en auriez sans doute besoin. « Cela... cela pourrait l'aider à partir », m'a-t-il dit.

– Oh! mon Dieu!

Sally laissa choir la bourse sur ses genoux, puis elle enfouit son visage déformé dans ses mains et se mit à pleurer. Ses sanglots emplirent la pièce et des mots étouffés tombèrent de ses lèvres tuméfiées.

– C'était de ma faute. De ma faute. Mais il aurait dû se retourner. Oh oui! il aurait dû. C'est un meurtre, mais qui pourrait le prouver? Le lendemain matin, il était déjà à Hexham. Et ils sont une bonne dizaine qui accepteraient de le jurer. Mais il l'a fait avant de partir. Il m'est tombé dessus deux fois.

Et tandis qu'elle passait les doigts doucement sur son visage ruisselant de larmes, Hannah se leva, s'approcha d'elle et, lui entourant les épaules de son bras, dit :

– Je vous en prie. Ne pleurez pas comme ça. (Mais elle pleurait déjà elle-même à gros sanglots, comme cela ne lui était pas arrivé depuis la mort de Matthew. Et pour réconforter sa compagne elle ajouta doucement :) Il... il vous était très attaché; il se souciait beaucoup de votre sort. Il y a vingt souverains dans ce sac. Je... je crois que c'était tout ce qu'il possédait en liquide. Il n'a rien laissé d'autre.

Sally avala sa salive bruyamment, puis murmura :

– Il n'a pas laissé d'argent?

– Non, uniquement ce qui lui revenait sur son salaire. Mais il... il voulait que vous preniez ceci; il semblait tenir absolument à ce que vous partiez d'ici.

– Oh! Et, mon Dieu, comme il avait raison! Oh, ma bonne, je ne pense qu'à ça depuis des jours et des jours, mais je n'avais pas un sou vaillant. Votre père se montrait toujours généreux, mais souvent je refusais, parce que j'avais peur que mon mari ne mette la main dessus. Alors quand j'allais à Newcastle, deux fois par an, pour la louée et les marchés aux bestiaux, je... je rendais visite à ma sœur Lizzie et lui donnais ce que j'avais, parce qu'elle a une nombreuse famille et du mal à joindre les deux bouts. Elle me prendrait bien avec elle, maintenant, mais je ne voulais pas y aller les mains vides. Mais voilà, oh, oh!

Elle serra le petit sac contre son sein; puis, en secouant la tête, elle ajouta :

– C'était un homme très bon, un homme merveilleux, et, je le dis sans honte, je l'aimais, de tout mon cœur. (Elle se leva et s'essuya le visage lentement, puis elle demanda :) Est-ce que je peux vous offrir quelque chose, une tasse de soupe ou de lait?

– Non, merci; je... je dois rentrer. Puis-je vous demander si vous irez chez votre sœur, maintenant?

– Oui, ma belle, tout de suite. (Sally poursuivit d'une voix grave et amère :) Oui, je vais y aller. Et aujourd'hui même, parce qu'il est loin et ne rentrera pas avant deux jours. Une fois là-bas, je peux disparaître au cœur de la grande ville. Ma sœur Lizzie s'en occupera. Et maintenant j'ai assez d'argent pour me débrouiller en attendant de trouver du travail. Je peux partir avant la nuit, car je ne possède presque rien à part ce que j'ai sur moi, une tenue de rechange, une robe et un manteau. Même pas de quoi faire un balluchon. Oui, je pars aujourd'hui même. Et merci, merci d'être venue jusqu'ici me porter ce message. (Elle hocha la tête et ajouta :) J'ai un grand regret, c'est de ne pas avoir pu l'assister à ses derniers moments, car, à vous je peux le dire, elle n'a pas dû lui être d'un grand réconfort, si je me tiens à ce que j'en sais. Mais avant que vous ne partiez (elle l'arrêta d'un geste), dites-moi ce que vous allez faire.

– J'aimerais le savoir. Je voudrais pouvoir trouver un poste quelconque, mais je n'ai aucune qualification. Je... je ne suis pas comme Margaret, ma demi-sœur, elle est très intelligente. J'ai plus de talents... ménagers, pour ainsi dire.

Elle eut un petit sourire triste.

– Eh bien, ma belle, à mon avis, ils vous serviront plus que toutes vos études. Mais n'ayez pas peur, vous allez vous marier, vous êtes si jolie. Et ce sera fait avant que vous ayez eu le temps de dire ouf. Tout ce que j'espère, c'est que vous trouviez un homme bon et généreux, comme l'était votre père. Au revoir, ma belle.

Elle tendit alors la main à Hannah, qui la serra, puis tourna vivement les talons.

Une fois dans les collines, Hannah redescendit lentement vers la grand-route. Elle comprenait l'affection de Matthew Thornton pour cette femme, elle était douce, agréable, et, avant d'avoir été balafré, son visage avait dû être joli. Elle se réjouissait qu'elle pût se sauver. Comme elle l'avait dit, elle pourrait disparaître au cœur de la grande ville. Elle se souvenait de la ville. Elle s'y était perdue bien souvent, alors qu'elle s'était à peine écartée des berges du fleuve. Elle aimerait tant retourner à Newcastle et se promener une fois encore dans les rues. Si seulement elle connaissait quelqu'un là-bas, comme cette femme, quelqu'un qui pourrait lui offrir le gîte et le couvert.

L'angoisse de l'avenir l'envahissait peu à peu. La femme lui avait prédit qu'elle se marierait, que ce serait fait en un tournemain, mais elle ne voulait rien de tout cela, elle ne voulait pas se marier. Il n'y avait qu'un homme qui pouvait lui convenir comme mari, et puisqu'il lui était impossible de l'épouser, elle se jura avec une véhémence enfantine qu'elle ne se marierait jamais.

Mais la question restait entière : qu'allait-elle faire? Car même si elle l'avait voulu, elle se doutait bien qu'on ne lui permettrait pas de vivre à la maison beaucoup plus longtemps. Quelque chose se tramait, bouillonnait sous la surface, elle le sentait.

Elle descendait la dernière pente vers la route quand elle aperçut Ned; son cœur fit un bond de joie. Elle ramassa ses jupes et se mit à courir vers le mur, puis sur la route où il avait arrêté son poney.

Il baissa les yeux vers elle et demanda :

— Alors, encore en promenade?

— Oui, Ned.

Il regarda alors vers les collines, au-dessus de la tête d'Hannah, et dit d'un ton dégagé :

– A Lode Cottage ?

– Oui, à Lode Cottage.

– Et que faisais-tu là-bas, si ce n'est pas indiscret ? Elle le considéra un instant puis répondit calmement :

– Je portais un message.

– Ah oui ! (Il hocha la tête; puis ajouta :) Ah oui ! tout ça se tient.

– Et quoi donc ?

– Eh bien, le bruit court que ton père n'a pas été assailli par un sauvage écossais, ou un bandit de grand chemin, ou même un voleur de chevaux; mais ce n'est qu'une rumeur.

Elle cligna de l'œil, puis lui demanda :

– Et où pars-tu maintenant ?

– Un bien long voyage, cette fois-ci, dans le Westmorland, une maison entre Hilton et Coupland, une vente à un particulier. (Il sourit.) J'aime les affaires de ce genre, on vous y traite bien d'habitude. Avec un bon lit et un festin bien arrosé.

– Tu seras absent longtemps ?

– Tout dépend si j'en achète d'autres sur le chemin du retour. (Il désigna les quatre poneys d'un mouvement de tête.) On ne sait jamais ce qui peut arriver dans ce genre de travail; une plaie est bien vite ouverte, et pas toujours à votre culotte.

Du plat de la main, il se donna une grande claque sur les fesses.

Elle ne répondit pas à sa plaisanterie, mais, le visage sérieux, elle le regarda et se retint tout juste de lui dire : « Reviens vite », car cela aurait été stupide; et pourtant, quand elle le savait chez lui, elle ne se sentait jamais seule au monde, c'était comme d'avoir un grand frère chez qui pouvoir aller se réfugier.

Puis il demanda d'un ton neutre :

– Comment ça va, par en bas ?

182

– Oh! (Elle avala sa salive.) Toujours... toujours pareil.

– Quels sont tes projets?

Elle secoua la tête et regarda le bout de ses souliers avant de répondre :

– Je ne sais pas, Ned, j'aimerais tant le savoir, je suis perdue, je nage complètement.

– Et tu peux te tenir à flot?

Elle releva la tête brusquement.

– Quoi?... Qu'est-ce que tu veux dire?

– Seulement cela, est-ce que tu peux te tenir à flot?

– Non.

– Eh bien, si tu nages complètement et que tu ne peux te tenir à flot, tu ne survivras pas longtemps, il me semble?

Ned souriait, mais elle ne répondit pas à son sourire et, le visage crispé, d'une voix cassante, elle rétorqua :

– Je ne trouve pas ça drôle, Ned.

Puis elle sursauta quand, se penchant soudain vers elle au point de tomber de sa selle, il grogna à son intention :

– Alors tu devrais prendre certaines mesures. Les gens qui ne savent pas nager s'accrochent à des fétus alors que s'ils prenaient la peine d'ouvrir les yeux un peu plus grand et d'allonger le bras ils verraient la planche qui flotte à portée de leur main. Tu n'es plus une enfant, mais une jeune femme. Et tu sais? Tu es aussi dangereuse qu'un bâton de dynamite humide dans un puits de mine... c'est vrai. Absolument vrai. Et si tu n'ouvres pas les yeux pour voir ce qui se passe sous ton nez, un de ces jours tu couleras définitivement, et *Ned* ne sera pas là pour te sauver... Secoue-toi! Secoue-toi! Bon Dieu, secoue-toi!

Elle resta la bouche ouverte à regarder s'éloigner au petit trot la colonne de poneys et à écouter Ned beugler comme un enragé :

– Allez, remue-toi! Ressaisis-toi, bon Dieu! Prends-toi en main!

Qu'avait-elle fait? Pourquoi l'avait-il quittée si brusquement, en déclarant qu'elle était aussi dangereuse qu'un bâton de dynamite dans une mine? Elle regarda autour d'elle, comme si les collines pouvaient lui donner la réponse. Ils avaient toujours été bons amis, elle le considérait comme une personne de sa famille. Pourquoi l'avait-il tancée ainsi? Et toute cette histoire de se tenir à flot ou de couler, et de fétus de paille. Elle comprenait enfin pourquoi certaines personnes ne l'aimaient pas, s'il les traitait ainsi. Après tout, elle ne s'était pas montrée désagréable. Elle se souvenait qu'il l'avait déjà rudoyée une fois, et presque jetée hors de la maison Pele. C'était à peu près à l'époque où il devait se marier, puis s'était dédit. Peut-être avait-il le même genre de problèmes qu'elle. Mais ce n'était pas une raison pour la traiter de la sorte. C'est vrai que les hommes se montraient souvent brutaux sans raison. Robert se montrait parfois très rude, John jamais. Oh! John! John!

John lui parlait à peine ces jours-ci, et quand il la regardait il avait l'air honteux.

Elle tourna les talons et se mit en route vivement vers ce qu'elle considérait encore comme son chez-soi.

Tout arriva le lendemain matin. Betsy vint trouver Hannah pour la prier de la part de sa mère de porter une commande chez le boucher, toute seule et immédiatement.

Hannah prit le morceau de papier des mains de Betsy sans souffler mot. Son peu d'affection pour Betsy était réciproque. Elle sortit dans le hall où elle prit son chapeau et son court manteau, puis se mit en route pour s'acquitter de sa course.

Quand elle entra dans la boucherie, il n'y avait pas d'autre client, et Fred se retourna, le couperet à la main. Le visage soudain éclairé d'un grand sourire, il s'écria :

– Tiêns! Bonjour!

– Bonjour, Fred. Je... j'apporte la commande.

– Ah oui!

Il lui prit le papier des mains, puis s'avança vers une petite porte latérale, qu'il ouvrit, et la tête levée vers le palier du premier étage, il appela :

– Maman! maman! Est-ce que tu pourrais descendre une minute?

Et tandis qu'il attendait l'arrivée de sa mère, Fred ne cessa de regarder Hannah avec un grand sourire; puis quand Mme Loam entra dans la boutique, il dit :

– La voilà! (Penchant la tête vers Hannah, il proposa :) Reste donc une minute.

La petite femme aux lèvres serrées, au corset ajusté, regarda Hannah bien en face, puis vint s'installer devant le comptoir et déclara :

– Eh bien, montez donc.

Hannah se retourna en se demandant si Mme Loam ne s'adressait pas à quelqu'un d'autre; puis se désignant du doigt, elle demanda :

– Moi, madame Loam?

– Eh bien, oui, je ne m'adresse pas à moi-même, enfin.

– Monte donc une minute, Hannah.

La voix de Fred s'était faite grave et persuasive, et Hannah, le regard interrogateur, lui demanda sans détour :

– Pourquoi?

– Elle ne t'a rien dit? (Fred s'avançait maintenant vers elle.) Madame Thornton!

– A quel sujet?

– Dieu du ciel!

Et comme il secouait la tête avec frénésie, sa mère cria d'une voix sèche :

– Dis-le-lui ici ou là-haut, mais décide-toi.

– Viens avec moi une minute, Hannah.

Le jeune homme lui tendit la main, mais Hannah ne la prit pas, passa devant lui et, pour la première fois, grimpa l'escalier qui menait aux pièces du haut.

Elle resta un moment à contempler l'ordre sans gaieté qui régnait dans ce qui avait l'apparence d'une cuisine-salle à manger, puis sursauta en sentant les deux mains épaisses de Fred envelopper la sienne et son visage se rapprocher du sien, tandis qu'il demandait :

— Tu ne sais rien? Elle ne t'a rien dit?

— Dit quoi?

Hannah essaya de retirer sa main, mais il la retint.

— Eh bien (il redressa les épaules, s'écarta d'un pas sans lui lâcher la main), elle m'a donné la permission de te courtiser.

— *Elle quoi?!* (Elle eut un sursaut.) Vous! Me courtiser?

— Oui, c'est bien ce que j'ai dit, te courtiser. (Son visage était sérieux, maintenant.) Et cela ne devrait pas tellement t'étonner. Je t'ai parlé souvent, ces derniers temps, et tu ne m'as pas éconduit; tu avais même l'air ravie de causer un peu.

— Mais simplement... simplement parce que vous avez aidé à retrouver père. Je... je vous en étais reconnaissante.

— Ah! Eh bien, je ne l'ai pas pris comme ça, moi. De toute façon, elle m'a donné la permission et m'a assuré que tu n'avais pas d'autre prétendant, ma mère est d'accord, alors tout va bien.

— Oh! mais non! Pas du tout. (Elle reculait maintenant, pour atteindre la porte.) Vous vous trompez. Je... je ne peux pas vous épouser.

— Et pourquoi pas? (Son corps épais se raidit, ses manières se firent agressives, et il répéta :) Et pourquoi pas? Je n'en vaux pas la peine, peut-être? Laisse-moi te dire que j'ai plus d'économies que bien d'autres au village, je suis un homme affectueux, et ma femme ne manquera de rien.

Hannah prit une grande goulée d'air, puis ferma les yeux avant de baisser la tête et de murmurer :

– Fred, excusez-moi. Je... je suis sûre que vous en valez bien d'autres, et... je vous remercie du compliment. (Elle eut un faible sourire.) C'est ma première demande en mariage et... et je vous remercie. Excusez-moi, Fred.

– C'est donc ce que tu lui répondras? A madame Thornton ?

– Oui, oui, absolument.

– Eh bien, je ne voudrais pas être là quand tu le lui annonceras. Laisse-moi te dire, Hannah, qu'elle veut se débarrasser de toi, et que si ce n'est pas moi, ce sera un autre. Et, quoi que j'en dise, tu peux tomber sur plus mal que moi. Ça oui.

– Je sais, Fred. Je sais.

– Tu ne me détestes pas, non?

– Non, Fred, je ne vous déteste pas.

– Eh bien, alors, pourquoi ne pas essayer? Attends (il fit un pas vers elle), réfléchis-y, d'accord? Rentre chez toi et réfléchis-y. J'attendrai jusqu'à demain ta réponse définitive, que ce soit oui ou non. Mais... mais avant que tu partes, je vais te dire ceci, Hannah. J'ai de l'affection pour toi et tu trouverais en moi un bon mari si tu voulais être une bonne épouse. Bien sûr, je sais, il y a ma mère, et elle est dure à avaler parfois, mais je sais m'y prendre avec elle et je veillerai à ce qu'elle ne se mêle pas de nos affaires. Alors? Tu préfères attendre demain matin ?

Elle secoua la tête en signe de dénégation; puis, ne pensant qu'à fuir, elle déclara :

– Bon, d'accord, Fred... remettons ça à demain.

– Bravo, Hannah.

Et comme il s'avançait vers elle, elle fit volte-face, ouvrit la porte et dégringola l'escalier avec tant de précipitation qu'elle faillit s'écrouler sur les dernières marches.

Il n'y avait toujours aucun client dans la boutique et Mme Loam s'arrêta aussitôt de poncer le billot. Les mains sur sa longue brosse en fer, la tête levée, elle demanda :

– Alors?

Hannah ne répondit pas, s'arrêta à peine, jeta un regard à la petite femme, puis sortit de la boutique en courant.

Quelques minutes plus tard, elle se trouvait dans le salon, hurlant à la silhouette raide qui avait quitté le sofa et lui tournait maintenant le dos :

– Vous ne pouvez pas faire une chose pareille! Vous ne pouvez pas m'obliger à l'épouser! Vous n'avez aucun droit sur moi. Vous ne pouvez pas me forcer. Vous m'entendez, à la fin?

Quand Anne Thornton se retourna et se dirigea lentement vers la porte, Hannah s'effaça en pensant que la femme allait enfin se décider à l'affronter, à lui parler en face, mais elle la vit avec stupéfaction passer à côté d'elle sans bruit, ouvrir la porte et sortir.

Hannah traversa la pièce en chancelant. Elle avait glissé une main sous chacune de ses aisselles, et le corps courbé en deux comme par la douleur, elle se mit à grogner :

– Elle est méchante. Méchante. Elle ne peut pas faire une chose pareille. Je quitterai la maison, je me sauverai.

... Mais pour aller où?... Ned. Il fallait qu'elle monte voir Ned. Il lui donnerait des conseils, lui dirait comment réagir, l'informerait de ses droits, car c'était tout de même ici la maison de son père; et, quoiqu'il fût mort, elle n'en était pas moins toujours sa fille.

Mais ce ne fut qu'une fois devant la porte qu'elle se souvint que Ned devait maintenant être bien loin. Il restait Margaret. Elle allait en parler à Margaret. Margaret était raisonnable, plus mûre que son âge;

Margaret saurait se mettre à sa place. Margaret était partie pour Allendale un peu plus tôt; elle irait à sa rencontre.

Elle se trouvait déjà dans l'entrée, la main sur la poignée de la porte, quand Betsy sortit du bureau et s'avança vers elle en disant d'une voix calme :

– Maman te prévient que si tu ne cèdes pas et t'obstines à refuser l'offre de monsieur Loam, tu dois quitter la maison immédiatement car elle ne peut plus subvenir à tes besoins.

Pour toute réponse, Hannah se pencha en avant, serra les dents, puis cracha :

– Toi, horrible, ignoble créature! Méchante, mesquine petite personne! Je ne sais pas ce qui va m'arriver, mais ce que je sais, c'est que tu finiras tes jours comme elle (elle désigna la porte du bureau), seule, abandonnée, haïe.

Puis elle tourna les talons et se précipita dans l'allée; elle prit la route et traversa le village en courant; et les têtes se levèrent sur son passage, non seulement parce qu'elle galopait, tenant ses jupes à pleines mains, mais aussi parce qu'elle n'avait ni chapeau, ni dentelles, ni coiffe amidonnée, ni châle, ni capote. Pour certains, parmi les plus vieux habitants, c'était comme si elle avait traversé leur village toute nue.

Elle approchait d'Allendale, quand elle rejoignit Margaret et lui tomba dans les bras, pantelante, avec des sanglots plein la voix :

– Oh! Margaret! Margaret!

– Qu'y a-t-il? Que se passe-t-il? Allons, mais qu'est-ce qu'il y a? Viens t'asseoir. (Margaret la conduisit jusqu'à un mur éboulé qui longeait la route, puis elle l'y fit asseoir et s'installa à côté d'elle, lui prit les mains et demanda de nouveau :) Qu'est-il arrivé?

– Elle... elle veut me faire épouser Fred, Fred Loam. Oh! Margaret! Margaret!

– Non!

– Si, si, Margaret. C'est cruel, n'est-ce pas? Horriblement cruel. (Et comme Margaret ne répondait pas, Hannah insista :) Ça l'est. Tu ne crois pas, Margaret? Ça l'est.

– Oui, oui. C'est cruel, et c'est bien ce qu'elle veut. Oh! je connais maman, elle veut se montrer cruelle. Mais Hannah, Hannah, ma chérie, cela... cela pourrait te sauver.

– Qu'est-ce que tu racontes, Margaret? Me sauver? En épousant un homme comme Fred Loam?

– Je sais, il ne te mérite pas, il n'est pas très intelligent et n'a aucune éducation, mais...

– Mais je ne parle pas de cela. Cela n'a rien à voir avec l'éducation, c'est... c'est tout simplement Fred, son allure, sa façon de parler, d'agir.

– Eh bien, oui, c'est bien ce que je disais. Tout cela fait partie de l'éducation d'un homme.

Hannah secoua alors la tête en ajoutant d'un ton morne :

– L'éducation! Et Ned Ridley, alors! Il n'a aucune éducation, mais il est bien plus intelligent à lui tout seul que la plupart des habitants du village rassemblés.

– Oui, c'est vrai, Ned est une exception. Il est extrêmement intelligent et aurait pu devenir quelqu'un s'il l'avait voulu, j'en suis persuadée. Mais... Mais justement, Hannah. (Elle lui prit le bras.) Tu pourrais certainement faire quelqu'un de Fred.

– Oh non!... Ecoute, Margaret, dans mon désespoir j'ai eu une idée tout en courant vers toi. Si je pouvais retourner à l'école, mademoiselle Barrington m'aiderait, j'en suis sûre.

Et quand Margaret baissa la tête en se mordant les lèvres, Hannah murmura :

– Non, tu ne crois pas?

Puis Margaret, les yeux fixés à terre, déclara :

– Il faut que je te dise, Hannah, je quitte la maison demain matin, je... je pensais te laisser une lettre. Je retourne à l'école.

Elle releva alors les yeux et regarda Hannah bien en face.

– J'aurai droit au gîte et au couvert et, de mon côté, je m'occuperai des petits enfants et je donnerai un coup de main. Mais... mais ce que je ne savais pas au sujet des Barrington, et que personne ne savait, c'est qu'elles sont très pauvres et se débrouillent tout juste pour vivre. Mademoiselle Emily m'a avoué que pendant les vacances, quand elles n'ont aucun revenu, elles vivent misérablement et passent leur temps à raccommoder le linge et à réparer les ustensiles. Elles vont même jusqu'à donner congé au jardinier pendant ces quelques semaines et elles se chargent de son travail, alors tu vois, je... je ne pourrais pas leur demander de te prendre aussi, ce serait abuser. Cela... cela m'est impossible, Hannah.

Hannah se laissa glisser le long du mur, mais ne s'en écarta pas, elle s'y adossa, les mains agrippées au rebord de pierre irrégulier. Après un instant, elle demanda d'une voix calme :

– Et tu vas te marier?

– Oui, dès que monsieur Hathaway aura trouvé un appartement en rapport avec ses revenus.

– Est-ce que quelqu'un est au courant? John ou Robert?

– Non, non; seulement mademoiselle Pearce, en ville, tu sais, celle qui tient la confiserie. Elle a de la sympathie pour moi et, je l'ai appris seulement récemment, c'est une parente éloignée de mademoiselle Rowntree. Ces trois dernières semaines, depuis que père est décédé, j'ai pris les rares objets auxquels je tenais, quelques vêtements et les lui ai laissés en dépôt. Demain matin, je serai partie avant que maman ne soit levée; je prends la première voiture pour Hexham.

– Et que feras-tu si... si ta mère vient te chercher?

Margaret eut un petit rire triste et répondit :

– Maman ne me poursuivra pas, maman n'aime

qu'une seule personne dans la famille, et c'est Betsy; peut-être John aussi, un petit peu. Mais dans le cas de John, selon moi, c'est plus une question d'orgueil que d'amour.

Margaret se remit debout elle aussi, et s'adossa au mur mais sans s'y accrocher; non, elle eut un grand geste du bras et s'écria :

– Ah! je serai bien contente de voir tout ceci pour la dernière fois; des collines, des collines, encore des collines, où qu'on aille on se trouve cerné par les collines, certaines torturées par les mines, d'autres souillées de résidus et de boue. Née dans ce pays, je devrais l'adorer, sans doute, et c'est vrai, il est parfois magnifique, si l'on aime la grandeur un peu rude, mais cela me touche peu. Je préfère les gens, même la foule de la ville, mais toi (elle se tourna alors vers Hannah), tu aimes ces collines, n'est-ce pas?

– Quoi? Oh oui! je crois. (Hannah avait répondu d'une voix morne.) Je pouvais y fuir la maison, je me sentais libre en les parcourant. (Et elle conclut en se tournant vers Margaret :) As-tu la moindre idée de ce qu'a pu être ma vie chez vous, Margaret?

– Oui, Hannah, dans une certaine mesure; mais comme je ne suis pas toi, je n'ai pas pu connaître tes souffrances jusqu'au bout.

– Je hais ta mère, est-ce que tu le sais?

– Oui, je le sais.

– Au début je la craignais, et la seule idée de la haïr me semblait présomptueuse, interdite. Jusqu'à l'année passée, je me suis caché ce sentiment; pourtant, maintenant, je veux le lui hurler, le lui beugler en pleine figure. Il y a des jours, ces derniers temps, où j'aurais voulu la frapper, comme si j'avais pu ainsi l'obliger à me parler, à s'adresser à moi directement. Pour elle je ne suis qu'une chose, *La Fille*. Elle ne m'a jamais appelée autrement que *La Fille*. Comme si je n'existais pas, comme si elle parlait d'une personne décédée.

Oh! ce que je la hais, Margaret. Je la hais, je la hais!

– Raison de plus pour la fuir. Il y a certainement d'autres hommes qui pourraient te demander en mariage, mais pour l'instant seul Fred s'est présenté, et si tu ne cèdes pas, elle est capable de tenir parole et de te jeter dehors sans que personne puisse l'en empêcher. Robert s'y essaierait peut-être; mais quel que soit ton attachement pour John, Hannah, j'ai le regret de te dire qu'il ne lui tiendrait sans doute pas tête. John est un faible, et tu ne le sais pas encore. (Margaret s'était détournée à ces dernières paroles, puis elle ajouta :) Allez, viens!

Elle reprit sa marche. Puis après un moment elle poursuivit :

– C'est pour cela qu'il est attiré par mademoiselle Everton, Hannah, parce qu'elle a une forte personnalité... et elle l'attire beaucoup, tu sais, Hannah.

Elle tourna alors la tête et fit un petit signe à l'adresse d'Hannah.

– Il faut que tu l'acceptes et que tu cesses de te désoler pour quelque chose que tu crois avoir perdu.

Elles continuèrent leur route en silence, comme si elles s'offraient une promenade au clair soleil d'avril.

Puis Margaret finit par déclarer :

– C'est étrange de constater que la plupart du temps les femmes sont plus fortes que les hommes, et qu'elles doivent pourtant leur être soumises. Elles ne peuvent prétendre à aucun des droits dont ils jouissent, elles ne sont que des biens, et sont pourtant presque toujours satisfaites de ce statut. L'amour, sans doute, y fait beaucoup. Personnellement, je sais que je suis plus forte que monsieur Hathaway, et pourtant je me soumettrai à sa volonté. Tu sais, je me suis demandé si je ne préférerais pas suivre l'exemple de mademoiselle Barrington, de mademoiselle Emily et de mademoiselle Rowntree. Mais je ne crois pas...

– Moi, si!

La véhémence d'Hannah surprit Margaret.

– Oh! ne secoue pas la tête comme ça, Margaret. Je donnerais n'importe quoi pour être à leur place. Je ne veux pas me marier... je ne veux épouser personne, et je parle sérieusement. Je sais un peu ce que signifie le mariage. Mademoiselle Emily me l'a fait comprendre dans son discours d'adieu. Elle t'a certainement raconté la même chose, d'ailleurs. Il y a un élément personnel qui peut se révéler horriblement désagréable, m'a-t-elle déclaré, et il faut savoir alors si l'on se sent prête à le supporter. Eh bien, moi, je ne m'en sens pas capable; ni avec Fred Loam, ni avec personne.

– Alors, qu'as-tu l'intention de faire?

Margaret s'était arrêtée, et elles se tenaient maintenant face à face.

– Tu ne pourrais jamais vivre seule en ville, on n'y ferait qu'une bouchée de toi. Belle comme tu l'es, que tu le veuilles ou non, tu deviendrais la proie des hommes et finirais comme ta mère. Ah! Ça y est, je l'ai dit. Je suis désolée, mais c'est la vérité. Je t'en prie, ne sois pas blessée. (Elle posa la main sur le bras d'Hannah.) Et puis, écoute-moi; mademoiselle Emily est une vieille fille, et les vieilles filles n'en savent pas tant que ça sur le côté intime du mariage. Comment le pourraient-elles? Et regarde autour de toi, les hommes et les femmes qui vivent heureux ensemble, entourés d'une nombreuse famille. Je suis sûre qu'il n'y a pas de quoi paniquer. C'est... enfin, ce que mademoiselle Emily n'a jamais souligné, c'est que c'est un aspect de la nature... Accepte la demande de Fred, Hannah. Si tu l'épouses, tu seras au moins en sécurité, avec un toit au-dessus de ta tête et quelqu'un pour te protéger. Dans le cas contraire, je n'ose même pas penser à ce qu'il adviendrait de toi, car laisse-moi te dire que les sentiments de ma mère sont tels, à ton égard, qu'elle est prête à braver n'importe qui, et même à affirmer, pour se justifier, que tu essaies de séduire ton demi-frère, parce que, encore une fois je te le dis franchement, je suis sûre qu'elle connaît, dans une certaine mesure, ton attachement pour John... Epouse Fred, Hannah, ne serait-ce que pour préserver la respectabilité de ton nom, épouse-le.

11

Au village, on assura qu'on n'avait jamais vu mariage célébré aussi vite après la demande, sauf quand la fiancée voulait trafiquer les mois du calendrier pour essayer d'écourter sa grossesse.

Certains dirent que ce ne devait pas être le cas; mais d'autres ajoutèrent qu'on verrait avec le temps, car sinon, pourquoi tant de précipitation?

Enfin, répliquèrent les plus sages, ne savait-on pas ce que l'on pensait d'Hannah dans cette maison, depuis le jour où, encore enfant, on l'y avait abandonnée? Et maintenant que le maître avait disparu, cette entêtée, cette intraitable mégère en faisait à son gré, et il était clair qu'elle voulait se débarrasser de la jeune fille.

Mais alors, pourquoi la jeter dans les bras de Fred Loam? Car tout le monde s'accordait à dire que Fred n'était pas un parti pour une jolie fille comme Hannah, et éduquée par-dessus le marché. Et puis il fallait compter avec la mère de Fred. Oh là là! la mère de Fred.

La mère de Fred se tenait au premier rang, avec à ses côtés, sa sœur et deux parentes lointaines, tandis que derrière elle, occupant quatre rangées, s'alignaient les voisins et les commerçants du village.

De l'autre côté de la nef, on pouvait voir Mme Anne Thornton et sa fille Béatrice, avec derrière elles Bella, Tessie et Dandy Smollet; mais les autres bancs étaient vides. Et bien que l'on fût en plein été, l'église était froide et sentait le moisi. Elle sentait le moisi en toute saison, mais la pluie de ces quatre derniers jours semblait s'être infiltrée dans les épais murs de pierre, si bien que même les bancs paraissaient humides.

Le révérend Stanley Crewe avait, de sa voix marmottante, expédié à toute vitesse le service, mais ce n'était pas l'avis d'Hannah, à qui ses discours étaient apparus interminables, pesants, étouffants, et tout à la fois irréels.

– Je vous déclare solennellement mari et femme.

Hannah, déjà à moitié tournée vers Fred, resta toute droite, mais lui, avec un sourire, se pencha vers elle et lui planta un baiser humide à la commissure des lèvres. Elle réagit comme si elle avait été piquée par un insecte, sursauta, se retourna brutalement. Robert, qui s'était vu attribuer la tâche bien peu enviable de la conduire à l'autel, lui lança un regard sévère, alors elle prit une grande bouffée d'air et hoqueta comme si elle venait de courir.

La veille au soir, Robert lui avait avoué qu'il trouvait tout cela honteux, et sans le problème de leur naissance, il l'aurait, et avec la plus grande joie, avait-il ajouté, bien épousée lui-même.

La bonté de Robert lui avait fait verser des larmes, mais elle n'avait pas pleuré quand John, au beau milieu de l'entrée, le lieu le moins intime de la maison, lui avait souhaité beaucoup de bonheur et l'avait priée de l'excuser de ne pouvoir assister à la cérémonie car il devait désormais remplacer son père à la vieille mine. Elle s'était alors forcée à lui répondre, en le regardant droit dans les yeux, qu'elle comprenait parfaitement. Et, chose curieuse, c'était la stricte vérité. Mais ce qu'elle comprenait surtout, c'était que Margaret avait raison; John, tout grand, beau et viril qu'il parût, était un homme faible. Pourtant, faible ou pas, se disait-elle, elle aurait bien donné sa vie avec joie pour connaître un seul jour de son amour.

Elle se trouvait dans la sacristie maintenant, et s'apprêtait à signer Hannah Thornton sur le registre, quand le révérend Crewe lui souffla d'une voix douce :

– Ecris ton propre nom, Hannah.

Elle lui lança un long regard, puis signa Boyle.

Un certain brouhaha montait autour d'elle, elle entendait même des rires, quand une voix s'éleva au-dessus des autres et hurla :

– Tu vas être noyé le soir de tes noces, Fred, je t'imagine bien nageant jusqu'à ton lit.

Les rires s'amplifièrent.

Elle se sentit prise de vertige, au bord de l'évanouissement. Elle plongea son regard un moment dans les yeux de sa nouvelle belle-mère. Ils ne souriaient pas et étaient du même bleu pâle et froid que les billes des enfants qui jouaient dans les chemins. Certaines, pourtant, étaient réchauffées de quelques rayures roses, mais il n'y avait pas la moindre lueur de chaleur dans les yeux de la petite femme ratatinée.

Puis elle regarda la femme qui se tenait tout au fond, la femme qui aurait dû être une mère pour elle, dont les yeux souriaient maintenant, presque triomphalement.

Elle entendit le révérend Crewe lui souffler :

– Je voudrais te parler un moment en privé, Hannah, et à Fred aussi. Venez par ici.

Fred l'avait prise par la taille, et elle le laissa faire, car elle ne pouvait rien contre. Ils suivirent le pasteur dans une petite pièce voisine de la sacristie. Ici aussi, les murs exhalaient une odeur de moisi. Des étagères chargées de livres et de boîtes occupaient deux des parois. Il n'y avait que d'épais volumes.

Elle était mariée, elle n'était plus ni Hannah Boyle ni Hannah Thornton, mais Mme Loam... Loam, c'était un nom du terroir. Elle aurait voulu y être, sous la terre, bien profond, et morte, sans souffle, sans sentiment, sans peur. Oh oui! sans peur, car une peur immense l'assaillait maintenant, devant les grosses mains rougeaudes de Fred.

Elle regarda le prêtre prendre une clef et ouvrir la porte d'un petit cabinet mural, puis y prendre une enveloppe sur une étagère. Et tandis qu'il s'avançait vers elle, tenant l'enveloppe à deux mains, il lui adressa un sourire, son sourire, faible, larmoyant, mais plein de bonté, et dit :

– C'est pour toi, Hannah. Ceci m'a été confié par ta mère le jour malheureux de sa mort. Elle avait demandé qu'on ne te la remette que le jour de ton mariage. J'ai attendu la fin de la cérémonie, car j'ai pensé que cela vous procurerait à la fois plaisir et réconfort en ce jour exceptionnel.

La bouche légèrement entrouverte, elle considéra le prêtre un moment avant de tendre la main pour prendre l'enveloppe; puis elle posa les yeux dessus et ses lèvres se mirent à remuer tandis qu'elle lisait à voix basse :

– « Au sujet d'Hannah Boyle. Cette lettre doit être confiée à un ministre de Dieu, ou à un homme de loi, et remise à la susnommée le jour de son mariage. »

Elle jeta alors un regard à Fred dont toute la personne exprimait la fierté et l'assurance du mari.

– Tu ne l'ouvres pas, mon enfant?

Le pasteur lui tendait maintenant un coupe-papier; elle le prit et se mit en devoir d'ouvrir l'enveloppe. Puis elle en sortit une longue feuille de papier pliée en trois, accompagnée d'un formulaire imprimé de couleur jaune; son regard s'y attarda un instant, puis elle se décida à lire.

Je soussigné, Harold Penhurst Wright, clerc de notaire, déclare avoir rédigé cet ultime testament de Nancy Boyle selon ses propres paroles telles qu'elle me les a dictées.

198

Daté du 7 février de l'année 1850.

Je sais que je ne suis plus loin de la fin et je veux faire au mieux pour mon enfant. Si elle reste seule, elle tournera mal et finira dans un bordel, malgré son jeune âge, ou à l'hospice. L'un ou l'autre est affreux. Je ne savais plus que faire, quand j'ai aperçu M. Matthew Thornton en ville. Je ne l'avais plus revu depuis le jour où je lui avais annoncé que j'attendais un enfant. Je ne pensais pas à mal en voulant lui faire croire que c'était le sien, j'avais seulement du mal à joindre les deux bouts; mais cette nuit-là il s'est sauvé et je ne l'ai plus jamais revu avant la semaine dernière en ville. C'est alors que j'ai décidé de savoir qui il était vraiment et où il habitait. Je veux donc aller jusque chez lui et la lui confier, mais je veux aussi qu'elle sache qu'elle n'est pas une bâtarde car je l'ai eue avec l'homme que j'ai épousé, qui est parti en mer et n'est jamais revenu, mais à l'époque je ne savais pas qu'il ne reviendrait jamais, je croyais seulement qu'il était parti pour un voyage de deux ans.

Je veux que ma fille ait cette lettre le jour de son mariage avec son certificat de naissance pour que son mari ne puisse l'accuser d'être une enfant adultère. J'espère qu'elle aura épousé un homme honnête et sera heureuse.

Signé de sa croix par Nancy Boyle.

Le septième jour du mois de février 1850...

— *Non! Non! Non!*

Elle secoua la lettre sous les yeux du pasteur, puis sous ceux de Fred; ensuite, la lançant presque au visage du premier, elle hurla :

— Vous auriez dû me la donner ce matin. J'aurais dû l'avoir ce matin. Je ne me serais pas mariée. C'est écrit... c'est écrit qu'il n'était pas mon père, le monsieur, monsieur Thornton. Non! Non!

Elle s'était mise à hocher la tête en tous sens, mais Fred l'attrapa par le bras sans douceur en criant :

– Mais arrête de hurler! Qu'est-ce qui t'arrive? Qu'est-ce qui est écrit?

Elle se dégagea et agita de nouveau la lettre sous ses yeux; puis elle dit en détachant ses mots lentement et en tendant son visage vers celui de l'homme :

– Je ne suis pas la fille de monsieur Thornton. Voilà ce qui est écrit, j'ai un père légitime, voilà (elle lui montra alors le certificat de naissance), et je ne t'aurais jamais épousé si je l'avais su. Jamais! Jamais!

– Hannah! Hannah! Chut, tu es mariée. Tais-toi! Tu ne dois pas parler ainsi.

Le petit pasteur tomba presque à la renverse. Seul le bras tendu de Fred l'en empêcha, et encore, il recula en chancelant contre la bibliothèque tandis qu'Hannah se précipitait vers la porte, l'ouvrait violemment, et se mettait à courir sur l'herbe entre les pierres tombales, dépassant sans la voir la foule ricanante qui s'abritait sous le portail de l'église.

Avant même qu'elle eût atteint le mur du cimetière, la petite robe de toile fine qu'elle portait lui collait au corps comme un morceau de papier détrempé. Elle avait mis une cape et un capuchon pour se rendre de la maison à l'église, mais les avait abandonnés dans la nef avant de se rendre à l'autel au bras de Robert.

Quand elle sauta par-dessus le mur, ses chaussures de cuir vinrent s'enfoncer dans la boue et elle faillit tomber à plat ventre en essayant de les dégager l'une après l'autre. Quand elle retrouva enfin sous ses pieds un terrain dur, elle fila comme le vent en direction des collines et du raccourci qui menait à la mine.

Elle n'avait qu'une seule pensée en tête, et qui l'obsédait : il fallait qu'elle voie John, qu'elle lui dise. Cela n'y changerait rien maintenant, elle le savait, mais il fallait qu'elle le lui dise. Il n'y avait rien eu de coupable, elle en avait toujours été persuadée au fond d'elle-même, il n'y avait rien eu de coupable à l'aimer.

Et ils auraient pu se marier. Ils auraient pu. Ils auraient pu.

Le vent poussait la pluie par rafales sur les collines et lui apportait le bruit lointain d'une clameur et d'une galopade. Ils la poursuivaient. Oui, mais ils ne savaient pas où elle allait; personne ne penserait qu'elle se rendait à la mine. Ils croiraient peut-être qu'elle courait chez Ned. Elle n'irait plus jamais chez Ned. Il l'avait croisée deux fois, récemment, et ne lui avait même pas accordé un regard. La première fois, elle s'était avancée pour lui parler et il avait détourné la tête et craché sur la route, exactement comme il avait dit qu'il faisait quand il croisait Mme Thornton... Mme Thornton, ce monstre. Etait-elle au courant? Non, non, c'était impossible; elle l'aurait immédiatement jetée à la rue si elle avait appris que son mari s'était fait berner, que toutes ses souffrances lui avaient été infligées à cause d'un mensonge. Et c'était vrai qu'elle avait souffert. Oh! oui! elle avait souffert. C'était parce qu'elle avait compris cela, déjà tout enfant, qu'elle ne s'était pas permis de haïr cette femme, pas avant ces derniers temps.

Elle avait un point de côté; il fallait qu'elle s'arrête. Où était-elle? Elle se plia en deux en haletant; sa coiffure s'était défaite et des mèches de cheveux lui retombaient sur le visage. Elle les repoussa et jeta un coup d'œil autour d'elle. Elle se trouvait au bout de l'ancienne route de traverse qui serpentait parmi les collines. Plus personne ne l'empruntait depuis que la nouvelle route avait été tracée. Elle était tortueuse par temps sec, dangereuse par temps de pluie; il y avait des ornières tellement profondes que l'on pouvait s'enfoncer dans l'eau jusqu'à la taille. Pourtant, et c'était cela le plus important, elle raccourcissait le chemin de la mine d'un bon kilomètre. Encore une demi-heure, au maximum, et elle y serait.

Elle s'était sentie gelée, quelques minutes auparavant, mais maintenant elle avait bien chaud. Même trempée jusqu'aux os, elle avait chaud. Elle devait être horrible à voir, mais, encore une fois, quelle importance? John comprendrait... Et s'il n'était pas à la mine?

Il devait y être, il le lui avait dit, c'était même la raison qu'il avait invoquée pour ne pas assister au mariage.

Au sommet d'une colline, elle s'arrêta encore pour reprendre son souffle. D'un côté, le paysage s'étageait en terrasses noyées de pluie comme des îles flottantes cernées par la terre. Les collines semblaient même se mouvoir, s'élever et retomber en vagues de brume noires et argentées.

Elle devait approcher de la mine, maintenant. Haletante, chancelante, elle gravit une nouvelle pente, et là, devant elle, elle l'aperçut, la mine, comme elle ne l'avait jamais vue auparavant. Peut-être était-ce la pluie qui modifiait les perspectives, mais il lui semblait soudain que quelques petites cabanes avaient été jetées au hasard sur le coteau et y étaient restées accrochées. Sur la partie plane, une eau d'un gris d'ardoise stagnait, mais toute la colline qui s'étendait à ses pieds, du sommet jusqu'à la vallée, était couverte d'un résidu noirâtre; tout y paraissait mort, comme dévasté par un fléau.

Etait-ce ainsi que Margaret voyait ces collines?

Et qu'est-ce que cela pouvait bien lui faire? Qu'est-ce que cela pouvait bien lui faire que les mines détruisent les collines? Et l'air qu'elles pouvaient bien avoir, ce qui comptait, c'était l'air qu'aurait John quand il saurait.

Des hommes poussaient des chariots de bois hors du trou pratiqué dans la colline. On aurait dit des gnomes qui sortaient de terre; ils portaient des sacs de jute sur leur tête, la pointe en l'air, mais retombant au sommet comme le capuchon des fous. De jeunes garçons pelletaient la boue; des hommes passaient des pierres au crible. Ils cessèrent tous leur tâche pour la regarder avec des yeux ronds, et l'un d'eux, la bouche béante, lécha les gouttes de pluie qui roulaient sur ses lèvres avant de lui demander :

– Qu'est-ce que c'est, mademoiselle? (Il s'avança vers elle.) Vous êtes perdue ou quoi?

– Monsieur Thornton. Je... je veux voir monsieur Thornton. Monsieur John Thornton.

– Oui, Oui. (L'homme s'essuya la pluie qui lui coulait dans les yeux.) Je vois qui vous êtes maintenant. Mais bon Dieu! Vous êtes dans un de ces états. Et trempée jusqu'aux os. Où est votre manteau?

– Je veux voir monsieur Thornton.

– D'accord, ma belle, d'accord. C'est là-bas.

Il désigna du doigt une construction longue et basse qui ressemblait à un hangar avec une porte au milieu et deux fenêtres de chaque côté. Elle lui tourna le dos sans même un remerciement et se mit à courir, entre les tas de minerai, les étais, les chariots, les montagnes de terre, sans faire attention aux hommes qui, ici et là, se redressaient, essuyaient l'eau qui leur dégoulinait sur le visage pour mieux la voir, puis échangeaient des regards perplexes.

Elle ne frappa pas à la porte mais l'ouvrit violemment, et son apparition fit sursauter les trois hommes assemblés autour de la table. Deux y étaient assis, un troisième se penchait au-dessus. Ils étaient occupés à examiner des plans portés sur une large feuille de papier épais, et ils la regardaient maintenant bouche bée, comme s'ils voyaient un fantôme. On pouvait encore deviner que sa robe était blanche, mais elle était éclaboussée de boue et lui collait au corps par endroits comme une peau. Ses cheveux hirsutes lui donnaient l'air d'une hystérique.

– Hannah! Par tous les saints, qu'est-ce... qu'est-ce qui t'arrive?

– John! John!

Elle s'avança vers lui, mais la table les séparait et

puis il y avait les deux autres hommes. John s'adressa alors à l'un d'eux :

– Ex... excusez-moi, monsieur. Voici... voici ma sœur, ma... ma...

– Non, non, justement!

– *Quoi?* Mais qu'est-ce qui t'arrive? Je croyais...

Les deux hommes se levèrent, et le plus âgé déclara :

– Nous partons. Règle donc ce problème familial, John. Ça n'a aucune importance. Strictement aucune importance.

Il leva la main pour faire taire John qui s'apprêtait à protester, puis toisa Hannah des pieds à la tête avant de prendre son chapeau et son manteau accrochés au mur; ensuite il s'habilla et sortit, suivi de l'autre homme qui ne portait ni chapeau ni manteau.

– Est-ce que tu es devenue folle, Hannah? A quoi ça rime de venir ici? Je... je croyais que tu te ma...

– Je sais, je sais, je n'aurais jamais dû venir, mais... mais il fallait que je te le dise, John. (Elle contourna la table lentement, en s'appuyant sur le rebord, puis elle vint se planter devant lui et le regarda droit dans les yeux en disant d'une voix essoufflée :) Nous... nous ne sommes pas parents. Il... je veux dire le révérend Crewe, il... il m'a donné une lettre. Qui disait que ton père... ton père ne m'avait pas engendrée. Tout est dans cette lettre, là.

Elle plongea la main dans le corsage de sa robe et en sortit une enveloppe détrempée qu'elle lui tendit. Mais il ne la prit pas, il s'écarta en disant :

– Cela ne sert à rien, Hannah, je... je suis fiancé. Tout est arrangé comme ça. Tu aurais dû épouser Fred, cela aurait été la meilleure solution... je suis désolé, désolé.

Elle le regarda d'un air interdit, puis ferma les yeux et cligna des paupières. C'était comme si elle se réveillait d'un profond sommeil. Margaret avait raison. John était un homme faible, et pourtant elle s'était juré que, faible ou pas, elle aurait bien donné sa vie pour un seul jour de son amour. Maintenant, elle savait que, même si elle était venue, un mois auparavant, lui apprendre la nouvelle, il ne lui aurait pas accordé ce seul jour d'amour.

– Je suis mariée, j'étais déjà mariée quand on m'a donné la lettre.

Elle vit tout le visage de John se transformer, son front se rasséréner, ses joues se décontracter, ses lèvres s'entrouvrir; ces derniers mots, pensa-t-elle, avaient eu sur lui l'effet d'un fer chaud sur une toile humide; elle crut même percevoir l'odeur de son soulagement.

Elle détacha lentement ses yeux du visage du jeune homme et se dirigea vers la porte. Alors il dit d'une voix douce :

– Hannah.

Elle le regarda par-dessus son épaule et déclara :

– J'ai pensé que je pouvais venir t'avertir.

Elle était dehors maintenant. La pluie tombait, verticale, comme un poids sur sa tête. Elle se fraya un chemin parmi les divers obstacles, une nouvelle fois; elle passa devant les hommes qui poussaient maintenant les chariots vers l'entrée de la mine; et l'homme qui lui avait parlé s'arrêta pour lui demander :

– Alors, vous l'avez vu, mademoiselle?

Et elle s'arrêta elle aussi pour lui répondre :

– Oui, merci.

Et quand elle se surprit à lui sourire, elle se dit qu'elle devait vraiment devenir folle; les gens ne sourient pas en de telles circonstances. Elle devait devenir folle...

Avant même d'avoir quitté l'enceinte de la mine, elle avait recommencé à courir, mais elle ne rentrait pas par la route qu'elle venait d'emprunter, car elle avait pris la direction opposée à celle par laquelle elle était arrivée.

Au bout d'un moment, elle s'arrêta de courir et se

mit à marcher au hasard, mais d'un pas décidé. Elle n'avait aucune idée de l'endroit où elle allait, et ne s'en souciait pas. Elle se disait confusément que si elle restait assez longtemps sous la pluie, toute la nuit peut-être, elle attraperait alors une pneumonie et mourrait, comme M. Thornton. Il était étrange de penser qu'il n'était pas son père. D'un certain côté, cela l'attristait. Que serait-il arrivé s'il avait vécu et découvert lui aussi la supercherie? Il ne lui en aurait pas voulu. Oh non! pas lui. Pourquoi John ne ressemblait-il pas à son père? John. John. Le soulagement qui s'était peint sur son visage quand elle lui avait avoué qu'elle était mariée, cette douleur-là ne la quitterait jamais.

Mariée! Elle était mariée! Le village devait être en révolution. Fred la cherchait sans doute partout. Mariée? On ne se sentait pas différente, une fois mariée. Du moins pas pour l'instant. C'était ce qui se passait au lit qui changeait tout. Mlle Emily lui avait fait comprendre qu'une femme n'était plus jamais la même après cette expérience. Avant cette conversation avec Mlle Emily, elle avait toujours pensé que les bébés venaient en s'embrassant. C'était une histoire de langue et de bouche, et c'était pour cela qu'il était très mal de permettre à un homme de vous embrasser, sauf sur la joue, avant d'être mariée. Elle avait été très choquée et inquiète, un jour, de voir Dandy embrasser Tessie sur les lèvres. C'était deux ans plus tôt, environ. Elle avait attendu que l'on parlât de l'arrivée du bébé et s'était même demandé, dans sa naïveté, si Mme Thornton s'occuperait de la naissance ou ferait venir la sage-femme d'Allendale.

Hier, elle était une jeune fille; aujourd'hui, elle se sentait femme; et pourtant, du mariage, elle ne connaissait rien de plus que la cérémonie. Et il n'en serait pas autrement à l'avenir, car elle ne retournerait jamais à la maison de Fred Loam. Jamais! Jamais!

Quelle heure pouvait-il être? Elle s'était mariée à

2 heures de l'après-midi. Il avait dû lui falloir à peu près une heure pour arriver à la mine; et depuis combien de temps marchait-elle maintenant? Elle ne le savait pas. Une heure? Deux heures? Atteindrait-elle une maison avant la nuit? Elle ne savait pas où elle était; la pluie tombait de plus en plus fort, et elle ne pouvait pas distinguer la silhouette des collines. Et alors, quelle importance? Mais elle avait froid, elle frissonnait. Il fallait qu'elle s'étende quelque part pour se reposer. Mais où? Si elle s'asseyait, elle ne se relèverait sans doute jamais, elle risquait d'en mourir. Mais n'était-ce pas ce qu'elle désirait, au fond? Non, non; elle voulait simplement ne plus revoir ce village et ses habitants, fuir Fred.

Quand, un moment plus tard, le petit bois se dressa devant elle, ce fut comme si elle était revenue neuf ans en arrière et conduisait sa mère à travers l'obscurité de la forêt.

Elle s'arrêta et s'adossa à un tronc d'arbre. Elle avait dû tourner en rond pendant des heures et se trouvait maintenant à quelques minutes de la maison Pele et de Ned. Elle irait voir Ned... mais, une seconde, Ned allait l'ignorer. Non, elle n'avait pas besoin d'aller jusqu'à la maison, elle n'avait pas besoin de se montrer. Il y avait un abri au fond de la cour. Un abri plein de vieux outils, du surplus de l'écurie; si elle pouvait s'y glisser, elle se cacherait là et se reposerait jusqu'au lendemain matin.

Elle traversa le bois lentement, en traînant les pieds. Ensuite, elle s'assura que la cour était déserte avant d'y pénétrer, puis, se glissant le long de la cabane, elle se dirigea vers la porte de l'abri, l'ouvrit, et entra.

– Mais qui est là, bon Dieu?

Une voix épaisse et rauque la fit sursauter.

Elle regardait Ned élever une lanterne au-dessus de sa tête, tandis que son autre bras était chargé de pièces de harnais usagées.

– Mais qu'est-ce que tu fous ici? Fiche-moi le camp!

Il s'avança brusquement, faillit tomber sur le fouillis qui jonchait le sol, et quand il ne fut plus qu'à un mètre d'elle, avec la lumière de la lanterne en plein visage, elle comprit qu'il était ivre.

L'éclat de la lampe révéla aussi à l'homme, malgré la confusion de son esprit, dans quel terrible état se trouvait Hannah, et, la tête ballottant sur les épaules, il la regarda de haut en bas. Deux fois il ouvrit la bouche pour parler, mais la referma aussitôt, puis enfin, d'une voix un peu plus calme mais toujours grondante, il déclara :

– Ils te cherchent. Ils sont venus ici deux fois. Tu le sais?

Elle ne répondit pas, mais continua de le fixer.

– Bon Dieu! Mais regarde-toi un peu.

Il recula d'un pas et elle crut un instant qu'il allait tomber à la renverse, la lampe à la main; pourtant elle ne sursauta pas, ne tendit pas la main pour le rattraper, car c'est à peine si elle pouvait se tenir adossée à la porte de bois sans glisser à terre.

– Et pourquoi viens-tu chez moi, bon sang de bois? Hein! Tu n'amènes que des ennuis. Tu le sais? Voilà ce que tu es, une faiseuse d'ennuis. Depuis le jour où je t'ai vue pour la première fois, tu ne m'as apporté que des ennuis. Et sais-tu? (Il s'avança de nouveau vers elle.) Tu es une sacrée ingrate.

Elle ne dit pas un mot, ne fit pas un geste. Lui aussi redevint silencieux; puis il se remit à aboyer :

– Sors de là et rentre à la maison!

Il s'avança vers elle, l'attrapa par l'épaule, la fit pivoter sur elle-même et la poussa dans la cour. Ensuite, titubant, il la suivit dans la salle de ferme.

L'odeur familière, la chaleur, le désordre confortable, le bruit vivant des poneys dans les stalles, toute cette chaude atmosphère la prit à la gorge et, s'effondrant sur la plate-forme où, des années auparavant,

Ned et le vieil homme l'avaient soignée, elle se courba en deux et éclata en sanglots.

Quant à lui, il resta planté devant elle à hurler :

– Ah! ça va te faire du bien de pleurer! Alors on t'a mariée et puis tu as décampé, qu'ils disent. Bon Dieu! Moi, à sa place, après t'avoir rattrapée, je te tuerais si tu m'avais fait une chose pareille... C'est un sacré imbécile, tout le monde sait ça, mais pas un homme ne mérite d'être abandonné à l'autel... Arrête de pleurer, bon sang, et dis-moi (il l'attrapa par l'épaule et la força à se redresser), pourquoi venir chez moi, hein? Allez, dis-moi, pourquoi venir chez moi? Tu m'as négligé, c'est ça? Tu te trouvais dans une sale position, mais pas au point de t'abaisser à prendre Ned Ridley.

Elle haletait. Bouche bée, elle le regardait avec des yeux ronds.

– Tu m'as tourmenté, torturé, depuis que tu es une enfant, le sais-tu? Depuis le jour où tu es entrée dans cette cour (il rejeta le bras en arrière pour désigner la porte et faillit alors tomber à la renverse), depuis ce matin-là, tu m'as mené par le bout du nez. Tu sais ce que j'ai fait? J'ai écrit un poème, sacré nom d'une pipe, sur ce matin-là. Ça, tu ne le savais pas, j'écris des poèmes, il y a des boîtes là-haut, bourrées de poèmes. Je les écris et puis je les oublie. Mais celui-là, non. Idiot comme je suis, je me le récitais quand je te voyais.

Il se tut et ils restèrent à se regarder, elle, haletante, et lui, les mains à plat sur ses genoux, son visage au niveau de celui de la jeune fille, et titubant légèrement.

– Ah! et puis au diable! Quelle importance. (Il se détourna en ajoutant :) Il faut que tu prennes quelque chose de chaud et que tu boives, que tu te mettes des vêtements secs, ou alors c'est un cadavre qu'il retrouvera, le jeune marié.

Elle le regarda partir vers la cuisine, puis entendit le

choc métallique de la bouilloire et des quarts en fer-blanc; et pendant tout ce temps une voix discourait dans sa tête. Le ton en était incrédule, à la limite du rire. Elle aurait pu épouser Ned. Ned la voulait pour femme. Depuis tout ce temps, il y pensait. C'était pour cela qu'il avait refusé de lui parler quand il était revenu de son voyage et avait appris qu'elle allait épouser Fred Loam. Mais pourquoi n'avait-il rien dit? Et même, cela aurait-il changé quelque chose? Elle avait aimé John, alors... Quelque part dans sa tête elle reconnut qu'elle venait de penser « avait aimé » et non pas « aimait ».

– Bois ceci.

Il poussa la tasse entre ses mains tremblantes; puis il s'écarta et alla s'effondrer sur un ballot de paille; il resta un moment, la tête enfouie dans ses mains. Puis il se redressa et dit lentement :

– Quand je pense à toutes les occasions que j'ai eues, et où j'ai hésité. Toutes les fois où tu es venue ici et que tu m'as rendu fou. Je me disais, elle n'a que seize ans. Et puis, il y a quelques mois, qu'est-ce donc que je me suis dit? Elle en a dix-sept maintenant, alors? Non, non, je me répétais; attends encore, et un beau jour elle y viendra toute seule. Cette abominable sorcière, là, en bas, finira bien par la pousser à bout et elle se sauvera. Et quand il est mort, je me suis dit, allez, vas-y maintenant, montre-toi, fais les choses correctement. Descends voir cette mégère et déclare-lui : « Je pourrais vous acheter et vous revendre à ma guise, côté fortune. » Et c'est vrai. (Il hochait la tête.) Il y a tant d'argent planqué dans tous les coins, ici, que tes yeux s'en ouvriraient tout ronds. Mon arrière-arrière-grand-père ne s'est pas balancé au bout d'une corde pour rien, il a laissé son butin derrière une brique dans le mur. (Il fit un grand geste théâtral.) Et puis mon arrière-grand-père est mort à son tour et il l'a imité. Ensuite le vieux a cassé sa pipe dernièrement et, bon Dieu, qu'est-ce qu'il a laissé! Si je tenais ce vieux farceur, je l'embrasserais, tiens, pas plus tard que maintenant! Mon père, il n'a rien laissé, les mineurs ne lèguent jamais rien, alors j'aurais pu lui dire : « Madame, je pourrais acheter votre maison et vous mettre à la rue », ou encore : « Je pourrais construire là-haut un petit manoir pour elle », mais je n'en ai même pas eu le temps, pas vrai? Tu t'es empressée de prendre un imbécile comme Fred, et avec la mère qu'il a, en plus. Bon Dieu! Tu vas en voir avec elle. Et tu sais ce que je dis? Eh bien, je dis que c'est bien fait, parce que tu n'as pas su profiter de ta chance.

Il se remit péniblement debout; puis, d'un ton morne, il conclut :

– Voilà, maintenant c'est fini, j'ai compris. C'est la seule imbécillité que j'aie faite, mais on ne m'y reprendra plus. Et quand je pense que je ne me suis pas marié à cause de toi. Eh ben!

Il rejeta la tête en arrière et éclata d'un rire si sonore qu'il effraya les animaux; puis il ajouta :

– Ils ne vont pas tarder à revenir. Enfin, si tu n'es pas morte avant... arrête de frissonner comme ça. (Il lui tourna le dos.) Il faut t'envelopper dans quelque chose, dans un sac. Non, un châle. Je vais te chercher un châle; mais attention (il pointa son index vers elle), je veux le revoir, il a appartenu à ma mère.

Elle le regarda se hisser en haut de l'échelle pour aller à l'étage et à peine eut-il disparu par la trappe qu'elle laissa tomber sa tasse sur la plate-forme tout en essayant de se remettre debout; puis elle se précipita vers la porte et repartit en courant sous la pluie battante.

Ils pourraient toujours venir, ils ne la trouveraient pas; elle ne pourrait supporter l'humiliation d'être traînée jusqu'au village par un homme qui devait être maintenant fou de rage.

Elle se trouvait déjà au cœur du petit bois quand elle entendit Ned appeler :

– Hannah! Hannah! Ne fais pas l'imbécile. Hannah! Reviens, je te dis.

Sa voix, qui lui parvenait entre les arbres dégouttant de pluie, lui semblait sortir d'un long tunnel.

Et ce ne fut qu'une fois hors du bois qu'elle se rendit compte que la pluie avait cessé. Elle n'essaya pas, cette fois-ci, de reprendre le sentier de la colline, car elle savait qu'elle glisserait et déraperait et que Ned la rattraperait tout de suite, car il courait comme un lièvre, du moins quand il était à jeun.

Loin vers la gauche, le terrain descendait en pente douce vers la vallée et les champs, et plus loin encore commençait le domaine de Buckly. Si elle y parvenait, elle pourrait alors disparaître.

Elle atteignit la vallée, pantelante, à bout de souffle, et s'arrêta pour regarder derrière elle : il s'approchait avec des bonds d'ivrogne. Elle se remit à courir, mais plus lentement maintenant, comme si elle aussi était ivre.

Dans la vallée, l'herbe faisait place aux champs labourés, et la terre collait à ses chaussures. Ned gagnait du terrain, et sa voix lui parvenait par intermittence, il appelait :

– Hannah! Hannah!

Devant elle, les bois. Si elle réussissait à les atteindre, il aurait bien du mal à l'y retrouver, et à son avis il ne l'y suivrait même pas, car Lord Buckly punissait sévèrement les contrevenants, Lord Buckly ou du moins ses gardes-chasse. Mais ils ne maltraiteraient pas une femme, se dit-elle, car elle ne chassait pas les jeunes faisans.

Le mur de pierre faisait à peine un mètre vingt de haut et elle découvrit avec surprise que le sommet ne se hérissait ni de tessons de bouteille ni de fil de fer barbelé. Mais, tandis qu'elle le franchissait tant bien que mal, la voix de Ned lui parvint à quelques mètres seulement derrière elle; son intonation avait changé et ressemblait maintenant à une supplication entrecoupée de halètements.

– Pour l'amour du Ciel, Hannah, arrête-toi! Arrête-toi! N'entre pas. N'entre pas là, triple idiote, tu...

Elle s'était déjà avancée de dix pas derrière le mur quand la fin de sa phrase, dans un hurlement, l'arrêta net.

– C'est piégé! Avec des pièges à hommes. Pour l'amour du Ciel, écoute-moi!

Elle se tenait toute raide, mais continuait d'osciller d'un côté et de l'autre, tendue; puis elle tourna la tête vers Ned qui s'appuyait, pantelant, sur le mur, et elle le vit lever la main avec lenteur en disant :

– Ne bouge pas, surtout ne bouge pas, ils peuvent se dissimuler n'importe où, l'endroit en est truffé, reste immobile.

Tandis qu'elle l'observait dans la lumière déclinante, elle se demanda si ce n'était pas là un piège à sa façon, s'il ne lui racontait pas cette histoire pour arriver enfin à l'attraper, mais l'expression de son visage et le fait surtout qu'il semblait dégrisé l'assurèrent de sa bonne foi. Elle le regarda escalader le mur, puis la rejoindre, les yeux fixés au sol. L'herbe était haute et enchevêtrée sur la bande de terrain qui séparait le mur de l'orée de la forêt. Elle le regarda s'approcher, il posa chaque pied prudemment devant lui, tout en titubant encore un peu, pourtant.

A quelques pas d'elle il s'arrêta, et, lui désignant le bois qui s'étendait devant leurs yeux, il déclara :

– Tu... tu n'y serais jamais entrée. Regarde! C'est hérissé de barbelés. Mais c'est là qu'ils les prennent, les fous qui essaient quand même. C'est un salaud, Buckly, il se rembourse en membres humains quand on veut lui prendre ses faisans, et même pour un lapin... Donne-moi la main.

Et comme elle lui tendait la main, il marmonna d'une voix pâteuse :

– Eh bien! Tu peux considérer que tu as eu de la chance.

A peine avait-elle fait un pas vers lui qu'il lâcha un énorme juron; puis, pointant le doigt vers le sol à un mètre d'elle, il grogna :

– Regarde-moi ça! C'est là que tu peux mesurer ta chance.

Elle regarda dans la direction qu'il lui désignait mais ne vit rien, sinon une grosse touffe d'herbe tout enchevêtrée.

Il ramena alors la jeune fille lentement vers le mur, puis la poussa rudement contre les pierres et dit :

– Maintenant, reste là. Ne bouge plus, c'est un ordre. Je vais m'assurer que celui-là n'attrapera ni renard, ni lièvre, ni même la jambe d'un pauvre imbécile.

Elle tenait maintenant à deux mains le bas de sa robe détrempée et le regarda se munir d'une branche cassée, retourner à pas prudents vers la touffe d'herbe, et quand il leva le bâton au-dessus de sa tête on aurait cru qu'il s'apprêtait à attaquer une bête sauvage.

Tout sembla avoir été provoqué par la violence de son coup, car, au moment où il abaissait son gourdin sur le piège, ses pieds quittèrent le sol et il trébucha en avant; puis, tandis que le cri inhumain se répercutait à travers la forêt, elle ferma les yeux et enfouit son visage dans ses mains. Mais, la seconde suivante, elle se précipitait déjà à l'endroit où il gisait, ses jambes labourant le sol, son bras gauche étendu avec la main ouverte et déjà rouge de sang.

– Ned! Ned! Ned! Ned!

Elle tirait en vain sur la mâchoire de fer qui lui broyait un côté de la main.

Il était agenouillé à présent, le corps tordu de douleur, avec un visage de gargouille. Quand elle comprit ce qu'il tentait de faire, elle posa ses deux mains d'un côté du piège tandis qu'il attrapait l'autre côté de sa main valide, et quand les mâchoires s'ouvrirent enfin sur sa main mutilée, il retomba sur le flanc et fourra ses pauvres doigts sous son aisselle, le bout de ses bottes martelant encore le sol.

Elle s'était agenouillée à son côté et lui soutenait la tête tout en murmurant entre ses larmes :

– Oh! Ned! Ned! Excuse-moi. Oh, mais qu'est-ce que j'ai fait, mon Dieu! Oh! Ned! Allez, lève-toi; il faut absolument rentrer.

Et comme s'il lui obéissait il se remit péniblement debout. La main toujours coincée sous son aisselle, il tituba jusqu'au mur et roula par-dessus; puis, le corps presque plié en deux, le menton enfoncé dans la poitrine, il prit le chemin du retour.

Quand il chancelait trop et qu'elle croyait le voir tomber, elle le prenait à bras-le-corps et le soutenait; sinon, elle se tenait à sa droite. Mais il ne lui parla pas une seule fois, pas plus qu'il ne proféra le moindre son.

A deux reprises, il s'arrêta et tomba à genoux pour se reposer, mais il ne sortit pas sa main de dessous son aisselle...

Il faisait déjà nuit quand ils entrèrent dans la cour et, arrivés dans la maison, il lui adressa la parole pour la première fois. Se tournant vers la lampe toujours allumée, il marmonna :

– Va la chercher.

Puis il se dirigea vers la cuisine. Munie de la lampe, elle le suivit à pas pressés. Ned se dirigea vers le seau d'eau posé au pied du mur, s'agenouilla devant et extirpa lentement sa main du creux de son aisselle pour la tremper dans le liquide.

Quand il l'en ressortit et qu'elle vit ses deux doigts se balancer comme s'ils n'étaient plus retenus que par un fil, elle sentit qu'elle allait s'évanouir.

Il considéra sa main un moment avant de la replonger dans l'eau en murmurant :

– Un drap. Va chercher un drap.

Elle regarda autour d'elle, affolée.

– Où? Où?

– Là-haut, dans le tiroir. Prends... prends la lampe.

Elle ne sut jamais comment elle grimpa les raides escaliers vers la chambre du haut, toujours est-il qu'à mi-chemin elle marcha sur sa robe et faillit tomber à la renverse avec la lampe et tout le tremblement.

Une fois dans la pièce, elle ouvrit successivement les trois tiroirs avant de trouver les draps. C'étaient des draps de pilou. Elle en prit deux et redescendit l'échelle en toute hâte; quand elle entra dans la cuisine, elle le trouva assis le dos au mur, les jambes étendues mais la main toujours dans le seau.

– Déchire-le en lanières. (C'était un tissu épais qui ne se laissait pas lacérer comme le coton et il lui hurla :) Découpe-le! Prends un couteau!

Le drap faillit tomber de ses pauvres mains froides et tremblantes. Elle réussit enfin à découper deux longues bandes. Il dit d'un ton apaisé :

– Prends-en une et plie-la en compresse.

Quand elle lui eut obéi, il lui fit signe de poser le pansement sur le sol à côté du seau, puis il souleva prestement la main et la plaça sur la compresse; ensuite, disposant les doigts déchirés en place, il replia le tissu par-dessus avant de déclarer :

– Et maintenant, panse-moi aussi vite que possible.

Mais avant même qu'elle eût commencé le bandage, la compresse était rouge de sang.

Elle termina le pansement; il lui dit :

– Déchire le reste des draps; j'en aurai sans doute besoin avant la fin de la nuit.

– Est-ce que... est-ce que je vais chercher le Dr Arnison?

– Non, cela ne servirait pas à grand-chose pour l'instant; je descendrai le voir demain matin.

– Oh! Ned. Excuse-moi, je...

– La ferme!

– Je voulais simplement dire...

– Tais-toi, tu m'entends! Tais-toi! Ou je t'étrangle.

Elle posa les yeux sur lui. Son visage était blanc, d'un blanc sale, terreux, et, comme deux trous obscurs dans sa figure, ses yeux, d'un noir de jais, étincelaient.

Il se releva, il se dirigea vers l'étagère à vaisselle et, empoignant une bouteille encore au quart pleine de whisky, il en remplit une tasse jusqu'au bord. Il la garda en main un instant puis, s'adressant à Hannah, il déclara :

– Je vais m'allonger sur la paille, je te laisse te débrouiller.

A ces mots, il passa devant elle, et elle le regarda s'éloigner vers le coin où il remisait la paille; il s'étendit sur les ballots, but une bonne partie de sa tasse, puis se coucha.

Elle resta à l'observer pendant presque cinq minutes avant de se détourner, puis, s'asseyant à la table de bois, elle posa sa tête entre ses bras repliés et se mit à gémir :

– Mon Dieu! Mon Dieu! Qu'est-ce que j'ai encore fait?

Ce fut au beau milieu de la nuit qu'elle l'entendit geindre subitement. Elle avait allumé deux nouvelles lampes avant de s'enrouler dans les couvertures des chevaux et de s'allonger sur la plate-forme, à quelques mètres des ballots de paille. Elle comprit qu'elle avait dû s'endormir et que la nuit était devenue glaciale, car même à l'abri des murs épais de la maison qui retenaient la chaleur animale des chevaux, elle frissonnait; et pourtant, la sueur ruisselait entre ses seins et le long de son front.

Encore étourdie de sommeil, elle se leva et se dirigea vers Ned en titubant puis, s'agenouillant à son chevet, elle demanda d'une voix douce :

– Est-ce que je peux t'apporter quelque chose, Ned? Quelque chose à boire?

Il ne lui répondit pas. Elle comprit qu'il dormait; alors elle retourna à la plate-forme et se recoucha. Mais elle mit un temps fou avant de s'assoupir, car elle mourait de froid.

Elle fut tirée d'un sommeil peuplé de cauchemars par quelqu'un qui l'empoignait par les épaules en criant son nom. Alors elle se mit sur son séant et, dans la lumière du matin, clignant des paupières, elle considéra Ned d'un air hébété.

– Lève-toi, veux-tu?

– Ned!

Elle était déjà debout, tendant les bras pour le soutenir alors qu'elle avait elle-même du mal à se tenir sur ses jambes.

– Tu es malade. Allons, couche-toi, couche-toi là.

Elle le fit pivoter et il s'effondra sur la plate-forme. Puis elle eut un hoquet nerveux en regardant le bras de l'homme. La manche de sa chemise était relevée et son avant-bras terriblement enflé avait pris une couleur violacée.

Il la regarda en clignant des paupières, s'humecta les lèvres et dit lentement :

– Je... je ne peux pas descendre; est-ce que... est-ce que tu peux aller chercher quelqu'un?

– Oui, oui, Ned, je vais descendre en ville, je vais aller chercher le Dr Arnison.

– Donne-moi... d'abord à boire... veux-tu? Du thé... n'importe quoi.

– Oui, Ned.

Elle se précipita vers la cuisine, mais ses jambes faillirent se dérober sous elle. Elle avait des gestes d'ivrogne. Mais que lui arrivait-il?

Elle ranima le feu avec le soufflet, plaça la bouilloire au-dessus des flammes, et quand l'eau se mit à frissonner elle prépara le thé, elle en versa ensuite une grande tasse à Ned et y ajouta trois cuillerées de sucre avant de la lui apporter. Le liquide était brûlant mais il le but presque immédiatement, puis se recoucha.

Elle retourna à la cuisine, et tout en se versant une grande tasse de thé elle se dit qu'elle se sentait malade, qu'elle ne savait pas comment elle arriverait jusqu'à la ville, distante de plus de quatre kilomètres, si elle voulait éviter le village – et il fallait qu'elle l'évite à tout prix. Mais elle devait partir, dès maintenant; la main de Ned était infectée, son bras était infecté. C'était horrible, quelle catastrophe pour lui, et c'était de sa faute à elle. Elle se serait voulue morte... Oh! comme elle aurait voulu être morte!

Elle se remit debout, revint dans l'autre pièce et, une fois près de Ned, elle se pencha sur lui et dit :

– J'y vais, Ned. Je ferai aussi vite que possible.

Et cette fois-ci elle réussit à ne pas ajouter : « Excuse-moi, Ned. Excuse-moi. »

Ce fut tout juste s'il acquiesça, puis il détourna la tête, elle partit dans la lumière matinale, sous le clair soleil, et pour la première fois depuis qu'elle s'était éveillée, elle se regarda. Elle était sale. Elle porta les mains à ses cheveux. Ils lui tombaient sur les épaules en mèches emmêlées, elle devait avoir l'air d'une folle. Mais quelle importance? Tout ce qui comptait pour le moment, c'était d'envoyer le docteur chez Ned.

Elle n'était qu'à mi-chemin, dans les collines, quand elle se rendit compte qu'elle ne pouvait plus avancer. Sa tête tournait, elle se sentait mal.

Quand elle atteignit un sentier, elle s'assit sur le bas-côté herbeux et se prit la tête dans les mains. Peut-être qu'en se reposant un moment elle pourrait ensuite continuer sa route.

Soudain, une voix au-dessus d'elle s'écria :

– Eh! Eh! C'est vous. Mon Dieu! Vous êtes dans un drôle d'état... Ils vous cherchent partout. Tout le village était à vos trousses.

Elle leva alors la tête et aperçut un jeune garçon qui se tenait au-dessus d'elle. C'était Peter Wheatley.

– Pe-ter! Pe-ter! (Elle découvrait maintenant qu'elle avait du mal à parler.) Pe-ter! Je dois... trouver le Dr Arnison. Ned est malade, Ned Ridley. Il... il s'est pris dans un piège. Est-ce... est-ce que tu pourrais aller en ville et le ramener? Le docteur... le docteur.

– Le docteur n'est pas en ville, il est ici, au bout de la route. (Le garçon lui désigna l'endroit.) Madame Thompson a eu un enfant.

– Thompson? La maison là-bas? Oh! (Elle se remit sur ses jambes.) Merci... merci, Pe-ter.

Elle n'était plus qu'à quelques mètres de la chaumière quand elle vit le docteur en sortir et s'apprêter à reprendre son cheval, alors elle hurla :

– Docteur! Oh, doc-teur! doc-teur! Ne partez pas.

Le Dr Arnison se retourna lentement et regarda en direction de la créature dépenaillée qui arrivait en trébuchant vers lui, et quand elle parvint à sa hauteur il murmura dans sa barbe :

– Mon Dieu! Mais que t'est-il arrivé, mon enfant? Elle s'accrochait à lui maintenant.

– Docteur, il faut que vous veniez, c'est Ned, Ned Ridley. Le piège lui a arraché les doigts.

– Quoi! Ned, Ned Ridley?

– Oui, oui, docteur, Ned Ridley. Il a eu la main prise dans un piège à hommes.

Le médecin lui posa alors la main sur la tête et déclara, d'un ton calme :

– Mais tu es brûlante, mon enfant. Où as-tu donc passé la nuit? Tu sais qu'on t'a cherchée dans tous les coins? Et, à propos de Ned, est-ce que tu ne m'inventes pas toute cette...

– Non, non, docteur. Venez. (Elle essaya de l'entraîner à sa suite.) Ned, il... il m'a sauvée. J'ai failli mettre le pied dans ce piège, et lui il a glissé et le piège s'est refermé sur ses doigts.

– Non! Non!

– Si, si, docteur.

– Lève-toi.

Il s'apprêtait à la faire monter quand elle secoua la tête en disant :

– Non, pas par le village. Oh non! docteur, non... pas tout de suite. Je vais repasser par les collines.

– Il faudra bien que tu passes par le village un jour ou l'autre, Hannah, il faut que tu y retournes. D'après ce que l'on m'a dit, tu es maintenant une femme mariée.

– Plus tard, docteur, plus tard, je... je dois retourner auprès de Ned maintenant. Je vous en prie, je vous en prie.

– Très bien.

Il la regarda s'éloigner en titubant. Il ne savait pas ce qu'avait Ned et il ne le saurait pas avant de l'avoir examiné, mais il savait déjà ce qu'avait Hannah. La fièvre la dévorait. Il n'aurait pas dû la laisser partir seule, et pourtant il imaginait sans difficulté son arrivée chez les Loam; elle n'était pas non plus en état d'être harcelée sans merci. Enfin, il arriverait à la maison Pele avant elle, c'était sûr.

Il se mit en selle et partit au trot...

Sur le chemin du retour, Hannah dut se reposer quatre fois avant d'atteindre la cour de Ned; et quand elle aperçut le cheval du médecin déjà à l'attache, elle s'adossa au mur et sa tête s'effondra sur sa poitrine; puis, après un moment, elle traversa la cour et se dirigea vers la salle de ferme.

Le médecin, la tête penchée au-dessus de Ned, dit d'un ton brusque :

– Parfait; viens me tenir la lampe.

Elle parut s'approcher de lui à contrecœur : c'était comme si elle avait dû traîner ses jambes derrière elle. Elle prit la lampe des mains du docteur, et tout en l'élevant à hauteur de poitrine, elle abaissa les yeux sur Ned, mais celui-ci regardait le docteur et, sans presque remuer les lèvres, il demanda dans un murmure :

– Que pensez-vous faire pour le bras, vous n'allez pas me le couper?

– Non, pas si je peux faire autrement... et si tu as de la chance. Mais si cette inflammation s'étend, eh bien... (Il se tut un instant.) Chaque chose en son temps. Il va falloir que je détache les doigts et que je nettoie tout ça.

Il désigna la main dans ses pansements souillés de sang.

– Tu n'as pas un peu d'alcool à la maison?

– Si.

– Alors tu devrais en boire une bonne lampée, Ned, parce qu'il va falloir que je coupe la moitié du majeur.

Il y eut un moment de profond silence dans l'écurie, interrompu seulement par le hennissement de l'un des chevaux, et ce fut un signe pour Ned qui, en fermant les yeux, murmura d'une voix pâteuse :

– Ils n'ont pas eu leur fourrage.

– Et alors, ils n'en mourront pas, s'ils sautent un repas. Ne t'inquiète pas pour eux, et laisse-toi soigner. Où est le whisky?

– Cuisine... buffet.

Le médecin se tourna alors vers Hannah et demanda d'un ton calme :

– Est-ce que tu pourrais aller le chercher?

Elle ne répondit pas, mais posa la lampe et se dirigea vers la cuisine. Il y avait deux bouteilles de whisky dans le buffet. Elle en sortit une, la considéra un moment, puis la déboucha et en versa deux doigts dans un quart de fer-blanc qu'elle porta à ses lèvres; elle en avala le contenu en une gorgée comme elle avait vu Ned le faire. Une minute plus tard elle était pliée en deux au-dessus de la table et toussait comme une malheureuse, les mains plaquées sur sa poitrine. Mais quand la quinte fut passée, elle se redressa et se dit qu'elle se sentait mieux, toute réchauffée jusqu'à la taille.

Quand elle rejoignit le médecin, il lui jeta un coup

d'œil et, avec un petit sourire, lui dit d'un air entendu :

– Tu ne devrais jamais en boire. Allez, donne-le-moi maintenant.

Il lui prit la bouteille des mains; puis remplit la tasse qu'elle lui tendait presque à ras bord, et en donnant la tasse à Ned, il ajouta :

– Inutile de t'expliquer comment le boire, n'est-ce pas, Ned?

Ned ne répondit pas mais, se relevant sur un coude, il ingurgita la dose d'alcool. Il rendit la tasse au docteur, et celui-ci demanda à Hannah en aparté :

– Remplis-la encore une fois; il va en avoir besoin.

Et comme elle allait s'exécuter, la porte de l'écurie s'ouvrit violemment et Fred Loam entra d'un pas décidé; mais il s'arrêta au beau milieu de la pièce et considéra d'un œil ébahi les trois personnes assemblées sur la plate-forme.

Ce fut le médecin qui le premier prit la parole et dit d'un ton presque désinvolte :

– Ravi de te voir, Fred; je vais avoir besoin d'aide.

– Ravi de me voir, et quoi encore! Qu'est-ce que c'est que toute cette histoire? Toi!

Il avançait d'un air menaçant vers Hannah, mais le médecin descendit de la plate-forme et attrapa Fred par l'épaule en disant d'une voix sévère :

– Quels que soient vos problèmes, ils peuvent attendre, si je ne m'occupe pas de Ned tout de suite, c'est son bras qu'il faudra que je coupe. Et maintenant, je veux que tu m'aides.

Fred se détourna et lança un regard furibond à Hannah qui se tenait plaquée contre le mur de pierre à l'autre bout de la plate-forme. La jeune femme lui rendit son regard.

Il était aussi échevelé qu'elle et avait l'air fou furieux. Elle se retint de gémir « je suis désolée », car l'heure n'était pas à de telles fadaises, et s'avouer désolée ne suffirait jamais à la dédouaner de ce qu'elle leur avait fait, à lui et à Ned.

La faute en revenait à sa mère. Oui! Oui! Dans sa tête, elle hurlait maintenant à l'adresse de sa mère : « Tu aurais mieux fait de garder ton secret. J'aimais autant être la bâtarde de monsieur Thornton. Oui, parfaitement. »

Ce devait être le whisky, pensa-t-elle, qui lui enflammait le corps, car même les mèches emmêlées qui lui tombaient sur le front semblaient dégager de la chaleur; elles lui brûlaient le visage et elle les repoussa derrière ses oreilles tout en regardant Fred qui, au chevet de Ned, abaissait les yeux sur la main de celui-ci et demandait :

– Qu'est-ce qui lui est arrivé?

Le médecin fit un petit signe de tête, puis répondit :

– Un piège, il s'est pris dans un piège. Hannah, apporte-moi une cuvette d'eau bouillante; et, Fred, approche mon sac.

Pour obéir aux ordres du docteur, ils durent se croiser. Fred la foudroya du regard, les lèvres retroussées de colère. Elle détourna la tête comme pour éviter un coup.

Le médecin fouilla dans son sac un moment; puis il en sortit un instrument qui ressemblait à un tisonnier à trois faces avec un manche en bois; il le tendit alors à Fred en lui disant à voix basse :

– Va mettre ça dans le feu. Quand il sera rouge, apporte-le-moi au plus vite; les phalanges sont infectées, il faut que je les cautérise.

Fred considéra le petit instrument pendant un instant, puis il tourna les talons et entra dans la cuisine.

Hannah et lui durent de nouveau se croiser, et quand il passa à sa hauteur il l'attrapa par une épaule et, plaçant son visage au niveau de celui de la jeune femme, il gronda :

– Tu m'as rendu ridicule, hein? Mais, bon sang, tu vas me le payer. Je te le jure, on ne rira pas de moi plus longtemps. Et où as-tu passé la nuit? Ici, avec lui?

– Lâche-moi.

Elle le repoussa de ses deux mains et il la lâcha, mais ce fut à peine s'il s'écarta.

– Te lâcher, dis-tu! Mais tu as oublié qui tu étais. Tu as oublié ce qui s'est passé hier. Tu m'as épousé, t'en souviens-tu? Tu m'as épousé. Bon Dieu! Je pourrais t'étrangler sur place. Je pourrais même prendre un couteau et t'étriper.

Quand elle ferma les yeux, que ses mains retombèrent sur la table et qu'elle s'y appuya, il la considéra un moment et, d'une voix changée, calme maintenant, il dit d'un ton brisé :

– Tu n'aurais jamais dû me faire une chose pareille, Hannah, non.

Puis il s'avança vers le feu et glissa l'instrument avec tant de force entre les tiges de fer, que ses doigts en furent roussis et qu'il dut ressortir l'outil pour empêcher que le manche ne s'enflamme...

Ils étaient de nouveau rassemblés sur la plate-forme. Les deux doigts broyés et la troisième phalange de Ned reposaient à côté d'Hannah sur des bandes de tissu trempées de sang. Ned venait de terminer une dernière tasse de whisky et son visage avait l'aspect du parchemin, taché ici et là d'une barbe noire et drue. Le docteur, prenant l'instrument des mains de Fred, demanda alors d'une voix brusque :

– Retiens-le par les épaules.

Elle vit les grosses mains de Fred s'accrocher aux épaules de Ned. Quand le médecin appliqua l'instrument brûlant sur les moignons à vif, l'odeur de chair brûlée lui souleva l'estomac, mais ce fut le cri perçant de Ned qui sembla la soulever de terre, puis la jeter au sol, et tout effacer de sa conscience pendant les trois jours suivants...

– Descends au village, ordonna le docteur à Fred, et ramène la mère Fletcher; on ne peut pas le laisser seul pendant les premiers jours. Et il n'est pas sûr encore que je n'aie pas à en enlever plus, tout dépend de la cautérisation; si ça marche ou non.

– Et elle?

Fred désigna l'endroit où Hannah gisait inconsciente sur la paille, et le docteur répondit :

– Dès que tu seras de retour, nous la descendrons au village. En voilà encore une dont il faudra s'occuper ces prochains jours, ou peut-être même ces prochaines semaines.

– Pourquoi?

C'était là une question brutale.

– Parce que, Fred, si mon diagnostic est juste, ta femme a attrapé la fièvre, mais je ne peux encore me prononcer sur son genre de fièvre. Une fois qu'elle sera au lit et que je pourrai l'examiner, j'en saurai plus.

– La fièvre?

La peur se peignit sur le visage de Fred. La fièvre, cela pouvait vouloir dire le choléra, et une épidémie s'était déclarée tout au long de la Tyne.

– Ne t'inquiète pas, c'est peut-être une fièvre toute simple, un coup de froid, et, vu son état, elle m'a bien l'air d'être restée au froid.

– C'est de sa faute, l'imbécile.

– Oui, peut-être, Fred. A toi de savoir; quant à moi...

– Oui, comptez sur moi, docteur, je saurai de quoi il retourne.

– Je n'en doute pas, Fred, je n'en doute pas, mais va, maintenant, et ramène la mère Fletcher, je ne peux pas rester ici toute la journée, j'ai ma tournée, moi. Ah! et prends ta carriole pour redescendre Hannah. Allez, va, maintenant.

226

Une heure plus tard, ils hissèrent Hannah sur la carriole. Elle avait repris conscience, mais bredouillait des paroles incohérentes la plupart du temps, et, de ses deux patients, le docteur s'inquiétait beaucoup plus pour elle que pour Ned. Ned était un type solide; même s'il devait plus tard lui couper le bras jusqu'au coude, il survivrait; mais cette fille n'était pas de la même étoffe, et quoique son état physique lui causât du souci, il s'inquiétait bien plus encore de son état mental.

Il n'avait qu'une idée confuse de ce qui s'était passé depuis la cérémonie du mariage. Les commérages du village s'étaient bien vite répandus en ville et tout le monde, dans cette communauté restreinte mais dispersée, connaissait la nouvelle avant la tombée de la nuit. Certains habitants de la ville s'étaient même joints aux villageois pour la rechercher, et en y repensant il trouvait cela plutôt amusant d'aider un homme à battre la campagne pour retrouver sa jeune épousée le jour même de son mariage...

C'était comme si le village avait eu vent de leur arrivée, car pas une porte n'était fermée, sauf peut-être celle de sa maison d'autrefois, pensa le docteur; et celle-ci était cachée à la vue par un rideau d'arbres.

Quand il arrêta son cheval devant la boutique du boucher, et que Fred eut sauté à bas de son siège pour se diriger vers sa porte, le docteur lui cria :

— Porte-la à l'intérieur! Elle n'est pas en état de marcher.

Il vit Fred lancer un regard furtif et furieux du haut en bas de la rue et jusqu'au-delà de la place, puis revenir à sa carriole et attraper le corps inerte d'Hannah. Ensuite, comme il aurait porté un mouton mort, un cochon, ou un bouvillon, il la jeta par-dessus son épaule et entra ainsi dans la boucherie, suivi du docteur.

— Alors, comme ça, tu l'as retrouvée? (Mme Loam,

hérissée des pieds à la tête, se tourna vers le docteur et cria :) Charmante présentation. Si c'était moi, elle ne passerait même pas la porte.

– Si cela ne dépendait que de vous, Daisy, la moitié du village et même la ville entière mangerait les pissenlits par la racine. Poussez-vous.

Il l'écarta d'un geste brusque et suivit Fred et son fardeau en haut des escaliers, traversa la cuisine toujours sur ses talons, et entra enfin dans une petite chambre presque entièrement occupée par un lit de cuivre et de fer. Quand Fred y laissa tomber sans ménagement le corps inerte d'Hannah, le médecin lui cria :

– Eh! Attention! Doucement, mon vieux. Est-ce que je dois te rappeler qu'elle est malade?

– Vous ne devez rien me rappeler du tout, docteur, même pas que j'ai été le dindon de la farce. Quels seraient vos sentiments, à ma place?

– Je ne sais pas, je ne me suis jamais trouvé dans une situation de ce genre, mais je crois que je penserais que plus je ferais bonne figure, moins les voisins auraient de quoi rire. Et maintenant, envoie-moi ta mère, elle me sera plus utile que toi cette fois-ci.

Une minute après, Daisy Loam pénétrait dans la pièce. Les mains aux hanches, le visage menaçant, le menton en avant, elle se planta devant le médecin en disant :

– Si vous pensez que je vais la soigner, celle-là, eh bien, vous vous trompez, docteur.

– Daisy. (Le médecin se pencha vers elle.) Nous nous connaissons depuis bien longtemps maintenant, et nous avons nos défauts tous les deux. Moi, c'est la pingrerie, me dit-on, parce que je demande mon dû tout de suite, et en argent, pas en œufs, ni en poulets, ni en côtelettes de porc, quoique j'aie fait quelques exceptions. Votre défaut majeur, Daisy, c'est d'avoir une bouche bien trop grande pour votre corps. (Il avait élevé la voix sur ces derniers mots et il conclut, presque en criant :) Elle l'a toujours été et le restera sans doute toujours. Ils n'auront pas besoin de vous creuser une tombe quand vous mourrez, il leur suffira de vous plier en deux et de vous fourrer dans votre bouche... Et maintenant, placez-vous de ce côté-ci et aidez-moi à lui enlever ses vêtements.

Tels deux lutteurs, ils s'affrontèrent du regard. Puis, desserrant un peu les lèvres, Daisy Loam siffla entre ses dents :

– Vous ne me faites pas peur. Je vous répète que pour rien au monde je ne la garderai ici; ce n'est pas une fille convenable.

– Que vous la gardiez ici ou non, c'est votre affaire, et celle de votre fils. Si vous décidez de la renvoyer d'où elle vient, parfait; si vous décidez de l'envoyer à l'infirmerie de l'hospice, parfait; mais avant tout, il faut que je lui retire ses vêtements, que je l'examine et la soigne, où qu'elle aille ensuite. Et (son visage était de nouveau tout près de celui de la petite femme) ce pourrait bien être dans son cercueil, Daisy. Voilà qui vous plairait, n'est-ce pas?

La petite femme tourna la tête lentement vers le lit, et les derniers mots du médecin parurent la satisfaire pleinement car, sans plus rechigner, elle se mit à lui arracher ses habits couverts de boue et de sang...

Vingt minutes plus tard environ, le docteur passa dans la cuisine et, regardant tour à tour le fils et la mère, il déclara :

– Elle est très malade et n'a que très peu de résistance physique; les vingt-quatre heures à venir seront décisives. Il est possible qu'elle meure, mais dans le cas contraire, je dois vous prévenir que vous devrez la soigner pendant des semaines. Alors, Daisy (et il porta toute son attention sur Mme Loam), je m'occupe de lui trouver une place à l'infirmerie de l'hospice, hein?

– Qu'est-ce que vous chantez là, l'infirmerie de l'hospice?

Les yeux de Fred allaient de l'un à l'autre.

— Eh bien! (le médecin se tourna alors vers Fred) comme ta mère m'a prévenu qu'elle ne veut pas la garder ici, que tu ne peux pas la mettre à la rue, et qu'il y a bien peu de chances aussi pour qu'on la reprenne dans la maison du bord de la route, il ne reste donc plus que l'infirmerie de l'hospice.

— L'infirmerie de l'hospice! (Fred se tourna vers sa mère.) Oui, je crois que tu en serais bien capable, de l'envoyer là-bas. Eh bien, laisse-moi te dire que, quoi qu'elle ait fait, c'est à moi qu'elle l'a fait et c'est moi seul qui déciderai si elle part ou si elle reste.

— Tu te prends pour le chef tout d'un coup, c'est ça, hein?

Le médecin empoigna sa mallette et en passant entre eux secoua une main comme pour les séparer, puis il dit :

— Je reviendrai plus tard dans la journée. En attendant, donnez-lui à boire autant que possible, de l'eau, du thé, n'importe quoi. (Et comme personne ne se dérangeait pour lui ouvrir la porte du palier, ni même pour le raccompagner au rez-de-chaussée, il claironna :) C'est parfait, c'est parfait, je connais le chemin.

La porte venait à peine de se refermer que Daisy Loam se tourna furibonde vers son fils. Du poing, elle frappa la table de la cuisine tout en lui criant :

— Triple imbécile! Tout le monde se moque de toi, voilà ce qui se passe. Tout le pays est en révolution. Tu ne pourras plus marcher la tête haute en ville, et au marché d'Hexham... eh bien, le crieur public chantera tes hauts faits. Il avait raison, le docteur, elle devrait aller à l'hospice.

— La ferme!

— Et ne me dis pas de la fermer. (Elle s'avança vers lui, le bras levé.) Je te préviens, je ne l'aurais pas supporté de ton père, alors, encore moins de toi.

— Ecoute, maman. (Il se pencha alors vers elle.) J'ai

compris maintenant que mon père était un sacré imbécile, un faible d'esprit, un trouillard. Ici, c'est ma maison, ma boutique, mes affaires; tout ce qu'il m'a demandé, c'était de m'occuper de toi, je m'en chargerai, mais je mènerai la vie qui me convient... Et n'essaie surtout pas de me mettre des bâtons dans les roues.

Elle avait pris un long rouleau à pâtisserie sur la table et le brandissait au-dessus de sa tête, mais la voix du garçon l'arrêta net et, le visage empourpré de colère, celui-ci poursuivit :

– Aussi vrai que je suis ici, je te jette par terre si tu oses même m'effleurer avec ça.

Le rouleau à pâtisserie retomba sur la table. Daisy Loam recula de quelques pas, la lèvre inférieure retroussée au point de lui découvrir les gencives, et, le visage grimaçant, elle hurla :

– Bon Dieu! Et penser qu'il fallait que je voie ça. Ah! je te cracherais bien dessus, tiens. Que le fruit de mes entrailles se montre aussi tendre, et pour celle-là! (Le bras plié, elle désigna la porte d'un pouce rageur.) Après tout, tu sais à quoi t'en tenir à son sujet, et tout le pays avec. Pourquoi s'est-elle sauvée de l'église après avoir lu ce papier?

Elle désignait maintenant la lettre chiffonnée et tachée de pluie.

– Elle avait compris qu'elle ne leur était pas apparentée. Et pourquoi n'est-elle pas allée voir le second, Robert, pour lui apprendre la nouvelle? Pourquoi a-t-il fallu qu'elle coure comme une enragée dans les collines jusqu'à la mine, jusqu'au grand cornichon aux cheveux blonds? Les hommes qui travaillaient là-bas avaient leur petite idée là-dessus, et ils ne l'ont pas gardée pour eux, qu'est-ce que tu crois? Elle est arrivée sous la pluie comme une folle dans sa robe de mariée, avec de la boue jusqu'à la taille, échevelée. Certains ont dit qu'elle avait l'air d'une sorcière. Et puis elle est entrée toute pantelante dans la maison et lui a crié : « Nous ne sommes pas parents. » Pat Sculley était dehors, et il a tout entendu. Et puis, n'ayant apparemment pas trouvé satisfaction auprès de celui-là, qu'est-ce qu'elle a fait? Elle a couru chez Ned Ridley; et elle est bien tombée, non? Parce que, comme maquereau, il se pose là; il a su faire son affaire plus souvent que le taureau de Barney. Et, raconte-moi un peu, où est-ce qu'elle a passé la nuit? A la maison Pele, à ce qu'on dit. Et crois-tu qu'ils se sont couchés avec un ballot de paille entre eux?

– Du calme! Tu m'entends? Du calme! Tu as assez parlé. Mais permets-moi de te dire que tu t'es au moins trompée sur la fin de l'histoire.

– Je me suis trompée?

– Oui, parce que, hier, Ned Ridley a eu la main prise dans un piège, et ce matin je viens d'aider le docteur à lui couper les doigts.

Elle resta silencieuse un moment, le corps raidi d'agressivité, puis elle cligna des paupières et demanda :

– La main dans un piège?

– C'est ce que je viens de te dire, la main dans un piège. Il a déjà perdu trois doigts et la moitié de la main, et il risque de tout perdre jusqu'au coude d'ici peu.

Et comme elle se détournait pour aller vers le feu, il poursuivit :

– D'après le peu que m'a dit le docteur, et ce qu'elle a raconté elle-même, Ned l'a empêchée de se jeter la tête la première dans le piège.

– Eh bien, à mon avis, il aurait dû la laisser faire. (Par-dessus son épaule, elle lança à Fred un regard glacé.) Si mauvais soit-il, il est plus utile au monde que ta mijaurée. Mais qu'est-ce qu'un homme avec une seule main?

– Bon Dieu! maman, tu y vas fort. Et je vais te dire quelque chose pendant qu'on y est. Ça fait longtemps

232

que j'y pense. Tu m'as pris pour un mou, toutes ces années, et moi, pour avoir la paix, je t'ai laissée porter la culotte, mais c'est fini. A partir d'aujourd'hui, c'est moi le maître ici.

— Dieu tout-puissant! Dieu tout-puissant! Mais c'est le monde à l'envers.

Elle regardait le feu et sa tête avançait à chaque mot. Alors il répéta :

— Oui, Dieu tout-puissant! Dieu tout-puissant! C'est le monde à l'envers. Et tout d'abord, je m'occuperai d'elle pendant que tu garderas la boutique.

Elle se tourna alors vers lui comme une petite furie en hurlant :

— Et pourquoi n'ajoutes-tu pas aussi que si cela ne me plaît pas je sais ce qu'il me reste à faire?

Le visage ruisselant de sueur, les lèvres retroussées, il lui répondit sur le même ton.

— Tout juste. C'est ma femme, et tu l'accepteras, toi, et les autres aussi, sinon ils auront affaire à moi.

Quand il sortit à grands pas de la pièce en claquant la porte, elle resta à la regarder pendant un moment; puis, la tête rejetée en arrière, elle eut un rire perçant et les yeux fixés sur le plafond bas, elle demanda, comme si elle s'adressait à Dieu :

— Avez-vous jamais vu un de ces gros navets qui une fois ouverts sont vides à l'intérieur, rien que du faux-semblant, de l'eau et du vent? C'est mon fils tout craché, rien que de l'eau et du vent.

Fred, qui au chevet du lit regardait Hannah s'agiter dans son sommeil, entendit les paroles de sa mère et baissa la tête.

Il l'avait affrontée, mais tiendrait-il longtemps? Son père n'y avait pas réussi et c'était pourtant un homme très fort; il avait laissé sa force au vestiaire pour avoir la paix... et lui aussi, Fred, aimait avoir la paix.

QUATRIÈME PARTIE

LA FEMME

12

On était en juillet. La nature déployait ses splendeurs. Les collines étaient bleues, vertes, pourpres et noires, et le ciel s'y accrochait comme un voile de mousseline blanche.

Depuis trois jours, elle pouvait se lever et venir s'asseoir devant la petite fenêtre carrée de la chambre. Elle avait une chaise basse et l'appui de la croisée lui cachait la cour arrière, avec le tas de fumier sec au bout et le fossé encore un peu plus loin, par lequel les ordures du village rejoignaient la rivière.

Combien de temps était-elle restée dans cette chambre? Quatre semaines et demie, si elle comptait objectivement les jours, quatre éternités et demie, si elle considérait les changements qui s'étaient opérés en elle, car non seulement son corps avait perdu ses formes, mais son esprit avait perdu quelque chose lui aussi. Elle ne se sentirait plus jamais jeune, plus jamais elle ne compterait son âge en années, plus jamais elle n'aurait des pensées de jeune fille.

Par moments, elle était effondrée de se voir si changée, mais à d'autres moments elle comprenait l'inéluctabilité de ces bouleversements. Elle avait causé tant de catastrophes en une seule journée que si cela ne l'avait pas changée elle aurait fini par se demander si elle était humaine.

Elle aurait pu accepter ce nouvel environnement et

même s'y adapter rapidement, s'il n'y avait eu deux obstacles : la mère de Fred, et les mains de Fred.

La mère de Fred était une femme inhumaine. Apparemment, Hannah n'était pas la seule à le penser, car les deux villageoises qui étaient gentiment venues lui rendre visite lui avaient exprimé leur opinion sur Mme Loam, dans un murmure, peut-être, mais qui était catégorique. Mme Wheatley, la femme du droguiste, et Mme Buckman, la femme du maréchal-ferrant, étaient toutes deux venues la voir, et Hannah n'avait pas sous-estimé le courage qu'il leur avait fallu pour braver Mme Loam, ni minimisé le sens de leur visite. Elle était heureuse d'y voir la preuve qu'elle n'était pas condamnée par tout le village, malgré ses funestes erreurs. Mais elle se demandait en même temps si les villageois ne profitaient pas un peu de cette occasion pour donner un petit coup de patte timide à Mme Daisy Loam.

– Ne vous laissez pas faire, ma belle, lui avait conseillé la femme du maréchal-ferrant.

– Tenez-lui tête ou elle vous changera en paillasson, lui avait recommandé la femme du droguiste.

Ne pas se laisser faire... lui tenir tête, c'était vite dit. Si au moins elle s'était sentie un peu plus valide. Le Dr Arnison lui avait confié qu'il lui faudrait encore un mois avant d'être complètement remise, et elle avait attendu la veille pour lui demander d'en instruire Fred. Et le docteur avait dû accéder à sa demande, car Fred était entré dans la chambre, s'était planté devant la fenêtre et avait déclaré en regardant au-dehors :

– Elle n'acceptera pas beaucoup plus longtemps que tu ne sortes pas d'ici; elle demande que tu l'aides, à cause de son dos. (Il s'était tourné vers elle et avait ajouté d'un ton presque suppliant :) Si, pour commencer, tu pouvais faire le gros effort d'aller jusqu'à la cuisine et de t'occuper à de menus travaux, cela pourrait la calmer.

Elle avait alors levé les yeux sur lui et senti une

vague de pitié l'envahir; tout à coup, elle avait pensé que si elle avait pu vivre seule avec lui, leur union aurait pu être presque heureuse; mais cette impression s'évanouit dès qu'il avança une chaise à son chevet, s'assit, puis, glissant une main sous la couverture, lui caressa la cuisse.

C'était bizarre, mais, quand elle pensait à lui, elle semblait le séparer de ses mains, ces grosses mains rougeaudes et baladeuses qui paraissaient animées d'une vie autonome. Dès qu'elles se glissaient sous les siennes, Hannah se recroquevillait de dégoût des pieds à la tête...

Voilà ce qui s'était passé la veille; et quelque chose dans la conversation de Fred lui avait fait craindre le lendemain. Et l'on était déjà au lendemain, et Fred se tenait là, il était entré dans la chambre pour venir s'asseoir près d'elle et poser ses mains sur son corps.

– Une journée magnifique.

– Oui; oui, c'est merveilleux. Ah! si... si je pouvais aller me promener dans les collines.

Tout en disant ceci, elle avait devant les yeux la maison Pele et les doigts broyés posés sur le drap sanglant. Personne ne lui avait donné de nouvelles de Ned depuis qu'elle se sentait mieux, pas même le docteur; et chaque jour elle se promettait de mettre le sujet sur le tapis, mais sentait bien que c'était impossible.

– Oh! encore un peu de patience, tu trotteras bientôt comme un lapin. Je... je lui ai dit (il désigna du pouce le parquet et la boutique) qu'à la fin de la semaine tu donnerais un coup de main.

De la pointe du pied, il ramena adroitement une chaise près du lit et vint s'asseoir à côté d'elle.

Elle ne s'était pas enroulée dans la couverture, non pas qu'elle ait eu trop chaud, car même avec le clair soleil qui brillait dehors elle avait toujours froid, mais elle l'avait repoussée dans l'espoir que son absence découragerait cette main de venir errer sur elle; et un moment elle crut avoir atteint le but désiré... mais un moment seulement, car, les coudes posés sur les genoux et les mains jointes, il se pencha en avant et, semblant leur parler, il déclara :

– J'attrape des crampes sur ce divan, moi; et je crois qu'il est temps que j'étende un peu mes jambes, je réintégrerai donc le lit la nuit.

Quand il tourna la tête pour la regarder, elle avala sa salive un grand coup, puis eut un petit hoquet. Alors, il se planta carrément devant elle et siffla :

– Je me suis montré patient, tu ne peux pas le nier. Tout le monde n'aurait pas attendu aussi longtemps que moi. Et elle s'est même moquée de moi, oui. Pour une chose et pour une autre, et surtout pour ça, ma vie est un enfer depuis quelque temps. Tu ne peux pas dire que je t'ai bousculée; et ne me regarde pas comme ça, veux-tu. Tu es ma femme, et il y a un temps pour tout. De toute façon (il se remit brusquement debout), je ne peux plus attendre et maintenant c'est fini, je viendrai ce soir.

Il la salua d'un mouvement de tête, et sortit.

Elle rejeta la nuque contre le barreau de la chaise. Un temps pour tout. Elle tourna les yeux vers la fenêtre en direction de la maison Pele, et une voix résonna dans sa tête, qui disait :

« Oh! Ned, pourquoi n'étais-tu pas là quand j'avais besoin de toi? »

Mais le son lui en revint alors sous la forme d'une question :

« Aurais-tu compris pourquoi tu avais besoin de lui? »

Elle secoua la tête de gauche à droite. Non, peut-être ne le savait-elle pas à l'époque, mais maintenant elle le savait; oh! oui! elle savait pourquoi elle avait eu besoin de Ned Ridley, pourquoi elle avait toujours eu besoin de lui, tout comme il semblait avoir eu besoin d'elle, parce que son esprit maintenant était celui d'une femme et son corps, cette nuit, deviendrait aussi celui d'une femme.

Pourquoi la vie des gens se déroulait-elle ainsi? Pourquoi était-on ainsi fait que le dégoût et la terreur vous étranglaient à la seule idée d'être touchée par un certain être, même si cet être n'avait rien de méchant ni de diabolique?

La vie était étrange, compliquée; elle sentait le besoin violent et presque irrésistible d'en finir avec elle.

13

– A nous deux, madame la patronne! (Mme Loam insista sur ce dernier mot d'un ton de raillerie méprisante et le répéta :) A nous deux! Madame la patronne, cela fait bientôt trois semaines, que vous en prenez à votre aise, à laver une tasse par-ci, à épousseter un vase par-là. Eh bien, le moment est venu de gagner votre titre, parce que je ne peux pas être à la fois au four et au moulin; à l'avenir, donc, j'organiserai votre travail – et si j'étais vous, je ne m'assiérais pas, car il faudrait que je me relève la minute d'après.

– Je m'assiérai quand il me plaira, madame Loam.

– C'est ce qu'on verra! Et laissez-moi vous dire, ceci, ma belle... (La petite femme passa du ton de la raillerie à celui de la menace, tandis qu'elle avançait son étroit visage de furet vers Hannah tout en poursuivant :) Je peux vous rendre la vie supportable, tout juste, ou je peux en faire un véritable enfer. Mettez-vous bien ça dans la tête. Et écoutez-moi. Mon fils pourrait très bien se passer de vous; si vous vous étiez perdue pour toujours dans ces collines, il aurait continué à mener sa vie comme si rien ne s'était passé; mais moi, c'est tout autre chose, il ne peut pas se débrouiller sans moi, car, question boucherie, j'en ai oublié bien plus qu'il n'en apprendra jamais. C'est un imbécile, il est à peine capable de rendre la monnaie aux clients sur un shilling, vous le saviez, ça? Il a eu les mêmes occasions que tous les gars du village, il est allé à l'école d'Allendale pendant presque trois ans, mais est-ce qu'il en a retiré quelque chose? Rien du tout, que du vent. Je mène son affaire... oui, *moi*! Comme au temps de son père. Qui allait au marché et continue encore aujourd'hui à choisir les bêtes? *Moi*. S'il y allait tout seul, ils pourraient lui refiler un sac bourré de paille et il croirait acheter une génisse; mais moi, ils n'essaient pas de me rouler. Le lundi, c'est le seul moment où il fait un peu de boucherie, parce qu'il s'occupe de l'abattage; mais n'importe quel imbécile à qui l'on donne un marteau peut abattre une bête pourvu qu'il y ait deux hommes pour la tenir. Alors, maintenant, madame la patronne, vous voyez la situation. S'il lui fallait choisir entre vous et moi, il vous abandonnerait, il le faudrait bien, alors, passons à la répartition des tâches, d'accord?

S'accrochant au rebord de la table, Hannah se hissa sur ses jambes. Elle tremblait intérieurement, son estomac faisait des siennes, mais elle veilla à ce que ses mains ne la trahissent pas; puis, toisant calmement sa belle-mère des pieds à la tête, elle dit d'un ton paisible mais ferme :

– Je m'acquitterai de ma tâche, mais ne croyez pas pouvoir m'intimider, madame Loam, parce que vous n'y arriverez pas, et que, si je voulais m'y mettre, je pourrais tout aussi bien que vous apprendre la boucherie. Parfaitement, et aller au marché aussi. (Sa voix prenait de la vigueur et elle poursuivit, en hochant la tête :) Et je suis sûre que les gens me feraient bon accueil et seraient prêts à m'aider, Fred y compris. Vous faites passer votre fils pour un parfait idiot. Eh bien, laissez-moi vous dire ceci, madame Loam, même s'il était complètement idiot, qu'il bavait, il serait encore plus intéressant que vous.

— Ah! petite effrontée, saleté, va! A qui croyez-vous parler?

Le poing de Mme Loam s'abattit sur Hannah.

— Ah! Madame Loam, ah! Ne vous avisez pas de recommencer.

Hannah avait reculé en chancelant, tandis que la petite femme lui bourrait l'épaule de coups de poing.

— Que ce soit la première et la dernière fois, car si vous osiez encore lever la main sur moi, je vous rendrais la monnaie de la pièce... avec... avec la première chose qui me viendrait sous la main.

Mon Dieu! mon Dieu! Elle était tombée bien bas. Penser qu'elle pouvait dire une chose pareille, menacer cette femme de la frapper, cette vieille femme, car elle voulait bien se pendre si elle n'avait pas cinquante ans. Elle pensa en un éclair à ses professeurs, qui lui avaient enseigné la courtoisie. Et comme si elles avaient été vraiment présentes, elle les balaya d'un grand geste du bras. Qu'avait à faire l'éducation dans une situation pareille? Ne réagissait-elle pas selon sa nature? Et si elle voulait survivre et échapper à là domination de cette femme, elle devrait laisser cette nature prendre le dessus; cette nature qui avait été engendrée par deux personnes du commun dans le quartier le plus pauvre de la cité de Newcastle.

Elle se força alors à s'éloigner de la table et à réintégrer la chambre; mais avant qu'elle ait pu fermer la porte derrière elle, la voix de la petite femme lui frappa les tympans :

— Très bien, ma fille! Vous êtes la patronne maintenant, mais écoutez un peu ce que la patronne précédente a fait depuis des années, et ne fera plus désormais. Le lundi, vous lavez : les draps, les habits, la tenue d'abattage, les tabliers et le reste; le mardi, vous nettoyez à la brosse tous les billots de la boutique, et le sol, après avoir balayé et jeté la vieille sciure;

le mercredi, vous cuisez le pain, une bonne fournée de petits pâtés, et entre-temps vous n'oubliez pas le repassage et la cuisine; le jeudi, vous vous préparez pour le nettoyage de fin de semaine, vous faites les cuivres et les garnitures de foyers, puis les chambres. Vous m'écoutez? (Elle hurlait maintenant de l'autre côté de la porte.) Le vendredi, vous finissez l'étage, puis vous descendez dans la cour et débarrassez toutes les entrailles qui commencent à puer et vous finissez par vider les seaux; très agréable ça, vider les seaux; le samedi, si vous tenez encore sur vos jambes, vous aidez à la boutique. Et ça, ma fille, c'est une semaine calme.

Elle avait crié cette dernière phrase à tue-tête.

Hannah se tenait maintenant devant la fenêtre, les mains plaquées contre sa bouche, les yeux fermés, elle hurlait en elle-même : Je ne le supporterai pas, non, non, je craquerai.

L'espace d'un instant, elle s'imagina traversant le village en courant pour aller se jeter aux pieds d'Anne Thornton et la supplier de la reprendre sous son toit.

Elle ouvrit les yeux et regarda en bas. Il y avait des femmes dans leur cour, de chaque côté de l'espace grillagé, et elles se parlaient en articulant le plus possible.

Tout le village saurait que Mme Loam « l'avait eue ». Elle tourna le dos à la fenêtre et vint s'asseoir sur le bord du lit. La maison était silencieuse maintenant, et tandis qu'elle restait assise là, grandit en elle une force née du défi, et elle hocha la tête aux pensées qui lui venaient à l'esprit. Margaret avait appris à travailler de ses mains; la petite Tessie avait depuis toujours travaillé durement, tout comme Bella. Toutes les femmes du village s'occupaient de leur ménage, de leur lessive, de leur cuisine, de leur nettoyage. Est-ce qu'elle était idiote? Ne pouvait-elle pas apprendre? Ses forces lui revenaient de jour en jour; tout ce dont elle avait besoin maintenant pour accomplir d'aussi basses besognes, c'était de force d'esprit, de détermination pour prouver à cette sale petite mégère que tout ce dont elle était tellement fière, n'importe qui en était capable, même quelqu'un qui aurait le niveau mental qu'elle attribuait à son fils. Il n'y avait qu'un petit problème, elle n'avait jamais fait ni lessive ni pain auparavant. Pourtant, elle avait observé Bella et Tessie s'acquitter des corvées domestiques un nombre incalculable de fois, il fallait donc qu'elle essaie de se souvenir comment elles arrivaient à obtenir du linge propre et du pain frais.

Si elle avait pu passer une autre année à la maison, elle aurait sûrement appris à cuisiner, car lorsque Margaret avait quitté l'école, Bella lui avait appris à confectionner certains plats.

Margaret. L'indifférence de Margaret la blessait. Elle avait pensé qu'elle viendrait la voir pendant sa maladie, au moins une fois, mais elle s'était contentée de lui envoyer deux petits mots très brefs; dans le premier elle lui disait qu'elle était désolée d'apprendre qu'elle était malade, et que pour sa part elle était très occupée à l'école; dans le second, elle se réjouissait de son rétablissement, et se disait toujours très occupée à l'école. Il n'y était pas question de M. Hathaway ni de son mariage.

Et puis il y avait Robert. Il ne lui avait rendu qu'une seule visite, s'était montré mal à l'aise, et avait semblé heureux de la quitter.

Et John. John devait bientôt se marier... Est-ce qu'elle en souffrait? Chose curieuse, pas du tout, ce qui prouvait combien elle avait changé, elle s'étonnait même de celle qu'elle avait été autrefois, celle qui croyait mourir si elle était privée de l'amour de John, ou qu'elle finirait sa vie vieille fille. Comme elle avait été jeune, et bête.

Il lui semblait maintenant que toute la famille, et pas seulement Mme Thornton, l'avait jetée dehors; et pourtant elle s'était si bien entendue avec tous les autres, sauf avec Betsy, bien sûr. Même Bella et Tessie s'étaient éloignées d'elle. Elles avaient toutes deux droit à une demi-journée de congé par mois; elle avait espéré que l'une ou l'autre serait venue voir comment elle se portait.

Eh bien, il fallait donc qu'elle vole de ses propres ailes et si elle voulait survivre dans cette maison, autant suivre le conseil que Mlle Emily répétait à chaque trimestre aux nouvelles comme aux anciennes élèves : « Rien ne vaut le moment présent pour s'atteler aux tâches difficiles. » Il fallait donc qu'elle descende, tout de suite, à la buanderie, qu'elle allume le feu et qu'elle s'initie à la désagréable besogne d'apprendre à faire une journée de lessive...

Elle eut le plaisir, une minute après, de constater la stupéfaction de sa belle-mère, quand celle-ci la vit entrer dans la cuisine, se saisir de la boîte à amadou sur le dessus de la cheminée, de quelques brindilles sèches entassées sur le côté, et d'un vieux morceau de journal qu'elle tira d'un râtelier.

Puis elle prit un grand tablier de toile de jute qui pendait à un clou derrière la porte, l'étala sur le garde-feu et y entassa la lessive. Ensuite elle remonta ses manches, ramassa le tablier et, sans accorder un regard à la petite femme médusée, elle ouvrit la porte du palier et descendit au rez-de-chaussée, réjouie à l'idée que, quel que soit le résultat de son premier jour de travail, sa tentative avait cloué le bec à sa belle-mère, du moins provisoirement.

Son dos lui faisait mal, ses bras lui faisaient mal, ses jambes lui faisaient mal, en fait, il n'y avait pas un endroit de son corps qui ne lui fît mal. Elle s'était demandé tout au long de la journée comment la petite Tessie pouvait laver des montagnes de linge sale, et non seulement les laver, mais chanter en travaillant.

Elle était assise à table maintenant, et avait à peine

la force de toucher à l'assiette de ragoût de mouton et de boulettes que sa belle-mère avait poussée devant elle. Elle avait remarqué qu'au moment de lui assigner toutes ses tâches, celle-ci n'avait rien dit des repas quotidiens, car, ainsi qu'elle l'avait déjà découvert, Mme Loam était d'une exigence sans bornes en matière de nourriture, et elle satisferait sans nul doute les besoins de son estomac.

Fred était assis en face d'elle et enfournait la nourriture dans sa bouche comme s'il n'avait pas mangé depuis une semaine, et, entre chaque bouchée, il tournait la tête vers elle, souriait, et pour la troisième fois depuis qu'il était à table la félicita à sa manière de ses efforts.

— Eh bé! Je n'en reviens pas, tu commences par une journée de lessive, pour un début, c'est un bon début.

— Dieu tout-puissant! (La cuiller de Mme Loam cliqueta dans son bol.) Pourquoi ne lui décernes-tu pas une médaille, hein? Toutes les femmes du village lavent le lundi, qu'il pleuve, qu'il neige ou qu'il vente, et je n'ai jamais entendu dire que leur mari s'en extasiait la bouche ouverte et les yeux ronds...

— Ecoute, maman, ça suffit! Et sois juste...

— Oh, mon Dieu! (La petite femme leva les mains et les yeux au ciel; puis elle quitta la table brusquement sans finir son assiette et déclara :) C'en est trop, moi je vais me coucher.

Quand la porte de sa chambre se referma en claquant, Fred se pencha par-dessus la table et avec un large sourire chuchota à l'adresse d'Hannah :

— Quand nous aurons disparu, elle reviendra s'en mettre plein la lampe. Oh! je la connais comme si je l'avais faite.

Hannah ne répondit pas, elle était trop lasse et trop fatiguée pour manger. Mais, avant de pouvoir aller se coucher, il faudrait encore qu'elle lave la vaisselle, qu'elle trie le grand panier de linge, plie et roule la lessive pour le repassage du lendemain... Et même quand elle irait au lit, son travail ne serait pas fini pour autant. Oh non!

Non! Elle secoua la tête rien que d'y penser. S'il la touchait ce soir, elle crierait, elle le grifferait, elle se débattrait... Elle le regarda. Non, elle n'en aurait pas la force. Il faudrait qu'elle essaie de faire comme les autres nuits, rester passive et attendre la fin comme si cela arrivait à quelqu'un d'autre, car elle avait découvert que cet aspect du mariage n'était pas seulement physique, mais aussi moral. Si, par exemple, vous n'arriviez pas complètement à effacer ce qui se passait, vous pouviez toujours, dans le noir, penser à un autre homme...

Tandis qu'elle lavait la vaisselle sale et frottait la suie qui noircissait le dos de la poêle, puis s'occupait du linge, Fred resta au coin du feu, les pieds sur la grille, une pipe de terre fichée entre les lèvres, à bavarder. Il parlait de mener le cheval au maréchal-ferrant et de faire mettre un moyeu neuf à la carriole. Il évoquait son père et les bons moments qu'ils avaient passés à la fête du blé, une coutume qui se perdait maintenant, car les fermiers réservaient de plus en plus de terre à la pâture.

— A la fin de la moisson, ça durait toute la nuit, on mangeait, on dansait, on se déguisait. (Il rit.) J'en ai vu deux ou trois quand j'étais petit. Eh bien, qu'est-ce qu'ils pouvaient inventer! Papa n'y est jamais retourné après s'être marié. Elle s'était entichée de religion à l'époque. (Il désigna la porte de la chambre d'un coup de tête et ajouta dans un murmure :) C'est déjà pas mal maintenant, mais à ce moment-là, ça commençait avec le porridge du matin jusqu'au repas du soir, et sept jours sur sept. Oh! elle s'est assagie. Tu ne voudras peut-être pas le croire, mais c'est vrai.

Hannah ne répondit pas, elle ne dit rien jusqu'au moment où il se mit à parler de l'énorme bête qu'il avait tuée le matin même.

– Bon Dieu! Quelle masse. Il en a fallu trois pour la tenir pendant que je lui enfonçais...

Hannah se tourna alors prestement vers lui et siffla :

– S'il te plaît, je ne veux pas en entendre parler.

Alors il se mit à rire et ajouta :

– Bon, d'accord, je m'en serais douté, une petite nature comme toi. Mais il faut bien le faire. (Puis après un silence, il poursuivit :) En ville, j'ai eu des nouvelles de là-haut.

Et bien qu'elle lui tournât le dos et ne le vît pas rejeter la tête en direction de la maison du bout du village, elle comprit de qui il parlait.

– Il doit se marier à la fin septembre. Avec tout le tralala. Notre monsieur John essaie d'imiter monsieur Wenworth Beaumont. Mais il aura du mal. Bon Dieu! Parce qu'on s'en souviendra de ce jour-là. Tu étais à l'école à l'époque. (Il tourna la tête vers elle.) C'est drôle ça, il y a à peine deux ans tu étais à l'école. Ouais! Je n'oublierai jamais ce jour-là, ni la marchandise qu'on a vendue. Ce que les autres ont pu gagner à Hexham, Bywell, et Weardale, Dieu seul le sait, parce qu'on en a bouffé de la viande ce jour-là à Allendale, je peux te l'assurer. Tous les mineurs ont eu congé... et les métayers et tout le monde. Les orchestres ont joué pour les bals toute la nuit. La ville était illuminée. Quant à ce qui s'est passé à l'hôtel de ville de Bywell, bon Dieu! Il paraît que c'était quelque chose... (Il fit une pause.) Bien sûr, pour la rigolade à Allenheads, c'était raté, et c'était surtout raté pour John Sanderson et Isaac Short, parce qu'ils sont morts étouffés dans la mine le jour même. Tout près de la sortie. Tout ça parce qu'une bande d'imbéciles avaient jeté leurs torches en tas avant de quitter le travail. De toute façon, la nourriture ne s'est pas perdue, les pauvres du pays s'en sont mis plein la lampe. Alors, moi, je rigole bien quand je pense à monsieur Thornton qui essaie de se mesurer à tout ça, lui qui n'a pas un sou en poche. De toute façon, c'est son père à elle qui organise tout le ramdam; il a toujours aimé faire l'important, le fermier Everton. Il se dit *gentleman farmer*, rien que ça; et sa femme c'est encore pire. (Il pivota sur sa chaise :) Je te parie ce que tu veux que tu n'es pas invitée, et tu sais pourquoi?

Il attendit qu'elle fît un quelconque commentaire, mais comme elle ne soufflait mot il poursuivit :

– C'est clair pourtant, non, tu es mariée avec moi, et ils ne pourraient pas inviter l'un sans l'autre, hein?... Quelle bande de snobs!

Le silence retomba dans la cuisine; puis il ôta soudain ses pieds de la grille, cogna le fourneau de sa pipe contre la pierre de la cheminée et, une fois debout, il se planta devant le feu en disant :

– Ce n'est pas la peine de le couvrir, elle va se relever.

Puis il se tourna vers Hannah qui, penchée au-dessus de la table, pliait lentement un drap, et lui déclara abruptement en lui touchant le bras :

– Laisse ça et viens.

Elle resta penchée sur la table un instant, tandis que les muscles de son estomac se contractaient; puis elle posa le drap au sommet de la pile de linge, prit le tout à bras-le-corps pour en remplir le panier et enfin, traînant les pieds, elle le suivit dans la chambre.

14

On était arrivé au troisième vendredi de septembre, le jour du marché aux bestiaux et de la foire aux moutons, la *Tup Fair*, au-delà du moulin d'Allenheads. Fred et sa mère s'étaient rendus tous deux à la foire; comme l'avait dit Mme Loam, aussi loin qu'elle s'en souvienne, elle n'avait jamais manqué une foire, et elle ne manquerait pas celle-ci, d'ailleurs son fils l'accompagnerait... sinon.

Mme Loam n'en revenait pas que Fred ait pu hésiter à s'y rendre simplement parce que sa prétentieuse de petite saleté de femme avait déclaré qu'elle n'irait pas. Apparemment, la vue des bestiaux ne la réjouissait pas. Et elle avait épousé un boucher! Mon Dieu! Il y avait de quoi rire.

Et maintenant Hannah avait la maison pour elle toute seule et cette sensation était étrange. Ni l'un ni l'autre ne s'était inquiété de lui demander à quoi elle s'occuperait pendant leur absence, car le travail ne manquait pas. Foire ou pas, on n'en était pas moins vendredi et il fallait finir de nettoyer la cuisine. En outre, et comme toujours, ils ouvraient la boutique le samedi matin à la première heure, et il fallait répandre de la sciure propre sur le sol; il restait aussi à brosser la cour et à éliminer le tas d'ordures.

Elle alla jusqu'à la fenêtre de la chambre et regarda au-delà de la cour, au-delà des tas d'ordures et du fossé, vers les collines, ces belles collines rutilantes, ces collines qu'elle n'avait plus parcourues depuis le jour où elle était revenue en titubant à la maison Pele. Elle ne se souvenait pas comment on l'avait ramenée jusqu'ici.

Cela faisait déjà plus de trois mois qu'elle était mariée, et pendant les deux premiers mois elle avait été malade; le reste du temps, elle avait appris ce que signifiait travailler dur; et, comme Bella l'aurait dit, elle n'avait pas mis le pied dehors depuis, sauf pour se rendre aux toilettes de l'autre côté de la cour.

La semaine précédente, sa belle-mère lui avait demandé à quel office religieux elle assisterait le dimanche; retournerait-elle à l'église du bout du village? Ou se déciderait-elle enfin à prier Dieu convenablement? Ce qui voulait dire, comprit Hannah, suivrait-elle le culte des Primitifs méthodistes?

Et elle souriait encore en revoyant comment elle

s'était violemment tournée vers sa belle-mère en hurlant :

– Ni chez les Primitifs méthodistes, ni chez les méthodistes de Wesley, ni chez les anglicans, ni même chez les quakers.

Et elle se disait qu'elle pouvait se féliciter de sa résistance, car c'était là une attitude très audacieuse à adopter; en effet, aussi bien au village qu'à Allendale, il fallait appartenir à l'une ou à l'autre des congrégations, du moins si l'on était une femme. Les hommes pouvaient s'en dispenser; les hommes assistaient aux cérémonies religieuses si cela leur chantait, et s'ils n'y allaient pas on ne leur en tenait pas rigueur. Mais si leurs femmes et leurs enfants ne se rendaient pas au culte, alors on les traitait tous de mécréants... En outre, une absence totale de choix religieux était néfaste aux affaires si l'on était dans le commerce.

Et comme son regard se perdait à l'horizon, elle sentit son cœur battre plus fort. On ne lui avait pas interdit de sortir de la maison et même si cela avait été le cas elle comprit qu'elle aurait désobéi, car elle entendait soudain l'appel des collines, ces collines rocheuses, couvertes de bruyères, couronnées d'un magnifique arc-en-ciel.

Elle se précipita vers le placard où elle rangeait ses vêtements et après y avoir pris une robe de velours brun elle la tint devant elle à bout de bras avant d'arracher le tablier de toile rude, qui l'enveloppait presque entièrement, ainsi que sa jupe et son corsage tachés. En quelques minutes, elle fut prête à sortir, avec un manteau sur le dos et un chapeau sur la tête.

La porte de la boutique était fermée de l'intérieur, mais la porte de derrière ne l'était jamais, pas plus que le portail bas qui clôturait la cour. Elle l'ouvrit, passa devant le tas d'ordures, franchit d'un bond le fossé nauséabond, traversa le bout du pré, contourna l'enchevêtrement de ronces qui formait une haie sur quelques mètres, et un instant plus tard elle arrivait au pied de la première pente.

Elle ne s'arrêta ni ne se retourna avant d'en avoir atteint le sommet, et, une fois là-haut, elle se mit à respirer à pleins poumons et à regarder tout autour d'elle. Elle avait tourné le dos au village et, à quelques pas devant elle, le terrain descendait en pente douce vers une petite vallée avant de s'élever à nouveau en une deuxième colline; mais, plus loin vers la gauche, c'étaient encore de doux vallons qui s'élargissaient en champs cultivés. Elle reprit sa marche et descendit la pente, puis vira à droite pour choisir un terrain moins abrupt.

Quand elle s'arrêta à nouveau, ce fut pour contempler la rude pente où s'élevait la maison Pele; et sans hésitation, elle se dirigea droit dessus, sans se cacher plus longtemps que c'était là la principale raison de sa promenade.

Elle avait voulu respirer la fraîcheur de l'air, elle avait voulu retrouver l'austérité grandiose des collines et la sensation contradictoire de chaleur qu'elles dégageaient; mais, plus que tout, elle avait voulu parler à Ned, voir sa main, se rendre compte de son état, le voir et l'entendre.

Tandis qu'elle approchait du mur, elle l'aperçut; et il devait lui aussi l'avoir vue, car il s'arrêta net au milieu de la cour, la regarda venir un moment, puis il tourna les talons et passa prestement derrière la maison.

Elle ralentit le pas, puis s'arrêta. Il ne voulait pas la voir. Mais elle devait lui parler, oui, rien qu'une fois.

Tandis qu'elle passait devant l'écurie, elle n'entendit ni le claquement des sabots des poneys, ni leurs hennissements, il avait donc conclu une vente récemment et n'avait pas encore commencé à renouveler son lot. Mais alors, pourquoi n'était-il pas parti pour la foire? Ce devait être plein de poneys là-bas.

Elle contourna la maison, mais ne le trouva pas; puis elle le vit à flanc de colline, plié en deux, en train de gratter la terre.

Elle s'approcha de lui à pas lents, puis s'arrêta à quelques mètres de l'endroit où il se trouvait.

– Bonjour, Ned.

– Quoi? Oh! (Il tourna la tête vers elle, feignant la surprise.) C'est toi?

Il la considéra un instant, puis il se remit à gratter la terre.

– Comment vas-tu?

– Moi? Je n'ai jamais été aussi bien. Et toi?

Elle ne répondit pas mais s'approcha encore de quelques pas. Il tenait le râteau dans sa main droite, tandis qu'avec ce qu'il restait de sa main gauche il faisait rouler des morceaux de cailloux ici et là.

Il ne s'arrêta pas dans sa tâche, ne se redressa pas, ne dit rien. Le silence les enveloppa et étouffa jusqu'au bruit du râteau qui griffait le sol de ses dents de métal.

– Qu'est-ce que tu cherches?

– Ce que je cherche? (Il se tordit le cou pour la regarder.) De l'or, de l'or de plomb; je vais ouvrir une mine ici même.

Les yeux d'Hannah s'arrondirent, elle ouvrit la bouche et demanda d'un ton incrédule :

– Une mine? Une mine de plomb?

– Ouais, pourquoi pas?

Il se redressa enfin et la regarda dans les yeux.

– Pourquoi... pourquoi pas, sauf que...

– Sauf que?

– J'ai... j'ai toujours pensé qu'il fallait beaucoup d'argent pour ouvrir une mine.

– Qui dit que je n'ai pas beaucoup d'argent?

Elle se souvint de ses vantardises, de cette histoire d'économies cachées derrière les pierres de la maison Pele.

– Et ce que l'on n'a pas, il se trouve toujours

quelqu'un pour vous le prêter, s'il y a une bonne garantie derrière. Et la garantie, la voilà. C'est une colline; il y a de l'eau à portée de main (il désigna le ruisseau) et je parie qu'il y a là-dessous des filons aussi riches que n'importe où. Il suffit d'y creuser une galerie et on verra ce qu'on verra. Mais de toute façon je n'ai pas besoin de voir, je n'ai pas besoin de galerie. J'ai déjà trouvé plein de minerai sur cette colline, et c'en est du vrai, regarde. (Il prit un petit caillou qui semblait avoir été décoloré et déclara :) En voilà, voilà où est la richesse. J'en ai trouvé de la taille d'un petit pois jusqu'à celle d'une vessie de porc.

Il parlait rapidement, maintenant, et le sang lui montait progressivement à la tête :

— Et il n'y a pas que du plomb dedans (il frappa le sol de la pointe du pied) mais aussi de l'argent. Ouais, de l'argent. A l'exposition de 51 à Londres, le vieux Beaumont a envoyé un lingot qui pesait plus de douze mille onces, et il valait plus de trois mille livres sterling, ledit lingot. Ce que quelqu'un peut faire, un autre peut le faire aussi bien, il suffit de commencer. Et si je veux ouvrir une mine ici, j'ouvrirai une mine ici sans que les sales combines de Beaumont et de ses laquais, comme ce Sopwith et sa clique, puissent m'en empêcher.

Il s'empara du râteau et l'envoya au loin; elle le regarda tournoyer dans les airs, puis il retomba quelque part en haut de la colline, et glissa à nouveau vers le bas.

— Et qu'est-ce que tu peux bien venir faire par ici, bon Dieu? Tu crois que j'ai eu assez de tranquillité comme ça et qu'il est temps de venir me causer d'autres ennuis?

Le visage d'Hannah se tordit. Elle se mordit la lèvre, son menton s'affaissa, puis elle tourna les talons et commença de s'éloigner; alors il brailla à son intention :

— C'est ça! Va-t'en. Où que tu ailles tu causes des

catastrophes, mais est-ce que tu en supportes les conséquences? Non, pas toi.

– Bonjour, tout le monde.

Ils se retournèrent tous deux et regardèrent dans la même direction. Sur le côté, débouchant du chemin qui contournait le petit bois, une femme descendait vers eux. Même de loin elle paraissait imposante, et il sembla à Hannah qu'elle grossissait au fur et à mesure qu'elle s'approchait. Elle avait un panier à son bras, un châle sur la tête et des sabots aux pieds.

– Bonjour, tout le monde, répéta-t-elle. Belle journée.

Elle s'arrêta et son regard alla de l'un à l'autre, puis Ned lui adressa la parole et lui demanda :

– Bonjour, Nell, comment ça va?

– Oh! très bien, très bien. Je t'ai apporté une gourmandise. Je faisais mon pain quand j'ai pensé, je sais bien qui serait ravi de manger un petit pâté.

– Tu as bien pensé, Nell.

Il s'était approché d'elle et Hannah resta à les regarder. Ils paraissaient avoir le même âge, ou alors la femme était plus âgée que lui, la trentaine, tout juste. Son corps était grand et vigoureux, son visage puissamment charpenté mais agréable. Ils discutaient maintenant comme si elle n'avait pas été là.

– J'ai pensé que tu serais peut-être à la foire, Ned.

– Oh non! Nell, j'ai d'autres chats à fouetter. Et je peux me soûler sans aller à la foire.

Ils éclatèrent de rire.

– Entre donc boire un thé.

– Oui, d'accord, Ned, d'accord.

Ils passèrent devant Hannah; et comme si, soudain, il s'était souvenu de sa présence, Ned lui dit :

– Il y en aura assez pour trois, si tu en veux.

Elle secoua la tête lentement et répondit :

– Non, merci.

– A ton aise. Il n'y a que ça de vrai, n'est-ce pas, Nell? A ton aise et tu ne mourras pas en rogne.

– Tu as bien raison, Ned; tu as bien raison.

– Et pourquoi n'es-tu pas allée à la foire, toi, Nell?

– Oh! parce que je préfère notre solitude à la foule, Ned.

Leurs voix s'évanouirent.

Hannah les regarda passer le long de la maison, et elle ressentit soudain le besoin violent de se mettre à courir comme la nuit où elle avait fui sous la pluie, mais la sensation disparut aussi vite qu'elle était venue.

Elle ne tourna pas les yeux vers l'écurie en retraversant la cour, mais sentit que les portes étaient fermées, et qu'il lui fallait donc renoncer à quelque chose, quelque chose qu'elle n'avait jamais eu, et qu'elle aurait dû avoir. Mais une fois encore cela lui avait échappé, et cela était resté caché derrière les portes fermées de l'écurie. Désormais il lui fallait accepter d'être une femme mariée, qui faisait sa lessive, son ménage et son pain. Elle était une femme du village comme toutes les autres et devait oublier qu'elle avait autrefois joué du piano, lu des livres, aimé la poésie, fait de la peinture, et chanté.

Elle redescendit les collines, repassa le fossé, le tas d'ordures et réintégra la maison. Elle avait respiré tout son soûl et sentait bien qu'elle n'aurait plus jamais envie de retourner dans les collines.

15

Elle était maintenant mariée depuis un an et sa belle-mère n'avait rien trouvé de mieux que de l'accuser d'être stérile car, disait-elle, il fallait bien reconnaître que son fils était aussi bien bâti que n'importe quel taureau qu'il avait abattu, mais à en croire la situation il s'était embarrassé d'une génisse, et malgré tous ses efforts il n'arrivait pas à la changer en vache.

Hannah laissait parler la vieille femme. Ces derniers mois, elle avait découvert que le silence était encore la meilleure de ses armes; en fait, il lui semblait parfois qu'elle avait perdu la faculté de parler, sauf par monosyllabes, car lorsque Fred pérorait il lui fallait simplement un auditeur; sa conversation allait de l'état des bêtes qu'il avait abattues aux variations du prix de la viande en passant par les commérages qu'il avait entendus au marché.

Elle n'avait même pas le plaisir de parler de la pluie et du beau temps avec les clients, car Fred ne voulait pas qu'elle serve à la boucherie; elle n'en avait aucune envie, d'ailleurs, car elle détestait manipuler les grosses tranches de viande humide, la vue du sang lui faisait horreur, avec son odeur fade et ce contact poisseux sur ses doigts.

En regardant en arrière, elle n'arrivait pas à croire qu'elle n'avait passé que douze mois dans cette maison, il lui paraissait en effet y avoir vécu depuis toujours. D'autres fois, pourtant, il lui semblait qu'elle venait d'y arriver la veille et que, si elle ne s'en échappait pas, elle allait devenir folle. Quand ce sentiment l'agitait, elle s'y laissait aller, car il lui semblait alors revivre, avoir la force de secouer la morosité de chaque jour, la monotonie de chaque jour. Il avait le pouvoir de balayer son apathie. Quand cela la prenait, elle se disait qu'il lui fallait enfreindre sa ligne de conduite, la seule qu'elle ait suivie jusque-là, et accompagner son mari et sa belle-mère au marché.

Et puis un jour, un événement la tira de l'abîme où elle était tombée. Tessie entra à la boutique.

C'était un samedi matin. Elle descendait l'escalier avec un seau d'eau sale, et la maison était ainsi conçue que la porte de l'escalier donnait dans un coin de la boutique, et que celle qui menait à l'arrière-boutique se trouvait juste à côté; ainsi, quand elle passait par là les jours d'ouverture, elle entrevoyait les clients une brève seconde, et ce matin-là, elle aperçut Tessie; et Tessie, tournant les yeux vers elle, cria sans y penser :

– Oh! bonjour, mademoiselle... je veux dire madame. (Et sur ces mots elle se tourna vers Fred pour s'excuser, puis, se penchant par-dessus le comptoir, elle murmura :) Est-ce que je pourrais lui dire un petit mot, Fred, vous croyez que c'est possible?

– Pourquoi? bien sûr, je ne le compterai pas dans l'addition. Allez-y.

Il hocha la tête, et elle s'engouffra dans l'arrière-boutique; et, là, Tessie et Hannah se dévisagèrent un moment en silence.

– Il y a longtemps que je ne t'ai vue, Tessie.

Hannah éprouvait beaucoup de mal à parler.

– Oui, c'est vrai, mademoiselle. (Tessie se dirigea alors vers le fond de la pièce et, entraînant Hannah avec elle, le visage tendu vers le haut, elle murmura :) Ça fait une éternité que je cherche à vous parler. (Elle jeta un coup d'œil vers la boutique.) Vous savez qu'elle nous a menacées, Bella et moi, de nous renvoyer si nous vous parlions? On la croirait folle par moments, complètement dérangée.

Elle n'ajouta pas : « Elle ne s'est jamais remise depuis le jour de votre mariage, quand elle a appris que vous n'aviez aucun lien avec Monsieur »; mais poursuivit :

– Cela fait des semaines que je viens avec la commande, depuis que Mlle Betsy a pris froid, et je ne vous aperçois même pas. (Elle se mit sur la pointe des pieds et souffla à l'oreille d'Hannah :) J'ai un message pour vous.

– Un message?

– Oui, de la part de Ned Ridley.

Le visage d'Hannah blêmit, tandis qu'elle fronçait les sourcils d'un air interrogateur, puis elle chuchota :

– Ned ?

– Oui; je l'ai rencontré pendant ma demi-journée de congé. C'était jour de marché en ville et je suis tombée sur lui par hasard, il m'a dit que si jamais je vous voyais je devais vous demander de monter chez lui.

– Moi ? (Hannah dirigea son doigt vers sa poitrine, puis elle murmura :) Monter à la maison Pele ?

Tessie hochait la tête.

– Oui, c'est ce qu'il a dit. Et que je ne devais en parler à personne. C'est ce que j'ai fait, Bella n'en sait rien du tout, parce que Bella, elle a la langue bien pendue des fois, et j'ai pensé que dans votre situation... enfin, vous voyez ce que je veux dire.

Hannah acquiesça, sidérée; puis elles sursautèrent quand Fred apparut à la porte. Son visage était illuminé d'un bon sourire, mais il y avait une note interrogative dans sa voix quand il demanda :

– Alors, on se raconte des secrets ?

– Non, non, Fred... enfin (Tessie rejeta la tête en arrière et se mit à rire), ce ne sera bientôt plus un secret, monsieur Robert a mis les voiles.

– Monsieur Robert a mis les voiles ?

Fred s'avança alors en s'essuyant les mains sur son tablier :

– Ah, ah ! Et c'est arrivé quand ?

– Oh ! (Elle était tout agitée de rire.) Eh ! Je ne suis pas censée le savoir, ni le répéter, mais il est parti comme ça, il y a trois jours. (Elle claqua des doigts.) Il lui a laissé un mot... à Madame, disant qu'il partait pour les Amériques, une histoire de cousin de son père. D'après ce que j'ai entendu de la conversation de madame et de mademoiselle Betsy, monsieur Robert avait écrit à une tante mariée à un fermier. De toute façon, il a mis les voiles, en leur demandant dans sa lettre de ne pas s'inquiéter, parce qu'il ne supportait plus la mine.

— Bon, bon! M. Robert est parti, et alors? Vous n'aurez bientôt plus rien à faire là-bas, Tessie. Quels sont vos projets?

— J'ai toujours de quoi m'occuper, Fred.

— Oui! Vous êtes une petite rusée, voilà ce que vous êtes, Tessie Skipton. Allez, venez, votre viande est prête. (Il se détourna à moitié, puis les regarda à nouveau et demanda :) Alors, ça y est, vous avez fait le plein de commérages?

— Oui, oui. (Tessie s'avança vers lui.) Je voulais juste raconter à Mademoiselle, je veux dire Madame, l'histoire de Robert, et puis lui parler de mademoiselle Margaret qui ne s'est pas mariée finalement. Bon Dieu! Ce que Madame a pu se rengorger. (Tessie fit un signe de tête à Hannah.) Tous les proverbes de la Bible y sont passés pendant des jours et des jours : Qui sème le vent récolte la tempête, et tout ce qui arrive à ceux qui ne respectent pas leurs père et mère. Oh! on y a eu droit matin, midi et soir.

Elle riait maintenant, et Fred l'imitait, et Hannah, reprenant son seau d'eau sale, sortit dans la cour et se dirigea vers le fossé. Margaret ne s'était pas mariée; qu'avait-il bien pu se passer? Pauvre Margaret; elle qui semblait si sûre de cet homme, tellement prête à tout quitter pour lui... Et Robert qui partait un beau matin pour l'Amérique. Comme l'avait dit Fred, il ne restait plus grand monde. Bien sûr, il y avait toujours John, mais John vivait bien loin, au-delà des collines.

Mais ce n'était pas là ce qu'était venue lui raconter Tessie... Ned voulait la voir. Pourquoi? Pourquoi? Elle releva la tête et regarda au delà du fossé, au delà du champ, et vers les collines, mais elle ne ressentit pas le désir ardent de se précipiter vers la maison Pele parce qu'elle se demandait à nouveau : pourquoi? Voulait-il la mettre au courant, lui apprendre qu'il épousait cette femme, cette grosse femme nommée Nell; la femme qui cuisinait pour lui, et avait laissé comprendre qu'elle préférait la compagnie de Ned à la foule du marché?

Elle se retourna sans regarder, marcha dans une flaque et, le visage rempli de dégoût, elle essuya son sabot sur une touffe d'herbe; puis elle suivit la berge pour atteindre un endroit où un ruisselet d'eau claire coulait au beau milieu du lit de la rivière, ôta son sabot et le lava, puis rinça son seau avant de remonter encore un peu plus haut et de le coucher sur le lit de gravier pour en remplir la moitié et en verser le contenu dans la bassine de la buanderie, ce qui préparait le travail du lundi.

En rentrant dans la boutique, elle trouva Fred désœuvré qui regardait par la fenêtre; il se tourna alors vers elle pour déclarer :

– Ils restreignent les dépenses là-haut; elle n'en a pris que pour un shilling six, c'est tout. Je les ai vus dépenser jusqu'à dix shillings par semaine de son vivant à lui. Cela ne vaut presque plus la peine de rester ouvert, à ce rythme-là; il n'y a que ces sales mineurs pour venir régulièrement, et ils ne peuvent pas payer avant la fin du mois, quand ils payent, encore! Et puis ils n'arrêtent pas de râler quand il leur faut débourser quatre pence et demi pour une livre de viande. C'est presque le prix que je paie, moi. (Il hocha la tête, puis planta le hachoir violemment dans le billot avant d'ajouter d'un ton amer :) Je pouvais toujours compter sur les Bynge et les Rickson pour acheter une belle tranche de viande trois fois par semaine, mais j'ai vu madame Rickson et Flora Bynge à Allendale, et madame Wheatley aussi, qui achetaient tout là-bas. Elles ont eu honte quand elles m'ont aperçu. Je suis très pratique en hiver quand elles ne peuvent pas mettre un pied dehors à cause de la neige, mais en été elles vont se balader en ville. Eh bien, je... je m'en souviendrai, je m'en souviendrai. (Il lui fit un signe de tête.) Et puis il y a les autres (il désigna l'autre bout du village) qui se sont réunis pour acheter une bête entière à Noël. J'espère que la prochaine fois ce sera l'un d'eux qui tombera à terre à la place de l'animal.

Elle ferma les yeux pour conjurer l'image que cela lui suggérait. Il était de coutume, aux environs de Noël, de se mettre à plusieurs pour acheter une bête bien grasse; puis les hommes, à moitié ivres, tuaient l'animal avec une lente cruauté; certains retenaient la bête pendant qu'un autre tentait de la frapper. S'il ratait son coup, ce qui arrivait fréquemment, il devait payer un gage en alcool. Les animaux mouraient souvent lentement, et souffraient le martyre. On découpait ensuite la viande et on la séchait pour l'hiver; l'argent obtenu à « tanner la peau », c'est-à-dire à retirer le suif avant de vendre le cuir, partait aussi en boisson.

Elle lui tourna le dos et monta à l'étage. C'étaient tous des barbares, tous, des barbares cruels; et pas seulement les pauvres, mais les riches aussi. Des pièges à hommes, la chasse à courre, la chasse au lièvre, les combats de coqs, de taureaux... et la mise à mort, des hommes qui maintenaient un animal pendant qu'un autre le frappait jusqu'à ce que mort s'ensuive. Le monde était vraiment cruel.

Le samedi soir, Mme Loam rappela à son fils qu'il devait la conduire à l'église d'Allenheads le lendemain matin, où un pasteur en tournée devait s'arrêter pour prononcer un sermon; et Fred lui répondit :

– Je ne risquais pas de l'oublier. Tu me l'as répété chaque jour de la semaine. Tu jacasses comme une vieille pie, et fais autant de bruit que ton métier à tisser.

Il désigna d'un mouvement de tête le coin où elle était assise à tisser un morceau de toile sur un petit métier.

– Mais tu n'as pas encore lavé la carriole, ajouta-t-elle.

– Je la laverai entièrement demain matin, répliqua-t-il. Et, à mon avis, c'est bien inutile, parce qu'elle sera de nouveau sanglante trois ou quatre heures après.

Cette nuit-là, au lit, Fred lui chuchota à l'oreille :

– Et pourquoi ne viendrais-tu pas avec nous demain?

Hannah répondit :

– Tu sais très bien pourquoi; je pense que tu comprends que ta mère, je la vois assez comme ça.

C'était reconnaître le caractère conciliant de Fred et sa bienveillance à l'égard de sa mère et de sa femme; il n'insista pas, pas plus qu'il ne lui reprocha son franc-parler, et il répondit :

– Très bien, et qu'est-ce que tu vas faire, puisque demain c'est dimanche?

– J'irai peut-être me promener.

– Dans les collines?

– Oui, dans les collines.

– Ah bon! (Une note solennelle s'était soudain glissée dans sa voix.) Alors, fais attention, car ces collines te portent malheur, à mon avis.

Et il n'en dit pas plus; l'attirant dans ses bras, il se mit en devoir de revendiquer ses droits d'époux.

Le ciel était bas; on aurait dit que les collines alentour essayaient de le percer et que bientôt l'une d'elles arriverait à en déchirer la surface pour laisser s'abattre un véritable déluge. L'air était lourd, il gonflait les poumons d'Hannah et pesait contre ses côtes tandis qu'elle respirait.

Elle ôta son chapeau qui lui semblait peser des kilos, ouvrit son manteau et tira sur le corsage de coton de sa robe pour se donner de l'air. Elle avait chaud mais frissonnait, frissonnait à l'intérieur, de toute sa poitrine, ce qui lui donnait une sensation désagréable. S'il était absent, il ne saurait pas qu'elle était venue; et s'il n'était pas chez lui elle serait trempée avant d'avoir eu le temps de rentrer. Mais en fait, cela importait-il le moins du monde?

Un éclair zébra le ciel au-dessus des collines et le roulement lointain du tonnerre fit vibrer l'air autour d'elle, elle se mit à courir, et quand elle eut gravi la pente et atteint le mur de la cour, elle dut s'arrêter un moment pour reprendre haleine.

Elle resta là à observer les portes fermées. Tout semblait mort. Mais, à peine au milieu de la cour, elle aperçut le gros cadenas qui pendait au bout de sa chaîne sur le côté.

Elle s'apprêtait à pousser la porte sans frapper quand elle se ravisa. Et s'il y avait une femme à l'intérieur? On était dimanche, et les gens se promenaient ce jour-là. Elle heurta légèrement l'huis, une fois; puis une deuxième fois; et comme on ne lui répondait pas, elle poussa doucement le battant et entra.

Etant donné sa taille et l'étroitesse de ses fenêtres, la pièce paraissait toujours sombre, mais ce jour-là, avec le ciel menaçant au-dehors, Hannah eut l'impression d'y trouver la nuit, et elle dut rester quelques instants immobile avant de s'habituer à l'obscurité.

Elle entendit les poneys qui mâchonnaient leur foin. Elle fit quelques pas en avant, et arriva à la hauteur de la plate-forme, sur sa droite; il était là, étendu sur la paille, profondément endormi.

Elle s'avança alors vers lui à pas de loup et resta à le regarder. Il était allongé sur le dos, les mains jointes sur le ventre. Le pouce de la main droite était passé entre le pouce et l'index qui lui restaient à la main gauche, et le moignon du majeur arrivait juste à la hauteur des phalanges de la main droite. Une cicatrice en zigzag lui remontait jusqu'à l'os du poignet, et le dos de sa main semblait recroquevillé, comme si on l'avait torturé.

Quand un nouvel éclair illumina la pièce de sa lueur

aveuglante, suivi immédiatement par le roulement assourdissant du tonnerre, les poneys hennirent, se mirent à piaffer, et Ned ouvrit les yeux. Ses paupières se relevèrent lentement et il s'absorba un instant dans la contemplation des poutres chargées de toiles d'araignée, mais la seconde suivante, il était sur son séant, au bord de la plate-forme, les pieds pendant dans le vide, et il la regardait d'un air ébahi.

— C'est... c'est le tonnerre qui... qui t'a réveillé, qui... qui...

Elle semblait vouloir dire : « Ce n'est pas de ma faute. »

Il s'humecta les lèvres, cligna des paupières, se frotta le menton énergiquement, mais ne dit rien.

— J'ai... j'ai vu Tessie, hier. Elle... elle m'a communiqué un message.

— Quoi?

Elle avait déjà remarqué qu'il s'écriait toujours : « Quoi? », même quand il avait bien entendu; néanmoins elle répéta :

— Tessie. Tessie m'a communiqué un message; elle m'a dit que tu voulais me voir.

Il la considéra de nouveau en silence, puis se frotta encore une fois le menton; ensuite il se leva, alla se planter au beau milieu de la pièce et déclara :

— Oui, oui. C'est vrai. Mais ça fait un bout de temps que je l'ai rencontrée.

Un autre roulement de tonnerre lui fit rentrer la tête dans les épaules. Il se dirigea vers les stalles et chuchota :

— Allons. Allons. Calmez-vous. (Puis il se tourna vers elle et lui lança d'une voix forte à travers la pièce :) Ils n'aiment pas les orages, cela les rend inquiets... Est-ce que tu veux boire quelque chose, une tasse de thé?

— Oui, oui, avec plaisir.

Elle le suivit à pas lents dans la cuisine, et ne

manqua pas de remarquer immédiatement l'ordre qui y régnait et qu'elle attribua à une présence féminine.

– Assieds-toi. (Il s'avança vers une chaise.) Il vaudrait mieux que nous fassions toute la lumière sur le sujet, sinon il ne nous restera plus qu'à nous appuyer sur les paupières pour voir des étoiles.

Il rit d'un air embarrassé, mais elle ne répondit rien.

Elle s'assit à la table et le regarda allumer la lampe, puis pousser la grosse bouilloire noire au beau milieu du feu; après quoi il prit la théière sur l'étagère, y versa quatre cuillerées de thé, et Hannah se dit qu'il serait si fort qu'elle ne pourrait même pas le boire. Puis, avec la vivacité qui lui était coutumière, il retourna une chaise prestement et s'assit en face d'elle; ils se dévisagèrent un moment avant qu'il ne finisse par demander :

– Alors, comment ça va de ton côté?

Elle ne répondit pas à sa question, mais le regarda dans les yeux et dit :

– Pourquoi voulais-tu me voir?

– Oh! ça. (Il se frottait maintenant une joue avec le pouce et l'index de la main gauche.) Eh bien, pour... Oh! (Il secoua la tête violemment.) Tu me prends toujours au dépourvu. Et le jour où tu es venue me trouver sur la colline, tu es repartie comme ça, tu m'as planté là. C'est dans tes habitudes de partir sans crier gare. Et moi qui voulais te dire de ne pas t'inquiéter, que tout allait bien. Je veux parler de ça (il secoua sa main qu'il retenait par le poignet devant les yeux d'Hannah), parce que, c'est drôle, j'en ai appris beaucoup grâce à cette histoire-là, un véritable enseignement j'en ai tiré, de voir tout ce qu'on peut faire sans. C'est vrai, tu sais, on peut apprendre à se débrouiller pour presque tout. Evidemment, si ça avait été le pouce (il agita son pouce), je ne sais pas comment je m'en serais sorti, parce que c'est la partie la plus importante de la main. Tu le savais?

Elle le contemplait les yeux arrondis, sans ciller.

– Voilà. (Il reposa la main sur son genou et la considéra en poursuivant sur un ton plus calme :) Voilà, je voulais simplement que tu saches que tu n'avais pas à t'inquiéter pour moi, parce que d'après ce qu'on m'a dit tu ne sais déjà plus où donner de la tête. Mon Dieu! (Il hocha la tête.) Que tu aies fini comme ça, sous la domination d'une sorcière sortie tout droit de l'enfer comme Daisy Loam! Et penser qu'elle aurait pu être ma mère. (Il eut un petit rire bref.) Elle en voulait après mon père, il y a des années de ça. Eh bé! S'il a jamais existé une mégère, c'est bien elle. Et Fred. Oh, c'est un gros bêta; mais il n'est pas méchant, pas comme elle, du moins je ne crois pas. Mais tu es meilleur juge, certainement.

Il la regardait de côté, maintenant.

Elle avait toujours les yeux arrondis d'étonnement, et absolument fixes; elle ne pouvait pas parler, ni prononcer le moindre mot. Quelque chose enflait en elle, montait comme le flot d'une rivière en crue; elle observa cette vague immense, consciente qu'elle allait bientôt l'engloutir.

Quand elle se brisa, Hannah poussa un cri et s'effondra sur la table tandis que de ses deux mains aux poings fermés elle se martelait le sommet de la tête.

Quand les bras de Ned l'entourèrent pour la relever et la prendre contre sa poitrine, elle continua à gémir, à geindre, à pleurer.

– Allons! Allons! Hannah. Hannah. Ce n'est rien. Ce n'est rien. Oh! Pour l'amour de Dieu, arrête, Hannah.

Il la tenait à bout de bras, maintenant, et la secouait par les épaules. Alors, hoquetante, haletante, elle éclata en sanglots sans toutefois arrêter de gémir.

Quand un moment après elle retomba contre lui, il la serra si fort qu'elle en aurait hurlé de douleur.

– Oh, mon Dieu! Mon Dieu! Hannah, ce n'est pas

de ta faute. Non, tu n'as rien à te reprocher, rien. (Il parlait tout contre ses cheveux maintenant.) J'aurais dû t'en parler; même avant que tu ne te maries, j'aurais pu descendre, t'en parler, te donner à choisir; lui ou moi, c'est ce que j'aurais pu dire; mais j'étais bien trop borné, blessé. Je t'en voulais de ne pas savoir, de ne rien deviner. Mais qui étais-tu? Encore une enfant, élevée presque exclusivement dans cette école de vieilles filles, autant dire de bonnes sœurs. Que pouvais-tu connaître de la vie? Hannah! (Il la poussa gentiment et l'assit sur une chaise, puis, tombant à genoux devant elle, il lui prit les mains et déclara d'un ton calme :) Tu sais ce que je veux te dire, non? Je t'aime. Je t'aime, Hannah. Depuis toujours. Et je crois qu'il en sera toujours ainsi. Je n'ai pas mené la vie d'un saint, inutile de nier quoi que ce soit, je suis connu pour ça. Et puis tu le sais, n'est-ce pas? Mais cela n'a rien à voir avec l'amour, l'amour qui vous enflamme et vous consume, qui vous fait perdre la tête, marcher comme un perdu quand il faudrait dormir, et vous épuise tellement que vous dormez quand il faudrait travailler... Quels sont tes sentiments pour moi, Hannah?

– Ned! Ned! (Elle lui caressa la joue.) Je... je ne comprends pas, je... je savais seulement que j'avais toujours eu besoin de toi. Je... je croyais aimer John, et puis... et puis, quand elle a déclaré que je devais épouser Fred, je me suis précipitée ici. Et tu étais absent. Et puis quand j'ai essayé de te parler tu... tu m'as ignorée.

Il baissa la tête en disant :

– Je sais, j'ai joué les fiers, et, bon Dieu! Qu'est-ce que j'ai pu en souffrir depuis. (Puis la regardant de nouveau dans les yeux, il demanda :) Tu tiens à moi? Tu tiens vraiment à moi, je veux dire, pas comme une enfant ou une jeune fille?... Enfin, tu me comprends.

– Oui, Ned, oui, je te comprends.

266

Le visage d'Hannah s'approchait lentement de lui tandis qu'elle parlait, et quand les lèvres de la jeune femme vinrent se poser sur la bouche de l'homme, il resta absolument immobile pendant un instant; puis une fois de plus elle se sentit soulevée de sa chaise et attirée dans les bras de Ned; il l'embrassait comme on ne l'avait jamais embrassée, pas même Fred au comble de sa passion brutale. Et puis, c'était un baiser bien différent, car elle y répondait, comme elle ne s'était jamais imaginée pouvoir le faire avec quiconque. Elle le tenait aussi serré que lui, elle se noyait en lui, se perdait en lui, tous ses sens chaviraient; puis elle se retrouva sur la chaise où il venait de la repousser une fois de plus et maintenant il se tenait au-dessus d'elle en riant, comme elle avait pu le voir rire des années auparavant, mais avec cette différence qu'aujourd'hui son rire était joyeux, et, d'une voix rauque, il lui demanda :

– Est-ce que tu veux le boire, ce thé?

Elle le regarda tout interdite, puis le vit se précipiter hors de la cuisine, et quand elle entendit le loquet glisser dans la serrure de la grande porte, elle détourna la tête et se mordit les lèvres violemment pour essayer de mettre fin aux tremblements dont tout son corps était agité.

Il s'encadrait dans la porte de la cuisine maintenant, la main tendue vers elle, et elle se leva prestement pour aller y placer la sienne; puis il la mena en haut des marches, jusqu'à la pièce du haut. La main d'Hannah toujours serrée dans la sienne, il lui fit traverser cette première pièce et l'entraîna dans la chambre et là, la tenant à bout de bras, il la regarda dans la lumière pâle et lui souffla tendrement :

– Tu es sûre?

– Oui, Ned. Oh oui! je suis sûre.

Les mains de Ned montèrent alors jusqu'au col de sa robe et il commença lentement à défaire le premier bouton, puis le suivant, et le troisième, et elle resta immobile pendant tout ce temps, à le regarder faire.

Il la prit enfin dans ses bras et la coucha sur le lit; étendue, elle le regarda se déshabiller. Ses mouvements étaient toujours lents, mesurés, et quand il vint s'allonger à côté d'elle, il lui prit le visage entre les mains et, avec des mots si lourds d'émotion qu'il semblait gémir, il dit :

— Le nombre de fois où j'ai rêvé de ce moment... Il y a longtemps, avant même de te connaître, j'ai souvent rêvé qu'une femme comme toi s'allongeait à mes côtés. C'est triste de penser que j'ai gâché la moitié de ce rêve, par ma faute. Ne crois surtout pas que je te le reproche. Non, non. (Il avança la tête doucement.) Mais un type comme Fred n'a certainement jamais rien été pour toi, n'a pas su t'émouvoir, t'aimer... Oui ou non?

Elle ferma les yeux et murmura :

— Non, Ned, non. J'avais envie de mourir. Puis j'ai appris à penser à toi et c'était plus facile.

— C'est vrai? Tu pensais à moi quand tu étais avec lui?

— Oui, Ned.

— Hannah! Hannah!

Il se releva sur un coude et se pencha sur elle, mais il semblait à présent qu'un autre homme encore l'embrassait, car ses caresses étaient maintenant tendres, lentes, et tout le corps d'Hannah paraissait se dilater de bonheur, jusqu'à ce que sa joie emplît la pièce et éclaboussât les collines, puis montât haut dans le ciel pour chanter comme un chœur d'alouettes.

Ni l'un ni l'autre ne vit l'orage passer, mais la clarté blonde qui pénétra dans la pièce lui fit détourner les yeux, et en riant il remarqua :

— Voilà le soleil.

— Oh oui! oui!

Elle s'allongea sur le dos et regarda vers la fenêtre. Il avait de nouveau les yeux posés sur elle et il dit :

268

– Et cette tasse de thé, alors?

– Ned! Ned!

Elle caressa ses joues maigres.

– Tu es heureuse, Hannah?

Sa voix était calme.

– Heureuse! (Elle balaya la pièce du regard.) Tout ce que je sais, c'est que je ne me suis jamais sentie aussi bien de toute ma vie, que je n'avais jamais espéré un tel bonheur. Ce qui peut m'arriver maintenant m'est complètement égal.

– Comment ça, cela t'est égal?

– Oui. Je pourrais mourir heureuse.

– Ne raconte pas de bêtises.

Il roula à bas du lit, se remit sur ses pieds, enfila ses sous-vêtements, puis son pantalon et finalement sa chemise; et quand il l'eut fourrée dans son pantalon, il boucla sa ceinture tout en regardant Hannah et déclara :

– C'est maintenant que ça commence, Hannah. Je ne sais pas encore comment nous nous débrouillerons, mais pour nous ce sont les premiers pas. C'est compris?

Elle le considéra un moment sans mot dire. Puis, tirant le couvre-lit à elle, elle s'assit et dit d'un ton tranquille :

– Cela... cela ne sera pas facile, Ned. Si jamais ils me voient monter ici...

– Qu'ils aillent au diable. (Il était maintenant penché sur elle et il lui sourit tout en demandant :) Elle va à l'église le dimanche je suppose, tous les dimanches?

– Oui.

– Bon. Et lui, que fait-il?

– Il se couche tout l'après-midi.

– Et toi?

Le sourire disparut de son visage.

– Moi. Jamais.

– Alors, tu pourrais aller te promener, non?

– Oui, oui, je pourrais aller me promener.

Elle sourit d'un air paisible.

– Alors nous ferons les choses progressivement, d'accord? Allez, lève-toi.

Il lui prit la main et la tira hors du lit, et comme elle s'apprêtait à ramasser ses vêtements, il dit :

– Ne bouge pas; je les ai enlevés, c'est moi qui les remets; et ce sera toujours comme ça.

– Ned! Ned!

Elle était de nouveau dans ses bras, et il lui embrassait les yeux, le nez, les oreilles. A ce moment-là, elle comprit que sa façon de faire l'amour venait d'une certaine pratique, mais que c'était sans importance, car elle se sentait différente. Elle le savait, elle y croyait. Si elle devait nourrir une conviction, c'était bien celle-là.

Quand ils passèrent enfin dans la pièce voisine, il déclara :

– Reste ici, je monterai le thé.

Elle s'assit dans le rocking-chair au coin de la cheminée. Le feu n'était pas allumé, mais elle pouvait imaginer ce que serait un soir d'hiver ici, avec les flammes bondissantes dans le foyer, une casserole de bouillon de légumes et de viande sur la plaque, la table dressée, et sur une nappe blanche, ces bols de bois pour leur souper.

Elle regarda la série de bols en bois qui s'alignaient sur l'étagère de chêne. Il y en avait six, trois grands, trois petits. Comme le reste du mobilier, ils paraissaient faits à la main. Elle regarda la pièce autour d'elle, si différente de celle qu'elle avait quittée une heure avant... deux heures avant... trois heures avant. Quelle heure était-il? Elle aurait dit près de 6 heures. Il allait falloir qu'elle rentre bientôt.

Toujours assise, elle remarqua qu'ici aussi tout était propre et en ordre comme dans la cuisine, et une petite angoisse lui serra le cœur. Cette femme. Venait-elle lui faire le ménage? Et pas seulement le ménage?

Elle se tenait près du vaisselier et tripotait les bols quand il entra dans la pièce avec un plateau en fer-blanc chargé de la théière en terre cuite, d'un pot de lait, d'un sucrier, et de deux tasses; elle saisit le plus gros bol et le fit tourner dans ses mains tout en demandant :

– Tout est si propre et bien rangé; est-ce que tu as quelqu'un?

Elle l'entendit poser le plateau sur la table. Comme il ne lui répondait pas, elle fit un tour sur elle-même et le regarda bien en face. Son visage était sérieux, mais une étincelle de moquerie bondissait dans son regard.

– Oui, dit-il; Nell Dickinson. Tu l'as rencontrée. Elle vient deux fois par semaine. Elle vit aux Bottoms.

Il rejeta la tête en direction de la fenêtre et du petit bois.

– Oh!

Elle se détourna et reposa le bol à sa place.

– Oui; un joli petit brin de femme, Nell... Combien de sucre?

– Oh! juste une cuillerée, merci.

Il versa le thé puis ajouta :

– Alors, tu ne viens même pas le chercher?

Elle tourna le dos au vaisselier en remarquant :

– Tu as de la jolie vaisselle.

Il la laissa s'asseoir, puis poussa la tasse vers elle et, approchant son visage tout près de celui de la jeune femme au point que leurs nez se touchaient presque, il déclara :

– Elle a un mari, aussi grand et fort que deux taureaux. C'est lui qui m'a appris à boxer. Il l'a épousée quand j'avais quinze ans et lui a donné onze enfants; elle en a perdu quatre d'un coup à cause du choléra; c'est elle qui m'emmenait à l'école, quand elle le pouvait; et je n'ai jamais couché avec elle, du moins pas encore. (Et comme il hochait la tête, il lui donna un petit coup avec son nez et conclut :) Mais ne t'en fais pas, elle a bon cœur, il n'y a pas plus gentil qu'elle, et si elle avait pensé que j'avais vraiment besoin de quelqu'un pour ça, je suis sûr qu'elle m'aurait rendu ce service. Oh! oui, tout à fait sûr.

Elle lui avait passé le bras autour du cou; ils riaient tous les deux aux éclats; de nouveau il fut à genoux devant elle et, la bouche arrondie, les yeux papillotants, il observa :

— Tu es jalouse.

— Non, non; simple curiosité.

Elle secouait la tête.

— Bravo! (Il lui donna une petite chiquenaude tendre sur la joue.) Avoue-le, tu es jalouse. Comment aurais-tu réagi si ce que tu pensais avait été vrai?

Son visage redevint sérieux et sa voix aussi quand elle répondit :

— Cela m'aurait fait très mal... mais je ne t'en aurais pas voulu, si c'était une nécessité. Et j'aurais souhaité avoir été à sa place, parce que (elle fit une pause) je t'aime tant, Ned. Je t'aime tant.

— Ah... ah, non; ne pleure pas, ma chérie, ne pleure pas.

— Je ne pleure pas. Je t'assure.

— Allez, bois ton thé. C'est drôle, un jour comme celui-ci, un jour de fête comme aujourd'hui, et je n'ai pas une goutte de tord-boyaux à la maison. Tu sais? (Il était toujours à genoux, il lui enlaça la taille et vint poser sa tête entre ses deux petits seins, puis déclara :) C'est le plus beau jour de ma vie.

Pendant les mois qui suivirent, un certain nombre d'événements dominèrent la vie de la vallée.

Il y eut d'abord le concours de fanfares, un épisode qui resterait dans les annales. Les concurrents venaient d'Allendale, d'Acomb, de Catton, de Carrshield, Langley et Nenthead. Allendale, Acomb et Catton remportèrent respectivement le premier, le second et le troisième prix; les autres fanfares n'apprécièrent pas la décision et prouvèrent leur mécontentement en malmenant l'arbitre, un certain M. Boosey, célèbre compositeur et membre de jury londonien. Et les perdants se montrèrent si violents que le pauvre homme dut être conduit en catimini jusqu'à Haydon Bridge et, de là, à la gare la plus proche. Ce fiasco souleva les rires, les disputes ou l'écœurement, suivant les camps.

Il y eut aussi le climat, un sujet toujours essentiel, surtout pour les fermiers. L'été fut si sec, cette année-là, que le blé et le foin poussèrent très clairsemés, et puis les larves se mirent dans les navets et détruisirent presque toute la récolte.

Puis le temps, toujours contraire, leur donna un hiver long et rude comme on n'en avait jamais vu. Et les animaux, hélas, moururent par dizaines, surtout les moutons, et l'on assurait que tous les troupeaux auraient disparu si l'on n'avait pu importer des tonnes de foin de Hollande.

L'hiver parut long à tout le monde, mais surtout à Hannah. Il se passait parfois des semaines avant qu'elle ne voie Ned. Et même quand la neige était enfin tassée et se prêtait à la marche, elle ne pouvait sortir, car sa belle-mère restait cloîtrée à la maison, et elle avec.

Elle avait prévu avec Ned qu'il s'avancerait sur la crête de la première colline en direction d'Allendale vers midi, un dimanche, pour la rassurer sur son sort. Ils ne se trahiraient par aucun geste manifeste, mais elle l'apercevrait nettement sur l'horizon, et lui pourrait peut-être discerner la silhouette sombre d'Hannah contre la fenêtre.

Durant l'été et l'automne, elle avait parfois eu du mal à réprimer son bonheur intérieur. Un jour, croyant sa belle-mère dans la cour et Fred dans l'arrière-boutique, elle s'était mise à chantonner doucement, pour s'entendre interrompre brutalement par la petite femme qui, derrière son dos, demanda :

– Et en quel honneur chantez-vous, s'il vous plaît?

Elle blanchissait le sol et elle resta un moment à quatre pattes avant de se retourner, le chiffon mouillé à la main, et de crier :

– Certainement pas pour la vie que vous me faites. Mais je chanterai malgré vous. Vous m'entendez? Parce que plus rien de ce que vous pouvez dire ou faire n'a d'effet sur moi, maintenant. Alors, quand votre visage s'empourpre de colère, rappelez-vous donc que celle qui risque de souffrir, c'est vous.

– Petite saleté! Quel toupet!

A ces mots, Hannah se releva et, penchée sur la vieille femme, lui siffla au visage :

– Et vous, vieille mégère! Vipère!

Quand elle vit la petite femme se précipiter dans l'escalier, elle vint s'appuyer à la table, et le menton dans la poitrine, elle se mit à ricaner.

Puis Fred apparut dans l'encadrement de la porte et demanda :

– Alors, qu'est-ce qu'il se passe? Elle... elle prétend que tu l'as insultée.

Hannah rejeta la tête en arrière et se mit à rire très fort, puis elle hurla :

– Elle raconte ça? Eh bien, si elle pense que je l'ai insultée, c'est que j'y ai enfin réussi. Tu peux aller lui dire de ma part que je continuerai.

– Qu'est-ce qui t'arrive ces temps-ci? s'enquit Fred. Avant, tu n'ouvrais pas la bouche.

– J'ai appris à vivre, depuis. (Elle se pencha et ramassa le chiffon mouillé en ajoutant :) Et je ne supporterai plus qu'elle me malmène; tu peux aussi descendre lui dire que, si elle me donne encore un ordre en criant, la prochaine fois que je passerai par la boutique, je lui répondrai sur le même ton, pour montrer aux voisins qu'elle n'en prend pas autant à son aise, qu'elle veut bien le laisser croire. Et ils en seront ravis, parce que tout le monde la déteste. Le sais-tu, Fred? On déteste ta mère presque autant, et finalement plus, que Mme Thornton; quel dommage, deux maisons aux griffes de ces harpies.

Il la considéra d'un air un peu dérouté. Ce n'était pas là la demoiselle raffinée et cultivée qu'il avait épousée; elle réagissait comme n'importe quelle fille du village. Au début, il aurait bien voulu qu'elle se cabre un peu plus et réponde à sa mère, mais maintenant elle exagérait. Bien sûr, cela ne lui déplaisait pas vraiment qu'elle rabatte le caquet de la vieille, il aurait voulu le faire, bien des années auparavant; mais pour lui c'était trop tard.

Pourtant, ce changement d'attitude chez Hannah l'inquiétait un peu. Jusque-là, il s'était enorgueilli d'avoir épousé une fille de la maison Thornton, même si elle s'était révélée sans lien avec eux, car elle avait reçu une belle éducation; mais son comportement présent n'avait rien de celui d'une grande dame. Il se détourna en disant :

– A ta place, j'irais doucement; elle n'en supportera pas beaucoup plus.

Et Hannah faillit s'étrangler de rire en lui criant, tandis qu'il s'en allait :

– D'accord, si elle n'en supporte pas beaucoup plus, qu'elle s'assoie pendant que je lui donne des coups de plus.

C'était une vieille blague de Bella et Hannah dut

prestement tourner le dos à Fred pour s'enfuir dans sa chambre, car la stupéfaction qui s'était peinte sur le visage de son mari avait failli la faire éclater d'un rire tonitruant.

Dans la chambre, adossée à la porte, la main sur la bouche, elle respira à pleins poumons tout en se disant : Vraiment! Quand je pense que je réagis comme ça. Mais, grâce à Dieu, j'y arrive. J'y arrive.

Elle alla à la fenêtre et, les mains posées sur l'appui, elle regarda les collines en direction de la maison Pele. Le bonheur qu'elle y avait connu ces derniers dimanches, elle le sentait, commençait à l'enivrer; et elle était ivre, complètement, complètement ivre d'amour pour l'homme qui vivait là-bas, et lui le lui rendait bien. Oh! oui, il le lui rendait bien. Elle savait maintenant ce que c'était que d'être idolâtrée. C'était une pensée blasphématoire, mais elle n'en avait cure, elle était idolâtrée... avec simplicité, sans raffinement, elle était idolâtrée.

Le jour de leur dernière rencontre, il avait brusquement déclaré :

– Qu'allons-nous faire? Cela ne peut plus durer ainsi, ne même pas se voir une fois par semaine...

Et elle lui avait répondu, comme si la question était toute simple :

– Je vais le quitter, et je monterai ici. Tu n'as qu'à me le demander, Ned.

Alors il avait secoué la tête lentement en répondant :

– Non, non; ta vie serait un enfer. Il faudrait que nous partions, que nous vendions la maison et allions nous installer ailleurs.

– Mais il n'est pas question que tu vendes la maison Pele, tu l'aimes.

Et à cela il avait répondu :

– Je t'aime plus encore.

Et puis, avant même qu'ils ne s'en aperçoivent, l'hiver était venu, l'hiver, une éternité de neige, de grêle, de blizzard, de congères; des jours, des semaines, cloîtrée avec ces deux-là dans leurs trois pièces. Les soirées se passaient avec sa belle-mère qui tissait comme une enragée et Fred qui ronflait au coin du feu, tandis qu'elle raccommodait, retournait les draps, les pieds au centre, ravaudait les chaussettes; ou, certains soirs, silencieusement assise d'un côté du métier tandis que Mme Loam était installée de l'autre, elle tressait des tapis de lirette. Passer le crochet dans la toile de jute tendue, tirer le chiffon dans la bonne boucle, sans relâche, rang après rang; et tandis qu'elle peinait sur sa tâche, elle se souvenait d'avoir vu Bella et Tessie fabriquer les mêmes paillassons pour la cuisine, et dire qu'elle avait cru alors qu'elles y trouvaient un délassement! Un délassement! A la fin de la soirée, elle avait si mal au bout des doigts qu'elle croyait parfois qu'ils allaient éclater.

Mais ce jour-là, un vendredi de la fin février, le dégel avait enfin montré son nez, même si la neige tombait encore en rafales qui pouvaient à tout moment se transformer en blizzard. Si le redoux durait, dimanche, les routes seraient praticables, même si l'on devait patauger jusqu'aux chevilles ou jusqu'aux genoux dans la boue.

Elle savait que sa belle-mère était aussi impatiente qu'elle de quitter la maison, et elle pria donc pour qu'elle se rendît à l'église le dimanche après-midi et que Fred, fidèle à une habitude qu'il avait prise quelques mois auparavant, au grand dam de sa mère, allât passer la soirée à l'auberge du village, ou même dans un bistrot d'Allendale, ou encore dans la direction opposée, dans une auberge du bord de route à proximité d'Allenheads. Quand il se rendait à l'une ou l'autre, il prenait sa carriole, et, une ou deux fois récemment, c'était ce bon vieux cheval qui l'avait ramené à la maison.

Chose curieuse, Hannah ne s'offusquait pas que Fred rentrât ivre, au contraire, plus il était ivre mieux c'était, car il n'exigeait rien d'elle et se contentait de bavarder jusqu'au moment où il s'endormait en ronflant.

Evidemment, Mme Loam rendait Hannah responsable des nouvelles habitudés de Fred. Avant son mariage, insistait-elle, son fils était un homme sobre et croyant. Et quand elle racontait cela à ses clients, ils l'écoutaient en hochant gravement la tête, puis une fois sortis ne se tenaient plus de rire.

Le dégel se maintint, mais l'après-midi du dimanche était déjà bien avancé quand Hannah put enfin s'échapper vers les collines. Le crépuscule approchait et elle savait qu'elle devrait rentrer à la nuit tombée, sans lanterne, mais quelle importance? Elle haletait quand elle atteignit la porte de la maison Pele. Elle l'ouvrit, se précipita du côté des stalles, puis s'arrêta net dès qu'elle entendit des voix sortir de la cuisine. Tandis qu'elle traversait la pièce à pas de loup, Ned apparut à la porte. Il parut saisi, tout d'abord, puis, tournant la tête, il dit :

– Une petite minute, Peter. (En s'approchant d'elle, il lui saisit la main et murmura :) J'ai cru que tu ne pourrais pas sortir.

– Qui est là?

Elle le regardait droit dans les yeux.

– Deux toucheurs.

Elle fronça les sourcils d'un air interrogateur et il lui expliqua dans un murmure :

– Des toucheurs, des conducteurs de bestiaux, tu sais bien.

– Ah oui! oui.

– Ils sont venus me faire une petite visite, ils s'apprêtent à partir.

– Est-ce que... est-ce que je file me cacher dans la grange?

Il allait lui répondre, quand les deux hommes apparurent à la porte de la cuisine, et l'un d'eux déclara :

– Bon, Ned, on reprend notre route.

– Oh oui! Très bien.

Ned se tourna pour regarder les deux personnages qui s'avançaient, mais ceux-ci scrutaient la pièce bien au-delà de sa tête pour apercevoir la jeune femme à l'épaisse chevelure châtaine dont le visage était découvert, car elle avait rejeté son capuchon sur ses épaules. Ils l'observèrent avec insistance et quand ils passèrent près d'elle ils la saluèrent d'un petit coup de menton; la tête enfoncée dans les épaules, elle leur rendit leur salut presque imperceptiblement.

– Eh bien, à bientôt, Ned?

– Oui, oui, Arty. Et je penserai à ta proposition. Elle m'a l'air intéressante.

– Oh! tout à fait. Evidemment (l'homme se mit à rire), il ne faudra pas que tu t'endormes si tu veux battre le Gallois, mais je te fais confiance, Ned, tu n'es pas né d'hier.

– Ni d'avant-hier, ajouta l'autre homme.

Et à ces mots, Ned éclata de rire en disant :

– C'est bien vrai, primo, je suis né un certain jour, et, secundo, je mourrai un autre, c'est à peu près tout ce dont un homme peut être sûr dans sa vie.

– Oui, oui; ou comment dresser un cheval. Ça, tu le sais aussi, Ned, personne ne le sait mieux que toi. A la prochaine, à la prochaine.

– A la prochaine, Peter. A la prochaine, Arty. (Il ferma la porte derrière eux, mais attendit un moment pour la bloquer tranquillement avec la grande barre de bois. Puis il se planta de nouveau devant elle, en jurant :) Que le diable les emporte! Je ne les ai pas vus depuis des mois et il faut qu'ils débarquent juste aujourd'hui. Mais c'est égal, c'est égal... Bonjour, mon amour.

Elle ne répondit pas, mais lui tomba dans les bras, puis s'oublia un moment, tandis que les lèvres de l'homme cherchaient les siennes.

Ils se tenaient dans la cuisine maintenant, elle, assise sur une chaise, et lui, dans sa position favorite, sur les talons à ses genoux, et il lui demanda gentiment :

– Comment ça va ?

– Il y a des jours où c'est insupportable, répondit-elle. Et cela fait si longtemps. Ned ! (Elle entoura son visage de ses mains.) Qu'allons-nous faire ? Je ne supporte plus l'idée de continuer comme ça éternellement.

– Mais tu n'es pas obligée, c'est à toi de décider. On peut partir quand tu le voudras.

Il fit claquer ses doigts.

– Mais... mais c'est ici ta maison. Je me moquerais bien de ce que pourraient dire les villageois, et même toute la ville, je pourrais monter m'installer ici et...

Il avança la main et ses doigts vinrent se poser tendrement sur les lèvres d'Hannah tandis qu'il prenait la parole :

– Tu ne sais pas de quoi tu parles. Tu tiendrais le coup pendant quelques semaines, quelques mois, et puis tu te démoraliserais. Le cas s'est déjà présenté. Et dans cette maison.

Elle secoua la tête et libéra sa bouche en demandant, incrédule :

– Ici même ?

– Oui, ici. Après la mort de ma mère, mon père s'est entiché d'une femme, elle venait de l'autre village, et elle vivait un véritable enfer avec son mari. C'était un mineur, et il ne dessoûlait pas ; il allait jusqu'à mendier, emprunter ou même voler pour se payer à boire ; elle l'a quitté pour venir s'installer ici. Mais elle avait aussi quitté un garçon de quinze ans et une fille de quatorze, et quand un jour elle osa se montrer au marché d'Allendale, son propre fils ramassa une pierre pour la lui lancer. Ce fut alors comme un signal. Les villageois essayèrent de la pousser dans le parc à bestiaux ; il y en avait toujours à l'époque. Je les vois encore, et pourtant je n'avais que six ans. Je vois encore mon père les repousser, et dans la bagarre l'enclos où l'on parquait les animaux égarés et les moutons a été brisé et le bétail s'est sauvé, affolé. Alors les brigadiers sont arrivés et le calme est revenu, mais après, la pauvre femme n'a plus mis le nez dehors jusqu'au jour où elle est morte. Peu de temps après.

Toujours accroupi, il se détourna, saisit le tisonnier et fourgonna le feu; puis il poursuivit :

— On raconte qu'elle s'est noyée dans la rivière en crue en voulant passer à gué, tout près d'ici, mais mon père a compris tout de suite, car c'était la première fois qu'elle s'aventurait au-delà de la cour depuis le fameux jour du marché. Alors, tu vois, Hannah (il se tourna de nouveau vers elle), je sais de quoi je parle. Et si cela fait vingt-deux ans déjà, les gens d'ici n'ont pas changé pour autant; ils ne changent pas dans ces régions. Tu sais, certains, en fait la moitié du village ou presque, n'ont jamais dépassé Allendale de toute leur vie. Et il y en a d'autres, que tu le croies ou non, qui n'ont jamais vu Hexham, à quinze kilomètres d'ici; par beau temps, on peut même y aller à pied. Non (il secoua la tête lentement), non, Hannah, quand tu viendras vivre avec moi pour de bon, ce ne sera pas dans cette maison. Mais ne t'inquiète pas, cela viendra plus tôt que tu ne le penses. Les deux qui viennent de partir m'ont mis sur une bonne affaire. Tu sais que j'achète des poneys par-ci, par-là, mais il devient de plus en plus difficile d'en trouver, car les fermiers les débourrent eux-mêmes et se croient prioritaires pour fournir les mines. Mais Peter, Peter Turnbull, le grand, là, revient tout juste de Gearstones, il en a ramené un grand troupeau. Il paraît que les bêtes se traînaient avec rien que la peau sur les os, les pauvres, mais il les a ramenées pour la ferme de Bateman. C'est plein de belles pâtures par là-bas et, d'ici Noël, il dit que Bateman en tirera un bon paquet; à part ça, il m'a

aussi raconté que le Gallois conduit des poneys jusque
là-bas, et qu'il y en a un beau petit lot à saisir; et ils
sont bon marché, parce qu'il faut non seulement les
débourrer mais aussi les ramener tous ensemble au
lieu de dressage, et tout le monde ne sait pas comme
moi conduire une colonne de poneys pleins de fougue,
je suis fier de le dire. (Il lui sourit.) Alors quelques
voyages jusque là-bas et un peu de travail ici, et à la
fin de l'été je serai nanti; en comptant ce que j'ai
déjà.

De son poing, il lui appuya tendrement sur la taille
en disant :

— Tu te souviens de la nuit où je me suis vanté de la
fortune cachée derrière ces pierres? Eh bien, comme
tous les vantards, j'ai un peu exagéré. Pourtant, tu sais,
il aurait dû rester un beau petit magot, mais le vieux a
tout dépensé. Pour acheter quoi, Dieu seul le sait. Il y
avait une loi tacite, dans la famille, qui voulait que le
sac caché derrière la brique appartienne au plus vieux
jusqu'à sa mort, et il ne s'agissait pas d'aller y mettre
son nez, et moi, comme un idiot, j'ai cru que le vieux
ajoutait ses économies au magot. Je me souviens
d'avoir entendu mon père déclarer qu'en tout il devait
bien y avoir une bonne centaine de livres, de son
temps. Quoi qu'il en soit, quand j'ai fait rouler les
pierres, tout comme dans la Bible, qu'est-ce que j'ai
trouvé? Eh bien, pareil, rien du tout derrière deux
d'entre elles – chacun avait sa cachette personnelle, tu
sais – et environ trente livres derrière la troisième. Et
c'était tout.

— Trente livres. (Elle hocha la tête avec lenteur.) Ça
fait quand même une certaine somme.

— Oui, ma belle (il lui tapota le genou), mais pas si
l'on recommence tout de zéro. Il y a la maison
pourtant. Si je pouvais la vendre, j'en tirerais à peu
près cent livres, car elle est entourée de deux acres et
demie vendues chez notaire.

– Est-ce qu'elle ne vaudrait pas plus comme terrain minier, non?

– Hannah! (Il laissa son menton tomber sur sa poitrine.) Tu parles de toutes ces sornettes que je t'ai débitées le jour où tu m'as trouvé en train de gratter? (Il leva les yeux vers elle, et d'un air tout penaud il marmotta :) Je cherchais des silex, des pointes de flèches, comme on les appelle. On en trouve des tas dans le coin, mais si on a la chance d'en découvrir de belles, qui ne soient pas cassées, il y a des gens que cela intéresse et qui sont prêts à les acheter. Mais, tu sais (il agitait son index devant les yeux d'Hannah), il est très possible aussi que quelqu'un comme Beaumont achète la maison et la terre pour y ouvrir une mine... Oh oui, absolument, il n'hésiterait pas. Toutefois, pour ce qui est de ton dévoué serviteur, comme tu l'as si sagement remarqué ce jour-là, il faut beaucoup d'argent pour creuser une mine de plomb.

Il la força à se relever avec lui puis, le visage sérieux, il ajouta :

– Hannah, si tu veux de moi, ce sera comme marchand de chevaux, parce que c'est tout ce que je sais faire. Autrefois, j'avais une autre corde à mon arc, je pouvais boxer... oui mais, mais, mais (il leva la main en signe d'avertissement), si cela ne m'était pas arrivé (il lui agita son pouce et son index devant les yeux), j'aurais tout de même arrêté la boxe. C'est un sport de jeune homme. Les mains nues ne suffisent pas, il faut aussi avoir le pied léger et une force de cheval. Mais... mais tu sais, mon amour? Nous perdons du temps. Allez, viens.

Tandis qu'il l'attirait à lui, il murmura :

– Le lit est chaud. Tu sais autre chose? J'y glisse la plaque du four tous les dimanches après le souper, quand j'ai fait cuire ma viande, avec l'espoir... l'espoir que tu viendras.

Leurs têtes se rejoignirent un moment, puis ils grimpèrent à l'échelle pour se réfugier à l'étage.

17

En avril, Hannah se demanda si elle n'était pas enceinte, mais sans aucune certitude car son cycle avait toujours été fantaisiste – et douloureux. De plus, elle n'avait personne à qui poser ce genre de questions.

Le temps s'était de nouveau détraqué et resta mauvais jusqu'à la mi-mai; pendant tout le mois, Mme Loam avait dû garder la chambre à cause d'une forte angine. Quand elle commença d'avoir des nausées en se levant, Hannah sut qu'elle portait un enfant en elle.

Elle avait réussi à le cacher en se rendant aux toilettes dès qu'elle était debout; cela dura jusqu'à un fameux lundi matin, dans la buanderie, où la nouvelle parvint aux oreilles de son mari, mais pas par ses soins.

Elle s'était levée à 6 heures et avait allumé le feu sous la lessiveuse; comme elle s'apprêtait à rincer et essorer une lessive de gros draps, une nausée la prit. Elle avait cru avoir dépassé ce stade car elle n'était plus malade depuis un moment. Tandis qu'elle s'appuyait sur la planche de l'essoreuse, une voix à côté d'elle railla :

– Alors, ça y est, vous y êtes enfin arrivée, hein? Qu'est-ce que vous essayez de cacher comme ça, vous en avez honte ou quoi? Et puis, pour avoir pris votre temps, vous avez pris votre temps.

Elle regarda la vieille femme tandis que son estomac continuait à se soulever.

– Pourquoi ne lui avez-vous rien dit? Il a le droit de savoir, non?

– Je... je le préviendrai quand bon me semblera.

– Ah! bon, madame, bien vrai? Mon Dieu! (La petite femme hocha la tête.) De toute ma vie je n'ai jamais rencontré quelqu'un de votre espèce. Vous êtes inhumaine. Le voilà qui attend l'événement depuis bientôt deux ans, et quand il arrive enfin vous gardez ça pour vous. Et je parie que si je ne vous avais pas surprise à vomir, vous n'en auriez pas dit un mot avant que votre ventre vous trahisse.

Quand Mme Loam tourna les talons et quitta la buanderie, Hannah s'accrocha au battoir et ferma les yeux, et tandis qu'elle laissait aller son menton sur sa poitrine, elle se jura que quoi qu'il arrive elle aurait quitté ces lieux quand l'enfant viendrait à naître...

– Alors, c'est vrai?

Elle se retourna pour regarder Fred. Son gros visage rougeaud rayonnait de joie. Il semblait si content de lui qu'un moment il lui fit même pitié.

– Et pourquoi n'as-tu rien dit?

Il se tenait tout près d'elle, maintenant.

– Hé! Tu es une drôle de fille. Mais, nom de Dieu! Je suis fou de joie. Bon sang, je croyais que ça n'arriverait jamais. Je commençais à m'inquiéter; je finissais par croire que j'étais bon à rien.

Il pinça les lèvres et sourit en secouant la tête de gauche à droite comme à une idée absurde; puis il donna un coup de pied dans le baquet, saisit le battoir et en flanqua deux coups sur le linge mouillé, tout en déclarant :

– Ils commençaient à me charrier là-bas, au pub. Eh bien, maintenant, je leur ai montré, non? (Il tourna la tête vers elle et la considéra un moment avant de demander :) Pourquoi ne dis-tu rien? Tu n'es pas heureuse?

Et elle put le regarder bien en face et lui répondre :

– Si, je suis heureuse.

– Eh bien, alors (il secouait de nouveau la tête), la vie continue, non?...

Mais cette nuit-là il découvrit à sa grande stupeur que la vie ne continuait pas, car au moment où il voulut la prendre dans ses bras elle sauta du lit comme un diable hors de sa boîte et lui siffla dans l'obscurité :

– Je t'interdis de me toucher, tu m'entends? Je t'interdis de me toucher jusqu'à ce que... jusqu'à ce qu'il naisse.

– Et qu'est-ce que ça signifie... tu m'interdis de te toucher?

Elle savait qu'il était maintenant assis dans le lit.

– Rien de plus que ça.

– Et pourquoi? (Sa voix laissait deviner sa stupéfaction.) C'est bon pour l'enfant, n'importe quel idiot sait ça, ça le nourrit, mais oui, ça le rend vigoureux et lui évite d'attraper des microbes. Et si comme tu le dis ta grossesse est bien avancée, eh bien, tu as déjà été touchée depuis.

– Oui, mais c'est fini. Et... et si tu insistes j'irai dormir dans la cuisine.

– Dieu tout-puissant! Mais il reste des mois encore. Ecoute, Hannah, moi je ne marche pas. Pour qui me prends-tu, pour un pauvre couillon?

Et quand la main de l'homme revint se poser sur elle, elle poussa un tel cri qu'il la lâcha sans demander son reste en disant :

– Mais tais-toi, bon Dieu! Ou elle va rappliquer tout de suite.

– Alors, laisse-moi tranquille. Cela fait des nuits et des nuits, je ne peux plus le supporter. Maintenant... maintenant tu devrais te trouver satisfait, je... je suis enceinte.

Il y eut un silence, comme s'il réfléchissait à sa dernière remarque.

Quand elle l'entendit se remettre au lit elle attendit, crispée de la tête aux pieds mais frissonnante; puis il prit la parole :

– Bon, bon, nous verrons. Viens te coucher, maintenant.

Elle attendit encore un moment avant de bouger; puis, quand elle se résigna enfin à s'allonger, ce fut tout au bord du lit, le dos tourné vers lui et les couvertures tombant largement de chaque côté de son corps pour ne pas entrer en contact avec celui de son mari.

Le dimanche suivant, elle crut devenir folle quand sa belle-mère renonça à se rendre à l'église à cause d'une indigestion. Elle n'aurait su dire comment elle supporta la semaine qui suivit. Quand un nouveau dimanche arriva, elle dut se forcer au calme sous peine de se trahir et d'éveiller leurs soupçons.

Quand enfin Mme Loam, marmottant pour la énième fois qu'elle encourait la vengeance divine si elle négligeait Dieu plus longtemps, quitta la maison, et que Fred, désormais maussade, partit pour l'auberge, elle dut se retenir pour ne pas se ruer dehors immédiatement. Du moins se précipitait-elle intérieurement, car elle se forçait toujours à quitter le village d'un pas nonchalant.

La nuit était presque tombée quand elle atteignit la maison Pele. Mais ce soir-là, Ned n'avait pas de visiteurs et il l'attendait à l'entrée de la cour.

Après leur première étreinte dans l'écurie, il lui murmura, la bouche perdue dans ses cheveux :

– Où étais-tu pendant toutes ces longues années? (Puis en s'écartant il demanda :) As-tu croisé John et Annie Beckett en montant?

Et elle secoua la tête en répondant :

– Tu veux dire les voisins? Non, non; je ne les ai pas vus.

– Alors ils ont dû tourner vers le cimetière, j'étais sûr que tu tomberais sur eux en venant.

– Cela aurait bien pu m'arriver (elle rit), parce que

j'ai couru tête baissée la plupart du temps. Mais (son visage devint sérieux), pourquoi me demandes-tu ça?

– Oh! pour rien, pour rien; cela fait trois fois que je les vois passer par ici en un mois. La première fois, j'ai cru à une balade dominicale, maintenant je commence à me demander... Est-ce qu'elle te parle?

– Presque jamais. De temps à autre elle me fait un petit signe de tête quand je vide les seaux au tas d'ordures.

– Bon Dieu! (Il grinçait des dents maintenant.) Quand j'entends ça, je me sens comme un taureau devant un chiffon rouge. Au tas d'ordures, à vider les seaux! Et pourquoi ne s'en chargerait-il pas, lui? Et puis comment occupe-t-il son temps, finalement? Il tue rarement plus d'une bête par semaine; quelques moutons, peut-être, et un porc ou deux. Mais qu'est-ce que c'est que ça?

– Peu importe; rentrons.

C'était elle maintenant qui le menait par la main dans la cuisine, et quand il lui déboutonna le col de sa cape elle dit :

– J'ai quelque chose à vous annoncer, Ned Ridley. Oh! (Elle secoua la tête.) Je ne sais pas comment j'ai fait pour ne pas le hurler dans les collines. J'en suis presque morte de ne pas avoir pu venir la semaine dernière.

– C'était aussi bien, j'étais absent; allez, Hannah Boyle. (Il ne l'avait jamais appelée par son nom d'épouse.) Ne me laissez pas mourir d'impatience.

– Devine?

Il fronça les sourcils et leva les yeux vers le plafond en disant :

– Dame Thornton s'est rendue chez toi et t'a implorée de revenir à la maison.

– Oh! là! Ce jour-là, je ne serai plus de ce monde. Et tu sais, c'est bizarre, mais je ne l'ai plus jamais croisée depuis que j'ai quitté sa maison... sauf à l'église, le jour même de la cérémonie. Mais soyons sérieux, regarde-moi.

Il la regarda de la tête aux pieds, puis demanda :

– Et alors?

Elle attendit encore quelques secondes avant d'articuler lentement, et en insistant sur un mot :

– Je vais avoir... *ton* enfant.

Pendant au moins une minute, il la considéra, ébahi. Puis, sans changer de mine, il demanda d'un ton bref :

– Le mien?

– Oui, le tien.

Elle vit alors sa bouche s'arrondir; puis il ferma les yeux et tendit les bras pour l'envelopper dans son étreinte, ils tanguèrent, unis l'un à l'autre, et leurs rires se mêlèrent joyeusement. Puis il la prit par les épaules et, la regardant dans les yeux, le visage à nouveau sans expression, il lui demanda :

– Comment peux-tu en être sûre?

– J'en suis sûre. Avec exactitude. Ce jour de février, et... (elle secoua la tête et se détourna) et d'autres détails que je ne peux expliquer. Je le sais, voilà, Ned, c'est le tien, le nôtre.

– Février? Février? Mon Dieu! Alors c'est déjà bien avancé. Pourquoi ne m'en as-tu rien dit?

– Je... je n'en étais pas sûre. Pour t'avouer la vérité, je n'étais pas très au courant de tout ça. Je... oh! je ne peux pas te l'expliquer.

– Hannah! Hannah!

Il prit le visage de la jeune femme dans ses mains et le secoua tendrement. Puis, attirant Hannah vers une chaise, il s'agenouilla à ses côtés, et dit :

– Eh bien! c'est une bonne chose. Il va falloir que je me secoue maintenant. C'est dit. Cela tombe bien que j'aie quelque chose en vue. Tu te souviens de mon histoire de poneys gallois? Voilà, j'ai été jusqu'à Gearstones; c'est à un jour et demi d'ici. Peter Turnbull et Arty Heslop, tu sais, les deux gars que tu as croisés ici, ils y ramenaient des moutons, alors je les ai accompagnés pour reconnaître le chemin. Et c'était une bonne idée, parce que je n'avais jamais pris cette route auparavant. De toute façon, j'ai vu le type et il m'en a promis une série, et une autre si je veux aller les prendre avant la mauvaise saison. Entre les voyages, je serai bien occupé à les débourrer, à les rendre dociles au moins, car à ce qu'il paraît certains sont de vrais diables. Mais il semble aussi que je devrais m'en sortir avec une somme bien rondelette. Et puis, j'irai dès demain à Hexham voir un agent foncier et lui demander de venir ici estimer la valeur de la propriété.

Elle resta assise à le regarder, la gorge trop serrée pour parler, et il ajouta tendrement :

– Allons, mon amour, ne pleure pas; ce n'est pas le moment de pleurer, il faut fêter ça, boire un verre. Et tu sais? (Il se releva.) Je n'ai pas une goutte de tord-boyaux à la maison. Tu t'imagines? Cela arrive un peu trop souvent en ce moment, que je sois sans une goutte de tord-boyaux. Bon, nous allons nous préparer une bonne tasse de thé, du thé bien fort.

– Je m'en occupe.

– Pas question. (Il lui tourna le dos et ramassa un paquet de feuilles volantes étalées sur la table; comme il s'apprêtait à les poser sur l'étagère, il y jeta un coup d'œil en disant :) J'ai dressé ma carte de route. Regarde; pas mal, non, pour quelqu'un qui ne supportait pas l'école?

Elle lui prit des mains les trois feuilles de papier et observa les courbes de niveau des collines et les sentiers qu'il y avait tracés; puis elle leva les yeux vers lui et demanda :

– C'est toi qui as dessiné tout ça?

– Mais oui, qui veux-tu que ce soit? (Il rejeta la tête en arrière, tout faraud.) Et tu sais, ça fait un bout de chemin. (Il était penché sur son épaule.) Plus de cent vingt kilomètres.

– Cent vingt kilomètres!

Sa voix vibrait d'angoisse.

– Oui, regarde là. Je vais à Allenheads, et puis à Wearhead. Tu vois cette croix, là, ça veut dire que je m'arrête à cet endroit pour la nuit; puis le jour suivant, je me dirige vers Langdon Common, et tout comme Peter et Arty je longe la Tees, une rivière, en direction de Newbiggin. Et voici encore une croix. Je fais halte à cet endroit pour la deuxième nuit. Le lendemain – c'est de l'autre côté de la page, regarde – je traverse Lunedale et Baldersdale et puis God's Bridge, ensuite avec un peu de chance, j'arrive à l'auberge de Tan Hill. Maintenant, sur cette page (il lui avait pris des mains le troisième feuillet), je descends sur Stonesdale Moor et Thwaite, traverse Buttertubs Pass en direction de Hawes. Encore une croix, je m'arrête pour la nuit. Je pourrais, d'une traite, en galopant, monter jusqu'à Widdale Beck et arriver à Gearstones, mais cela fait encore douze ou treize kilomètres, alors il vaut mieux que je m'arrête, comme je te l'ai dit, à Hawes. Que penses-tu de ce voyage?

– Formidable! Et tu vas ramener les poneys depuis là-bas?

– Eh bien! je n'y vais pas seulement pour me balader, mon amour.

Ils éclatèrent de rire; puis il ajouta d'un ton mesuré :

– C'est une superbe randonnée, avec des paysages de collines et de vallées magnifiques, mais c'est très sauvage. Jusqu'ici, je pensais qu'il n'y avait pas plus sauvage que le chemin entre Whitfield et Alston, mais il y a des sites sur cette route qui le sont encore bien plus.

A la mention d'Alston, elle demanda d'un ton calme :

– Et ne pourrais-tu pas faire d'aussi bonnes affaires à la foire aux chevaux d'Alston?

– Non, les acheteurs sont trop nombreux là-bas, il y

a trop de fermiers qui s'en mêlent. Pour eux, Gearstones est un peu trop loin, bien que rien ne les empêche de payer un conducteur de bestiaux pour faire le travail à leur place, comme en ont l'habitude les gros fermiers pour leur bétail. Mais ça, je leur laisse, moi, je n'accorderai jamais ma confiance à un conducteur tant que je pourrai le mettre par terre. (Il se tourna alors prestement vers elle, et en se penchant, il lui embrassa les lèvres avant d'ajouter :) Je serai de retour avant même que tu m'aies vu partir. J'ai horreur de te causer du souci, mais en même temps j'aime savoir que tu t'inquiètes de mon sort.

Elle lui jeta les bras autour du cou, en demandant :

– Où irons-nous quand nous partirons d'ici?

– N'importe où, mais j'ai bien envie de voir la campagne qui s'étend au-delà de Londres. Voilà où nous irons, au-delà de Londres.

Elle connaissait la géographie de son pays bien mieux que Ned, mais la campagne qui s'étendait au-delà de Londres lui parut soudain bien plus loin que l'Amérique où Robert était parti, bien plus loin que l'Australie qui, pourtant, se trouvait sous ses pieds, de l'autre côté de la terre. C'était une autre planète, et personne ne les y trouverait. Ils commenceraient une vie nouvelle; elle serait Mme Ridley, et son enfant s'appellerait Ridley, ce serait là son véritable nom.

18

L'enfant pesait déjà lourd en elle quand Ned partit pour son second voyage à Gearstones. Il était absent depuis trois semaines maintenant. Elle ne s'était pas beaucoup inquiétée, le second dimanche, de trouver la porte de la maison Pele toujours fermée, mais quand, le troisième dimanche, elle dut aller se réfugier sous le porche de la bergerie, elle se sentit malade d'angoisse.

Il avait plu presque tout le temps, depuis son départ. L'été précédent avait été, de mémoire d'homme, le plus sec de tous les étés, celui-ci était le plus humide. Les récoltes étaient imprégnées d'eau et le blé impossible à sécher. Les routes ressemblaient à des bourbiers, l'air refusait de se réchauffer et les maisons moisissaient d'humidité.

Quoiqu'elle se sentît mieux, elle avait le moral très bas. Elle approchait de son huitième mois de grossesse, et le nombre de ses tâches domestiques ne s'était pas allégé; sa belle-mère ne cessait d'ailleurs de lui répéter qu'elle-même avait dû travailler jusqu'à la dernière minute, frotter, laver, et cuire le pain, et que personne n'était là pour la dorloter. La veille, pourtant, Hannah avait enfin osé lui rétorquer que, si la vie qu'on lui faisait mener s'appelait la dorloter, alors, elle n'avait pas à redouter la cruauté de la vie. Sur ce, Mme Loam lui avait presque hurlé aux oreilles :

– La cruauté! Et mon fils, alors, vous ne le faites pas souffrir, peut-être! Il m'a raconté vos dérobades. Vous mériteriez la cravache. Et vous savez ce que je vais faire? Je vais aller chercher le pasteur, et s'il ne réussit pas à vous donner honte de ne pas remplir vos devoirs, personne n'y parviendra. Et vous savez? Maintenant je comprends celle du bout du village, ouais! Parfaitement. Qu'est-ce qu'elle a dû en voir avec vous! C'est même incroyable qu'elle ne vous ait pas jetée dehors bien avant.

Et tandis qu'elle se tenait sous le porche de la bergerie, Hannah se demandait pendant combien de temps encore elle pourrait supporter des scènes comme celle de la veille. Les femmes, pensa-t-elle, sont bien plus cruelles que les hommes; les hommes peuvent se montrer brutaux, physiquement, mais les femmes semblent avoir le chic pour vous torturer mentalement. De toute sa vie Mme Thornton ne lui avait jamais adressé la parole, et c'était là un certain type de torture; quant à sa belle-mère, elle ne cessait de lui parler, et c'était encore un autre genre de supplice. Elle n'aurait su dire lequel des deux était le pire; le silence, peut-être, était ce qu'il y avait de plus insupportable, car aux discours on pouvait toujours répondre.

La nuit tombait, il était inutile d'attendre plus longtemps. Elle inspira à fond, puis souffla lentement et murmura : « Oh! Ned. Ned. »

Elle quitta l'abri du porche et traversa la cour, enjamba la brèche du mur, et repartit dans les collines. En tournant la tête pour se protéger des rafales de pluie, elle aperçut une silhouette floue et s'arrêta net, le cœur rempli d'espoir. Mais la silhouette disparut dans la direction opposée. De toute façon, s'il s'était agi de Ned, il aurait couru vers elle.

Elle se glissa silencieusement dans l'arrière-boutique, ôta sa cape, la secoua vigoureusement pour en faire tomber les gouttes de pluie, s'occupa de nettoyer ses sabots avec quelques chiffons – ses jolies chaussures de cuir étaient hors d'usage – et tout en montant l'escalier elle s'essuya le visage et les cheveux avec son mouchoir.

Mais quand elle atteignit la porte du palier elle resta clouée sur place car, plantée au beau milieu de la cuisine, elle trouva Mme Loam.

– Eh bien! Vous voilà revenue?

– Je... je suis sortie me promener.

Elle passa devant elle pour se rendre à la chambre.

– Sous la pluie?

– Sous la pluie.

Alors même qu'elle s'apprêtait à prendre sa cape dans l'armoire, elle entendit une galopade dans l'escalier, et son cœur s'arrêta de battre, elle se mit à trembler de tous ses membres, saisie par un nouveau genre de peur. C'était comme si elle savait déjà ce qui allait se passer. D'une certaine façon, elle s'y attendait; et soudain, elle fut désolée pour Fred, car il n'était pas responsable de tout cela; ils étaient des victimes, tous les deux. Il aurait pu faire un bon mari, s'il en avait épousé une autre. Il aurait même su la rendre heureuse, si elle avait pu l'aimer; et peut-être y serait-elle parvenue, sans sa mère... Non! Elle jeta un coup d'œil vers le lit, et le souvenir des nuits, ces nuits qui semblaient durer depuis une éternité, lui répondit en écho. Non! Non! Jamais!

Tremblant des pieds à la tête, elle se retourna pour affronter ce qui se préparait.

Quand elle revint dans la cuisine, il se tenait près de la table. Son visage avait perdu ses teintes rougeaudes et semblait livide. Il garda les yeux braqués sur elle tandis qu'il parlait à sa mère.

– Tu avais raison, maman. Quand je pense que j'ai failli faire avaler ses dents à Arty Heslop... Voilà de quoi ils ricanaient depuis des semaines. « Prends un verre avec nous, Fred. Et comment va ta femme, Fred?... Alors on est bientôt papa, Fred. Ouais, mieux vaut tard que jamais... Tu crois que tu y es arrivé tout seul, Fred?... » Bon Dieu! Tu sais ce que je te ferais si je ne me retenais pas? (Il avançait sur elle.) Je t'arracherais les tripes, sale petite putain!

Tandis qu'il levait la main, elle entendit sa belle-mère crier d'une voix perçante :

– Ceux d'à côté l'ont su depuis le début. Dès que nous sortions de la maison, elle prenait la clé des champs, tous les dimanches... Sans cœur, traînée!

Et, du plat de la main, Fred la frappa au visage. Ses pieds quittèrent le sol et elle sembla se maintenir un instant à l'horizontale avant de tomber sur l'angle du pare-feu.

L'eût-il frappée de son poing fermé qu'il l'aurait tuée; car la main qui enfonçait le marteau dans le crâne des bêtes était en elle-même une véritable massue.

– Mon Dieu! Tu l'as tuée. (Daisy Loam se mit en devoir d'allonger la pauvre forme prostrée à ses pieds; puis, le visage marqué de terreur, elle se tourna vers son fils et répéta :) Tu l'as tuée, et l'enfant avec.

Il se tint au-dessus des deux femmes, tremblant, le visage agité de tics, comme sous l'emprise de la fièvre; puis il se mit à marmonner comme un dément :

– Elle l'a cherché. On ne me fera rien, elle l'a cherché. Une femme infidèle, voilà ce qu'elle était. Je leur dirai...

– Allez, tais-toi! Et apporte-moi ce broc d'eau.

Elle tendit la main vers la desserte.

Et, tout en lui donnant le récipient, il continuait de marmonner :

– Ils ne peuvent pas m'accuser. Elle est tombée, voilà, elle est tombée.

– Ne sois pas aussi bête, dès demain elle aura le visage au beurre noir, et ça suffira au Dr Arnison pour te faire pendre. Il n'a jamais eu aucune sympathie pour nous.

Et après avoir arrosé d'eau fraîche le visage d'Hannah sans aucun résultat, elle cria :

– Mais sors-la de là, voyons!

Quand il eut porté Hannah dans la chambre et qu'il l'eut allongée sur le lit, il se tourna vers sa mère, et d'un ton de voix désemparé, pareil à celui d'un enfant, il demanda :

– Fais quelque chose, s'il te plaît.

Alors elle le repoussa et lui obéit. Elle posa l'oreille sur la poitrine d'Hannah, puis se redressa son petit corps sembla se dilater de soulagement, et en poussant un grand soupir elle murmura :

– Elle respire.

Ils restèrent à se regarder un moment. Mais soudain, la couleur revenant aux joues de Fred, il se mit à hurler à sa mère :

– C'est de ta faute, tu l'y as poussée. Et tu m'encourageais tout le temps à lui flanquer une correction.

Mais avant qu'il ait pu poursuivre, elle interrompit sa diatribe sur un ton tout aussi rageur, et se mit à clamer :

– Hors de ma vue, espèce de grand rustre à la manque! C'est bien dommage que tu ne l'aies pas tuée avec ton coup de poing; au moins tu serais mort comme un homme, au bout d'une corde.

Sur quoi, le corps désarticulé comme celui d'une marionnette au bout de ses fils, il se dirigea vers la porte et cracha avec colère :

– Toi! Toi! Tu es une mégère. Voilà ce que tu es, maman, une mégère, et si quoi que ce soit arrive à mon enfant...

– L'enfant de qui?

– Quoi?

Arrivé à la porte, il se retourna, et elle répéta en détachant bien chaque mot :

– L'enfant de qui? Voilà ce que j'ai dit, l'enfant de qui?

19

Elle resta trois jours au lit. Un côté de son visage avait presque doublé de volume, et avait pris, du front jusqu'au menton, une teinte d'un bleu violacé; de plus, elle sentait une violente douleur au côté, à l'endroit où elle avait heurté le pare-feu. Elle ne mangea rien pendant deux jours, mais but les tasses de thé que sa belle-mère venait poser sans un mot sur sa table de nuit.

Mme Loam ne lui avait adressé la parole qu'une seule fois, quand elle était entrée dans la chambre après qu'elle eut repris connaissance. Et elle avait dit :

– Ce n'est la faute de personne sinon la vôtre, vous l'avez cherché.

Et pendant les trois jours où elle était restée alitée, elle n'avait pas vu Fred – il avait dû dormir sur le divan de la cuisine – mais quand elle finit par se lever, il l'attendait.

C'était comme s'il n'avait pas bougé depuis le dimanche précédent, et il répéta presque mot pour mot la phrase de sa mère. Tout en secouant la tête, il marmotta :

– Tu l'as cherché, tu ne peux pas le nier. Tu ne peux t'en prendre qu'à toi-même. De toute façon, voilà, je veux bien passer l'éponge, si tu me promets de ne plus jamais monter là-haut.

Elle le regarda, stupéfaite, les yeux fixes, les lèvres pincées.

– Eh bien ?

Elle resta muette.

– Je t'ai posé une question polie et j'attends une réponse polie.

Elle ne dit mot, et, secouant la tête de plus en plus fort, il fulmina :

– Très bien, puisque c'est comme ça, à ton aise... mais je veillerai à ce que tu ne sortes plus seule, Dieu m'est témoin ! Et si je dois t'enchaîner...

Les jours suivants, Hannah eut le sentiment qu'il avait vraiment mis sa menace à exécution, qu'il l'avait enchaînée, car pas un moment elle ne se trouva seule.

Puis vint le jour du marché d'Allendale, et elle fut obligée de l'y accompagner.

En fait, Mme Loam avait été prise de diarrhées qui l'avaient tellement affaiblie qu'elle avait dû s'aliter, et elle avait déclaré à son fils :

– Je ne suis pas assez bien pour la surveiller, il faudra que tu l'emmènes avec toi.

Ce qu'il fit. Assise à côté de lui sur le siège surélevé de la carriole, elle partit pour Allendale.

Le voyage ne se fit pas dans un silence total car, de temps à autre, Fred remarquait avec aigreur :

– Ah! c'est agréable. Autant être marié à une sourde-muette. Ne crois pas que tu pourras me la faire longtemps, parce que je ne le supporterai pas, tu me couvres de ridicule, tu me fais passer pour un couillon. Ouais, le prochain qui se moque de moi, il rentrera chez lui sans une dent sur sa putain de mâchoire, moi je te le dis.

Quoique la place du marché parût noire de monde, ce n'était pas, comme beaucoup le remarquèrent, la foule des autres années. Une ligne de chemin de fer, récemment construite, y était pour quelque chose; les gens portaient maintenant leurs marchandises beaucoup plus loin. Le monde changeait. Quarante ans plus tôt, la ville comptait un bon millier d'habitants, désormais, il en restait à peine la moitié. Néanmoins, le King's Head et le Golden Lion, l'hôtel Temperance et les six auberges travaillaient à plein en de telles occasions. Bien plus, assuraient en riant les mauvaises langues, que les églises méthodistes le dimanche, ou les quakers.

Mais la ville était bien trop grouillante pour Fred; il cherchait des yeux un homme en particulier, tout en espérant ne pas le rencontrer, car si Ned Ridley n'avait plus qu'une main et demie, il devait certainement savoir encore s'en servir; il n'avait pas été boxeur pour rien. Non pas que Fred fût une mauviette. Non, par Dieu! Et tous ceux qui l'avaient vu abattre une bête pouvaient en témoigner! A cette pensée, il rejeta les épaules en arrière et bomba fièrement la poitrine en regardant autour de lui; puis il porta brusquement la main à son ventre.

Comment allait-il se débrouiller? Il avait attrapé cette saleté de dérangement de sa mère. Il avait été à la selle juste avant de partir, et voilà maintenant qu'il allait lui falloir se précipiter dans l'arrière-cour d'une auberge. Depuis que les cabinets ouverts à tous vents n'avaient plus cours, cela signifiait presque qu'il fallait payer pour pouvoir se soulager.

– Hannah!

Il se retourna prestement pour voir de qui il s'agissait.

– Oh! Margaret. Oh! Margaret. Que c'est bon de te rencontrer.

– Et toi, donc.

Elles battaient des mains.

– Qu'est-ce que tu fais ici, tu visites?

Margaret secoua la tête en signe de dénégation.

– Non; je suis venue dire au revoir à John...

Mais Fred les interrompit et dit :

– Ecoute, il faut que j'aille là-bas. (Il désigna l'auberge.) Je n'en ai que pour cinq à dix minutes. (Il la dévisagea.) Pas plus, tu sais. Tu peux aller m'attendre là. (Il pointa l'index vers l'hôtel qui se trouvait derrière eux.) Tu peux prendre un thé au grand salon, quelque chose comme ça. (Puis il se tourna vers Margaret :) Vous allez rester avec elle, n'est-ce pas, mademoiselle Margaret?

Margaret jeta un regard interrogateur à Fred, puis répondit :

– Oui, oui, bien sûr, Fred.

Mais Fred leur tournait déjà le dos et fendait la foule au pas de course en direction de l'auberge basse et trapue qui s'élevait de l'autre côté de la place; Margaret se tourna alors vers Hannah et demanda :

– Veux-tu que nous allions au salon de thé?

– Je... je n'ai pas d'argent, Margaret.

– Ça ira, j'en ai suffisamment.

Elles restèrent silencieuses tant qu'elles ne furent pas installées sur le banc de bois qui occupait un coin du grand salon. Margaret commanda deux cafés. Elle regarda Hannah longuement avant de demander :

– Tu es tombée?

– Oui, je suis tombée, Margaret.

Et comme elle soutenait son regard, Margaret murmura :

– Je suis désolée, Hannah.

A ces mots, Hannah répliqua :

– Oui, je suppose que d'aucuns assurent qu'il était dans son droit. Tu sais, j'ai vu... j'ai vu Ned régulièrement.

– Ned? Tu veux dire Ned Ridley?

– Oui, Ned Ridley.

Margaret secouait maintenant la tête presque imperceptiblement, puis elle reprit :

– Tu veux dire que tu l'as vu pour...

– Oui, Margaret, dans un autre but que la simple amitié. Tu sais, j'ai découvert, mais trop tard, que j'aimais Ned; c'est lui que j'aurais dû épouser. Et je crois que je l'aurais fait s'il n'avait pas été absent quand ta mère m'a annoncé son intention de me marier avec Fred.

– Hannah! (La main de Margaret vint se fermer sur le poignet d'Hannah; puis d'un ton triste, avec lenteur, elle déclara :) Quel gâchis elle a fait de nos vies! Et surtout toi; pour ma part, j'avais le choix, mais je me suis trompée.

– Que s'est-il passé?

– Oh! (Margaret joignit alors ses mains; les doigts rassemblés, elle écarta les paumes.) J'ai cru que je lui plaisais, mais apparemment, c'était plutôt ma prétendue situation de fortune. Il me voyait comme la fille d'un homme qui peut se permettre d'envoyer ses enfants dans une école privée, ce qui laissait supposer qu'il y avait de l'argent dans la famille. Et, bien sûr, la maison était une autre preuve, sinon de notre richesse, du moins de notre aisance. Alors il a pensé que mon père ferait certainement un geste pour le mari de sa fille aînée. C'est ce que j'en ai conclu. Je n'ai pas trouvé d'autre explication à son petit mot poli et à sa disparition.

– Je suis désolée, Margaret.

Margaret ne répondit pas, mais continua à boire son café à petites gorgées. Hannah demanda alors :

— Et que fais-tu, maintenant?

— Comme avant, quand je suis retournée à l'école; et je ne suis toujours pas payée. Je pense certains jours que je me trouverais aussi bien au couvent; au moins, là-bas, on m'habillerait gratuitement. (Elle eut un sourire désabusé et, avec une nuance d'amertume dans la voix, elle ajouta :) C'est... c'est inquiétant de constater combien les gens changent quand ils savent que vous dépendez entièrement d'eux.

— Tu veux parler de Mlle Barrington?

— Oui, et de Mlle Rowntree. Mlle Emily essaie de rester la même, mais elle a du mal, car c'est elle qui s'occupe de l'intendance. Tu sais, il faut bien que je mange, et puis la chambre qui m'est dévolue les prive d'une élève supplémentaire; si tu te souviens, la maison n'était pas grande.

Hannah sentit sa gorge se serrer à un point tel qu'elle ne put pas répondre. Sa vie lui avait paru difficile, et même insupportable, mais derrière tout ça elle avait l'amour de Ned; apparemment, Margaret n'avait personne.

— C'est sans importance. Sans importance. (Margaret lui avait repris la main.) Je cherche une situation de gouvernante. (Elle eut un petit rire.) Je me suis présentée dans un bureau de placement, il y a deux mois, en pensant qu'ils verraient en moi la perle rare. Penses-tu, ma pauvre! (Elle hocha la tête.) Je n'aurais jamais cru qu'il y eût tant de jeunes femmes cultivées à la recherche d'un emploi. Les registres du bureau étaient pleins de noms de jeunes dames qui se proposaient comme gouvernantes et dames de compagnie, ou même comme femmes de charge. Mais je trouverai bien quelque chose un jour ou l'autre. Parlons plutôt de John.

— Ah oui... John. Tu disais que tu étais venue lui dire au revoir?

– Oui, Pansy et lui quittent le pays lundi pour l'Amérique; ils vont rejoindre Robert.

– Non!

– Mais si. (Margaret hocha la tête gravement.) Qui l'aurait cru?

– Mais pourquoi?

– Pour de multiples raisons, mais surtout parce que, à mon avis, Mme Everton est la réplique exacte de maman; elle continue de traiter sa fille comme une enfant et non comme une femme mariée, et Pansy est une fille dynamique. Et puis, je crois aussi que M. Everton a trouvé John bien mou. Peu ambitieux, sinon il aurait obtenu un poste plus élevé dans l'industrie minière. John était aussi censé aider à la ferme... côté gestion, bien sûr. (Elle fit alors une grimace à Hannah.) Mais dès qu'il avait une minute de libre... Quoi qu'il en soit, Robert semble avoir envoyé des lettres enthousiastes sur sa vie au ranch et j'ai cru comprendre qu'il assurait que si un homme voulait travailler et se faire aider par sa femme, il y avait des fortunes à édifier; vrai ou non, John n'a fait ni une ni deux, il a trouvé là l'occasion qu'il attendait, Pansy l'a soutenu et ils partent lundi. John m'a écrit pour m'inviter à venir passer quelques jours avec eux, et j'étais ravie de leur idée, mais après quarante-huit heures dans cette maison, j'ai été soulagée de pouvoir prendre congé... C'est étrange (elle hocha la tête tristement), John ne me manquera pas autant que Robert. Robert était le seul auquel je tenais vraiment. Ainsi que toi, bien sûr; ainsi que toi, Hannah. Oui, je m'inquiétais à ton sujet. Tu me manques. Oh! ne pleure pas, ma chérie, ne pleure pas. (Mais tout en suppliant Hannah, elle aussi avait des larmes dans la voix.) Je... je suppose, ajouta-t-elle, que tu sais que maman a vendu la maison?

Les yeux d'Hannah s'arrondirent de surprise, tandis qu'elle secouait la tête.

– Oui. Oui. Si j'ai bien compris, elles vont déménager d'un jour à l'autre. Elles ont trouvé une petite maison près de Corbridge, très petite, selon John, mais maman sera tout près de sa cousine. Elle doit lui servir de dame de compagnie. Elle a perdu son mari récemment, je veux dire, la cousine de maman. (Elle eut un petit rire.) Je n'envie pas maman; la tante Riverdale, comme nous l'appelions, était aimable comme une porte de prison, et encore, dans ses meilleurs jours. Je ne l'ai rencontrée que trois fois. Elle ne nous a jamais rendu visite, notre situation sociale était bien trop modeste.

Elle refit une grimace.

– Tessie, Bella... Dandy, que vont-ils devenir?

– Oh, Dandy est parti depuis bien longtemps déjà; et elle n'a pu garder Bella et Tessie que grâce aux subsides de la tante Riverdale. Elles viendront sans doute se louer ici (elle tendit la main vers la fenêtre et la place du marché) et s'attacher à quelqu'un, un fermier sans doute... j'espère qu'elles ne seront pas séparées. Bella considère Tessie comme sa fille et Tessie voit Bella comme sa mère, cela fait si longtemps qu'elles vivent ensemble. L'ennui, c'est que Bella vieillit et ne conviendra pas à n'importe qui. C'est bien triste. Je suis si contente que Dandy ait trouvé du travail dans une ferme. (Elle but encore quelques petites gorgées de son café, puis remarqua :) Tu n'as pas touché à ta tasse, Hannah.

– Oh! Oh non! (Hannah avala deux gorgées du liquide maintenant presque froid, puis demanda :) Tu m'écriras, Margaret?

– Oui, oui, bien sûr.

– Je... je ne veux pas dire seulement de temps en temps... mais chaque semaine?

– Oui, oui, c'est promis. A l'avenir, je t'écrirai une fois par semaine. Je te le promets.

– Je... je veux savoir ce que tu deviens.

– Je te tiendrai au courant, ma chérie, ne t'inquiète pas. De toute façon, je ne veux pas que tu te fasses du souci pour moi, tu as bien assez d'ennuis comme ça et je me reproche souvent d'en être en partie responsable.

Elles se regardèrent dans les yeux pendant un moment, puis se levèrent dans un bel ensemble et quittèrent le salon.

Fred attendait à la porte et, jetant les yeux sur Margaret, il demanda d'un ton brusque :

— Si vous rentrez à Hexham par le coche, vous feriez mieux de vous dépêcher, il est sur le point de partir.

— Oh! (Margaret lança un regard vers l'autre côté de la place, puis approuva :) Oh oui! en effet. Eh bien, au revoir, ma chérie.

Elle se pencha pour embrasser Hannah sur la joue, et Hannah la tint serrée contre elle un moment, puis la regarda se hâter vers la voiture, l'ourlet de sa jupe de serge balayant le sol. Elle semblait pauvrement mise, presque perdue, et n'avait plus du tout l'air d'une jeune fille, ni même d'une jeune femme.

— Allons-y.

Elle se retourna et lui emboîta le pas, se tenant exprès à un mètre de distance, et pourtant, pour ceux qui les voyaient ainsi, Fred Loam ne semblait pas une baudruche puisqu'il avait réussi à mater sa femme — comme on pouvait le constater sur le visage de celle-ci — et même à la remettre si bien à sa place qu'elle le suivait maintenant docilement.

Ils avaient déjà fait la moitié du chemin du retour et venaient de prendre le virage où le ruisseau coulait à pic à leur gauche. Hannah avait la tête baissée. Elle était perdue dans ses pensées — Margaret, John, Robert, ce qu'il leur était arrivé ces deux dernières années — quand un homme jaillit des buissons qui bordaient la route, attrapa les rênes du cheval et obligea l'animal à s'arrêter.

Quand Hannah reconnut l'attaquant, il lui sembla

que son cœur s'arrêtait de battre dans sa poitrine. Elle porta la main à sa bouche, et quand la longue baguette, recourbée à son extrémité comme une houlette de berger, monta vers elle et fit, d'une manœuvre habile, tomber son capuchon sur ses épaules, elle baissa les yeux sur Ned et gémit :

– Non! Non! Je t'en prie. S'il te plaît, s'il te plaît, Ned, va-t'en.

– Et qu'est-ce que ça signifie, bon Dieu?

Ned considéra le fanfaron assis aux côtés d'Hannah, puis répondit calmement :

– J'ai entendu dire que tu l'avais battue. Maintenant, descends!

Sur ces mots, il contourna la carriole par l'arrière pour se placer à sa hauteur, et Fred, qui n'avait toujours pas bougé, lui hurla :

– Parfaitement, je vais descendre, et tu t'en repentiras.

– Non, non, je vous en prie!

Quand Hannah s'accrocha des deux mains au bras de Fred, celui-ci la repoussa avec tant de force qu'elle faillit basculer hors de la voiture; puis il se planta devant Ned, en position de boxeur.

Ned semblait décontracté, les bras ballants. D'une voix calme, il déclara :

– Avant que je ne te donne ta raclée, je veux que tu saches qu'Hannah est à moi, qu'elle l'a toujours été, et que ça ne risque pas de changer.

Et avant même qu'il eût achevé sa phrase, son poing droit jaillit et vint percuter l'estomac de Fred, et ce dernier se plia en deux. Un autre coup vint le cueillir sous le menton, cette fois-ci de la main mutilée, et, quoique la seconde attaque n'ait pas eu la violence de la première, cela suffit pour que Fred se retrouvât à genoux.

Ned baissa les yeux vers Fred, se frotta les mains l'une contre l'autre comme pour les nettoyer, puis, lui tournant le dos, il se dirigea vers la carriole et, lançant le bras vers le siège où se trouvait Hannah, il dit :

– Allez, viens; descends de là, on rentre à la maison.

Et ce fut au moment où elle lui tendait la main qu'elle poussa un cri aigu, car Fred, sa vigueur animale lui étant revenue, s'était remis en titubant sur ses jambes, et Ned, quoique prévenu par le cri d'Hannah, se retourna prestement mais trop tard; ce fut lui qui se plia en deux de douleur, tandis que la pointe de la grosse botte de Fred venait le frapper cruellement à l'aine. Ce fut peut-être la vue de Ned qui se recroquevillait sur le sol qui fit perdre la tête à Fred, car il se mit à le bourrer de coups de pied, comme un dément, et il ne s'arrêta, frémissant, qu'au moment où Hannah se jeta sur le corps de Ned pour le protéger, car le coup suivant aurait risqué de l'atteindre.

Comme un géant en furie, il se tint au-dessus d'eux, le visage empourpré, la sueur ruisselant de son menton, la salive coulant de sa bouche en longs filets. Puis, avec des mots inintelligibles, il se pencha et releva Hannah en la tirant par une épaule, avant de faire une fois de plus usage de son pied pour pousser le pauvre corps prostré dans la rivière qui coulait en contrebas.

Elle se débattit et lui hurla :

– Non! Non! Il va mourir. Salaud! Il va mourir; tu ne peux pas le laisser ici. Je te ferai pendre. Oui, parfaitement! Parfaitement!... Ne le laisse pas ici. Oh!

Ses larmes l'aveuglaient maintenant, elle se sentait faible de s'être débattue. Il l'attrapa à deux mains et grogna :

– Allez... monte... monte! Et tu ne risques pas de me voir pendre. Bon sang! Ça, je te le jure. Non, tu ne risques pas de me voir pendre.

Attrapant les rênes d'une main, il l'empoigna de

l'autre; puis, d'un cri, il fit démarrer le cheval, qui partit à un trot d'enfer.

Ne disposant pas d'une écurie chez lui, Fred louait un abri pour le cheval et la carriole chez Ralph Buckman, le maréchal-ferrant, et il avait coutume, sauf quand il ramenait une bête morte, de se rendre directement à l'écurie derrière la forge, de s'occuper du cheval, puis de rapporter ses achats à la maison; ou, si sa mère l'accompagnait, de l'envoyer en avant. Mais ce jour-là, tout comme s'il transportait de lourds quartiers de viande, il engagea la carriole dans le chemin boueux qui passait derrière les maisons; puis il arracha Hannah à son siège, la poussa à travers la cour, dans l'arrière-boutique et jusqu'au pied de l'escalier, et là, il cria :

– Maman!

Après avoir appelé trois fois sans obtenir de réponse, il monta les escaliers en poussant Hannah devant lui et ils pénétrèrent dans la chambre de Mme Loam.

Quand Fred ouvrit la porte, sa mère se releva sur un coude dans son lit et, d'une voix faible, demanda :

– Mais qu'est-ce qui t'arrive? Je ne vais pas bien; je n'ai pas quitté mon pot depuis votre départ.

– Malade ou pas, tiens-la à l'œil, et elle te racontera ce qui s'est passé. Quoi qu'il en soit, j'ai mis son soupirant hors d'état de nuire pour un bon moment. Bon, je vais m'occuper du cheval. (Il s'apprêtait à fermer la porte derrière lui, quand il repassa la tête par l'embrasure et, jetant les yeux sur sa mère, d'un ton féroce, il déclara :) Je ne sais pas ce que tu as, mais tu me l'as passé.

Puis la porte claqua et Mme Loam retomba contre ses oreillers dans son grand lit clos et haleta :

– Quelle nouvelle catastrophe avez-vous encore déclenchée? Vous attirez le drame dans votre sillage... Oh! mon Dieu!

Elle se remit sur le flanc, le corps presque plié en deux, et Hannah, chancelante, resta à la regarder, sans un geste. Elle aussi se sentait malade, l'esprit agité, elle avait des nausées, et une seule pensée l'obsédait : envoyer de l'aide à Ned. S'il gisait dans le ruisseau, on le retrouverait mort au matin; s'il n'avait pas déjà succombé.

– Allez me chercher à boire, ma fille. Allez me chercher à boire... Ne restez pas plantée là! Vous entendez, oui ou non? Allez me chercher à boire.

Comme dans un cauchemar, Hannah tourna lentement les talons, entra dans la cuisine et se dirigea vers le seau posé sur une desserte sous la fenêtre, y puisa une tasse d'eau, puis elle l'apporta dans la chambre et la tendit à sa belle-mère.

Quand Mme Loam eut bu son eau, elle se recoucha sur le dos et, agitant la tête de gauche à droite, murmura :

– Il va falloir qu'il aille me chercher le docteur. J'aurais même dû le faire venir il y a une semaine, tout au début. Maintenant, j'ai attrapé la fièvre, je le sens.

Et comme Hannah se tournait vers la porte, Mme Loam hurla :

– Ne partez pas, ma fille. Ne partez pas, j'ai besoin de vous. Le pot est plein; allez le vider. (Puis, après avoir repris son souffle, elle ajouta :) Non, non, n'y allez pas. Attendez qu'il soit revenu. Il est fou furieux, je l'ai bien vu, c'est la première fois qu'il est comme ça. Oh! vous alors! Ce que vous pouvez causer comme ennuis aux gens, ma fille.

Hannah s'assit lentement sur la chaise près de la porte. Voilà qu'on l'appelait de nouveau *La Fille*. Elle était devenue femme malgré elle, mais, chose curieuse, ceux qui la haïssaient lui interdisaient de perdre sa jeunesse, c'était toujours *La Fille* ou simplement *Fille*. Elle en venait parfois à oublier qu'elle avait un prénom, sauf quand elle se trouvait avec Ned.

Ned. Ned. Il fallait qu'elle aille le retrouver, ou qu'elle envoie quelqu'un. Qui? Le docteur? Oui, le docteur. Son esprit se mit au travail. Mme Tyler, qui habitait de l'autre côté de la place, était sur le point d'accoucher. La mère Fletcher était allée l'assister, elle l'avait vue ce matin; cela voulait dire que c'était pour très bientôt; et même si la mère Fletcher se chargeait de la naissance, le docteur ferait quand même un saut chez les Tyler. Etait-il déjà passé?

Elle s'entendit dire à travers la pièce à cette femme qu'elle haïssait :

– Mme Tyler est sur le point d'accoucher; le docteur va sûrement passer chez elle.

Cela lui parut durer une éternité avant que Mme Loam ne lui réponde :

– Enfin une pensée intelligente.

Ensuite le silence retomba jusqu'au retour de Fred; sans même lui laisser le temps de parler, sa mère lui cria :

– Va chez les Tyler; elle va accoucher, le docteur n'est sûrement pas encore passé. Dis-leur de me l'envoyer. Je me sens mal. Oh! Je me sens mal.

– Et tu n'es pas la seule.

Puis, comme il s'apprêtait à partir, elle ajouta en geignant :

– Elle ne peut pas rester assise là toute la journée, et je veux qu'on me vide mon pot.

– Eh bien, il faudra attendre que je sois revenu; je ferme toutes les portes à clé. Et toi (il pointa son index vers Hannah), si tu ne veux pas que je t'étrangle, reste tranquille.

Elle le regarda, silencieuse, les yeux ronds; puis, balançant la tête comme un taureau prêt à charger, il fit volte-face et quitta la pièce.

La porte de la boutique claqua et Hannah se leva de sa chaise, sortit de chez Mme Loam, traversa la cuisine et se rendit dans sa chambre à coucher. Là, elle ôta son manteau et, assise au bord du lit, les mains étroitement serrées sur son ventre proéminent, elle se berça tout en pensant à ce qu'il faudrait faire si le médecin ne passait pas le soir même. Elle ouvrirait la fenêtre dans la chambre de sa belle-mère, la fenêtre qui donnait sur la place, et crierait à quiconque passerait par là de se rendre au coude de la rivière, car Ned Ridley gisait là-bas inanimé, et peut-être mort; et il se trouverait bien quelqu'un pour y aller, ne fût-ce que par curiosité.

Qu'adviendrait-il d'elle après, elle n'en avait cure, elle en avait tant subi, ces dernières semaines, que la fin de tout ça lui paraissait la bienvenue. Et si Ned mourait, ce qui pouvait arriver, plus vite elle le suivrait, mieux ce serait.

Le Dr Arnison vint à 7 heures. Quand il examina Mme Loam, il lui trouva le ventre mou sous la pression des doigts et découvrit des taches roses sur son abdomen, sa poitrine et son dos; mais ce furent ses selles qui confirmèrent le diagnostic. Mme Loam avait attrapé la typhoïde depuis déjà une bonne semaine.

En sortant de la chambre, le médecin posa sa sacoche noire sur la table, braqua les yeux sur Fred qui se tenait le dos au feu, et s'enquit d'un ton brusque :

– Comment vont tes intestins? Tu es constipé, ou c'est le contraire?

– Constipé? Non, mais j'aimerais l'être, docteur; j'ai passé tout mon temps à courir ces derniers jours, exactement comme elle.

– Eh bien, je suis désolé de te l'entendre dire. Et à part ça, comment te sens-tu?

– Un peu fiévreux par moments, avec des maux de tête, pas très faim non plus; mais j'ai eu assez de soucis pour me couper l'appétit, croyez-moi, docteur.

Il jeta alors un coup d'œil vers Hannah qui se tenait à l'autre bout de la table.

– Eh bien, Fred, je suis désolé de ce que tu me racontes, car j'ai bien peur que tu n'aies attrapé la même chose que ta mère.

– Et qu'est-ce que c'est?

Il y eut un long silence avant que le docteur ne déclare :

– La typhoïde. La fièvre typhoïde.

Hannah reporta alors les yeux sur Fred et vit son visage blêmir lentement, et du bravache qu'il était quelques minutes auparavant, il se mua presque aussitôt en un petit garçon terrifié.

– La ty... typhoïde? Mon Dieu! Comment... comment est-ce que j'ai pu attraper ça? Y a-t-il une épidémie par ici? Je n'ai jamais été plus loin qu'en ville. On ne m'a jamais parlé de quelqu'un qui l'ait eue.

– Ce n'est pas une nouvelle que les gens aiment à crier sur les toits, pas au début. Mais j'ai déjà vu trois cas cette semaine, et pour ta gouverne, Fred, je t'apprendrai que tu n'as pas besoin d'aller plus loin que ça.

Il se retourna et désigna du doigt le seau posé sur la table.

– L'eau?

– Oui, l'eau... Où allez-vous la chercher?

– C'est elle qui va la tirer.

Il tourna la tête vers Hannah, puis demanda :

– Où vas-tu la chercher?

Hannah leva les yeux sur le médecin et répondit calmement :

– Je pose toujours mon seau sous la petite source qui coule de la berge, jamais dans le courant.

– La source n'est pas contaminée habituellement, mais ça vient de l'eau ou du lait.

– Du lait?

Fred fronça alors les sourcils.

– Oui, le lait. On a découvert récemment que c'était comme ça que l'on attrapait la typhoïde. Avec de l'eau ou du lait contaminés. L'eau est polluée, les vaches boivent cette eau, et vous buvez leur lait. Et le tour est joué. A l'avenir (il s'adressa alors à Hannah), fais bouillir la moindre goutte d'eau qui entre ici. Et fais-en autant pour le lait. (Il tira sur sa barbe en ajoutant d'un air songeur :) C'est dommage pour le lait, j'aime bien le lait.

– Mon Dieu! Que va-t-il nous arriver?

– Pas grand-chose si vous prenez les précautions nécessaires. Va te coucher et reste au lit. Je repasserai demain. En attendant, je te promets que tu n'auras pas faim. Bois de l'eau ou du lait, mais bouillis, reste bien au chaud sans bouger et tu t'en tireras très bien.

Fred considéra le médecin d'un œil rond, tandis qu'il le précédait vers la porte. Il parut un moment sans voix, jusqu'à ce qu'Hannah déclare :

– Je vous raccompagne, docteur.

Alors, retrouvant ses esprits, et sa peur oubliée pour un instant, Fred dit d'un ton tranchant :

– Non, pas question! Oh non! Pas toi! Je raccompagnerai moi-même le docteur.

– Docteur!

Le ton d'Hannah fit se retourner le médecin instantanément et il demanda d'une voix paisible :

– Oui? Qu'y a-t-il, Hannah? Tu te sens bien?

– Je n'ai pas la fièvre, docteur, mais j'ai très peur. (Elle jeta alors un regard dur vers Fred, puis poursuivit en toute hâte :) J'ai très peur pour Ned, Ned Ridley. Il gît dans le coude de la rivière, du moins il y était à 4 heures cet après-midi. Il peut bien s'y trouver encore, car l'herbe est haute sur les berges et vous avez pu passer sans le voir...

Le docteur se tourna alors vers Fred, et demanda d'une voix lente :

– Ned et toi, vous vous êtes battus?

– C'est ça, docteur. Il s'est jeté sur moi, il a arrêté mon cheval, et quand je suis descendu il s'est jeté sur moi.

– Il... il t'a seulement frappé avec ses mains. (Hannah était maintenant penchée vers Fred, le menton pointé en avant.) Mais toi tu l'as bourré de coups de pied. Et tu ne t'es pas contenté de le jeter à terre, tu as continué à lui donner des coups de pied, des coups de pied et encore des coups de pied alors qu'il s'était écroulé. Tu étais comme un fou furieux. Et quand il a été sans connaissance, tu l'as fait rouler dans la rivière. (La voix et le corps tremblants, elle se tourna alors vers le médecin, en hurlant :) S'il est mort, docteur, il a été assassiné.

Le visage du médecin était redevenu sérieux, tandis que son regard allait de l'un à l'autre; puis, les yeux fixés sur Fred, il déclara :

– Eh bien, Fred, j'espère pour toi qu'il n'est pas mort, sinon, il serait inutile que tu soignes ta fièvre. (Et sur ces mots il tourna les talons en disant :) Je connais le chemin.

Ils restèrent seuls dans la cuisine à se toiser, et Fred porta la main à son foulard pour le desserrer, puis il défit le premier bouton de sa chemise à rayures avant de déclarer :

– Tu veux me voir pendu, c'est ça? Eh bien, laisse-moi te dire que je n'irai pas tout seul. Tu peux me croire. Je n'irai pas tout seul, parce que, je te le jure, il ne t'aura jamais, tu es ma femme et tu le resteras.

Il commença à se diriger vers la chambre de sa mère, mais portant soudain ses mains à son ventre, il fit demi-tour et dévala les escaliers...

La fièvre typhoïde. Les gens mouraient de la fièvre typhoïde. Oui, une vieille femme comme sa belle-mère pourrait en mourir, mais pas lui, il était trop vigoureux. Il se vantait d'être fort comme un cheval et cela le sauverait. Mais quand ils seraient tous deux cloués au lit, trop malades pour bouger, ils ne pourraient pas l'empêcher de sortir. Et si Ned devait mourir, rien ne l'empêcherait de se sauver de cette maison. Elle ne laisserait ni la pitié ni la compassion l'attendrir, elle se sauverait. Où irait-elle, elle n'en savait rien, et cela n'avait aucune importance, mais elle partirait... en toute hâte, à tire-d'aile. Elle dut porter la main à sa bouche pour étouffer le cri qui montait de sa poitrine.

Le médecin revint le lendemain matin et, trouvant Fred stoïquement au travail, il lui dit :

– D'accord, si tu veux mourir, reste là. Mais pour ce qui est de vendre la viande que tu découpes, je ne peux pas le permettre. Le seul fait que tu l'aies touchée pourrait contaminer le village entier.

– Et qu'est-ce que je vais en faire, alors?

– La brûler. L'enterrer. Mais toi, tu dois monter et te fourrer au lit... Allons, ne fais pas l'idiot. (Il le poussa vers l'escalier.) Tu ne tiens pas debout.

– Combien de temps devrai-je rester au lit?

– Cela dépend de toi, et si tu t'en sors rapidement.

Dans la cuisine, Fred se tourna vers le médecin tout en désignant Hannah qui lavait la vaisselle sur la desserte, et il dit d'un ton amer :

– Si je me mets au lit, elle partira.

– Non, je t'assure que non; c'est ton épouse et elle n'a pas un cœur de pierre, si toi tu en as un. Alors vas-y, entre là et déshabille-toi, que je puisse t'ausculter.

Fred parvint à la porte de la chambre presque en titubant, et quand elle se referma derrière lui, Hannah quitta prestement sa vaisselle et, s'avançant vers le médecin, elle chuchota :

– Avez-vous... avez-vous des nouvelles de Ned?

– Non. (Il secoua la tête.) Je suis aussitôt descendu au coude de la rivière. Il n'y avait pas trace de lui. Je suis même remonté jusqu'à la maison Pele. Tout était fermé. Alors j'ai mené ma petite enquête en ville, avec l'idée qu'il avait pu se traîner jusque là-bas. Mais ne t'inquiète pas. (Il posa la main sur son bras.) Quelqu'un a dû le ramasser. Je demanderai qui cela peut être en faisant ma tournée.

Et comme la tête d'Hannah s'effondrait sur sa poitrine, il ajouta :

— Ecoute, Hannah, tu as largement de quoi t'inquiéter ici : tu as deux personnes très malades à ta charge.

Elle le regardait de nouveau et, d'une voix lente et amère, elle déclara :

— Gravement malades ou pas, je m'en fiche, docteur, ils peuvent bien mourir, cela m'est égal.

— Hannah!

Il semblait choqué.

— C'est sérieux, docteur. Vous ne savez pas ce que j'ai dû supporter ces deux dernières années, personne ne le sait. Cette femme est un monstre.

— Allons! (Il se retourna pour ouvrir sa sacoche et poussa une sorte de petit rire avant de poursuivre :) Je m'en suis aperçu bien avant toi, Hannah; mais il faut maintenant que tu fasses preuve de bonté chrétienne. C'est ce que nous recommande la Bible. (Il lui lança un bref regard moqueur.) Mais je vais t'avouer quelque chose. (Il rapprocha sa tête de celle de la jeune femme.) Je trouve ces préceptes bien difficiles à suivre, parfois. (Il releva la tête brusquement.) Il faut faire un effort, nous devons y mettre de la bonne volonté, surtout dans de telles situations. Alors, maintenant, fais de ton mieux, Hannah. Ce que tu pourras décider après, quand ils seront de nouveau sur pied, ne regarde que toi. Mais il faut tout de suite que tu ailles mettre une pancarte à la porte annonçant la fermeture de la boutique. De toute façon, il ne risque pas d'y avoir beaucoup de clients pendant un moment; ils ont aussi peur de la fièvre que du choléra. (Et tandis qu'il s'avançait vers la chambre, il ajouta :) Ne t'occupe plus que du plus urgent, et tu auras enfin un peu de répit. Veille à ce que les vases de nuit soient vidés et rince-toi les mains soigneusement après t'en être chargée. Oui, veille à cela. Et fais très attention, ne touche pas aux selles, car tu pourrais l'attraper aussi. Je veux dire que cela pourrait infecter ta nourriture, ou le lait, que sais-je. Ah! oui, le lait et l'eau. Il faut absolument les faire bouillir. Et surtout n'oublie pas...

Comme si elle pouvait oublier. Toute la journée, elle passa silencieusement d'une chambre à l'autre, le visage fermé. Elle vidait leurs pots de chambre, leur tendait des verres d'eau bouillie ou les plaçaient sur leur table de nuit et elle allait même jusqu'à rincer leur visage ruisselant de sueur à l'eau fraîche, alors que tout son corps se recroquevillait de dégoût dès qu'elle les touchait.

Bien avant la tombée de la nuit, elle était déjà épuisée; et tandis qu'elle portait le dernier seau à la rivière pour le vider, la puanteur qu'il dégageait lui donna envie de vomir; l'odeur, à l'intérieur de la maison, était insupportable, mais il semblait qu'on ne pouvait lui échapper, même à ciel ouvert.

Personne ne l'avait approchée de la journée. Le village semblait calme, comme si tout le monde l'avait déserté; et personne n'était venu frapper à la porte de la boutique, le pourquoi de la pancarte étant connu de tous.

Pendant ces vingt-quatre heures, l'enfant avait semblé grandir en elle, tant son corps était devenu pesant.

Quand elle entra de nouveau dans l'arrière-boutique, la vue des gros quartiers de viande lui retourna l'estomac et elle dut s'enfuir dans la cour où, une main appuyée contre le mur de la maison, elle vomit.

Après un petit moment, elle se redressa et s'essuya la bouche. Elle ne pouvait plus continuer, c'était trop demander à un être humain, non, elle n'en pouvait plus.

En retraversant l'arrière-boutique, elle fut soudain tirée de son abattement par quelqu'un qui frappait violemment à la porte; quand elle ouvrit, elle aperçut le médecin qui se tenait devant elle.

Elle venait à peine de refermer la porte derrière lui qu'elle murmura :

– Vous... vous l'avez trouvé?

– Oui, oui; je l'ai trouvé. Allons, tout va bien. Tout va bien. Viens t'asseoir.

. Il jeta un regard circulaire en quête d'une chaise, mais il n'y en avait aucune dans la boutique; alors il la poussa dans l'arrière-boutique, et elle s'assit sur le coffre adossé au mur. Il regarda tout autour de lui, aperçut un autre coffre, le tira vivement à lui, puis s'assit en face d'elle et observa :

– Tu as l'air épuisée, mais si cela peut te consoler, tu n'es pas la seule, je peux te le dire; la maladie gagne du terrain.

Elle le regardait fixement et demanda d'une voix calme :

– Ned?

– Il est chez les Dickinson. Ils habitent assez loin d'ici, aux Bottoms.

– Il... il va bien?

Il resta silencieux un moment avant de répondre :

– Non, non; j'ai bien peur qu'il n'aille pas bien, il est même loin d'aller bien.

Elle se leva de son coffre.

– Il ne va pas...?

Elle ne put prononcer le mot, et tandis qu'il la faisait rasseoir il dit :

– Allons, calme-toi. Je ne sais pas s'il mourra ou non, mais s'il en réchappe, ce sera grâce à deux choses : sa forte constitution et Nell Dickinson. (Il secoua la tête lentement.) Il y a bien longtemps que je n'avais vu un homme aussi malmené, et comme tu l'avais dit si justement, s'il était resté là-bas toute la nuit, on l'aurait certainement retrouvé mort. Mais le petit Dickinson avait assisté à toute la scène. Il se cachait dans les fourrés. Il n'a pas raconté pourquoi il se cachait, et je ne lui ai pas demandé car c'est un braconnier de première, plus fort encore que son père le gros Dick. Quoi qu'il en soit, le gosse m'a raconté qu'il a couru comme un fou chercher sa mère et un de ses frères, et Nell a envoyé les garçons sans perdre une minute chercher leur père en ville; comme on était vendredi, jour de paie, elle savait précisément dans quelle auberge on pouvait le trouver. Bref, à eux tous ils ont porté Ned à travers les collines jusqu'à chez eux, et je te jure, Hannah, que cela n'a pas dû être une mince affaire, car ils avaient bien trois kilomètres à parcourir et pas en terrain plat, et, quoiqu'ils soient forts tous les deux, Ned n'est pas précisément léger. Ensuite, ils m'ont fait porter un message que j'ai reçu quand je suis rentré chez moi, hier, tard dans la soirée. On me demandait simplement de passer chez les Dickinson, c'est tout. Alors je les ai inscrits sur ma liste d'aujourd'hui. Et puis, avec tous les autres appels, je n'y suis arrivé que tard dans l'après-midi. Je te le dis franchement, Hannah, j'ai été frappé par la mine de Ned. Et je dois t'avouer autre chose. Qu'il vive ou meure, l'affaire n'en restera pas là, car le gros Dick était dans une telle rage qu'il est allé en ville ce matin et en a ramené le brigadier. Le dossier est donc ouvert, et le brigadier serait déjà là à interroger Fred si l'on ne savait pas, dans tout le pays, que tous les deux (il désigna le plafond du menton) sont au lit avec la fièvre. Mais, tu sais, il viendra, c'est sûr. Et si quoi que ce soit arrive à Ned, ça s'annonce mal pour Fred. Et même s'il survit, Fred pourrait bien faire de la prison, car, si on n'a jamais vu un cas de « coups et blessures », Ned en est un bel exemple.

Ils se regardaient dans la lumière déclinante et le médecin, penchant la tête de côté, déclara :

– C'est étrange, Hannah, comme tu sembles semer le malheur où que tu ailles... Tu sembles, sans le savoir, porter la catastrophe sur tes pas. Non, non (il lui posa la main sur le genou), ne le prends pas comme un reproche, ce n'est pas une critique, j'essaie simplement de comprendre pourquoi la beauté doit toujours payer. Ce n'est pas de ta faute, ma belle, c'est ton destin. De temps en temps, il y a ainsi des femmes comme toi, nées avec le pouvoir de rendre les hommes fous. C'est de la faute de ton physique. (Il haussa les épaules et leva les mains en signe d'impuissance.) Je ne sais pas à quoi c'est dû. Les dieux doivent bien rire, de toute façon, quand ils l'attribuent, ce pouvoir. (Il soupira, puis conclut :) Je ne sais pas jusqu'où cette histoire va nous mener.

Elle avala sa salive, serra les lèvres, sécha les larmes qui perlaient aux coins de ses yeux et dit d'un ton calme :

— Moi je sais, docteur. Quand Ned ira mieux... et il ira mieux, il le faut, nous partirons. Nous avions tout prévu. Il devait ramener la deuxième fournée de chevaux du Yorkshire et nous aurions eu alors assez d'argent pour repartir de zéro ailleurs, même s'il n'arrivait pas à vendre la maison.

Il lui fit un signe de tête tandis qu'elle quittait son coffre, et il répondit d'un ton paisible :

— Hé oui, qui pourrait te le reprocher? Qui pourrait te le reprocher? Mais en attendant (il lui posa la main sur l'épaule), fais ce que tu peux pour ces deux-là. Ils ne le méritent pas, ni l'un ni l'autre, mais je dois dire que si nous ne devions recevoir que ce que nous méritons, la plupart d'entre nous mourraient nus dans les collines. (Il sourit avec lassitude, tout en concluant :) Je vais monter les voir, et puis je rentrerai; j'ai eu une journée longue et épuisante.

— J'en suis désolée, docteur.

— Alors nous sommes tous les deux désolés l'un pour l'autre, et tous deux très fatigués. Dès que je serai parti, va donc te coucher. A propos (il se retourna), les draps que tu ôtes de leurs lits, jette-les directement dans la lessiveuse, c'est bien compris?

Elle acquiesça d'un signe de tête avant de répondre :

— Oui, docteur, oui.

Restée seule dans la pièce, elle joignit les mains, puis se retourna et les plaqua contre le mur de pierres grossières. Le front appuyé contre ses mains, elle pria :

– Mon Dieu, je suis désolée de créer des ennuis aux gens. Je ne le fais pas exprès, vous le savez, vous le savez. Et ne me punissez pas en me prenant Ned. Protégez-le, c'est tout ce que je demande. C'est tout ce que je demande, protégez-le.

20

Hannah avait l'impression que son cerveau avait cessé de fonctionner. Depuis quatorze jours déjà, elle travaillait comme une machine. Elle descendait les seaux, remontait de l'eau, la faisait bouillir, la portait dans les chambres, redescendait encore des seaux, remontait encore de l'eau. Entre-temps, elle changeait les draps. C'était la tâche qu'elle trouvait le plus pénible, car elle devait alors toucher leurs corps. Elle descendait le linge, le fourrait dans la lessiveuse, qui bouillonnait jour et nuit, rinçait et essorait les draps, les chemises de nuit, les faisait sécher dehors quand c'était possible, puis les accrochait dans la cuisine pour les aérer. Certains jours même, il lui fallait recommencer par deux fois tout le processus.

Et si le médecin ne lui avait apporté chaque jour des nouvelles de Ned, elle aurait, elle le savait – elle le sentait dans tout son corps – tout abandonné; elle ne se serait même pas sauvée, elle était bien trop lasse pour y penser. Elle se serait simplement allongée sur la paillasse de paille fraîche qu'elle avait installée sur le divan de crin, et aurait laissé le sommeil et son envie de mourir avoir raison d'elle. Mais il y avait Ned, il y avait toujours Ned, et il guérissait; du moins le médecin assurait-il qu'on pouvait maintenant le considérer comme hors de danger, même s'il ne serait pas sur pied avant longtemps.

Ce fut le mercredi, le douzième jour, qu'elle remarqua un changement chez Fred. Alors que depuis le début elle le savait conscient de sa présence et de ses soins, il commença soudain à délirer et à la confondre avec sa mère ou sa tante Connie. Elle n'avait rencontré cette tante Connie que trois fois. Elle vivait de l'autre côté d'Allendale et tenait une auberge au bord d'une route. C'était la sœur de Mme Loam, mais elle ne lui ressemblait en rien, car elle était plantureuse et joviale.

Outre ses délires, Fred avait saigné deux fois du nez et s'était relevé dans son lit en grognant et en se tenant le ventre comme sous l'effet d'une douleur intense.

Il l'avait appelée une fois alors qu'elle se trouvait dans la chambre de Mme Loam, et celle-ci avait demandé d'un ton plaintif :

– Que lui arrive-t-il?

– Il semble souffrir.

– Et alors, moi aussi je souffre; il n'est pas le seul. Mais pourquoi est-ce qu'il braille comme ça?

– Je crois que sa fièvre a augmenté.

– Peuh, sa constitution devrait lui permettre de combattre n'importe quelle fièvre. Et il est jeune; sa jeunesse devrait l'aider... Donnez-moi à boire, ma fille, la soif me dévore.

Et comme Hannah, qui se tenait à la fenêtre, ne lui répondait pas, Mme Loam grogna à son intention :

– Vous m'entendez, ma fille? Arrêtez de bayer aux corneilles et apportez-moi à boire.

– Attendez une minute.

Le ton de voix d'Hannah cloua le bec à la vieille femme, et, de son lit, elle regarda Hannah avec stupéfaction, tandis que celle-ci ouvrait la fenêtre et se mettait à hurler :

– Bella! Tessie! Arrêtez-vous une minute. Arrêtez-vous une minute! J'ai à vous parler.

Quand elle referma la fenêtre, Mme Loam se dressa sur ses oreillers et demanda :

– Qu'est-ce que vous manigancez, maintenant? Je vous ai dit de m'apporter à boire.

Hannah lui poussa presque le verre dans la main en disant :

– Voilà, voilà.

– Où allez-vous? Qui avez-vous appelé? Est-ce que c'étaient Bella Monkton et la jeune Tessie? Qu'est-ce que vous leur voulez?

Et comme animée d'un renouveau de vigueur, Hannah dévala les escaliers en toute hâte. Elle savait ce qu'elle voulait demander à Bella et à Tessie. Elle ouvrit la porte et les trouva au pied du perron dans leurs habits du dimanche, avec chacune un balluchon sous le bras et un sac de toile à la main.

– Vous allez au marché?

– Oui, mademoiselle Hannah, nous allons à la louée. Et je ne suis pas triste de quitter cette maison, ça je vous le jure; c'est l'avarice même. Les voilà qui descendent la rue avec le cabriolet (elle lança la tête vers la droite) et elles ne nous ont même pas proposé une place.

Hannah tourna les yeux à droite, et en effet le cabriolet descendait la rue, avec Mme Thornton qui tenait les guides, et Betsy à ses côtés.

Hannah tourna de nouveau les yeux vers Bella et Tessie et demanda calmement :

– Cela vous ferait-il peur d'entrer?

– Non, pas moi, mademoiselle Hannah. Il y en a qui ont peur de la mort qu'ils ne connaîtront pas, mais, comme je le disais justement hier soir à Tessie, cela ne nous arrive qu'une fois, n'est-ce pas, on ne meurt qu'une fois et après c'est le Jugement.

– Et toi, Tessie?

Hannah regardait Tessie maintenant, et Tessie répondit avec un petit sourire :

– Où Bella va, je la suis.

– Alors, entrez.

Elle le leur avait demandé d'une voix empressée, mais à l'instant où elle repoussait la porte et tendait les bras vers elles comme pour les rassembler, Hannah s'arrêta; en fait elles s'arrêtèrent toutes trois pour regarder le cabriolet qui s'avançait sur la route, car Anne Thornton et sa fille les dévisageaient, ou du moins dévisageaient Hannah; et Hannah jeta les yeux vers la femme dont elle avait empoisonné la vie comme celle-ci avait empoisonné la sienne. Puis, d'un geste accueillant, ses bras semblèrent envelopper Bella et Tessie et elle leur fit franchir le perron et claqua la porte derrière elles. Puis, leur faisant face, elle dit :

– Voilà qui va leur donner un sujet de réflexion, non ?

– Oh oui! certainement, mademoiselle. Certainement, dit Tessie en riant.

– Vous savez qu'ils ont tous les deux la fièvre ?

Hannah fit un geste vers l'arrière.

– Oui, nous avons appris cela.

Bella hocha la tête.

– Eh bien, je dois vous avouer que ce n'est pas une petite fièvre bénigne, et son cas à lui empire, mais je n'en peux plus, et je ne tiendrai pas jusqu'au bout toute seule. (Elle posa la main sur son ventre distendu qui poussait en avant le tablier sous ses seins.) Je suis lasse, à tous points de vue. A cause de la lessive et des incessants va-et-vient dans les escaliers. Est-ce que vous pourriez rester quelques jours? Vous manqueriez la louée d'Allendale, mais il doit y en avoir une autre la semaine prochaine à Hexham, et... je veillerai à ce que vous soyez payées.

Bella resta silencieuse un moment, puis elle regarda Tessie tout en répondant :

– Eh bien, pour ma part, je veux bien, mais il y a aussi Tessie.

– Eh bien, moi aussi je veux bien. Ne vous inquiétez pas pour moi, je n'ai pas peur de mourir.

– Oh, merci. Merci à vous deux.

Elle les prit toutes les deux par les épaules; et Tessie se mit à rire en disant :

– Eh! Est-ce que la vie n'est pas curieuse, non? Je n'aurais jamais pensé venir travailler chez vous un jour, mademoiselle, mais j'en suis bien contente, ah, oui, j'en suis bien contente. Ce sera comme des vacances.

– Oh! (Ce n'était là qu'un gémissement et la tête d'Hannah s'affaissa lentement sur sa poitrine, tandis qu'elle reprenait :) Oh, Tessie, ne crois pas cela, ce sera loin d'être une partie de plaisir.

– Oh! (La voix de Tessie était toujours joyeuse.) Tout dépend comment on voit les choses. On croit que tout va mal et puis on rencontre quelqu'un de plus malheureux que soi. Allez, dites-nous ce qu'il faut faire, et nous verrons bien.

– Eh bien, le travail consiste surtout à faire la lessive et à vider les seaux. Et puis il y a la viande, là, dehors; elle a pourri et il faut l'enterrer ou la brûler. Et toute la boutique (elle fronça les narines) a besoin d'un bon coup de balai-brosse. Et mille et une autres petites tâches.

– Où pouvons-nous poser nos affaires?

Bella avait parlé d'un ton décidé.

– Eh bien (Hannah jeta un coup d'œil autour d'elle), vous pourriez débarrasser l'arrière-boutique et y laisser vos bagages. Pour ce qui est de dormir, il n'y a pas grand choix. Moi, je dors sur une paillasse posée sur le divan; vous pourriez vous en fabriquer une et dormir là-haut ou ici. Mais il fait plus chaud là-haut. A vous de choisir.

– Chaque chose en son temps, commençons d'abord par déblayer cette pièce.

Et comme Bella entrait d'un air effaré dans l'arrière-boutique, Hannah dit d'un ton enjoué qu'on ne lui avait plus entendu depuis des semaines :

– Je vais vous préparer une tasse de thé.

Et elle remonta lourdement à l'étage.

A peine était-elle entrée dans la cuisine que la voix de Mme Loam l'accueillit avec des hurlements :

– Fille! Fille!

Debout dans l'embrasure de la porte, elle demanda d'un ton morne :

– Oui?

– Qu'est-ce que vous manigancez? Pourquoi les avez-vous fait entrer?

– Elles vont rester pour m'aider.

– Quoi?!

– Vous m'avez très bien comprise.

Une quinte de toux faillit étouffer la vieille femme et elle haleta :

– Vous... vous les avez fait entrer dans ma... ma maison?

– Ou je me fais aider, ou je m'en vais, à vous de choisir.

– Mon Dieu! Je m'occuperai de vous dès que je me sentirai mieux. Ah, ça, c'est sûr. Vous allez voir ce que vous allez voir.

– Et vous aussi.

Et comme Mme Loam était prise d'une nouvelle quinte de toux, Hannah tourna les talons et alla s'occuper de préparer le thé.

Durant sa visite de l'après-midi, le médecin parut très inquiet de l'état de Fred, mais aussi de celui d'Hannah.

Il entra dans la cuisine où elle l'attendait, et déclara :

– C'est grave, il est vraiment très malade. C'est bien le dernier dont j'aurais pensé qu'il succomberait ainsi. La vieille, je ne dis pas (il désigna l'autre porte d'un

326

signe de tête), cela ne m'aurait pas du tout étonné. Mais Fred, avec une constitution pareille!

– Qu'est-il arrivé?

– Tout un tas de complications. Je... je crois qu'il saigne des intestins. Il doit y avoir une perforation. Ses douleurs et ses vomissements en sont la preuve. J'aurais pourtant cru que sa vigueur physique lui aurait permis de tenir le coup. Mais j'ai bien peur, j'ai bien peur que tout cela ne finisse par une péritonite.

– Et c'est quoi?

Elle parlait d'une voix lasse, étouffée.

– C'est bien difficile à expliquer, mais cela peut entraîner la mort.

Elle resta silencieuse et s'interdit de penser que Dieu répondait enfin à ses prières. Et soudain, elle crut qu'il la punissait, car elle se plia en deux sous l'effet d'une violente douleur dans le ventre.

– Hannah. Hannah. Ne commence pas tout de suite; ce n'est pas le moment.

– Oh! Oh! Docteur. (La sueur ruisselait le long de son corps tandis qu'elle haletait :) C'est trop tôt, c'est ça?

– Si nous nous en tenons aux livres, oui; mais avec le premier, on ne sait jamais. Est-ce que c'est ta première contraction?

– Oui. Oui. C'est la première fois que je ressens ce genre de douleur. Mais cela faisait quelques jours que je ne me sentais pas bien, j'ai cru au surcroît de travail et... et à mes inquiétudes... pour Ned. Je... je voulais vous demander... Comment va-t-il?

Les phrases sortaient hachées de sa bouche.

– Oh, il se remet doucement. (Le médecin évita le regard d'Hannah et s'occupa à fouiller dans sa sacoche, tandis qu'il ajoutait :) Ce n'est pas Ned qui m'inquiète pour l'instant.

– Mais... qu'est-ce qui ne va pas chez lui, docteur? Répondez-moi, je vous en prie.

– Eh bien, si tu me demandais ce qui va, il me serait

plus facile de répondre. Il a été très secoué; il a eu le corps couvert de bleus; et l'aine ouverte.

– Ouverte!

Elle articula ce mot deux fois avant qu'un seul son ne sortît de sa bouche.

– Oui, ouverte. Il a fallu le recoudre en divers endroits, mais il a bien résisté. (Il se retourna et, se penchant vers elle, il lui chuchota à l'oreille :) Je ne devrais pas porter de messages car je ne suis en aucune manière un messager des dieux, et après tout tu es encore une femme mariée, mais voilà, il a suffisamment repris conscience, hier, pour te demander.

Elle respira profondément, puis répondit :

– Merci, docteur... Oh!

Sa bouche s'ouvrit toute ronde; elle gémit, et se plia de nouveau en deux en comprimant son ventre entre ses mains.

– Mon Dieu! Mon Dieu! Quelle histoire. C'est pour tout de suite, ma belle. Bella! Bella! (La voix du médecin résonna dans la maison, tandis qu'il soutenait Hannah.) Les voies de Dieu sont mystérieuses; si ces deux-là n'avaient pas croisé ton chemin, nous serions dans de beaux draps, car je ne vois pas les voisins accourant à notre aide. C'est étonnant comme les gens sont prêts à se précipiter pour la moindre chose, et même à plonger dans une rivière gelée pour sauver un chien, mais dès qu'il s'agit de fièvre typhoïde ou de choléra, ces seuls noms les font fuir. Et, comme me le disait Bella à l'instant, on ne meurt qu'une fois. Une brave femme, Bella, une très brave femme... Ah! vous voilà, Bella... regardez un peu ce que nous avons là, quelqu'un qui se débat pour voir le jour, tandis que là, derrière... (Il hocha la tête gravement.) Tessie et vous allez passer une sacrée nuit, j'en ai bien peur.

– Ce ne sera pas la première fois, docteur... Allez, venez ma belle, venez.

Et tandis que Bella conduisait Hannah vers le sofa, le médecin déclara :

328

– Il faut que je m'en aille, j'ai une visite urgente à la ferme des Burn, mais je repasserai en rentrant.

– Merci... docteur. Merci pour... pour tout.

– De rien, Hannah... continue à pousser sur ton ventre, et, qui sait? il arrivera peut-être avant moi...

Et quand il eut disparu, Bella dit :

– Allons, nous allons vous déshabiller et vous installer confortablement... enfin, aussi bien que possible sur un divan de crin.

– Oh! Bella.

Hannah s'accrocha à la main de Bella.

– Que serais-je... Que serais-je devenue si vous... si vous n'étiez pas venues?

– Mais nous sommes là. Je crois que Dieu sait ce qu'il fait, du moins de temps à autre, et on dit qu'il a conçu le dos pour porter le fardeau, et qu'il protège du vent le mouton qui a été tondu.

Hannah donna naissance à un garçon, à 2 heures du matin, la nuit suivante. Bella l'accoucha comme si elle avait été rompue à cette besogne. Quand Hannah s'effondra, pantelante, après un dernier effort, Bella tira l'enfant à elle, et n'eut pas besoin de le prendre par les pieds ou de le tapoter pour l'aider à respirer, car il fit preuve presque immédiatement d'une étonnante vigueur; et, quelques secondes après qu'il eut poussé son premier cri, un autre cri s'éleva, celui de Mme Loam qui voulait savoir ce qui se passait.

– Qu'est-ce que c'est? Qu'est-ce que c'est?

– Laissons-la attendre. (Bella se tourna vers Tessie.) Cette vieille mégère. Tiens, prends-le, pendant que je m'occupe de Mlle Hannah.

– Oh! il est beau. Oh oui! Il est beau! mademoiselle Hannah, je vous assure.

Tessie se pencha au-dessus du divan où Hannah gisait complètement épuisée, et comme Hannah ne lui répondait pas, Bella intervint :

– Ne l'embête pas; laisse-moi m'occuper d'elle; toi,

lave-le et garde-le au chaud. Mais écoute-moi cette vieille diablesse! C'est pas Dieu possible.

Elle tourna la tête vers la porte.

– Allez, cours lui dire, ou elle va se précipiter ici dans une minute... Couche-le dans le panier à linge, là, devant le feu... Oh! Dieu tout-puissant! Mais écoute-la. Si j'y vais, je ne pourrai pas me retenir...

Quand Tessie pénétra dans la chambre de Mme Loam, la vieille femme était assise sur le bord de son lit, et elle demanda d'une voix haut perchée et coassante :

– Alors, qu'est-ce qu'il se passe? Vous m'avez entendue appeler, non, espèce d'effrontée!

Tessie pinça les lèvres un moment, puis chantonna la vieille comptine absurde sur la naissance :

– Une chèvre sur une meule de foin et un battoir à trois pieds, si vous voulez savoir.

– Ah! Ah!

On aurait cru que Mme Loam allait s'étrangler de fureur.

– C'est un garçon.

Et sur cette brève information, Tessie sortit en fermant la porte sans douceur derrière elle, tout en murmurant :

– Sale vieille sorcière!

Une heure plus tard, Bella déposait l'enfant dans les bras d'Hannah en observant :

– C'est un beau brin de garçon.

Hannah tourna la tête lentement et regarda l'enfant. Ce n'était pas sa taille, mais son visage qui l'intéressait. Ressemblait-il à Fred, ou à Ned? Il ne leur ressemblait ni à l'un ni à l'autre. Il n'avait ni la face carrée de Fred, ni les traits allongés de Ned; il avait une petite frimousse ovale, en forme de cœur comme elle. S'il ne changeait pas trop, comme c'était pourtant souvent le cas avec les bébés, il lui ressemblerait. Tout le temps de sa grossesse, elle avait été persuadée de porter l'enfant de Ned en elle; mais peut-être n'en serait-elle jamais sûre; pas avant que son caractère ne s'affirme.

Hannah sursauta, tout comme Bella, quand la porte de Mme Loam s'ouvrit et qu'avec cet air de sorcière que Tessie lui avait attribué elle traversa la pièce en titubant, en se tenant au dossier des chaises, et vint se planter à la tête du sofa pour se pencher sur Hannah et les dévisager, elle et son enfant.

– Il ne lui ressemble pas, pas du tout. Il ne lui ressemble pas.

– Retournez au lit, Madame Loam.

Bella l'avait empoignée par le bras et la vieille femme se retourna vers elle.

– Vous avez des yeux, non? Il ne lui ressemble pas. Ça se voit.

– L'enfant ressemble à sa mère.

– Peuh! Vous vous moquez de moi! Comme sa mère!

– Retournez au lit.

Mme Loam porta alors la main à son ventre, inspira avec difficulté, puis tourna les talons et retourna dans sa chambre en titubant. Mais avant qu'elle n'eût atteint sa porte, Tessie sortit de la grande chambre avec un seau.

– Comment va-t-il?

Mme Loam s'agrippait à la poignée de la porte.

– Je dirais qu'il va vraiment mal, voilà ce que je dirais. Et il empeste comme un beau diable.

Quelle que fût la réponse qu'elle préparait, Mme Loam se ravisa et préféra rassembler le peu de forces qui lui restaient pour rentrer en chancelant dans sa chambre. Pourtant sa faiblesse ne l'empêcha pas de claquer la porte derrière elle.

Le Dr Arnison se déclara très satisfait d'Hannah, et de Bella aussi.

– Beau travail, Bella, je n'aurais pas fait mieux.

331

Délivrance, et tout. Je suis ravi que vous ayez pensé à me garder le placenta. C'est une excellente sage-femme, n'est-ce pas, Hannah?

– Elle est merveilleuse. Elles sont merveilleuses toutes les deux. (Hannah sourit faiblement aux deux femmes qui se tenaient derrière le médecin.) Et elles doivent être épuisées, elles n'ont presque pas dormi.

– Eh bien, il va falloir qu'elles se relaient, car elles ne sont pas au bout de leurs peines. (Il leur fit des signes de tête.) Il y a un homme très malade dans cette maison.

Quand le docteur rejeta la tête en arrière, Hannah baissa les yeux. Elle était lasse, de corps et d'esprit, elle se sentait étrangement détachée du monde qui l'entourait. Il y avait eu un moment, à l'aube, où elle avait pensé qu'il lui importerait peu de mourir; ni son amour pour Ned, ni son instinct maternel n'avaient paru assez forts pour la pousser à vivre; et certainement pas ses devoirs envers l'homme qui était son mari, cet homme très malade.

– Je voudrais que nous puissions t'installer plus confortablement, Hannah.

– Ça ira très bien, docteur. Je... je serai debout dans un jour ou deux.

– Oh non! jamais de la vie. Tu resteras couchée une bonne semaine.

Elle ne répliqua pas : « Nous verrons »; elle n'avait pas envie de parler, même pas de demander des nouvelles de Ned.

Un gémissement montant de la grande chambre fit se retourner le médecin, et, fixant la porte des yeux, il ramassa sa sacoche noire et gonflée avant de déclarer à la cantonade :

– Je repasserai plus tard.

Fidèle à sa parole, le Dr Arnison revint le même soir et continua à passer deux fois par jour pendant les trois jours suivants car, ainsi qu'il le répétait, c'était quitte ou double pour Fred.

Comme celui-ci entrait dans son troisième jour de délire, sa mère se rendit en chancelant dans sa chambre; puis elle réapparut presque immédiatement dans la cuisine et hurla à Hannah, adossée à ses oreillers :

– Il est en train de mourir. Mon Dieu! Il est en train de mourir. Est-ce que vous vous rendez compte? Il est en train de mourir.

Hannah ne répondit pas, elle se contenta de regarder sa belle-mère d'un œil morne; puis elle la vit se tourner vers Tessie et crier :

– Apportez-moi un papier et un crayon, ma fille. Du papier et un crayon, vite! Sur cette étagère, là!

Tessie obéit, et quand elle tendit le crayon et la feuille de papier à Mme Loam, celle-ci les prit d'un geste brusque, s'installa précipitamment à la table et, d'une main tremblante, gribouilla quelque chose sur la feuille. Puis, se tournant vers Bella et Tessie, elle demanda :

– Savez-vous signer?

Elles la regardèrent toutes deux sans répondre, et elle répéta :

– Allons, dites-moi! Savez-vous signer?

– Nous faisons notre croix.

Bella avait répondu dans un murmure à peine audible.

– Alors approchez-vous et mettez vos croix là.

Et, tandis que la vieille femme s'avançait vers elles, Bella et Tessie s'exclamèrent en chœur :

– Non. Non.

– Quoi!

– Nous ne mettrons pas nos croix là-dessus (Bella désigna le morceau de papier que Mme Loam tenait à la main), parce que je sais ce que c'est, je sais ce que vous préparez.

Le regard que leur lança la vieille femme les aurait

foudroyées sur place, si cela avait été possible; puis, se tournant vers Hannah, elle gronda entre ses dents serrées :

– Je le ferai brûler avant que vous ne l'ayez en main. Et en plus j'obtiendrai la garde de l'enfant. (Elle désigna alors le bébé qui dormait dans son panier devant le feu. Puis, titubante, elle se dirigea vers la chambre de son fils. Alors, penchée sur Fred, elle hurla :) C'est moi! C'est moi, mon gars! Ecoute-moi.

– Maman. Maman.

– Ecoute-moi, Fred. Ecoute-moi. Prends ce crayon à la main...

Le crayon vola soudain à travers la pièce, tandis que le grand bras s'agitait sur la courtepointe. Puis le corps de l'homme s'immobilisa un moment, il haleta et passa sa langue boursouflée sur ses lèvres enflées tandis qu'il se retournait et, la reconnaissant, soufflait d'une voix cassée :

– Maman. Maman.

– Fred, écoute!

– Maman... j'ai mal... Maman.

– Oui, mon gars, je sais, je sais. Mais rends-moi ce service, veux-tu? Fais ça pour ta maman. Signe-moi ce papier. Je vais te soutenir la main. C'est pour la maison...

– C'est fait. C'est fait... Il faut que j'aille découper... la viande.

Le crayon et le morceau de papier volèrent de nouveau en l'air et retombèrent au pied du lit.

Mme Loam ramassa la feuille de papier et, hochant la tête de droite à gauche, elle considéra les mots qu'elle y avait inscrits : « Je lègue tout ce que je possède à ma mère. » Puis elle jeta un long regard sur son fils, avant de ressortir de la chambre en chancelant pour se rendre à la cuisine. Mais elle s'arrêta devant la porte de sa chambre et, s'y adossant, elle hurla à l'intention d'Hannah :

– Quoi qu'il arrive, moi je vivrai, ne serait-ce que pour me venger de vous, ma fille. Bon Dieu! Comptez sur moi; je vous verrai à la rue, mendiant votre pain.

Toutes les trois regardèrent la silhouette enveloppée d'une longue chemise de nuit de calicot disparaître en titubant dans la chambre, et quand la porte se referma, Tessie chuchota :

– C'est... c'est une vraie sorcière, une horrible sorcière!

Mais Bella demanda :

– Est-ce qu'elle peut vraiment vous jeter à la rue s'il meurt, mademoiselle Hannah?

Hannah considéra Bella d'un air grave avant de répondre :

– Elle essaiera, Bella. Je ne sais pas comment elle se débrouillera, mais elle essaiera.

Et c'est alors qu'elle sentit de nouveau en elle le besoin de vivre, ne fût-ce que pour vaincre l'horrible vieille femme.

21

Le cinquième jour, Hannah se leva; et deux jours plus tard, Fred mourut. Il mourut à 4 heures du matin, un dimanche. Il resta inconscient jusqu'à la fin; quand il rendit le dernier soupir, son visage s'altéra lentement et Hannah, qui l'observait, aperçut l'espace d'un instant l'expression du jeune homme qui s'était toujours montré agréable envers elle quand, petite écolière, elle se rendait à la boutique. Mais elle n'éprouva aucun remords, seulement un immense, immense soulagement, comme si elle-même venait de mourir et que son corps et son esprit s'étaient mis à flotter librement dans une atmosphère toute nouvelle, un monde inconnu.

Bella et Tessie firent la toilette du mort, et Bella demanda :

– Allons-nous la prévenir?

– Non; ne la réveillez pas, nous attendrons le lever du jour, répondit Hannah. Mais allez donc prendre un peu de repos, toutes les deux, vous avez l'air épuisées.

Quand elle pénétra à contrecœur dans la chambre de sa belle-mère, à 7 heures du matin, elle ne s'approcha pas du lit de la vieille femme; voyant qu'elle était réveillée, elle se tint dans l'encadrement de la porte et dit d'une voix calme :

– Il nous a quittés.

Et la réponse qu'elle reçut la stupéfia car, en la regardant à son tour, Mme Loam déclara :

– J'aurais pu vous le dire moi-même. Cela fait bien deux jours qu'il nous a quittés. Alors maintenant qu'elles l'ont préparé, vous voilà libre de partir, non? Et ces deux-là avec vous.

– Peut-être bien que oui, ou peut-être bien que non.

– Qu'est-ce que ça veut dire?

– Rien d'autre. J'étais son épouse, j'ai des droits.

– Et quels droits, s'il vous plaît? (Mme Loam se redressa dans son lit.) Vous n'avez aucun droit dans cette maison. Essayez un peu de les faire valoir et vous verrez ce qui vous arrivera.

– Vous oubliez que j'ai un fils.

– Parlons-en! Et le fils de qui, je vous le demande? Attendez un peu que je m'y mette, et il ne vous restera pas un argument valable.

A ceci Hannah ne répondit pas, elle tourna simplement les talons et sortit de la pièce.

Le Dr Arnison déclara que la période d'exposition du corps au domicile devait être supprimée; étant donné la situation, il fallait agir le plus vite possible; Fred fut donc enterré trois jours après sa mort, et l'on raconta que le fossoyeur avait eu bien du mal à creuser la tombe, tant le sol était gelé.

Peu de gens suivirent le convoi funèbre. Il y eut Ralph Buckman, le maréchal-ferrant; Will Rickson, le menuisier; Walter Bynge, le tailleur de pierre; Thomas Wheatley, le grainetier; et quelques vieux du village, plus trois hommes d'affaires d'Allendale... et le médecin.

Rompant avec la tradition, personne ne revint au domicile du défunt pour se consoler en de monstrueuses agapes, sauf le médecin, et il ne s'y rendit pas pour manger. Debout dans l'arrière-boutique, face à Hannah, il demanda :

– Voilà, c'est fini, alors, Hannah, quels sont tes projets maintenant?

– Je ne sais pas, docteur; j'ai besoin de conseils. Quels sont mes droits sur ce qui lui appartenait, la maison, l'argent de la boutique et tout ça?

– Oh! (Le docteur souffla bruyamment.) Je ne suis pas juriste, mais je crois que, selon la loi, si l'enfant n'était pas né avant la mort de Fred vous auriez partagé les biens la vieille et toi, ou quelque chose dans ce genre-là. Dans la situation présente, elle ne figure pas au tableau, sauf s'il y a un testament.

– Je ne crois pas qu'il ait laissé un testament. Elle... elle a essayé de lui faire signer un papier qu'elle avait rédigé, un jour de la semaine dernière, mais il était déjà trop malade pour y parvenir. Elle croit toujours, néanmoins, qu'elle peut tout réclamer.

– Alors, dans ce cas, c'est une vieille folle entêtée. Elle l'a toujours été, d'ailleurs. De toute façon, elle devrait savoir que lorsqu'un homme prend femme, cela relègue sa mère au deuxième plan, du moins en partie.

– Pensez... pensez-vous que je devrais consulter un notaire, docteur?

– Oui. Oui, c'est mon avis. As-tu en main les papiers de Fred, concernant ses affaires et tout ça?

– Non, ils se trouvent dans une boîte, dans la chambre de sa mère.

– Alors moi, à ta place, j'entrerais et je les prendrais sans plus de cérémonie. Ensuite, va voir M. Ransome à Allendale... tu sais, son étude donne juste sur la place, il t'éclairera sur tes droits. D'après mon expérience, il ne devrait pas y avoir de problème. Ainsi (il lui sourit), ce sera le monde à l'envers, elle dépendra de toi et de ta générosité. Oh! et dame Loam n'aimera pas du tout ça, pas vrai?

– Non, docteur, certainement pas. (Hannah ne rendit pas son sourire au médecin, mais elle ajouta :) Merci infiniment, non seulement de vos conseils, mais de tout ce que vous avez fait pour moi... Irez-vous voir Ned bientôt?

– Je dois me rendre de ce côté demain matin, enfin, si la neige ne recommence pas à tomber et si la route s'avère praticable, parce qu'elle est profonde dans la vallée.

– Est-ce que... est-ce qu'il sait pour Fred?

– Oui, il est au courant.

– Et... et qu'a-t-il dit?

– Eh bien, puisque tu me le demandes, il a parlé des voies de Dieu, ce qui est plutôt inhabituel, du moins de la part de Ned, car c'est loin d'être un pratiquant. Voici ce qu'il a dit : « Dieu n'y va pas par quatre chemins quand Il a un miracle à accomplir. » La traduction est peut-être un peu approximative, mais le sens est clair. Bien sûr (et il eut un sourire désabusé), tout le monde ne peut pas voir la mort de Fred comme un miracle. Et pourtant, pour Ned et toi, ce serait plutôt le cas. Quant à moi, j'y verrais plutôt un dénouement inattendu, car, avec une constitution comme la sienne, j'aurais parié qu'il aurait lutté jusqu'au bout; et en même temps j'aurais joué à cent contre un la survie de sa mère. Et pourtant elle survivra... Mais où? Eh bien, cela semble maintenant l'affaire d'Hannah, n'est-ce pas?

– Je peux vous assurer d'une chose, docteur, et vous pouvez parier là-dessus sans crainte, c'est qu'elle ne survivra pas à mes côtés.

– Ah! non? Eh bien, c'est une affaire dont il faudra que tu t'occupes.

– Comptez sur moi, docteur.

– Au revoir, Hannah.

– Au revoir, docteur. Docteur!

– Oui, Hannah!

Il se retourna.

– Pensez-vous que... que je pourrai venir voir Ned si... si le temps se maintient?

– Non, non, il n'en est pas question. Il ne faut même pas y penser, Hannah, parce que dans son état il pourrait attraper n'importe quoi. (Ses gros sourcils broussailleux se froncèrent sur son front dégarni, tandis qu'il poursuivait :) Qui sait, tu pourrais bien être porteuse de germes; les porteurs paraissent ne jamais attraper la maladie, mais ils la propagent. Je ne dis pas que c'est sûr, mais tu as vécu en plein milieu contaminé, et dans un état de santé critique, sans pour autant l'attraper. Non, non; ne lui fais pas courir ce risque. Encore un peu de patience; vous vous verrez assez comme ça par la suite. (Et il sortit en marmottant quelque chose comme :) S'il n'arrive rien d'autre.

Le rétablissement de Mme Loam fut lent; il semblait qu'elle profitait le mieux du monde des soins de Tessie, malgré leur rudesse. Quand Bella ou Tessie se trouvaient dans sa chambre, elle n'ouvrait pas la bouche, mais quelques jours après les obsèques elle leur adressa enfin la parole, et ce fut pour leur dire :

– Si vous croyez que vous allez être payées, vous allez au-devant d'une belle surprise.

– Ah bon? ajouta Tessie vivement. Eh bien, moi, je

vais vous dire quelque chose. Nous ne serons pas les seules.

– Qu'est-ce que tu veux dire?

– Rien de plus. Mlle Hannah s'est rendue chez le notaire pour savoir à qui il appartenait désormais de mener la maison.

– *Ma cassette! Ma cassette!*

Mme Loam était maintenant assise toute droite dans son lit, les yeux fixés sur un coin de la pièce où, sur une petite table, se trouvait jusqu'ici une cassette en bois au couvercle incrusté de nacre. Son mari y gardait l'acte de vente de la maison, leur certificat de mariage, le certificat de baptême de leur fils, et le livret d'épargne. Mais la cassette avait disparu.

Le cri perçant que poussa la petite femme fit presque décoller du sol Bella et Tessie, et cette dernière, portant les mains à ses oreilles, hurla elle aussi :

– Ça suffit!

– C'est une voleuse! C'est une voleuse!

Empoignant la vieille femme par les épaules, Bella la repoussa sans douceur contre ses oreillers et, penchée sur elle, déclara :

– Ce n'est pas une voleuse; elle a laissé votre acte de mariage et le certificat de naissance de votre fils, le reste est chez le notaire. S'il n'y a pas de testament, alors elle assure, et avec raison, que la maison et tout ce qu'il y a dedans lui appartient... ainsi qu'à l'enfant.

– Et, ajouta Tessie, l'argent déposé à la banque et tout le reste; alors, à votre place, madame Loam, je pèserais mes mots... voilà.

Puis Bella et Tessie échangèrent un regard anxieux en voyant la vieille femme haleter sur son lit, comme si elle allait s'étouffer.

– Buvez donc une gorgée d'eau.

Tessie tendait maintenant le verre à Mme Loam. Mais celle-ci ne fit pas un geste pour le prendre, et Tessie, le replaçant sur la table, déclara :

– Très bien, comme il vous plaira.

Elles s'apprêtaient toutes deux à quitter la pièce, quand elles entendirent une volée de gravier frapper la vitre. Elles échangèrent un regard stupéfait; puis Bella se précipita à la fenêtre pour l'ouvrir et aperçut en bas le visage épanoui d'une femme plantureuse.

– Que voulez-vous?

La femme qui se tenait dans la rue demanda alors d'une voix forte :

– Savoir simplement comment elle se porte.

– Elle se remet très bien, à mon avis.

– Dites-lui que je n'entrerai pas; ce ne serait pas raisonnable.

– Je lui dirai. Comment vous appelez-vous?

– Je suis sa sœur Connie.

– Ah! sa sœur.

– Connie! Connie! (Mme Loam s'était redressée dans son lit et, agitant la main à l'adresse de Bella, elle cria :) Dites-lui de monter. Je veux la voir, je veux la voir.

– Elle vous demande de monter, elle veut vous voir.

– Non, non. Comme je le disais, ce ne serait pas raisonnable, mais dites-lui de venir me trouver dès qu'elle sera rétablie, et nous arrangerons ses affaires, la boutique, la succession, et tout ça.

– Je lui ferai la commission. (Bella referma la fenêtre et se tourna vers le lit, puis elle dit :) Alors, vous avez entendu, n'est-ce pas? Elle demande que vous alliez la trouver dès que vous serez rétablie, pour régler toutes vos affaires.

Mme Loam avala sa salive, puis répondit d'une voix lente :

– Quand je sortirai de ce lit, que Dieu vous vienne en aide, à vous deux.

– Vous êtes toujours aussi sûre de vous. (Tessie hochait la tête d'un air réprobateur.) Si j'étais vous, je ne vendrais pas la peau de l'ours avant de l'avoir tué.

Bella eut de nouveau l'impression que Mme Loam allait avoir une attaque, elle poussa donc Tessie hors de la chambre. Comme elles sortaient, la voix rauque de la malade les poursuivit :

– Et que Dieu la foudroie sur place. Quel blasphème... franchir les portes de la maison avant la messe des relevailles!

Dans la cuisine, Bella murmura :

– Si Hannah arrive à tirer tout ce qu'elle veut de celle-là, alors elle pourra affronter n'importe qui. Pourtant, la vieille a eu une remarque sensée... elle est sortie avant les relevailles, et elle est catholique, pas protestante.

Elles se regardèrent l'une l'autre. Puis Tessie déclara :

– Oh, quelle importance! Le plus important, c'est le notaire maintenant; tout dépend de ce qu'il dira.

– Oui, c'est vrai, répéta Bella; oui, tout dépend de ce qu'il dira...

Au même moment, le notaire accueillait Hannah avec beaucoup de courtoisie. Devant lui, sur son bureau, s'alignaient les papiers qu'elle avait apportés, et il les feuilletait de l'index comme s'il jouait aux cartes tout en disant :

– Il semblerait, madame Loam, d'après ce que vous me racontez de la tentative de votre belle-mère pour faire signer un papier à votre mari, qu'il n'ait pas laissé de testament. Les problèmes de testament sont bien étranges. (Il posa alors ses coudes sur les bras de son fauteuil et croisa les mains.) Les hommes se résignent difficilement à rédiger leur testament. Ils ont l'impression que leur signature au bas d'un tel document équivaut à un paraphe au bas d'une sentence de mort; et moins ils sont fortunés, plus leur répugnance est grande à signer, parce qu'ils ont alors vraiment la sensation d'abandonner leurs droits. Si un homme a des enfants, il sait qu'en l'absence de testament sa femme héritera d'un tiers de ses biens, et que le reste reviendra à sa progéniture; et si sa propre mère est toujours en vie, il compte sur ses enfants pour s'occuper d'elle. Mais convaincre les gens d'écrire noir sur blanc les obligations dues à l'aïeule leur paraît une insulte à leur intégrité et à celle de leurs descendants. Ainsi, dans votre cas, où il ne semble pas y avoir de testament, la loi stipule que votre fils et vous êtes les héritiers légaux, il doit hériter de deux tiers et vous d'un tiers, l'avenir de votre belle-mère étant maintenant entre vos mains. Tout dépendra de votre esprit de charité. (Il se tut un moment, puis ajouta :) Je ne me suis jamais occupé des affaires de M. Loam, senior ou junior, mais, d'après ce que vous m'avez dit, votre mari a tout hérité de son père, donc votre affaire ne devrait présenter aucune difficulté, ni pour vous, ni pour votre fils; et je serais très honoré de vous représenter, si tel est votre désir.

– Je vous en serais très reconnaissante, monsieur Ransome... combien... combien de temps pensez-vous qu'il faudra pour tout régler?

– Oh! (Il hocha la tête.) La justice est lente pour ces cas d'homologation, mais dans votre cas il ne devrait pas y avoir de contestation, selon moi.

– De... de la part de ma belle-mère, peut-être.

– Quel recours a-t-elle (il avança la tête, le menton pointé), s'il n'y a pas de document écrit pour prouver qu'elle est bénéficiaire? Alors que vous, vous l'êtes à deux titres. Vous êtes non seulement la veuve du défunt, mais aussi la mère de son enfant... Quelque chose pourtant me laisse perplexe, c'est le livret d'épargne. On peut lire ici que le compte s'élève à quatre cent trente-cinq livres, mais le dernier dépôt date de 1856. Evidemment, l'affaire de votre mari était modeste, comparée à d'autres boucheries, mais en quelques années il a déposé à la banque (il frappa le livre sur la table) soixante livres; et puis plus rien depuis juin 1856, ce qui laisse à penser qu'il doit y avoir de l'argent caché quelque part. N'y aurait-il pas un autre endroit, dans la maison, où il aurait pu ranger des actes notariés ou des livrets d'épargne?

– Non; il n'y avait que cette cassette, comme je vous l'ai expliqué. Elle restait toujours dans la chambre de ma belle-mère, fermée à clé; mais récemment, en faisant le ménage, j'ai découvert où elle gardait sa clé.

Le notaire posa de nouveau ses coudes sur les bras de son fauteuil et les doigts de sa main droite se mirent à tambouriner sur ceux de sa main gauche, tandis qu'un sourire s'épanouissait lentement sur son visage; il resta un moment silencieux, puis d'un ton amusé il déclara :

– Je crois savoir où se trouve l'argent, je veux dire les bénéfices depuis 1856. Votre belle-mère couche-t-elle dans un lit clos?

– Oui; oui, effectivement. (Les yeux d'Hannah s'arrondirent de surprise.) Mais, bien sûr. Bien sûr, voilà pourquoi elle m'a toujours interdit de retourner le matelas.

– Cela arrive tous les jours, madame Loam. Un beau matin, un homme décide que la banque ou que les autres en savent trop sur ses affaires; s'ils le croient riche, ils voudront certainement lui emprunter de l'argent. Il n'arrive pas à croire que les banquiers et les notaires savent garder le secret, et même le doivent, tout comme les médecins et les prêtres. Alors il raconte à tout le monde qu'il a eu une mauvaise année et les bénéfices vont finir dans le lit clos ou derrière une brique du mur.

Et comme il lui souriait toujours, elle pensa à Ned et aux pierres descellées de la maison Pele.

– Pouvez-vous avoir accès au lit?

– Pardon?

Elle cligna des paupières et il répéta :

– Avez-vous la possibilité de défaire le lit et de vous assurer s'il y a de l'argent caché dessous?

– Pas pour le moment; elle se remet d'une grosse fièvre.

– Pourriez-vous la faire se lever?

– Oui, oui, dans un jour ou deux, je crois que ce serait possible. (Elle lui sourit à son tour et hocha la tête en ajoutant :) Oui, on arrivera à la faire lever, avec un peu de persuasion, bien sûr.

– Très bien, alors, sachez la persuader. Et je serais curieux de connaître le résultat de vos recherches. En attendant, je vais me mettre en rapport avec la banque et il vous faudra sans doute revenir en ville dans un jour ou deux pour le transfert du compte à votre nom. Vous pourrez alors payer les arriérés, les obsèques... Et puis, bien sûr, il faut vivre. Désirez-vous remporter l'acte de vente de la maison ou préférez-vous me le laisser?

– Je préférerais le laisser chez vous; et le livret d'épargne aussi, si c'était possible.

– Mais certainement, certainement, madame Loam. Et quand elle se leva il l'imita.

– Au revoir, monsieur Ransome, et merci.

– Au revoir, madame Loam. J'ai eu beaucoup de plaisir à vous rencontrer.

Il la précéda dans l'entrée et lui ouvrit la porte lui-même, tandis que son clerc, qui s'était levé, se tenait sur le côté. Elle le salua de nouveau de la tête, puis sortit sur la place, consciente du regard des deux hommes qui la suivait dans sa marche.

Elle ne portait pas de manteau ce jour-là, mais un long tailleur de tweed agrémenté d'un col de fourrure. C'était la dernière tenue que lui avait offerte M. Thornton et elle ne l'avait pas portée depuis son mariage.

La dernière fois qu'elle avait traversé cette place, elle avait gardé la tête basse pour dissimuler son visage meurtri; cette fois-ci, elle la redressait fièrement et donna à son allure un air désinvolte, quoiqu'elle ne se sentît pas désinvolte du tout. Non seulement elle se sentait toujours faible, mais la puanteur des excréments lui restait dans les narines avec tant d'insistance qu'il lui sembla qu'elle mettrait des années à l'oublier.

Que serait-il arrivé, se demandait-elle, si elle n'avait pas mis le nez à la fenêtre et aperçu Tessie et Bella, ce jour-là? Elle serait morte elle aussi, sans doute. Elle ne les oublierait jamais, et elle leur rendrait au centuple ce qu'elles avaient fait pour elle. Oh, oui, elle avait des projets pour Bella et Tessie... et pour Margaret.

Oui, elle pouvait maintenant envoyer sa lettre à Margaret. Elle avait hésité à le faire tant que sa situation n'était pas éclaircie par le notaire. Il était encore tôt. Son mot pouvait désormais partir par le fourgon postal, il arriverait à Hexham le soir; Margaret le recevrait au plus tard le lendemain matin; et peut-être se trouveraient-elles toutes réunies dès le surlendemain. Ce serait merveilleux d'être de nouveau ensemble, Margaret, Bella, Tessie... La vie vous réservait de ces surprises... De ces surprises!

Tandis qu'Hannah attendait la voiture, elle sentit que les passants la regardaient à la dérobée, car elle était un personnage intéressant. N'était-ce pas à cause d'elle que Fred Loam avait à moitié tué Ned Ridley? Maintenant l'un était mort et l'autre dans un tel état qu'il aurait bien de la chance, disait-on, s'il s'en tirait. Et ils furent nombreux à l'observer et à se souvenir qu'elle avait été catapultée chez les Thornton par une fille des rues de Newcastle qui prétendait que Matthew Thornton était le père de la petite. Et ç'avait été la fin de cette famille heureuse, et pour rien, car la jeune fille n'avait-elle pas découvert, le jour de son mariage, qu'elle n'avait aucun lien avec Matthew Thornton? Et comment avait-elle réagi? Elle avait couru comme une folle à la mine retrouver le jeune gars qui était soi-disant son demi-frère, voilà ce qu'elle avait fait, une heure à peine après son mariage avec Fred Loam. Et, de là, elle s'était réfugiée chez Ned Ridley. Oui, et que s'était-il passé, alors? Pour l'empêcher de tomber dans un piège, il avait perdu la moitié d'une main. Mais si ce que l'on racontait était vrai, il avait déjà perdu plus de la moitié de son cœur pour elle, et ce n'était pas rien pour un Ned Ridley dont le cœur se partageait aux quatre coins du pays depuis qu'il était gamin. Ce que l'on disait, c'est que c'était pour elle qu'il avait renoncé à épouser Lena Wright.

Et après tout ce méli-mélo, elle n'avait rien trouvé de mieux que d'aller en secret à la maison Pele; et comme c'est souvent le cas, tout le village était au courant, sauf le mari trompé; et quand il l'avait découvert, qu'était-il arrivé? Il avait flanqué une raclée à sa femme. A qui la faute? Quel homme supporterait qu'on se moque de lui? Et puis le fils du gros Dickinson avait trouvé Ned presque en charpie dans un fossé et le gros Dickinson était allé trouver la police. Quelle surprise, ça alors! Le gros Dick qui va à la police quand le brigadier cherche à le coincer depuis des années! Quelle rigolade! Ensuite, ils avaient tous attendu que Fred guérisse pour le mettre sous les barreaux; et lui? Eh bien, il avait cassé sa pipe.

Qui donc raconte, se demandaient-ils les uns aux autres, qu'il ne se passe rien à la campagne?

Et voilà qu'elle était là, raide comme un piquet, et juste après son accouchement. Mais, en y regardant de plus près, on pouvait comprendre toute l'histoire, car elle était devenue un beau brin de femme, une très belle femme. Et puis il y avait quelque chose de troublant chez elle. Mais quoi : ses yeux, ses cheveux? Quelque chose qui suffisait à tourner la tête d'un homme.

Mais n'allez pas croire que son charme pouvait avoir un quelconque effet sur sa belle-mère. Mon Dieu, non! C'était une mégère comme on en voyait rarement. Indomptable, plus difficile à renverser que les murailles de Rome. Cela vaudrait la peine de voir comment la jeune mère de famille comptait lui damer le pion.

Hannah se doutait bien un peu du tour que les conversations prendraient ce soir-là dans les auberges et les hôtels de la petite ville, mais cela ne l'inquiétait pas. Elle les méprisait tous un peu, ces curieux, et cela se voyait à la façon dont elle pointait le menton. Même Mme Thornton ne pouvait plus l'appeler *La Fille*, désormais.

En dehors du médecin, de M. et Mme Wheatley et de M. et Mme Buckman et leurs fils Bill et Stan, presque personne ne lui avait adressé un mot gentil au cours des deux dernières années, et elle se disait qu'elle pouvait bien se passer de leur estime.

Quand elle rentra à la maison, Bella lui avait préparé un repas, et quoiqu'elle n'eût pas très faim elle mangea, pour ne pas la contrarier. Au moment où elle s'asseyait à table, la voix de Mme Loam lui parvint, qui répétait sur tous les tons :

– Ah! vous voilà! (Et puis :) Vous n'osez pas vous montrer, hein? Où est ma cassette? Je vous ferai poursuivre par la police, sale petite voleuse! Vous allez me fiche le camp, et ces deux-là aussi, dès que je serai debout. Ah, ça, vous pouvez compter sur moi!

Et comme Hannah sauçait son assiette avec un morceau de pain frais, elle regarda tour à tour Bella et Tessie, qui l'encadraient, et déclara d'un ton calme :

– Je ferais mieux d'en finir. (Sur ce, elle quitta la table et entra dans la chambre. D'un ton toujours égal elle demanda :) Vous vouliez me voir?

– Si je voulais vous voir! Sale voleuse! Je vous dis que je mettrai la police à vos trousses, je vous traînerai au tribunal.

– Non, vous ne me traînerez pas au tribunal. Et si vous continuez à vous montrer grossière, je vous traînerai, moi, au tribunal... pour insultes. (Elle s'approcha alors du lit et poursuivit :) J'ai été consulter un notaire; je lui ai expliqué mon cas. Il m'a assuré que mon fils et moi sommes les propriétaires légitimes de cette maison, de tout ce qu'elle contient, et de l'argent déposé à la banque. (Et elle se retint d'ajouter : « Et aussi de tout ce qui se cache sous votre matelas. »)

– Ce n'est pas vrai!

Mme Loam s'était redressée dans son lit et tordait sa courtepointe à pleines mains.

– Ils ne le permettront pas. Je ne le permettrai pas. Tout est à moi. Tout ça. (Elle fit un geste large du bras.) Je l'ai gagné à la sueur de mon front.

– Ce serait plutôt votre mari, madame Loam, qui l'a gagné à la sueur de son front; et, comme tout le monde le sait, vous lui avez fait une vie de chien. Votre mari ne vous a rien laissé, il a tout légué à son fils. J'ai épousé votre fils. Maintenant il est mort. Ce qu'il possédait m'appartient, ainsi qu'à son fils. Le notaire m'a expliqué que votre avenir dépendait complètement de ma bonne volonté. (Tandis qu'elle parlait, elle éprouvait une certaine reconnaissance pour l'éducation qu'elle avait reçue, car, sans elle, elle aurait été incapable d'exposer la situation avec tant de calme et de clarté. Et elle poursuivit sur le même ton :) Et si vous vous montrez raisonnable, alors je m'occuperai peut-être de votre situation; mais je dois vous prévenir tout de suite, madame Loam, vous ne resterez pas dans cette maison. Votre sœur a l'air d'une femme bien sympathique, qui s'inquiète de votre sort, car je suppose qu'elle n'a jamais eu à souffrir entre vos mains. Je suggérerais alors que vous alliez vous installer chez elle. Quelle somme vais-je vous allouer? Je ne le sais pas encore et il faudra que j'en discute avec mon notaire. Aussi, dès que vous serez en état de voyager, nous nous occuperons de vous envoyer où il vous plaira d'aller...

Elle s'arrêta net, car elle eut vraiment l'impression que sa belle-mère allait avoir une attaque. La vieille femme était retombée sur ses oreillers, le visage agité de tics, tandis que du pouce et de l'index des deux mains elle continuait de tirer sur la courtepointe comme si elle plumait une volaille. Sa bouche s'ouvrait par intervalles, comme celle d'un poisson hors de l'eau, et elle gardait les yeux fixés sur Hannah. Puis, après un moment, d'une voix éraillée, elle dit :

– Vous ne pouvez pas me faire une chose pareille.

– Je peux, madame Loam, et je ne m'en priverai pas. Tout le temps où j'ai vécu dans cette maison, vous vous êtes montrée cruelle, inhumaine avec moi; jamais un mot poli, je ne dis même pas un mot gentil. Vous m'avez torturée dès que vous l'avez pu. Et si je vous jetais à la rue, personne ne me le reprocherait, mais je n'irai pas jusque-là, je veillerai à ce que votre avenir soit assuré en vous donnant de l'argent, mais à une condition, que vous quittiez cette maison dans le calme. Si vous n'acceptez pas, alors je ne vous donnerai rien; mais je vous prierai néanmoins de quitter cette maison, et si vous finissez à l'hospice, vous n'aurez à vous en prendre qu'à vous-même. Je vous laisse maintenant réfléchir à ma proposition.

Hannah frissonnait et se sentait elle aussi un peu malade quand elle s'éloigna de la vieille femme, et lorsqu'elle parvint dans la cuisine, elle dut s'asseoir en toute hâte, et Bella, penchée sur elle, lui dit :

– Vous êtes contrariée. C'est normal. Mais vous lui avez parlé, et vous avez eu raison. Cette femme ferait perdre la tête à un saint. Et moi, elle me déprime, mademoiselle, je peux vous le dire, elle me déprime; comment avez-vous pu la supporter tout ce temps, Dieu seul le sait. Madame n'était déjà pas agréable, mais c'était un autre genre de peste que celle-ci. C'est un démon, un véritable démon. Ne vous inquiétez pas pour elle; mais plus vite elle sera partie, mieux cela vaudra.

C'était étrange, se disait Hannah, mais elle avait vécu toute sa vie sous l'emprise de femmes infernales.

Quatre jours plus tard, Margaret arriva. Le visage rayonnant, les yeux brillants, elle se planta devant Hannah dans la boutique et l'embrassa en murmurant :

– Oh! Hannah! Hannah! Quand j'ai reçu ta lettre je... je n'en ai pas cru mes yeux. J'ai... j'ai retrouvé la foi. Cela faisait des semaines, des mois, que je priais pour qu'un événement de ce genre arrive, mais je n'y croyais pas. Ton... ton idée est merveilleuse. (Elle jeta un regard circulaire à la boutique; puis elle hocha la tête et déclara :) Oui, oui; j'imagine tout très bien. (Puis, à la vue de Tessie, elle dit :) Oh! Tessie.

Elle tendait maintenant ses deux mains vers Tessie et celle-ci s'écria :

– Hé! mademoiselle Margaret. Oh! mademoiselle Margaret. N'est-ce pas magnifique de vous voir! Bella! Bella!

Elle hurla presque ce nom, et Bella dévala les escaliers; puis elle aussi se joignit au concert d'exclamations, mais d'une voix chargée de larmes.

– Ah! mademoiselle Margaret, je ne pensais pas vivre assez vieille pour nous voir toutes réunies. Je parle de nous toutes, qui nous aimons.

– Oh! Bella, je suis si heureuse de vous revoir. Je venais tout juste de dire à Hannah que Dieu avait enfin exaucé mes prières. Et c'est étrange comme il exauce les prières. Mais (elle se retourna vers Hannah) tu as bien souffert avant de vivre ce moment... Comment va le bébé?

– Il est en pleine forme. Tu le verras dans un instant.

– C'est elle tout craché, mademoiselle Margaret.

Tessie avança la tête, et Margaret, les yeux brillants de larmes, regarda de nouveau Hannah, et celle-ci dit précipitamment :

– Tout est fini, c'est le passé, pensons maintenant à ce qui nous attend, à notre avenir. Allez, donne-moi tes affaires.

Et tandis qu'Hannah se chargeait du sac de Margaret, Tessie la débarrassa de son manteau et de son chapeau, Bella empoigna son balluchon, hocha la tête en le regardant, et déclara :

– Mademoiselle Margaret, quand je pense que vous avez dû voyager avec un balluchon! (Puis se tournant vers Hannah elle demanda :) Où est-ce que je peux poser ses affaires, mademoiselle Hannah?

– Eh bien (Hannah regarda Margaret), c'est le problème en ce moment, il va falloir le résoudre. Mais entre donc, Margaret. Ici, c'était l'arrière-boutique, tu te souviens, où la viande était accrochée, mais Bella et Tessie l'ont brossée du sol au plafond. Et regarde, elles ont débouché la vieille cheminée. Ce devait être la cuisine à l'origine, et je suis sûre qu'il y a un beau four derrière ce mur. Et puis, nous verrons bien. (Elle se tourna alors prestement vers Tessie et lui dit :) Va donc faire du café, Tessie, et descends les petits pains que Bella a préparés ce matin...

Dix minutes plus tard, elles étaient toutes attablées autour de ce qui avait été le billot du boucher, à boire du café, manger des petits pains, et écouter Hannah.

– Ce qui m'a donné cette idée, commença Hannah d'une voix où perçait l'excitation, c'est le souvenir des étés où les gens passaient devant la maison en route pour les collines, avec les femmes en jupes presque courtes, un bâton à la main. Un jour, j'ai compté jusqu'à huit femmes, allant deux par deux, et deux autres encore accompagnées par des hommes. Ils s'arrêtaient tous devant la porte de l'auberge. Les hommes entraient, mais les femmes devaient rester dehors, et c'est alors que j'ai pensé que c'était une tasse de thé ou de café qu'il leur fallait, pas de la bière. Une fois, j'ai vu une dame à la porte de Mme Robson, en train de boire un verre d'eau. C'est ce souvenir précis qui m'a fait réfléchir.

Elle regarda tour à tour leurs visages réjouis.

– Je me suis dit, c'était ici une boucherie, mais

pourquoi ne pas la transformer en boulangerie, en pâtisserie. Bella était la reine des gâteaux.

Elle désigna d'un signe de tête Bella, qui voulut la faire taire en agitant la main.

– Et personne mieux que Tessie ne sait servir la clientèle. Alors j'ai pensé qu'avec la pâtisserie on pourrait installer un petit salon de repos, avec, disons, trois ou quatre tables et quelques chaises. Les villageois ne s'y feront peut-être pas tout de suite, d'acheter du pain fantaisie et des gâteaux, mais je suis sûre qu'ils y viendront. Tu te souviens, Margaret, de la petite boutique près de la place du marché, à Hexham?

– Oh! oui, oui! Certains jours, on ne pouvait même pas approcher de la porte; les gens qui venaient au marché voulaient toujours rapporter des gâteaux chez eux.

– Eh bien, en beaucoup plus petit, nous pourrions l'imiter. Mais l'important n'est pas de monter une grosse affaire, il suffit qu'elle vous rapporte assez pour vivre toutes les trois.

– Nous trois seulement?

Margaret dévisagea Hannah, le visage soudain sérieux, et Hannah répondit :

– Oui, rien que vous trois, car dès que Ned viendra me chercher, je partirai vivre à la maison Pele.

– Oh... Et tu veux nous installer ici et... nous ouvrir une boutique?

– Plus que ça, Margaret, plus que ça; mais il faudra que j'en discute avec le notaire. Tout ce que je peux vous dire pour l'instant, c'est qu'il y a en banque quatre cent trente-cinq livres, dont un tiers me revient. Quand toutes les factures seront réglées, il devrait me rester plus de cent livres. Et peut-être viendra-t-il s'y ajouter une autre somme, je ne sais pas encore mais j'ai calculé sur cette base-là. Si la banque m'avance l'argent en attendant que la justice règle la succession, je vous allouerai vingt-cinq shillings par semaine pour le moment : quinze shillings pour la nourriture; cinq shillings pour pourvoir à tes besoins personnels, Margaret; trois shillings pour vous, Bella, et deux shillings pour toi, Tessie. Est-ce que cela vous semble satisfaisant?

Elle avait les yeux posés sur Bella et Tessie, et Bella s'écria :

– Oh! mademoiselle. Satisfaisant! Mais moi j'étais prête à travailler pour rien, pour le gîte et le couvert. Oh! mademoiselle.

– Et moi aussi, mademoiselle Hannah.

Tessie avala sa salive.

Margaret ne souffla mot, mais elle baissa la tête, et Hannah poursuivit vivement :

– Quand le notaire m'aura donné le feu vert, j'irai voir M. Bynge et M. Rickson. M. Bynge se chargera de démolir ce mur (elle pointa le doigt vers la cheminée) et s'il n'y a pas de four là-derrière, il en construira un. Puis je ferai venir M. Rickson pour qu'il monte une cloison qui formera un autre couloir de la boutique jusqu'à la cour et installe un cabinet, de vrais W.-C. avec un tuyau qui se déverse dans le fossé. Evidemment, ici (elle fit un grand geste du bras), ce sera un peu plus étroit, mais il y aura une porte pour accéder au couloir à côté de celui-ci. (Elle désigna le plafond.) Et, là-haut, vous, Bella et Tessie, occuperez ce qui était ma chambre et Mlle Margaret la pièce de devant. Et nous achèterons quelques meubles, des meubles confortables pour la cuisine d'en haut qui deviendra un salon. Evidemment, je ne sais pas encore combien tout cela nous coûtera (elle regarda autour d'elle), mais j'imagine que les transformations s'élèveront aux alentours de trente livres. Oh, bien sûr (elle eut un petit rire doux), il faudra acheter un nouveau comptoir et des tables, sans oublier les étagères de bois pour présenter la marchandise dans la vitrine. Oh, oui, nous arriverons bien à trente livres. Mais si vous gagnez suffisamment pour vous payer et vous nourrir, tout ira bien. Et même dans le cas contraire, nous avons assez d'argent pour attendre un moment; pourtant je suis sûre, absolument sûre, que ce sera un succès... Oh, Margaret, je t'en prie, ne pleure pas.

– Oh, mademoiselle Margaret, oh, je vous en prie.

Toutes trois entouraient maintenant Margaret qui avait enfoui sa tête dans ses bras repliés et sanglotait amèrement.

Après quelques instants, Hannah fit sortir silencieusement Bella et Tessie de la pièce; puis, seule avec Margaret, elle la regarda dans les yeux et demanda avec un peu d'hésitation :

– Tu... tu ne te sentiras pas humiliée de tenir un commerce ?

– Oh! (Margaret se redressa violemment et, portant une main à son front, elle déclara :) Hannah! Hannah! Humiliée? Après ce que j'ai vécu à l'école, les corvées, les affronts, c'est un véritable honneur. Il y a quelque chose que je ne t'ai jamais raconté. Chaque fois que je rencontrais nos anciennes amies en ville, ou qu'elles venaient rendre visite à leurs petites sœurs en compagnie de leurs parents, elles m'ignoraient, comme si elles avaient déjà oublié que nous avions été des amies intimes. Pour moi, c'était encore la croix la plus lourde à porter... Oh! Hannah. Humiliée de tenir un commerce? Tu ne te rends pas compte, tu ne pourras jamais te rendre compte du cadeau que tu me fais; et jamais, jamais je ne pourrai assez te prouver ma gratitude. J'essaierai. Oh, oui, j'essaierai, mais je ne vois pas comment je pourrais te remercier de tes bontés pour moi. Et puisque le sujet est sur le tapis, Hannah, il faut que je te dise combien je me suis sentie coupable de ton sort. Tu sais, je me reproche amèrement d'avoir été la cause de tes souffrances de ces deux dernières années, car c'est moi qui t'ai persuadée d'épouser Fred. Le seul argument que je puisse invoquer pour ma défense, c'est que je pensais vraiment qu'il te traiterait avec douceur, et que sa mère finirait par t'aimer. Oh, j'ai...

– Allons, allons! (Hannah lui prit la main.) Ecoute, Margaret, si tu ne m'avais pas persuadée de l'épouser nous ne serions pas réunies aujourd'hui. Quant à Fred, soyons juste, si j'avais pu l'aimer ne fût-ce qu'un tout petit peu, il m'aurait effectivement traitée avec douceur, mais mon aversion déclarée à son égard a fait ressortir les pires traits de son caractère. Je me rends bien compte aujourd'hui qu'il avait certaines qualités qu'en d'autres circonstances j'aurais pu l'aider à développer. Pour ce qui est de sa mère... (Elle secoua la tête.) Sa mère est une femme tellement dure que la comparer à un animal serait faire injure à la pauvre bête. Mais viens, tu en jugeras par toi-même. Tu te souviens d'un aspect de Mme Loam, eh bien, durant les prochains jours, tu pourras en observer un autre.

La nouvelle arrivée dans la famille parut stupéfier Mme Loam, et, contrairement à l'attente d'Hannah, Margaret la trouva bien plus calme que la Mme Loam dont elle se souvenait, plantée derrière le comptoir de la boucherie; mais cela jusqu'au jour où Hannah donna l'ordre à la malade de se considérer comme une convalescente et de venir s'asseoir pour une heure dans la cuisine, pendant que Bella et Tessie nettoyaient la chambre à fond.

Mme Loam ne fit pas de difficulté pour se lever, mais elle voulut rester dans sa chambre.

– Elles peuvent travailler en ma compagnie, objecta-t-elle.

– Non, c'est impossible, répliqua Hannah. (Et, jetant un long regard à sa belle-mère, elle poursuivit d'une voix paisible :) Je veux que vous alliez vous asseoir un moment dans la cuisine. Si vous ne vous sentez pas assez forte pour vous déplacer, Bella et Tessie vous y porteront.

Après un long silence pendant lequel la vieille femme dévisagea Hannah avec férocité, elle finit par obtempérer. Et dès qu'elle fut assise confortablement devant le feu, Hannah, d'un signe de tête, indiqua à Bella et Tessie qu'elles pouvaient commencer leur travail.

Pendant ce temps, Margaret avait préparé le thé et placé la théière sur un plateau avec une assiette de petits gâteaux. Après l'avoir déposé sur un guéridon à portée de main de Mme Loam, elle vint s'asseoir en face d'elle et, à la grande surprise de cette dernière, se mit à la servir comme une invitée. Elle continua de la stupéfier par la volubilité avec laquelle elle l'entretint du bébé, de sa bonne mine, et de son extraordinaire ressemblance avec Hannah; et puis n'avait-elle pas eu beaucoup de chance d'avoir Hannah pour la soigner pendant son affreuse maladie? Margaret parla d'un ton si doux et si rapide que Mme Loam ne vit même pas sa bru pénétrer dans sa chambre.

Une fois dans la pièce, Hannah se précipita sur la pointe des pieds vers le lit que Bella et Tessie avaient entièrement défait, et Tessie, jetant un coup d'œil à Hannah, murmura :

– Il n'y a rien de caché là-dessous, mademoiselle.

– Attends.

Hannah passa les doigts dans l'étroite ouverture située entre l'extrémité du lit clos et son châssis et, d'un coup de poignet, elle le souleva tout en tournant la tête lentement et en les regardant tour à tour; puis, prestement, elle sortit du fond de la caisse une flopée de petits sacs, six en tout. Cinq étaient pleins et fermés par une ficelle, le sixième était ouvert et tout plat dans sa main. Alors, vivement, elle souleva sa jupe et fourra les sacs dans la poche de son jupon. Enfin, elle se pencha une nouvelle fois et passa la main jusque sous les planches du lit, mais elle ne trouva rien de plus.

Puis, d'un signe de tête adressé à Bella et Tessie, dont les visages rayonnaient de joie, elle leur commanda de refaire le lit; puis, s'étant redressée, elle sortit tranquillement de la chambre et entra dans la cuisine, où elle fut accueillie par le regard dur et

inquisiteur de Mme Loam et la voix douce de Margaret qui lui demanda :

– Voudrais-tu une tasse de thé, Hannah?

– Non, merci, Margaret; j'ai une petite indigestion.
La bonne cuisine de Bella, sans doute. (Elle se tut pour
que la remarque fît son effet, puis ajouta :) Je ne veux
pas rendre Matthew malade.

– Matthew! Mais qui a dit qu'il s'appellerait Matthew?

– Moi.

Et avant même que la vieille femme ait pu exprimer
son désaccord, Hannah avait tourné les talons et pris
l'escalier.

Elle traversa l'arrière-boutique en toute hâte et entra
dans la buanderie, s'agenouilla à côté de la lessiveuse
et ôta une pierre descellée au pied du mur; puis,
sortant un à un les sacs de son jupon, elle les fourra
dans la petite cavité et replaça ensuite la pierre.

Beaucoup de pierres de la buanderie étaient descellées; elle avait fait bon nombre d'essais la veille, tout
en réfléchissant à l'endroit où elle pourrait cacher
l'argent, si elle le trouvait, en attendant de le porter
chez le notaire à Allendale.

Elle se releva et s'essuya les mains tout en déclarant
à l'adresse des pierres avec un hochement de tête :

– Bien fait pour vous, Mme Loam. Et pourvu que
votre cœur soutienne le choc de cette prochaine
découverte. (Puis, subitement, son humeur changea et
elle s'assit lourdement sur la bassine de rinçage renver-
sée en gémissant :) Oh! Ned. Ned.

Elle avait un étrange pressentiment au sujet de Ned,
qu'elle avait attribué jusqu'ici à sa lassitude. Et
pourtant il lui semblait qu'autre chose que la maladie
les séparait. Cela faisait plus de six semaines, maintenant, qu'elle l'avait vu rouler, inconscient, dans le
ruisseau, mais elle avait l'impression que cela faisait
six ans. Il fallait qu'elle le voie au plus tôt; c'était un

besoin impérieux. Le Dr Arnison semblait lui parler de Ned à contrecœur.

« Chaque chose en son temps », lui répétait-il inlassablement quand elle lui demandait combien de jours encore elle devrait attendre pour aller le voir.

Elle était persuadée que le médecin lui cachait quelque chose.

C'était comme si ses pensées avaient eu le pouvoir de le faire apparaître, car, au moment où elle entrait dans l'arrière-boutique, Tessie lui ouvrait la porte de devant.

— Te voilà, Hannah, s'écria-t-il. Comment ça va?

— Moi, très bien, docteur. Très bien.

— Parfait. Parfait. Et notre malade?

— Je pense que je vous laisserai juge de son état.

Le médecin se mit à rire, puis la précéda dans les escaliers.

Dès qu'il entra dans la cuisine et aperçut Mme Loam, il s'exclama :

— Merveilleux! Merveilleux! Je suis heureux de vous voir debout.

Et, à ces mots, Mme Loam se leva et retourna dans sa chambre.

Comme il l'y suivait, le Dr Arnison jeta un regard vers Margaret et déclara :

— Je suis bien content de vous voir installée ici, Margaret. Bien content.

Et elle lui répondit avec un sourire :

— Merci, docteur.

Dans la chambre, le Dr Arnison prit une profonde inspiration avant de remarquer :

— Alors, vous allez bientôt pouvoir vous rendre chez votre sœur...

— Qui a dit que j'allais chez ma sœur?

— Oh! j'avais cru comprendre que vous aviez accepté la proposition d'Hannah.

Il la regarda s'asseoir et se mordre les lèvres avant de gronder entre ses dents :

– On m'a volée, dépossédée.

– Eh bien, si c'est votre sentiment, faites appel au notaire, mais s'il se charge de l'affaire cela vous coûtera gros. Que vous gagniez ou perdiez, cela vous coûtera gros. Et pour gagner, il vous faut une preuve, et cette preuve, dans votre cas, ce devrait être un testament entièrement en votre faveur. Mais si vous perdez, et si j'ai bien compris la situation, vous n'aurez pas beaucoup de choix quant à l'endroit où aller finir vos jours, non, car ça m'étonnerait que votre sœur vous accueille les mains vides. Ce n'est pas l'usage, vous savez. (Il poussa un long soupir.) Je crois que pour vous montrer raisonnable vous devriez accepter la proposition de votre belle-fille.

– Et que propose-t-elle?

– Eh bien, ce qu'elle m'a dit vouloir vous proposer me semble une offre très généreuse, vu les circonstances. (Il tourna la tête et lui lança un long regard oblique.) Vous savez, d'autres à sa place vous enverraient au diable avant de vous accorder le moindre penny. Quoi qu'il en soit, si j'ai bien compris, elle se propose de vous allouer cent livres, une fois réglée la succession. Et elle en a la possibilité, je crois, car elle sera la curatrice de son fils jusqu'à sa majorité.

– Cent livres! Je ne vivrai pas là-dessus une éternité!

– Je ne vois pas pourquoi. Vous serez bientôt assez vaillante pour travailler un peu. Vous pourriez vous acheter une petite maison, planter vos légumes, élever vos poules, et il vous resterait encore une belle petite somme. On peut aller loin avec cent livres.

– C'est ici ma maison.

Il ne répondit pas avant d'avoir atteint la porte, puis déclara :

– Plus maintenant, Daisy. Voilà ce qu'il faut accepter. Plus maintenant.

Et il sortit.

Hannah l'attendait au pied des escaliers, et il lui tapota l'épaule en souriant, puis il dit :

— Je ne crois pas qu'elle te posera de nouveaux problèmes; je la connais, elle est prête à partir. Je crois que l'offre des cent livres l'a sidérée. C'est un geste généreux. Tu as bien fait, ainsi, tu n'auras rien à te reprocher.

— Merci, docteur.

Et comme il se dirigeait vers la porte de la boutique, il regarda autour de lui et avec un sourire admiratif lui dit en hochant la tête :

— C'est une excellente idée, ça; j'imagine très bien la chose. Il nous faut quelque chose de ce genre ici... Et c'est bien agréable de retrouver Margaret. C'est étrange comme les événements ont tourné pour cette famille, étrange, très étrange. Espérons maintenant que vous vivrez tous en paix. Au revoir. Au revoir.

— Au revoir, docteur. Et merci mille fois.

Margaret et Hannah étaient étendues côte à côte dans leur lit, et le panier à linge où dormait l'enfant était posé sur le sol à leurs pieds. Bella couchait sur le divan et Tessie sur une paillasse devant le feu, mais à bonne distance des étincelles; tout le monde dormait, ou s'endormait, quand un cri perçant les fit se dresser sur leur séant.

Margaret parvint dans la cuisine la première. Hannah prit son temps, car elle savait ce qui venait d'arriver et s'y attendait; quand elle entra dans la cuisine, la porte de Mme Loam s'ouvrit violemment et la vieille femme, en furie, resta plantée là un moment, s'accrochant à pleines mains au devant de sa chemise de nuit de calicot, comme si elle allait l'arracher de son corps; puis la chemise parut se gonfler tandis qu'elle ouvrait une bouche béante et respirait à fond avant de hurler :

— Sale voleuse! Vous m'avez pris mon argent.

— Votre argent?

Hannah se détacha du groupe qu'elle formait avec Margaret, Bella et Tessie au beau milieu de la pièce et, s'avançant vers Mme Loam en s'efforçant de ne pas crier, elle dit :

– Je ne savais pas que vous aviez de l'argent, madame Loam. Il n'y a pas deux jours, vous m'accusiez de vous mettre à la rue sans un sou.

– L'ar... l'argent là... là-bas. (Elle tendait maintenant la main en direction de son lit.) C'étaient mes économies durement gagnées pendant des années.

– Non, madame Loam. D'après les calculs du notaire, je dirais plutôt que les quarante livres contenues dans chaque sac représentaient les bénéfices des cinq dernières années. Depuis la mort de votre mari, pas un sou n'a été déposé à la banque, et vous ne ferez croire à personne que la boutique a tourné sans bénéfice.

Mme Loam s'accrocha alors au chambranle de la porte. Il était clair qu'une émotion violente la secouait, et Hannah ajouta :

– Je vous conseille de retourner au lit, madame Loam, et nous discuterons de cette affaire plus longuement demain matin, avant... avant que vous ne partiez chez votre sœur.

Le regard que Mme Loam lança à Hannah aurait dû au moins la paralyser de peur, pour ne pas dire la foudroyer sur place, et elle gronda entre ses dents serrées :

– Vous finirez mal. Je prierai Dieu tous les jours pour qu'il vous donne ce que vous méritez et vous fasse mourir dans d'atroces souffrances.

Hannah entendit trois petits cris dans son dos, et quoiqu'elle sût que ces mots n'étaient que l'expression de l'amertume d'une femme cruelle, elle ne put s'empêcher de frissonner; puis elle se retourna lentement et considéra les autres d'un œil las.

Margaret s'avança vers elle, la prit par le bras, et lui dit d'une voix douce :

– Viens. Viens donc; demain, tout sera fini.

362

Hannah retourna se coucher mais ne retrouva pas le sommeil, malgré les paroles d'apaisement de Margaret qui lui avait assuré :

– N'y pense plus, dors, maintenant. C'est une méchante femme! Tu as eu raison, mais ne t'inquiète plus de rien.

Elle resta immobile jusqu'à ce que Margaret, la croyant endormie, relâchât son étreinte pour se retourner de l'autre côté. Mais l'aube pointait déjà au carreau de la lucarne quand elle finit par fermer les yeux, pas avant pourtant d'avoir nourri l'enfant du lait de ses seins gonflés.

La malédiction de sa belle-mère la tourmentait, l'emplissait de frayeur, et lui rappelait les paroles du médecin : « Tu sembles involontairement semer la catastrophe sous tes pas... »

Etait-elle marquée par le destin? Y avait-il quelque chose en elle qui engendrât toujours la tragédie? Serait-elle la cause de la fin horrible de Ned? Par sa faute, il avait perdu la moitié d'une main, et par sa faute il avait presque perdu la vie; il lui restait encore à découvrir quel genre de cicatrices les bottes de Fred avaient laissées sur son corps. Avait-elle l'âme mauvaise? Avait-elle hérité de sa mère une terrible noirceur?

Non! Non! Une violente protestation s'élevait dans sa tête. Elle n'avait jamais voulu de mal à quiconque, même pas à Mme Thornton, et Dieu sait pourtant qu'elle aurait eu toutes les raisons de souhaiter qu'un malheur tombât sur cette femme. Mais non. Et jusqu'à la dernière minute, elle n'avait jamais souhaité la mort de son mari, quoiqu'elle l'eût haï... Et sa mère? Peut-être aurait-elle aimé la voir morte, mais désormais tout ce qu'elle désirait c'était mettre une certaine distance entre elles deux...

Quand elle se réveilla enfin, les faibles rayons du soleil s'étalaient sur la courtepointe. Elle pouvait entendre chuchoter dans la cuisine. Elle resta un moment allongée à repenser aux événements de la nuit, puis elle se dit qu'elle devait se lever pour affronter les tâches du jour et sa dernière bataille avec cette femme. Mais quand elle voulut poser le pied sur le plancher, la tête lui tourna et elle retomba sur son oreiller. Elle se sentait mal. Que lui arrivait-il? Elle porta la main à son front. Elle n'allait pas attraper la fièvre, au moins?... Non. Non. C'était cette nuit interminable à penser à cette femme et à ses malédictions. Elle ne pouvait pas l'affronter. Non, impossible.

Elle appela :

— Margaret! Margaret!

Quelques instants après, Margaret se tenait à son chevet et demandait :

— Que se passe-t-il, ma chérie?

— Je ne me sens pas bien, Margaret. J'ai mal à la tête, et j'ai des nausées.

— Ce sont les contrariétés. Reste au lit ce matin. Tu dois te reposer, de toute façon. C'est même incroyable que tu aies tenu debout tout ce temps avec ce que tu as enduré.

Elle lissa ses vêtements.

— Margaret. Je... je veux qu'elle parte aujourd'hui.

— Oui, je sais, ma chérie. Je m'en occupe. J'y ai pensé. Je m'occupe de tout. Elle ne peut pas partir par le coche, alors j'ai envoyé Tessie demander à M. Buckman s'il laisserait Bill ou Stan prendre la carriole et la conduire jusque chez sa sœur.

— Oui, oui, Margaret, c'est une excellente idée. Et (elle tendit la main) dis-lui... dis-lui qu'une fois qu'elle sera installée dans une maison (elle respira à fond et attendit un instant avant de poursuivre), dis-lui qu'elle pourra prendre son lit et ses couvertures, des couverts, le fauteuil et la petite table de la cuisine, une carpette ou deux, et... et tous les bibelots qu'il lui plaira. Dis-lui... dis-lui, je t'en prie.

Margaret lui pressa alors la main tendrement et lui sourit en disant :

– Oui, je me charge de tout, ma chérie; je lui ferai la commission.

– Et... et, Margaret, dis-lui d'aller chez M. Ransome, le notaire d'Allendale et... et il lui remettra la somme d'argent que je lui ai promise. Il faudra qu'elle signe un papier là-bas. Si... si je lui donnais des souverains, il ne resterait aucune preuve que je ne l'ai pas mise à la rue sans un sou. Mais de toute façon l'argent doit être déposé à la banque en premier lieu.

– Oui, je le lui dirai. Et maintenant, ne t'inquiète pas, repose-toi. Veux-tu que je t'apporte le petit déjeuner?

– Non, merci, tu es gentille. Peut-être une petite tasse de thé...

Hannah resta au lit toute la matinée à écouter les va-et-vient dans la cuisine, interrompus de temps à autre par la voix menaçante de sa belle-mère. C'était curieux, pensa-t-elle, qu'une femme aussi petite pût avoir une voix tellement grave et tonitruante.

Vers midi, l'agitation, dans la cuisine, parut s'intensifier, et Hannah fit un véritable bond dans son lit quand trois violents coups furent frappés à sa porte et que lui parvint la voix de Mme Loam qui hurlait :

– Vous regretterez ce jour, ma fille. Je monterai tout le pays contre vous; vous ne pourrez plus relever la tête en ville. Et je vous maudirai jusqu'à ma mort.

– Madame Loam! Madame Loam! Je vous en prie. Venez, la carriole vous attend.

Les voix s'évanouirent. Hannah resta dans son lit, tendue à l'extrême, à écouter les pas descendre l'escalier et la porte de la boutique s'ouvrir.

Elle n'entendit pas la porte se refermer tout de suite, et pendant tout ce temps elle retint sa respiration; puis, quand finalement lui parvint le déclic étouffé, elle retomba dans son lit. Elle transpirait abondamment. C'était fini. C'était fini. Mon Dieu, était-ce possible. Que cette femme fût partie... que cette créature fût partie.

Elle tourna alors lentement la tête sur le côté et les larmes lui inondèrent le visage et ruisselèrent sur l'oreiller...

Elle dut garder la chambre une semaine. Le Dr Arnison assura que c'était le contrecoup et qu'elle avait besoin de repos et de soins attentifs.

Et elle n'en manquait pas, de soins attentifs, car Margaret semblait prendre plaisir à la gâter. Elle venait à l'instant de lui arranger sa chemise de nuit et de replier le drap du dessus coquettement par-dessus la courtepointe; et maintenant, arrosant d'eau de Cologne un petit mouchoir de batiste, elle le glissait sous la manchette de la chemise de nuit d'Hannah tout en disant :

– Nous avons déjà eu trois personnes, aujourd'hui, qui sont passées pour demander de tes nouvelles. Et Mme Ramsey a apporté un pot de cornichons.

– Mme Ramsey? (Les yeux d'Hannah s'arrondirent.) Tu veux dire la Mme Ramsey qui habite à l'autre bout de la rue?

– Oui, oui, cette Mme Ramsey-là. Et l'un des fils Nicholson de la mine est venu et a laissé un chou. (Margaret se mit à rire à gorge déployée.) Il était d'un drôle. Il a raconté que sa mère avait demandé à son père de couper le plus gros de tout le carré, et il a ajouté que sa mère te souhaitait un prompt rétablissement. Et puis ç'a été le tour de Mme Buckman, et elle a apporté un gâteau. Elle voulait monter te voir, mais je lui ai dit que tu ne te sentais pas encore assez bien, que dans un jour ou deux, pourtant, sa visite te ferait grand plaisir.

– Elle voulait monter me voir?

Hannah ouvrait de grands yeux étonnés.

– Oui, oui, absolument. Evidemment, le gâteau

qu'elle a apporté n'a pas plu à Bella, car, à son avis, Mme Buckman est une bien piètre cuisinière.

Sa belle-mère l'avait menacée de monter tout le village et même le pays entier contre elle. Eh bien, la malédiction semblait inefficace, c'était réconfortant dans un sens, mais dans un sens seulement, pas plus...

Il était environ 2 heures de l'après-midi quand elle entendit frapper à la porte d'entrée, puis discerna un brouhaha de voix au rez-de-chaussée suivi d'un bruit de pas pesants dans l'escalier. Ce n'était pas le médecin, il était déjà passé. Margaret faisait monter quelqu'un.

Quand la porte de la chambre s'ouvrit, Margaret se tint dans l'encadrement et, le visage éclairé d'un doux sourire, elle dit :

– Tu as un visiteur, Hannah.

Elle releva la tête au-dessus de ses oreillers et attendit. Le visiteur mit un temps fou à apparaître; puis, appuyé sur une canne, entra un homme qu'elle reconnut à peine.

– N... ed!

Ce nom s'échappa de ses lèvres dans un murmure, tandis qu'elle s'asseyait dans son lit et considérait attentivement le visage qui se penchait sur elle. C'était bien son visage, le visage de Ned, mais tel qu'elle ne l'avait jamais vu auparavant. Elle se surprit à chercher l'âge de cet homme. Il avait vingt-neuf ans, oui, ce devait être ça, mais le visage qu'elle avait devant elle était celui d'un homme deux fois plus âgé, car il n'y restait plus un poil de chair, les joues paraissaient creuses, la peau tendue sur les os était pâle, d'une pâleur presque féminine. Or la peau de Ned était brune et tannée, épaisse comme du cuir.

– Eh bien, tu n'as rien d'autre à me dire?

Elle ferma les yeux, avala sa salive, laissa sa tête retomber un moment sur sa poitrine, puis respira profondément. C'était la voix de Ned; elle n'avait pas changé. C'était Ned... *Ned*. Elle se redressa brusquement et, quand elle lui jeta ses bras autour du cou, il chancela et dut se raccrocher au lit en disant :

– Du calme! Du calme! Tu me veux donc à côté de toi?

Et quand Margaret lui approcha une chaise, il se retourna, tâtonna pour s'y agripper et s'assit en disant, les yeux levés vers Margaret :

– Merci.

– Une petite tasse de thé, Ned?

– Avec plaisir, avec grand plaisir, merci bien.

Quand la porte se referma derrière Margaret, ils se dévisagèrent; puis, les mains étroitement enlacées, ils restèrent les yeux dans les yeux jusqu'à ce que Ned déclare :

– Je... je n'ai su que ce matin que tu n'étais pas bien. Il n'a cessé de me répéter que tu étais en bonne santé... le Dr Arnison. Il me disait de ne pas m'inquiéter, que tu viendrais me voir très prochainement, maintenant que le danger de contagion était écarté. Je... je me demandais ce qui te retenait... Où est-il?

– De l'autre côté du lit.

Elle pointa le doigt, et il se releva péniblement pour contourner le lit, et là, penché au-dessus du panier, il dévisagea l'enfant un bon moment avant de plisser les yeux et de déclarer en regardant Hannah :

– Je ne lui trouve aucune ressemblance avec moi.

– C'est à l'intérieur; physiquement, tout le monde me dit qu'il ressemble à sa mère.

– Alors, ça me suffit.

Il baissa de nouveau son regard vers l'enfant avant de se retourner et de revenir s'asseoir à côté d'elle.

– Oh, Ned! Ned!

Elle fit quelques mouvements de reptation pour atteindre le bord du lit et s'approcher de lui. Elle leva les bras encore une fois; et cette fois-ci ce furent ceux de l'homme qui l'enlacèrent, et il la serra fort contre lui, mais sans l'embrasser.

Après un moment il relâcha son étreinte, se redressa, et dit d'une voix rauque :

– On m'a raconté toutes tes épreuves.

– Le Dr Arnison ?

– Oui. Mais il ne m'a parlé que de ce qui pouvait me faire plaisir. La vérité, je l'ai apprise par le gros Dick. Il m'a dit que certains voulaient pavoiser la rue pour toi, pour te féliciter d'avoir tenu la dragée haute à la vieille. C'est curieux, non, que tu aies dû vivre avec les deux femmes les plus détestées du pays. Et tu sais ? (Il se pencha vers elle.) Daisy Loam terrorisait une bonne moitié du village, et pas mal de gens de la ville aussi. Certains avaient peur de sa mauvaise langue, et d'autres croyaient qu'elle avait le mauvais œil et que rien ne pouvait l'abattre. Mais... apparemment (il hocha la tête lentement et son sourire éclaira ses traits tendus), ils n'avaient pas compté avec Hannah Boyle.

Elle ne lui rendit pas son sourire, et répondit tristement :

– Je n'aurais jamais pu l'abattre à moi toute seule, Ned. Mais voilà, Fred n'a pas laissé de testament et l'enfant est né quelques jours avant sa mort. Sans cela, je ne serais sans doute plus ici à l'heure qu'il est.

– Eh bien, dans ce cas-là, tu serais ailleurs, non ? (Il avait souri, mais son expression changea tout à coup et il resta un moment silencieux avant de déclarer :) Il faut que nous parlions, Hannah. C'est surtout pour cela que je suis venu. La situation a changé du tout au tout. Ah, oui ! Te voilà maintenant propriétaire et tu roules sur l'or, et, si j'ai bien compris, tu fourmilles d'idées pour transformer cette maison. Quant à moi... (Il fit un grand geste de sa main valide.) Eh bien, pour te parler franchement, Hannah, je ne suis plus l'homme que j'étais. Ses bottes ne m'ont pas seulement fait perdre connaissance, elles m'ont fait perdre autre chose. Ce que c'est, je n'en ai aucune idée, je n'arrive pas à le nommer, mais je sens qu'il a comme refroidi mon ardeur de vivre.

– Oh! Ned. Ned.

Elle lui avait pris les mains et l'attirait vers elle.

– Non, non; écoute-moi, Hannah. Ecoute-moi jusqu'au bout. (Il la repoussa gentiment.) Il me faudra attendre un peu avant de remonter sur un cheval. Monter à cheval c'est mon métier, alors, évidemment, seul, je pourrais me débrouiller, mais je ne me vois pas pour le moment subvenir aux besoins d'une femme et d'un enfant et... et (il leva la main prestement et sa voix se fit dure), écoute-moi jusqu'au bout, j'ai dit. (Puis, après un silence, il reprit :) Il y a une chose dont je n'ai aucune envie, c'est de vivre sur les économies de Fred Loam. Toi, tu y as droit; tu as travaillé pour eux, souffert par eux; mais en ce qui me concerne, c'est tout à fait différent. Si j'ai une femme et un enfant, je veux subvenir à leurs besoins moi-même.

– Ned. Ned, écoute-moi. (Elle lui secouait la main.) Je ne veux ni l'argent, ni la maison, ni tout ce qu'il y a dedans, tout ce que je veux, c'est toi. Tout ce que je veux, c'est vivre près de toi, à la maison Pele. Oh, oui, vivre à la maison Pele. C'est chez moi, la maison Pele. La seule fois où je me sois sentie chez moi de toute mon enfance, c'était dans cette maison. Et puis autre chose, Ned. Tu retrouveras tes forces et ta vigueur; c'est sûr, un homme comme toi. Mais tu sais? Même si tu étais entré ici sans bras ni jambes, pour moi tu aurais encore été le meilleur homme, le plus bel homme que j'aie jamais rencontré.

Elle le regarda baisser la tête. Ses cheveux, d'un beau noir auparavant, avaient perdu leur brillant. Elle se pencha en avant et y enfouit son visage. Puis ils s'enlacèrent de nouveau. Et leurs lèvres se rapprochèrent, se dévorèrent avidement. Mais, un moment après, il s'écarta, se retourna sur sa chaise et, la tête très loin d'elle, il laissa son menton retomber sur sa poitrine.

Jamais elle n'aurait imaginé voir un jour Ned pleurer. Elle pouvait facilement se le représenter profondément ému, triste, ou même furieux, si son affliction était causée par une quelconque injustice. Mais elle ne l'avait jamais imaginé en larmes. Elle tendit la main et l'attira vers elle tendrement; puis elle se mit en devoir de le calmer, en disant :

– Non. Ne pleure pas, ne pleure pas, mon chéri. Oh! Ned, mon bien-aimé, ne t'inquiète pas...

C'était bizarre, elle ne l'avait jamais encore appelé ainsi. Elle lui avait dit qu'elle l'aimait, mais n'avait jamais employé un terme aussi tendre. Maintenant elle le consolait, le cajolait, chuchotait à son oreille et lui caressait les cheveux, et il resta immobile dans ses bras jusqu'à ce qu'un rire montant de la cuisine le fasse se redresser, et après s'être essuyé le visage avec son mouchoir rouge il se moucha et marmonna :

– Tu vois, tu vois à quoi le grand Ned, ce grand gars de Ridley, en est réduit? Il pleure à gros bouillons.

Et elle répondit tendrement :

– Je... je serai avec toi dans un jour ou deux.

– Non, non. (Il secoua la tête.) Il... il nous reste des tas de problèmes à régler. (Il se tut un instant tout en la regardant de côté, et lui rappelant l'enfant, il ajouta :) Il faut que tu t'occupes de lui.

– Je m'occuperai de vous deux.

– Nous verrons ça plus tard.

– Ne parle pas ainsi, Ned. Tu sais, si tu continues, tu finiras par me faire croire aux malédictions de cette mégère. Sais-tu qu'elle m'a maudite avant de partir et m'a juré qu'elle prierait Dieu chaque jour pour que je crève? Et plus encore.

– Tu peux en rire.

– J'espère bien, Ned, j'espère bien. Mais cela dépendra de toi, au bout du compte. Au bout du compte, tout dépendra de toi.

Il sortit alors sa montre et déclara :

– Il faut que je rentre. Dick m'a donné une demi-heure. Il m'a laissé au bout du village; il portait un chargement de bois chez Paterson.

– Tu ne restes pas manger avec nous? Oh! (Elle lui tendit les mains, la déception se peignit sur son visage et apparut très nettement dans le ton de sa voix.) Je suis sûre qu'elles sont en train de préparer quelque chose.

– Une autre fois, Hannah, une autre fois.

Il se leva, et sembla partir à reculons, alors elle se pencha un peu plus hors du lit et lui demanda d'un ton implorant :

– Ne pars pas comme ça, Ned, je t'en prie. Tu me laisserais éperdue d'angoisse. Viens ici.

Il se pencha alors au-dessus d'elle et, prenant son visage tendrement dans une main, il l'embrassa sur les lèvres; puis, empoignant la canne qu'il avait posée contre le lit, il tourna les talons.

– Ned! Ned, attends. (L'angoisse pointait dans sa voix.) Habites-tu toujours chez les Dickinson? Il faut que je sache.

Il se retourna à moitié vers elle et sans la regarder il répondit tranquillement :

– Non, je suis rentré à la maison et je me débrouille comme un chef. Nell s'est occupée de tout.

Et, sur ces mots, il sortit lentement de la chambre.

Quand la porte se referma derrière lui, Hannah retomba sur ses oreillers et se couvrit le visage de ses mains en gémissant :

– Ned! Ned! Je t'ai perdu. Je t'ai perdu. Mais qu'est-ce qu'il m'arrive! Je suis maudite. Oui, ce doit être ça. Ils ont raison. Ils ont tous raison.

Une minute après, elle était assise toute droite dans son lit. Non! Non! Elle ne le permettrait pas, c'était une question de vie ou de mort pour elle, parce que sans Ned elle n'aurait plus aucun désir de continuer à vivre. Elle en finirait et emporterait l'enfant avec elle dans la tombe. Et Mme Loam triompherait.

– Margaret! Margaret!

Elle se surprit à hurler à tue-tête.

– Oui, ma chérie! Qu'y a-t-il?

– Ferme la porte.

Margaret ferma la porte et s'approcha en toute hâte du lit.

– Assieds-toi.

Margaret s'assit et écouta, les yeux ronds et bouche bée, Hannah qui bredouillait :

– Il ne veut pas de moi; il me repousse parce que... parce que j'ai hérité de la maison et de l'argent de Fred. Il ne veut pas vivre de l'argent de Fred, et il pense ne jamais se remettre suffisamment pour gagner sa vie et la nôtre. Margaret! (Elle secoua la tête de gauche à droite, frénétiquement, et se mit à saliver abondamment, puis elle poursuivit en s'étouffant presque à chaque mot :) Margaret, je me fiche pas mal de cet argent, de la maison, et de tout le reste, tout ce qui compte, pour moi, c'est de vivre auprès de Ned. Tu comprends? Tu comprends?

– Oui, ma chérie, oui, ma chérie, mais je t'en prie, calme-toi un peu.

– Me calmer! Margaret. Je vais le suivre, aujourd'hui... maintenant!

– Ma chérie... Non! Non! Ce serait de la folie.

– Folie ou pas, j'y vais... Écoute-moi. Va, je t'en supplie, va demander à Tessie de descendre à nouveau chez M. Buckman pour savoir s'il me rendrait le service de m'envoyer Stan ou Bill pour qu'ils me conduisent, l'un ou l'autre, avec mon enfant, à la maison Pele.

– Hannah... Hannah, tu dois absolument te calmer.

– Je suis calme, Margaret. Je sais ce que je fais, c'est aujourd'hui ou jamais. C'est primordial pour moi. Vital. Oui, parfaitement, parce que si je n'ai pas Ned à mes côtés, pour moi la vie ne vaut pas d'être vécue. J'ai trop souffert jusqu'ici pour laisser cette chance de bonheur me glisser entre les doigts pour des questions de fierté. Iras-tu voir Tessie ou faut-il que je l'appelle?

Margaret se leva, sortit de la chambre et donna à Tessie l'ordre de descendre chez M. Buckman; puis elle revint auprès d'Hannah, se rassit sur le lit, et celle-ci, lui prenant la main, lui dit :

– Voilà ce que je vais faire, Margaret. Maintenant, écoute-moi attentivement et sans m'interrompre. Je monte tout de suite m'installer à la maison Pele, mais dès que je serai partie, je veux que tu te rendes chez le révérend Crewe et lui demandes de passer nous voir quand cela lui conviendra pour fixer la date de publication des bans. N'ouvre pas de tels yeux, Margaret. Je sais que Fred vient juste de mourir, mais cela m'importe peu. Je sais que l'on jasera, mais je m'en fiche aussi; rien ne compte pour moi, si ce n'est d'être mariée légalement à Ned, de savoir qu'il est mien et que je suis sienne. Un autre point important, maintenant, et surtout ne m'interromps pas. Laisse-moi te dire ce que j'ai à te dire, et n'essaie pas de protester. Je me rendrai chez le notaire d'Allendale aussitôt que possible et je demanderai que tu sois bénéficiaire de l'argent dont j'ai hérité. (Elle se mit alors à secouer autoritairement les mains de Margaret qui s'agitaient dans les siennes et elle répéta :) Bénéficiaire de l'argent dont j'ai hérité, et ce ne sera pas une bien grosse somme s'ils retirent les cent livres que j'ai promises à cette diablesse sur l'héritage de Matthew. Mais voilà ma condition. Je te demanderai, si tu meurs, mais que Dieu te préserve jusqu'à ce que tu sois une vieille, une très vieille femme, de faire un testament en faveur de moi-même ou de mon mari, ou encore de mes enfants. C'est drôle. (Elle secoua alors la tête de droite à gauche.) J'ai l'impression d'avoir organisé tout cela dans ma tête depuis des semaines, tout me paraît si clair. De toute façon, tout cela sera écrit noir sur blanc – en toute légalité. Oh, il faut aussi penser à constituer un petit capital à l'intention de Bella et de Tessie, pour leurs vieux jours. Mais il faudra voir tout ça avec M. Ransome. Je ne te donne là qu'une vague idée de mes plans... Ouvre les yeux, Margaret, et regarde-moi.

Margaret ouvrit les yeux et déclara d'un ton calme :

– Je ne peux accepter cette offre stupéfiante, Hannah; cela m'est absolument impossible.

– Si tu m'aimes et veux mon bonheur, alors tu m'obéiras.

– Je ne peux pas, c'est beaucoup trop. Et tu risques de te repentir de ta générosité. Ned peut très bien changer d'idée quand il se sentira mieux.

– Pas Ned. Non; je connais Ned, c'est un être entier et il veut dominer la situation; et sur le plan de la fierté, la fierté du chef de famille qui subvient aux besoins de sa femme et de ses enfants, il doit dominer. Non, je connais bien Ned.

– Alors, que dire?

– Rien, contente-toi de m'obéir. Tu es mon amie, ma très, très chère amie, ma sœur... oui, ma sœur. Personne, ici, ne pourrait te remplacer.

– Mais... mais il faut penser à te constituer un petit capital, une garantie, une part des bénéfices de notre affaire ou quelque chose comme ça. Il n'est pas question que j'empoche tout.

– Très bien, nous y réfléchirons, ma chérie, mais permets-moi de monter là-haut et de lui dire que je te donne tout.

– Et il te traitera de folle.

– Pas lui. Oh, non, pas lui, Margaret. Il me regardera tranquillement; il me prendra dans ses bras et il s'écriera : « Hannah! Hannah Boyle. » Et maintenant, aide-moi à m'habiller, et prépare quelques effets pour moi et l'enfant. Quelques vêtements chauds et des chemises de nuit; nous nous occuperons du reste plus tard.

– Est-ce que... est-ce que la maison sera aérée?

– Oui, oui; Mme Dickinson s'est occupée de tout. Il est rentré chez lui...

A peine une demi-heure plus tard, Hannah revint dans la chambre et ferma la porte derrière elle. Elle voulait, se disait-elle, jeter un dernier regard sur cette pièce, cette pièce qui avait représenté pour elle des nuits d'enfer et de purgatoire; cette pièce qui l'avait vue devenir femme, en un réveil douloureux, et qui avait balayé et l'idylle, et la romance, et leur monde de rêve, pour la mettre face à face avec les réalités de la vie.

Elle jeta un regard vers la petite table où se trouvait la bible de sa belle-mère. Elle l'avait oubliée. Pendant la maladie de Fred, elle était venue un jour lui en lire un passage et elle l'avait laissée ici.

Qu'une femme aussi méchante puisse croire que Dieu était à ses côtés, jamais cela ne cesserait de l'étonner. Elle s'avança vers la table et s'empara du livre. Il s'ouvrit à une page où se trouvait glissé un morceau de journal plié en quatre, l'un de ces innombrables morceaux qu'elle avait découpés pour les poser à côté du vase de nuit de Fred. Elle prit le papier entre le pouce et l'index comme si celui-ci aussi devait être souillé. Puis elle y remarqua une particularité; quelques mots y étaient griffonnés, presque illisibles, entre les caractères d'imprimerie noirs et serrés. Elle pencha la tête et plissa les yeux pour essayer de déchiffrer l'inscription. Puis elle s'approcha de la fenêtre et plaça le papier devant la vitre pour lire les mots tracés au crayon, et au bout d'un moment, voici ce qu'elle lut :

Je me sens au plus mal. Si je dois disparaître, je veux que ma mère hérite de tout. Et elle fera ce qui lui conviendra pour l'autre.

Fred Loam.

Hannah détourna les yeux du morceau de papier, et regarda par la fenêtre, et ce ne fut qu'au moment où elle voulut respirer à fond qu'elle s'aperçut qu'elle avait la bouche grande ouverte. Elle s'assit lourdement sur le bord du lit. C'était un testament, mais sans témoin. Serait-il valable en justice? Peut-être. Et, dans ce cas, les difficultés seraient aplanies pour elle, elle pourrait se présenter à Ned sans histoire. Elle n'aurait pas un sou, et serait jetée à la rue, car Mme Loam n'aurait pas la bonté, comme elle, de lui offrir cent livres. Pas plus qu'elle ne paierait pour l'enfant. Oh, non, pas Mme Loam, sauf s'il était à sa charge...

Mais alors, qu'adviendrait-il de Margaret, de Bella, et de Tessie? Cette femme les jetterait elles aussi à la rue tout en louant Dieu. Bella et Tessie se retrouveraient servantes et devraient trimer pour manger... Et Margaret. Qu'adviendrait-il de Margaret? Son sort serait encore pire que le leur; et sa nature raffinée rendrait ses souffrances plus dures encore.

Elle tourna la tête en direction du brouhaha de voix qui montaient gaiement de la cuisine. Elles étaient si heureuses toutes ensemble; elles formaient une famille.

La porte s'ouvrit et Margaret dit :

– Alors, ma chérie?

Elle dévisagea Margaret, sans souffler mot, et Margaret s'avança vers elle en demandant :

– Qu'y a-t-il? Quelque chose te contrarie?

– Oh! Oh! (Elle secoua la tête et cligna des yeux.) Non, rien. Rien. Je... je regardais simplement ceci. (Elle désigna la bible posée sur la table.) Mme Loam a oublié de l'emporter avec elle; elle voudra certainement la récupérer quand elle viendra chercher ses affaires.

– Eh bien, nous veillerons à ce qu'elle la retrouve, ma chérie, et j'espère qu'elle en tirera de bonnes leçons. Et ça?

Elle désigna le morceau de papier journal qu'Hannah tenait à la main, et Hannah, le froissant dans son poing, lui répondit :

– Oh! rien, rien; rien qu'un de ces carrés que j'ai dû découper par centaines.

Elle sortit vivement de la pièce et entra dans la cuisine; plantée devant le feu, elle hésita un moment avant d'étendre le bras et de laisser tomber la boulette de papier dans les flammes; puis elle se retourna vers les trois visages qui la regardaient, elle ouvrit les bras, et les trois femmes s'y précipitèrent, l'enlaçant tendrement.

Hannah leur fit alors observer avec un petit rire nerveux :

– A nous voir, on croirait que je pars à des kilomètres d'ici. Mais je descendrai au village tous les jours. Ne l'oublie pas, Bella. Je descendrai chercher mes petits pains, et je les veux bourrés de raisins secs.

– Voilà la carriole.

Bella et Tessie, s'emparant des balluchons et du sac de toile de Margaret, dévalèrent les escaliers les premières, tandis qu'Hannah et Margaret restaient à se regarder les yeux dans les yeux; puis Margaret empoigna le panier où reposait le bébé et Hannah dit d'un ton paisible :

– Ne t'inquiète pas si je ne descends pas avant un jour ou deux. Mais, si tu ne me vois pas dans trois ou quatre jours, apporte-moi quelques friandises.

– Oh! Ma chérie.

– Allons, allons, ça suffit, Margaret.

Hannah lui tourna le dos et entreprit de descendre les escaliers. Elle traversa la boutique, puis sortit dans la rue, et là, Stan Buckman la regarda sous ses épais sourcils, porta un doigt à sa casquette et dit :

– Ça fait bien plaisir de vous revoir dehors, madame.

Elle s'arrêta un moment, puis lui sourit. Il ne l'avait

appelée ni Mme Loam ni Hannah, mais madame.
Alors elle lui répondit :

– Merci, Stan. C'est bien agréable de sortir.

Il la souleva presque pour l'asseoir sur le siège avant
de la carriole, l'enveloppa ensuite dans une vieille
couverture, puis il prit le panier des mains de Margaret et le déposa au fond de la voiture aux pieds
d'Hannah avant de venir s'asseoir derrière le cheval et
de s'écrier :

-- Allez, hue!

Et, comme le cheval partait en trottant, Hannah se
retourna et agita la main pour saluer les trois femmes
debout sur le perron.

Mais elles n'étaient pas les seules à se tenir devant
leur porte. C'était comme si l'on s'était donné le mot,
dans tout le village, qu'*elle* partait s'installer quelque
part; et ils connaissaient tous ce quelque part, car Ned
Ridley ne lui avait-il pas rendu visite à peine deux
heures auparavant? Ah! là là! Il y avait des principes
qui se perdaient. Car, tout bien considéré, quelle
inconvenance, elle qui relevait à peine de ses couches
et dont le mari venait tout juste de mourir.

Ceux qui voyaient les choses ainsi se contentèrent de
la regarder passer, sans agiter la main, mais quelques
autres la saluèrent avec des paroles gentilles depuis le
pas de leur porte.

Et à ceux-ci elle adressa un petit signe de tête, et ce
fut tout.

Vingt minutes plus tard, la carriole franchit le
porche et vint s'arrêter en face de la porte ouverte de
l'écurie; et quand Stan l'aida à descendre et lui tendit
le berceau, elle dit :

– Laisse simplement les balluchons au pied de la
porte, Stan.

Et quand il se fut exécuté, elle déposa le panier à
terre et sortit un demi-souverain de sa bourse en
disant :

– Je voudrais que Bill, ton père et toi buviez à ma

santé pour vous remercier des bons soins dont vous entourez le cheval.

Elle sourit tout en désignant l'animal d'un mouvement de tête, et Stan considéra un instant la pièce dorée qui brillait dans sa paume; puis, le visage éclairé d'un large sourire, il dit :

– Comptez sur nous. Oui, comptez sur nous, madame. Et puis (il se pencha vers elle), nous boirons à votre avenir. Et qu'il soit heureux, pour changer.

– Je suis sûre qu'il le sera, Stan. Merci.

– Au revoir, madame. A bientôt.

– Au revoir, Stan.

Elle regarda le cheval repartir dans l'autre sens et passer sous le porche avant de ramasser le panier et d'entrer dans la maison.

Elle savait que Ned avait dû entendre arriver la carriole mais il n'avait pas pris la peine de sortir. Il se tenait juste devant la porte de la cuisine. Comme si rien ne s'était passé. Elle était une jeune fille de quatorze, quinze, seize, dix-sept ans, qui entrait dans la maison Pele pour venir voir Ned Ridley, et, comme d'habitude, soit il descendait l'échelle, soit il sortait de la cuisine, sauf les jours où, bien sûr, il était ivre et cuvait son vin couché sur la plate-forme.

Il ne fit pas un mouvement et elle vint vers lui sur le dallage de pierre, s'arrêta à quelques mètres et, posant le panier sur un ballot de paille, elle dit d'une voix paisible :

– Me voilà. Je n'ai pas un sou et tout ce qui m'appartient est devant la porte. J'ai donné tout ce que Fred a laissé à Margaret. Nous devons nous rendre dans un jour ou deux chez le notaire pour signer tous les papiers. Elle est d'accord, et toi, qu'en dis-tu?

Elle vit son visage s'allonger, elle vit sa mâchoire tomber, elle la vit se refermer d'un coup sec et ses lèvres se plisser; puis sa tête retomba un moment sur sa poitrine avant qu'il ne s'avance vers elle. Et il avait toujours la tête baissée quand il la prit dans ses bras et que, d'une voix rauque, étouffée, il marmonna :

– Hannah! Hannah Boyle!

Il l'embrassait, il l'embrassait comme le fameux jour où ils s'étaient retrouvés pour la première fois; il l'embrassait comme s'il tirait de l'énergie de son corps à elle, il l'embrassait comme s'il ne voulait plus s'arrêter; et quoiqu'elle se sentît faible, au bord de l'évanouissement, elle ne le supplia pas de s'arrêter. C'était Ned Ridley, bien vivant et plein d'entrain malgré son corps meurtri, et son amour pour elle était si violent que tel un haut fourneau il réduirait en cendres les malédictions de sa belle-mère, et éliminerait en même temps les scories et la boue qui enlaidissaient leur vie pour ne laisser que le plomb beau et utile et un joyeux éclat d'argent.

Et il scella son bonheur quand, repoussant son chapeau, il posa les lèvres dans ses cheveux et murmura :

– Femme. Femme. Il n'y en a pas d'autre comme toi dans le monde entier.

Femme, il l'avait appelée femme. *La Fille* avait disparu, engloutie dans les ombres du passé. Elle ne voulait plus jamais entendre ce nom. Elle était une femme, pour le meilleur et pour le pire. Quelles que soient les épreuves que l'avenir lui apporterait, elle les affronterait en femme – la femme de Ned Ridley.

Cinéma et TV

De nombreux romans publiés par J'ai lu ont été portés à l'écran ou à la TV. Leurs auteurs ne sont pas toujours très connus voici donc, dans l'ordre alphabétique, les titres de ces ouvrages :

Les Goonies 1911★★★	*Steven Spielberg*
Gremlins 1741★★★	*Steven Spielberg*
Il était une fois en Amérique 1698★★★	*Lee Hays*
Jonathan Livingston le goéland 1562★	*Richard Bach*
Joy 1467★★ & *Joy et Joan* 1703★★	*Joy Laurey*
Kramer contre Kramer 1044★★★	*Avery Corman*
Ladyhawke 1832★★	*Joan D. Vinge*
Love story 412★	*Erich Segal*
Mad Max 2 1533★★	*Hayes, Miller et Hannant*
Mad Max au-delà du dôme du tonnerre 1864★★★	*Joan D. Vinge*
Le magicien d'Oz 1652★★	*Frank L. Baum*
Marianne, une étoile pour Napoléon 601★★★★ & 602★★★★	*Juliette Benzoni*
Massada 1303★★★★	*Ernest K. Gann*
La mort aux enchères 1461★★	*Robert Alley*
L'œil du tigre 1636★★★	*Sylvester Stallone*
Les oiseaux se cachent pour mourir 1021★★★★ & 1022★★★★	*Colleen McCullough*
Officier et gentleman 1407★★	*Steven Phillip Smith*
Outland... loin de la Terre 1220★★	*Alan Dean Foster*
Philadelphia Experiment 1756★★	*Charles Berlitz*
Les Plouffe 1740★★★★	*Roger Lemelin*
Les prédateurs 1419★★★★	*Whitney Strieber*
La Promise 1892★★★	*Vonda N. McIntyre*
La quatrième dimension 1530★★	*Robert Bloch*
Racines 968★★★★ & 969★★★★	*Alex Haley*
Ragtime 825★★★	*E.L. Doctorow*
Rambo First blood 1924★★★	*David Morrell*
Razorback 1834★★★★	*Peter Brennan*
Rencontres du troisième type 947★★	*Steven Spielberg*
Révolution 1947★★★	*Richard Francis*
Riches et célèbres 1330★★★	*Eileen Lottman*
Rosemary's baby 342★★★	*Ira Levin*
Scarface 1615★★★	*Paul Monette*
Shining 1197★★★★	*Stephen King*
Star Trek II : la colère de Khan 1396★★★	*Vonda N. McIntyre*
Starman 1854★★★	*Alan Dean Foster*
Staying Alive 1494★★★	*Leonore Fleischer*
Sudden Impact 1676★★★	*Joseph C. Stinson*
Supergirl 1720★★	*Norma Fox Mazer*
Le trou noir 1129★★★	*Alan Dean Foster*
Verdict 1477★★★	*Barry Reed*
Witness 1855★★	*Kelley & Wallace*
Young Sherlock Holmes 1945★★★	*Alan Arnold*

MAI 1986 :
J'AI LU FÊTE SON N° 2000

A cette occasion,
J'ai lu réédite
ses 70 plus grands succès
dans une série spéciale :
la série Superstars.

FÊTEZ L'ÉVÉNEMENT AVEC J'AI LU
ET RECEVEZ UN CADEAU !

Avec la série Superstars, J'ai lu
vous offre une magnifique montre à quartz !

Il vous suffit pour cela de faire découvrir
les Superstars J'ai lu à trois de vos amis.

Tous les détails seront dans les livres
de la série Superstars... Alors, n'oubliez pas de
les demander à votre libraire dès le mois de mai.

Vous les reconnaîtrez facilement
grâce au macaron
"J'AI LU SUPERSTARS SPÉCIAL 2000"
apposé sur la couverture.

1992
★★★★

Impression Brodard et Taupin à La Flèche (Sarthe)
le 4 avril 1986
1547-5 Dépôt légal avril 1986. ISBN 2 - 277 - 21992 - 4
Imprimé en France

Editions J'ai lu
27, rue Cassette, 75006 Paris
diffusion France et étranger : Flammarion